Patricia Cornwell

DAS FÜNFTE PAAR

Roman

Aus dem Amerikanischen
von Georgia Sommerfeld

Hoffmann und Campe

Die Originalausgabe erschien 1992 unter dem Titel
»All that Remains«
bei Scribner's, New York
Auf deutsch erschien der Roman erstmalig
1992 unter dem Titel »Herzbube«

1. Auflage 2003

www.hoffmann-und-campe.de
Deutsche Übersetzung von Georgia Sommerfeld
© 1992 Droemer Knaur Verlag, München
Umschlaggestaltung: Design Team München
Satz: Dörlemann Satz, Lemförde
Druck und Bindung: GGP Media, Pößneck
Printed in Germany
ISBN 3-455-01022-9

HOFFMANN
UND CAMPE

Ein Unternehmen der
GANSKE VERLAGSGRUPPE

Dieses Buch ist
Michael Congdon gewidmet
Wie immer, danke.

1

Am letzten Augusttag, einem Samstag, begann ich schon vor Morgengrauen zu arbeiten. Ich bekam nicht mit, wie die Sonne den Tau vom Gras leckte und der Himmel strahlend blau wurde. Den ganzen Vormittag kam Leiche nach Leiche auf die Stahltische, und der Raum besaß keine Fenster: Das Labour-Day-Wochenende hatte in Richmond mit einer Anhäufung von Verkehrsunfällen und Schießereien begonnen.

Es war zwei Uhr nachmittags, als ich endlich in mein Haus im West End zurückkam. Schon an der Tür hörte ich Bertha, die jeden Samstag bei mir sauber machte, in der Küche herumwirtschaften – und das Telefon begann zu klingeln. Bei ihrer Einstellung hatte ich sie angewiesen, Anrufe zu ignorieren.

»Hallo«, begrüßte ich sie. »Ich bin nicht da.«

Bertha hörte auf mit Bodenwischen. »Es hat vor 'ner Minute schon mal geklingelt«, berichtete sie. »Und ein paar Minuten davor auch schon. Jedesmal derselbe Mann.«

»Ich bin nicht zu Hause«, wiederholte ich.

»Wie Sie meinen, Dr. Kay.« Der Schrubber kam wieder in Bewegung.

Ich öffnete die Kühlschranktür und versuchte die körperlose Nachricht des Anrufbeantworters, die in die sonnendurchflutete Küche drang, zu überhören. Wo war der Geflügelsalat? Auf den Signalton folgte eine vertraute männliche Stimme: »Doc? Hier spricht Marino ...«

Hilf, Himmel!, dachte ich, griff mir den Geflügelsalat und schloss die Kühlschranktür mit einem Hüftschwung. Detective Pete Marino vom Morddezernat Richmond war seit Mitternacht im Dienst gewesen, und ich hatte ihn vorhin kurz gesehen, als er bei mir im Obduktionsraum vorbeischaute, wo ich gerade die Kugeln aus einem seiner Fälle entfernte. Eigentlich hatte er den verbleibenden Rest des Wochenendes mit Angeln am Lake Gaston verbringen wollen – und ich freute mich auf anderthalb faule Tage.

»Ich habe schon mehrfach versucht, Sie zu erreichen. Konnte nicht länger warten. Jetzt bin ich schon unterwegs. Benton hat mich gerade noch erwischt …«

Das klang dringend. Ich nahm den Hörer ab. »Was gibt es?«

»Gott sei Dank! Mann, wie ich diese Anrufbeantworter hasse! Ich habe schlechte Neuigkeiten: Man hat wieder mal ein verlassenes Auto gefunden. In New Kent County – auf einem Rastplatz an der Sixty-Four. In westlicher Fahrtrichtung.«

»Heißt das, dass wieder ein Pärchen verschwunden ist?« Ade, Faulheit.

»Fred Cheney, weiß, neunzehn. Deborah Harvey, weiß, neunzehn. Zum letzten Mal gesehen gestern Abend gegen acht, als sie vom Haus der Harveys in Richmond nach Spindrift aufbrachen.«

»Und der Wagen steht auf dem Rastplatz Richtung Westen?«, fragte ich verdutzt: Spindrift, North Carolina, liegt etwa dreieinhalb Stunden *östlich* von Richmond.

»Richtig. Sieht so aus, als hätten sie in die Stadt zurückgewollt. Ein Trooper hat den Jeep Cherokee ungefähr vor einer Stunde entdeckt. Keine Spur von den beiden.«

»Ich fahre sofort los«, erklärte ich.

Bertha hatte zwar weitergeputzt, aber ich wusste, dass ihr kein Wort entgangen war. »Ich schalte die Alarmanlage ein, wenn ich gehe«, versprach sie.

»Okay. Vielen Dank.« Furcht kroch in mir hoch, als ich mir meine Handtasche schnappte und aus dem Haus hastete.

Bis jetzt waren es vier Paare – alle vermisst gemeldet und schließlich tot aufgefunden. In einem Achtzig-Kilometer-Umkreis von Williamsburg.

Die Fälle, die in der Presse unter der Bezeichnung »Pärchen-Morde« liefen, waren rätselhaft. Niemand hatte eine Erklärung oder eine wenigstens halbwegs einleuchtende Theorie – nicht einmal das FBI und sein Violent Criminal Apprehension Program – kurz VICAP –, dem eine landesweite Datenbank zur Verfügung stand, die über einen Computer lief, der in der Lage war, vermisste Personen nicht identifizierten Leichen zuzuordnen und Serienverbrechen aufzuzeigen.

Als vor mehr als zwei Jahren das erste Paar gefunden worden war, hatte man ein VICAP-Regionalteam um Hilfe gebeten. Es bestand aus FBI Special Agent Benton Wesley und dem »alten Hasen« Pete Marino. Ein weiteres Paar verschwand. Und noch eines. Und ein viertes. In allen vier Fällen waren die vermissten Teenager tot und verwesten irgendwo in einem Waldstück, ehe die Meldung VICAP erreichte, ja noch ehe NCIC – das National Crime Information Center – ihre Beschreibungen an sämtliche Polizeistationen der USA hatte durchgeben können.

Ich erreichte die I-64 East und beschleunigte. In meinem Kopf tauchten Erinnerungen auf an Stimmen, Knochen, verrottete Kleidungsstücke unter faulenden Blättern, hübsche junge Gesichter von Vermissten in Zeitungen, kummervolle Eltern bei Fernsehinterviews – und an meinem Telefon.

»Es tut mir Leid wegen Ihrer Tochter.«

»Bitte sagen Sie mir, wie meine Kleine gestorben ist. O mein Gott – hat sie leiden müssen?«

»Die Todesursache steht noch nicht fest, Mrs. Bennett. Mehr kann ich Ihnen im Augenblick nicht sagen.«

»Soll das heißen, Sie *wissen* es nicht?«

»Es sind nur noch Knochen übrig, Mr. Martin. Wenn das Gewebe fehlt, sind damit auch die Hinweise auf oberflächliche Verletzungen verschwunden, und es ist äußerst schwierig …«

»Ich denke, Sie haben Medizin studiert – also sagen Sie mir, was meinen Jungen umgebracht hat. Die Cops haben was von Drogen gefaselt. Hören Sie das, Lady? Er ist tot, und die wollen einen Junkie aus ihm machen!«

Chief Medical Examiner ratlos: Dr. Kay Scarpetta unfähig, Todesursache zu nennen.

Rätselhaft.

Acht junge Menschen waren tot, und ich hatte keine Ahnung, woran sie gestorben waren. Jeder forensische Pathologe stößt hin und wieder auf unklare Fälle, aber diese Massierung war höchst ungewöhnlich – und sie schienen auch noch alle miteinander in Zusammenhang zu stehen.

Ich öffnete das Schiebedach, und das schöne Wetter hob meine Stimmung. Es war um die achtundzwanzig Grad warm, und bald würde sich das Laub färben. Nur im Herbst und im Frühling vermisste ich Miami nicht. Die Sommer in Richmond waren genauso heiß, doch es fehlte der Meereswind – und die Luftfeuchtigkeit war grauenhaft. Und auch im Winter litt ich, denn ich verabscheue Kälte. Aber Frühling und Herbst fand ich herrlich hier. Geradezu berauschend.

Der Rastplatz an der I-64 in New Kent County lag, wie sich herausstellte, genau fünfzig Kilometer von meinem Haus entfernt und sah aus wie alle Rastplätze in Virginia: Picknicktische, Grills, Holztonnen für Abfall, gemauerte Toilettenhäuschen, Speisen- und Getränke-Automaten und junge Bäume – aber nirgends waren Urlaubsreisende oder Trucks zu sehen. Dafür wimmelte es von Polizeiwagen.

Ein preußischblau uniformierter Trooper kam mit ernster Miene auf mich zu, als ich vor der Damentoilette anhielt. »Tut mir Leid, Ma'am.« Er beugte sich zu meinem offenen Fenster herunter. »Dieser Rastplatz ist heute geschlossen. Ich muss Sie bitten, weiterzufahren.«

»Dr. Kay Scarpetta, Chief Medical Examiner«, stellte ich mich vor und zog den Zündschlüssel ab. »Ich bin auf Ersuchen der Polizei hier.«

»Zu welchem Zweck, Ma'am?«

»In meiner amtlichen Eigenschaft als staatliche Leichenbeschauerin.«

Er musterte mich skeptisch: Ich sah tatsächlich nicht sehr danach aus. In meinem stonewashed Jeansrock, dem pinkfarbenen T-Shirt mit »Oxford«-Aufdruck und den Sportschuhen war ich bar jeden Statussymbols, und mein Dienstwagen stand zwecks neuer Bereifung in der Werkstatt. Auf den ersten Blick wirkte ich wohl eher wie ein nicht mehr ganz taufrischer Yuppie.

»Können Sie sich ausweisen?«

Ich kramte meine Blechmarke aus der Handtasche und gab ihm zusätzlich meinen Führerschein. Er betrachtete beides eingehend – und wurde sichtlich verlegen.

»Lassen Sie Ihren Wagen ruhig hier stehen, Dr. Scarpetta. Die Leute, die Sie suchen, sind da hinten.« Er deutete in die Richtung des Parkareals für Trucks und Busse. »Schönen Tag noch«, fügte er mit routinemäßiger Höflichkeit hinzu und trat zurück, um mich aussteigen zu lassen.

Als ich um das Häuschen herumgegangen war, sah ich weitere Polizeifahrzeuge, einen Abschleppwagen mit blinkender Lichtleiste und mindestens ein Dutzend Beamte in Uniform und Zivil. Den braunen Jeep Cherokee bemerkte ich erst, als ich fast schon davorstand – etwa auf halber Strecke der Auffahrt, ein gutes Stück von der Fahrbahn entfernt in einer leichten Senke, mit der Nase an einem Baum, dessen Blätter ihn teilweise verdeckten. Ich trat näher heran und schaute durch das Fenster auf der Fahrerseite: Der mit beigefarbenem Leder ausgestattete Innenraum war sehr gepflegt, das Gepäck auf dem Rücksitz ordentlich verstaut. Die Scheiben waren halb heruntergekurbelt. Der Zündschlüssel steckte. Als seien die Insassen des Wagens nur kurz ausgestiegen. Gespenstisch. Die Reifenspuren hatten sich tief in den grasbewachsenen Boden gegraben.

Marino sprach mit einem schlanken blonden Mann, den er mir als »Jay Morrell von der Staatspolizei« vorstellte. Er schien die Aktion zu leiten.

»Kay Scarpetta«, ergänzte ich, als Marino mich lediglich als »Doc« einführte.

Morrell richtete seine dunkle Sonnenbrille auf mich und nickte. In seinem Straßenanzug und mit dem Schnurrbart, der wie der erste Versuch eines Teenagers wirkte, männlich auszusehen, vermittelte er nicht gerade den Eindruck eines erfahrenen Beamten – und auch sein Eifer deutete mehr auf ein »Greenhorn« hin.

»Viel wissen wir noch nicht«, erklärte er in einem Ton, als teile er mir damit etwas ungeheuer Wichtiges mit. »Der Jeep gehört Deborah Harvey. Sie und ihr Freund – äh – Fred Cheney verließen das Haus der Harveys gestern Abend gegen acht. Sie wollten nach Spindrift, wo die Harveys ein Strandhaus haben.«

»War Deborahs Familie zu Hause, als die beiden abfuhren?«, fragte ich.

»Nein, Ma'am.« Die Brillengläser starrten mich an wie Insektenaugen. »Die anderen waren schon vorausgefahren. Deborah und der Junge nahmen ihren Wagen, weil sie am Montag wieder zurückwollten: Sie studieren im zweiten Jahr in Carolina.«

»Bevor sie aufbrachen«, Marino zog seine Zigaretten aus der Tasche, »sagten sie in Spindrift Bescheid, dass sie zwischen Mitternacht und ein Uhr früh da sein würden. Den Anruf nahm einer von Deborahs Brüdern entgegen. Als sie um vier noch immer nicht eingetroffen waren, rief Pat Harvey die Polizei an.«

»Pat Harvey?« Ich starrte Marino ungläubig an.

»O ja«, antwortete Officer Morrell statt seiner. »Diesmal haben wir es mit der Prominenz zu tun. Mrs. Harvey ist bereits auf dem Weg hierher. Vor ungefähr«, er schaute auf seine Uhr, »einer halben Stunde hat ein Hubschrauber sie abgeholt. Ihr Mann – äh –, Bob Harvey, ist geschäftlich in Charlotte. Er wollte irgendwann morgen zurückkommen. Soviel ich weiß, hat man ihn noch nicht erreichen können.«

Pat Harvey war der Kopf der staatlichen Anti-Drogen-Politik, was ihr bei den Medien die Bezeichnung »Drogen-Zarin« eingebracht hatte. Vom Präsidenten persönlich eingesetzt und vor kurzer Zeit auf der Titelseite des *Time Magazine* abgebildet, war sie eine der mächtigsten und bewundertsten Frauen Amerikas.

»Was ist mit Benton?«, fragte ich Marino. »Weiß er, dass Deborah Harvey Pat Harveys Tochter ist?«

»Keine Ahnung – gesagt hat er nichts. Aber wir haben auch nur ganz kurz miteinander gesprochen. Als er anrief, war er gerade in Newport News gelandet und wollte sich schnellstens einen Mietwagen besorgen.«

Damit war meine Frage beantwortet: Das FBI würde Benton Wesley nicht einfliegen, wenn ihm nicht bekannt wäre, um wessen Tochter es sich bei dem vermissten Mädchen handelte. Merkwürdig, dass er es Marino gegenüber nicht erwähnt hatte – immerhin war er sein VICAP-Partner. Ich versuchte in Marinos Gesicht zu lesen, wie er dieses Verhalten empfand. Vergeblich. Lediglich seine spielenden Kiefermuskeln deuteten darauf hin, dass er unter Spannung stand. Auf der beginnenden Glatze über dem vollen Gesicht glänzten Schweißperlen.

»Ich habe zunächst mal jede Menge Männer herbeordert, um den Verkehr fern zu halten«, resümierte Morrell. »Wir haben die Toilettenhäuschen überprüft und uns ein bisschen umgesehen, um ausschließen zu können, dass die jungen Leute sich in der unmittelbaren Umgebung befinden. Sobald die Hunde eintreffen, nehmen wir uns den Wald vor.«

Unmittelbar hinter der Kühlerhaube des Jeeps begann ein Gewirr aus Unterholz und Bäumen, das so dicht war, dass man nur eine Blätterwand sah. In einiger Entfernung zog ein Habicht seine Kreise über den Wipfeln. Obwohl Einkaufszentren und Wohnviertel sich immer weiter an der I-64 entlangzogen, war dieser Streifen zwischen Richmond und Tidewater noch unberührt. Die schöne Gegend wirkte heute trotz des Sonnenscheins düster und bedrückend.

»Scheiße!«, fluchte Marino inbrünstig, als Morrell sich entfernt hatte.

Wir begannen langsam nebeneinander herzugehen.

»Tut mir Leid um Ihren Angelausflug«, sagte ich.

»Na ja – so geht's doch immer, stimmt's? Ich habe den verdammten Trip schon seit Monaten geplant. Wieder nichts. Wie üblich.«

»Mir ist etwas aufgefallen«, wechselte ich das Thema. »Wenn man die I-64 verlässt, teilt sich die Abfahrt sofort in zwei Spuren: Die eine führt hierher, die andere zum vorderen Teil des Rastplatzes, der für Pkw reserviert ist. Mit anderen Worten: Es sind Einbahnstraßen. Wenn man sich einmal entschieden hat, welches Areal man ansteuern will, kann man es nicht mehr rückgängig machen, ohne eine beträchtliche Strecke in falscher Richtung zu fahren und Gefahr zu laufen, mit einem entgegenkommenden Fahrzeug zusammenzuprallen – und gestern Abend war hier bestimmt massenhaft Betrieb: Immerhin ist Labour-Day-Wochenende.«

»Richtig. Der Jeep ist mit Sicherheit absichtlich zu seinem jetzigen Standort gebracht worden. Wahrscheinlich war unserem Großen Unbekannten auf dem vorderen Parkplatz zu viel los. Also nahm er die Zufahrt für Trucks und Busse. Hier stand sicher kaum jemand – und so konnte er sich unbemerkt absetzen.«

»Und offenbar wollte er vermeiden, dass der Jeep schnell gefunden würde – weshalb hätte er ihn sonst dort drüben abstellen sollen?« Marino starrte in Richtung Wäldchen. »Ich werde allmählich zu alt für dieses Geschäft«, knurrte er.

Er war ein notorischer Meckerer und erschien am Schauplatz eines Verbrechens stets mit angeblichem Widerwillen. Wir arbeiteten schon so lange zusammen, dass ich mich daran gewöhnt hatte – doch diesmal war seine üble Laune echt. Das konnte nicht allein von dem verpatzten Angelausflug herrühren. Vielleicht hatte er Krach mit seiner Frau.

»Sieh da, sieh da«, murmelte er, als sein Blick zufällig zu dem Toilettenhäuschen wanderte. »Der Einsame Rächer ist eingetrudelt.«

Ich wandte mich um und sah die schmale, vertraute Gestalt Benton Wesleys aus der Herrentoilette auf uns zukommen. Sein »Hallo« konnte man nur ahnen. Die silbergrauen Schläfen waren nass und die Revers seines blauen Anzugs wasserbespritzt, als habe er sich das Gesicht gewaschen. Er zog eine Sonnenbrille aus der Brusttasche und setzte sie auf.

»Mrs. Harvey schon da?«, fragte er.

»Nee«, antwortete Marino.

»Und die Presse?«

»Nee.«

»Sehr gut.« Wesley presste die Lippen aufeinander, wodurch seine scharfen Züge noch härter und unnahbarer wirkten als sonst. Neuerdings blockte er so meisterhaft ab, dass ich manchmal das Gefühl hatte, einem Fremden gegenüberzustehen. Früher einmal hatte ich ihn attraktiv gefunden, doch seine Distanziertheit nahm ihm jede Ausstrahlung.

»Wir wollen diese Sache so lange wie möglich geheim halten«, fuhr er fort. »Wenn sie bekannt wird, bricht die Hölle los.«

»Was wissen Sie über das Pärchen, Benton?«, fragte ich.

»Nur sehr wenig. Nachdem Mrs. Harvey die beiden als vermisst gemeldet hatte, rief sie den Director zu Hause an und der wiederum mich. Offenbar haben ihre Tochter und Fred Cheney sich auf dem College kennen gelernt und gehen seit dem ersten Studienjahr miteinander. Scheinen fleißig und anständig zu sein. Es gibt keinerlei Hinweise darauf, dass sie sich mit schrägen Typen eingelassen hätten – jedenfalls sagt Mrs. Harvey das. Allerdings ist sie wohl nicht übermäßig angetan von der Beziehung – sie erscheint ihr zu eng.«

»Vermutlich der wahre Grund dafür, dass die beiden im eigenen Wagen ans Meer fahren wollten«, sagte ich.

»So sehe ich das auch.« Wesley warf einen Blick in die Runde. »Höchstwahrscheinlich war das der wahre Grund. Der Director vermittelte mir den Eindruck, dass die Aussicht, Deborahs Freund in Spindrift zu haben, Mrs. Harvey nicht gerade begeisterte: Die Tage sollten der Familie gehören. Mrs. Harvey wohnt die Woche über in D. C. und hat ihre Tochter und die beide Söhne während des Sommers kaum gesehen. In letzter Zeit gab es anscheinend Differenzen zwischen ihr und dem Mädchen. Vielleicht haben sie sich gestritten, bevor die Familie gestern früh nach North Carolina abfuhr.«

»Könnten die beiden durchgebrannt sein?«, fragte Marino. »Sie lesen Zeitungen, sehen Nachrichten. Letzte Woche lief die Sondersendung über die Pärchenmorde. Wäre doch möglich, dass die sie auf die Idee gebracht hat, zu verschwinden.«

»Möglich ist vieles«, antwortete Wesley. »Und auch deshalb möchte ich die Medien raushalten, solange es geht.«

Auf dem Weg zum Jeep gesellte sich Morrell zu uns. Ein blauer Kastenwagen kam herangefahren und hielt ein paar Meter von uns entfernt. Ein Mann und eine Frau in dunklen Overalls stiegen aus, öffneten die Heckklappe und ließen zwei japsende, schwanzwedelnde Bluthunde heraus. Sie hakten lange Leinen in ihre Gürtel und packten die Hunde an den Geschirren.

»Salty, Neptune – bei Fuß!«

Ich konnte nicht erkennen, welcher Name zu welchem Hund gehörte. Beide waren groß und beige und hatten faltige Gesichter und Schlappohren. Morrell streckte grinsend die Hand aus. »Wie geht's denn, Kumpel?« Salty oder Neptune belohnte seine Freundlichkeit mit einem nassen Kuss und einem Stups ans Knie.

Die Hundebesitzer kamen aus Yorktown und hießen Jeff und Gail. Gail war ebenso groß wie ihr Partner und wirkte ebenso kräftig. Sie erinnerte mich an Farmersfrauen, die ich gesehen hatte: Die Gesichter von harter Arbeit und Sonne gegerbt und eine stoische Ruhe ausstrahlend, die daraus resultierte, dass sie die Natur verstanden und ihre Geschenke und Bestrafungen gleichermaßen akzeptierten.

An der Art, wie sie den Jeep musterte, erkannte ich, dass sie nach Anzeichen dafür suchte, dass die Gerüche verändert worden waren.

»Niemand hat ihn angerührt«, beantwortete Marino ihre unausgesprochene Frage und bückte sich, um einen der Hunde hinter den Ohren zu kraulen. »Wir haben bisher nicht mal die Türen aufgemacht.«

»Wissen Sie, ob sonst jemand drin gewesen ist – vielleicht derjenige, der den Jeep gefunden hat?«

»Das Kennzeichen wurde ganz früh heute Morgen über Ticker als BOLO's rausgegeben ...«, begann Morrell zu erklären.

»Was zum Teufel ist BOLO's?«, unterbrach ihn Wesley.

»Die Abkürzung von ›Be on the Lookouts‹.«

Wesleys Gesicht zeigte nicht die geringste Regung, als Morrell eifrig fortfuhr: »Trooper sind ja meist unterwegs und sehen Telefaxe nicht. Also wurde BOLO's sofort nach Eingang der Vermisstenmeldung über Funk gesendet, und gegen ein Uhr mittags erhielten wir die Nachricht, dass der Jeep gefunden worden war. Der Beamte, der ihn entdeckte, versichert, er habe lediglich durch die Fenster geschaut, um nachzusehen, ob sich jemand im Wagen befinde.«

Ich hoffte, dass das stimmte. Die meisten Polizisten können der

Versuchung nicht widerstehen und öffnen Türen und stöbern auf der Suche nach einem Hinweis auf den Wagenhalter im Handschuhfach herum.
Jeff packte beide Hunde am Geschirr und führte sie Gassi. Gail fragte: »Haben Sie irgendwas, bei dem die Hunde die Witterung aufnehmen können?«
»Pat Harvey ist gebeten worden, etwas mitzubringen, das Deborah kürzlich getragen hat«, sagte Wesley.
Wenn Gail überrascht oder beeindruckt davon war, wessen Tochter sie suchen sollte, so ließ sie es sich nicht anmerken, sah ihn nur fragend an.
»Sie wird per Hubschrauber eingeflogen«, erklärte er und warf einen Blick auf seine Uhr. »Müsste jeden Moment eintreffen.«
»Die sollen ja nicht hier landen!« Gail trat zum Jeep. »Ich kann nichts brauchen, was die Umgebung in Unordnung bringt.«
Sie schaute durch das Fahrerfenster und ließ den Blick aufmerksam durch das Wageninnere gleiten. Dann musterte sie den schwarzen Plastikgriff an der Außenseite der Tür.
»Am ergiebigsten dürften die Sitze sein«, meinte sie. »Wir werden Salty an dem einen schnuppern lassen und Neptune an dem anderen. Aber erst müssen wir mal reinkommen, ohne etwas anzufassen. Hat jemand einen Bleistift oder Kugelschreiber?«
Wesley zog einen Kugelschreiber aus der Hemdtasche und gab ihn ihr.
»Ich brauche noch einen«, sagte sie.
Erstaunlicherweise hatte keiner von uns anderen ein Schreibwerkzeug bei sich. Dabei hätte ich geschworen, in meiner Handtasche mindestens ein halbes Dutzend herumzutragen.
»Wie wär's mit einem Messer?« Marino kramte in seinen Jeans.
»Perfekt.« Den Kugelschreiber in der einen Hand und das Schweizermesser in der anderen, drückte Gail den Knopf an der Außenseite der Tür hinein und zog gleichzeitig den Griff zurück, hakte dann die Spitze ihres hohen Stiefels unter die Tür und zog sie vorsichtig auf.
Das charakteristische Tschoptschoptschop von Rotorblättern wurde hörbar – und rasch lauter. Augenblicke später kreiste ein rot-

weißer Bell Jet Ranger über dem Rastplatz und sank dann langsam herunter, was unter ihm einen kleinen Hurrikan auslöste. Der Lärm war ohrenbetäubend, die Bäume schwankten, und das Gras wurde flach gedrückt. Mit zusammengekniffenen Augen hockten Gail und Jeff neben ihren Hunden, die Geschirre fest im Griff. Marino, Wesley und ich zogen uns zu den Toilettenhäuschen zurück und beobachteten die Landung von dort. Für einen Moment sah ich Pat Harveys Gesicht – es war völlig ausdruckslos. Dann fing sich das Sonnenlicht in der Glasscheibe der Kanzel und machte sie undurchsichtig.

Sie stieg mit eingezogenem Kopf aus dem Hubschrauber. Der Rock wirbelte um ihre Beine. Wesley wartete in sicherer Entfernung – und dennoch flatterte seine Krawatte über seine Schulter wie der Schal eines Doppeldeckerfliegers.
Bevor Pat Harvey zur Verantwortlichen für die landesweite Anti-Drogen-Politik berufen worden war, war sie zunächst Commonwealth-Staatsanwältin in Richmond gewesen und dann US-Bezirksstaatsanwältin für Ost-Virginia. Ihre hochkarätigen Rauschgift-Prozesse hatten gelegentlich auch Opfer einbezogen, die ich auf dem Tisch gehabt hatte, doch ich war nie in den Zeugenstand gerufen worden, man hatte nur meine Berichte angefordert. Mrs. Harvey und ich waren einander bisher nicht begegnet.
Im Fernsehen und auf Zeitungsfotos wirkte sie immer streng. In natura war sie sehr weiblich und attraktiv, schlank und jugendlich. Die Sonne brachte goldene und rote Lichter in den kurzen kastanienbraunen Haaren über dem fein geschnittenen Gesicht zum Leuchten. Wesley übernahm die Vorstellung, und Pat Harvey gab jedem von uns die Hand – aber sie lächelte nicht und sah auch keinem in die Augen.
»Ich habe ein Sweatshirt mitgebracht.« Sie gab Gail eine Papiertüte. »Aus Debbies Zimmer in Spindrift.«
»Wann war Ihre Tochter denn zuletzt dort?«, fragte Gail, ohne die Tüte zu öffnen.
»Anfang Juli. Mit ein paar Freunden. Übers Wochenende.«

»Und Sie sind sicher, dass *sie* es getragen hat – nicht eine ihrer Freundinnen?«
Die Frage traf Mrs. Harvey überraschend. Zweifel stand in ihren dunkelblauen Augen. Sie räusperte sich. »Ich nehme an, dass Debbie es anhatte – aber beschwören kann ich es nicht: Ich war nicht dabei.« Sie schaute an uns vorbei in den Jeep, und ihr Blick blieb an dem Zündschlüssel hängen, an dem ein silbernes »D« baumelte. Ich sah, wie sie um Fassung kämpfte. Schließlich wandte sie sich wieder uns zu und sagte mit bewundernswert fester Stimme:
»Debbie muss eine Tasche dabeigehabt haben. Leuchtend rot. Aus Nylon. Eine von diesen Sporttaschen mit Klettverschluss. Haben Sie die im Wagen gefunden?«
»Wir haben ihn noch nicht durchsucht«, erwiderte Morrell. »Das dürfen wir nicht, bevor die Hunde drin waren.«
»Sie müsste auf dem Vordersitz liegen, möglicherweise auch auf dem Boden.«
Morrell schüttelte den Kopf.
Jetzt meldete sich Wesley zu Wort: »Mrs. Harvey – wissen Sie, ob Ihre Tochter eine größere Geldsumme bei sich hatte?«
»Ich hatte ihr fünfzig Dollar für Essen und Benzin gegeben. Ob sie darüber hinaus etwas mitnahm, weiß ich nicht. Natürlich fuhr sie nie ohne Kreditkarten und Scheckbuch.«
»Kennen Sie den Stand ihres Bankkontos?«
»Ihr Vater gab ihr letzte Woche einen Scheck«, antwortete sie. »Fürs College – für Bücher und so weiter. Ich bin ziemlich sicher, dass sie ihn bereits eingereicht hat. Dann müssen mindestens tausend Dollar darauf sein.«
»Ich möchte Sie bitten, sich zu vergewissern, dass das Geld nicht abgehoben wurde.«
»Das werde ich nachher sofort tun.«
Ich sah, wie Hoffnung in ihr erwachte: Ihre Tochter hatte Bargeld, Kreditkarten und ein volles Konto, es sah nicht so aus, als habe sie ihre Tasche im Jeep zurückgelassen, was bedeuten konnte, dass sie wohlauf und mit ihrem Freund durchgebrannt war.

»Hat Ihre Tochter je gedroht, mit ihrem Freund wegzulaufen?«, fragte Marino unverblümt.

»Nein.« Ihr Blick kehrte zu dem Jeep zurück, und sie fügte hinzu, was sie gern glauben wollte: »Aber das heißt nicht, dass sie es nicht getan hat.«

»In welcher Stimmung war sie, als Sie das letzte Mal mit ihr sprachen?«, forschte Marino weiter.

»Sie war ärgerlich auf mich«, antwortete sie tonlos. »Es gab einen Wortwechsel, bevor meine Söhne und ich aufbrachen. Gestern früh.«

»Weiß sie von den verschwundenen Pärchen?«

»Natürlich. Wir haben darüber diskutiert und Vermutungen angestellt.«

»Wir sollten anfangen«, wandte sich Gail an Morrell.

»Sie haben Recht.«

»Noch eins.« Gail sah Mrs. Harvey an. »Können Sie uns vielleicht sagen, wer am Steuer saß?«

»Fred – nehme ich an: Auf längeren Strecken fuhr meistens er.«

Gail nickte. »Ich brauche noch mal den Kugelschreiber und das Messer.« Nachdem sie beides von Wesley und Marino wiederbekommen hatte, öffnete sie die Beifahrertür. Dann holte sie einen der Hunde. Er bewegte sich, die Nase am Boden, im Gleichschritt mit seiner Herrin, und seine Ohren schleiften durch das Gras, als seien sie mit Blei gefüttert.

»Los, Neptune – setz deine Zaubernase ein!«

Schweigend und voller Spannung beobachteten wir, wie sie Neptune zu dem Platz dirigierte, auf dem vermutlich Deborah gesessen hatte. Plötzlich zuckte er zurück, als sei er auf eine Klapperschlange gestoßen, und riss sich aufjaulend los. Dann stand er mit eingeklemmtem Schwanz da, die golden schimmernden Rückenhaare wie einen Kamm aufgestellt. Ein eisiger Schauer überlief mich.

Winselnd und zitternd wie Espenlaub hockte sich Neptune nieder und entleerte seinen Darm.

2

Als ich am nächsten Morgen aufwachte, graute mir vor der Zeitung.
Die Schlagzeile war so groß, dass man sie aus einem Block Entfernung hätte lesen können:

TOCHTER DER »DROGEN-ZARIN« UND FREUND VERMISST – POLIZEI BEFÜRCHTET VERBRECHEN

Nicht nur hatten die Reporter ein Bild von Deborah Harvey aufgetrieben, es gab auch eine Aufnahme davon, wie der Jeep abgeschleppt wurde, und ein Archivfoto von Bob und Pat Harvey, das die beiden Hand in Hand bei einem Strandspaziergang in Spindrift zeigte. Während ich den Artikel las und nebenbei an meinem Kaffee nippte, musste ich an die Familie von Fred Cheney denken. Der Junge gehörte nicht zur Prominenz – würde er allein vermisst, stünde die Meldung irgendwo klein unter »Vermischtes« –, doch seine Leute machten sich mit Sicherheit ebensolche Sorgen wie die Harveys.
Fred war offenbar der Sohn eines Geschäftsmannes von der Southside – ein Einzelkind, dessen Mutter im vergangenen Jahr gestorben war, als ein Aneurysma in ihrem Gehirn platzte. Dem Bericht zufolge war Freds Vater derzeit bei Verwandten in Sarasota, wo die Polizei ihn endlich am vergangenen Abend erreicht hatte. Die Möglichkeit, dass sein Sohn mit Deborah durchgebrannt sei, bezeichnete Mr. Cheney als höchst unwahrscheinlich, da ein solches Verhalten Freds Charakter völlig zuwiderlaufe. Der Junge galt als fleißiger Student und war Mitglied des Uni-Schwimmteams. Deborah strebte einen akademischen Grad mit Auszeichnung an und war eine hochbegabte Leichtathletin, die zu olympischen Hoffnungen berechtigte. Sie wog knapp hundert

Pfund, hatte schulterlanges dunkelblondes Haar und die feinen Züge ihrer Mutter. Fred war breitschultrig und schlank, mit welligen schwarzen Haaren und haselnussbraunen Augen. Sie wurden als attraktives Paar beschrieben – und als unzertrennlich.
»Man sah nie den einen ohne den anderen«, wurde ein Freund zitiert. »Und der Tod seiner Mutter schweißte die beiden noch fester zusammen. Ich weiß nicht, wie er ihn ohne Debbies Hilfe verkraftet hätte.«
Natürlich folgte im Anschluss an den aktuellen Bericht eine Zusammenfassung der vier Fälle der Pärchen, die vermisst und später tot aufgefunden worden waren. Mehrere Male fiel mein Name. Ich wurde als »frustriert«, »ratlos« und »unkommunikativ« bezeichnet. Natürlich konnte der Schreiber nicht nachfühlen, wie es war, Tag für Tag Opfer von Morden, Selbstmorden und Unfällen zu obduzieren. Es gehörte für mich ebenso zur Routine, wie mit Familien zu sprechen, vor Gericht als Zeugin auszusagen und Vorträge vor Sanitätern und auf Polizeiakademien zu halten.
Ich war vom Küchentisch aufgestanden und starrte in den sonnigen Morgen hinaus, als das Telefon klingelte. Wahrscheinlich ist es Ma, dachte ich: Sie rief oft sonntags um diese Zeit an, um mich zu fragen, wie es mir gehe und ob ich in der Kirche gewesen sei. Also nahm ich meinen Kaffee, setzte mich bequem zurecht und hob den Hörer ab.
»Dr. Scarpetta?«
»Am Apparat.« Eine Frau. Ich kannte sie – aber woher?
»Pat Harvey. Bitte verzeihen Sie, dass ich Sie zu Hause belästige.«
»Sie belästigen mich ganz und gar nicht«, erwiderte ich freundlich. »Was kann ich für Sie tun?«
»Die Männer haben die ganze Nacht da draußen gesucht, und sie sind noch dort. Es wurden noch mehr Beamte eingesetzt – und weitere Hubschrauber und zusätzliche Hunde.« Sie sprach immer schneller. »Nichts. Keine Spur von den beiden. Bob hat sich der Suchmannschaft angeschlossen. Ich sitze ganz allein hier. Wäre es Ihnen ...« Sie zögerte. »Wäre es möglich, dass Sie herüberkämen – vielleicht zum Mittagessen?«

Nach einer langen Pause stimmte ich zu. Als ich den Hörer auflegte, haderte ich bereits mit mir, denn ich wusste genau, was auf mich zukommen würde: Pat Harvey würde mich nach den anderen Paaren ausfragen wollen. An ihrer Stelle täte ich das auch.

Ich ging ins Schlafzimmer hinauf und zog meinen Morgenrock aus. Dann nahm ich ein langes, heißes Bad und wusch mir die Haare, während der Automat Anrufe aufnahm, die ich nur erwidern würde, wenn es sich um Notfälle handelte.

Eine Stunde später schlüpfte ich in ein khakifarbenes Leinenkostüm, lief hinunter und hörte die Aufzeichnungen ab: fünf Anrufer – ausnahmslos Reporter, die erfahren hatten, dass ich zu dem Rastplatz in New Kent County gerufen worden war, was sie als Unheil verheißend interpretierten.

Ich griff zum Telefon, um Pat Harvey abzusagen – doch dann sah ich sie wieder vor mir, wie sie aus dem Hubschrauber stieg, die Tüte mit dem Sweatshirt ihrer Tochter in der Hand. Und plötzlich hatte ich auch die anderen Eltern vor Augen. Also legte ich den Hörer wieder auf, schloss die Haustür ab und stieg in meinen Wagen.

Menschen, die im Dienst der Öffentlichkeit stehen, können ihre Privatsphäre nur sichern, wenn sie über Vermögen verfügen. Dies war hier offensichtlich gegeben: Die Harveys wohnten in der Nähe von Windsor über dem James River – in einem schlossähnlichen Bau im Stil der Jefferson-Ära. Ich schätzte das Anwesen auf mindestens fünf Morgen. Es war von einer hohen Ziegelmauer umgeben, an der in regelmäßigen Abständen Schilder mit der Aufschrift »Privatbesitz« angebracht waren. Als ich in die lange, von Bäumen beschattete Zufahrt einbog, wurde ich von einem massiven schmiedeeisernen Gitter aufgehalten, das sich jedoch elektronisch gesteuert öffnete, bevor ich mein Fenster herunterkurbeln konnte, um die Sprechanlage zu betätigen – und kaum hatte ich es hinter mir gelassen, schloss es sich lautlos wieder. Ich parkte vor einem römischen Portikus neben einem schwarzen Jaguar. Die Säulen hatten keine Kehlung, waren aus roten Ziegeln und mit Weiß abgesetzt.

Als ich ausstieg, ging die Haustür auf, und Pat Harvey erschien. Sie trocknete sich die Hände an einem Geschirrhandtuch ab und lächelte mich tapfer an. Ihr Gesicht war blass, die glanzlosen Augen ließen erkennen, dass sie zwei Nächte kaum geschlafen hatte.
»Es ist sehr nett von Ihnen, dass Sie gekommen sind, Dr. Scarpetta. Bitte treten Sie doch ein.«
Die Halle war riesig. Ich folgte der Hausherrin durch einen Empfangssalon, dessen Einrichtung aus dem achtzehnten Jahrhundert stammte. Der Boden war mit Orientteppichen bedeckt, an den Wänden hingen echte Impressionisten, und neben dem Kamin stand ein kunstvoll aufgeschichteter Stoß Buchenscheite. Die Küche war funktionell, aber gemütlich.
»Jason und Michael sind mit ihrem Vater draußen«, erklärte Mrs. Harvey. »Sie kamen heute früh zurück.«
»Wie alt sind die beiden?«, fragte ich.
»Jason ist sechzehn, Michael vierzehn. Debbie ist unsere Älteste.« Sie schaltete den Backofen aus, zog Topfhandschuhe an, holte eine Quiche aus dem Rohr und stellte die Form auf eine Kochplatte. Ihre Hände zitterten, als sie ein Messer und eine Kuchenschaufel aus einer Schublade nahm. »Möchten Sie Wein, Tee oder Kaffee? Es ist nur ein ganz leichtes Essen. Zum Nachtisch habe ich einen Obstsalat gemacht. Ich dachte, wir setzen uns auf die Veranda. Ist Ihnen das recht?«
»Sehr«, erwiderte ich. »Und ich entscheide mich für Kaffee.«
Sie füllte Wasser in die Maschine und Kaffeepulver in den Filter. Ich musterte sie verstohlen – eine verzweifelte Frau, die es sich nicht gestattete, ihre Verzweiflung zu zeigen.
Als wir vor den offenen Glasschiebetüren auf der Veranda saßen und auf den Fluss hinunterschauten, der sich wie ein glitzerndes Band durch die sonnenüberflutete Landschaft zog, kam sie zum Thema: »Haben Sie eine Erklärung für die Reaktion des einen Hundes?«
Ich hatte eine – aber die wollte ich ihr nicht sagen.
»Offensichtlich hat sich nur *er* erschreckt – der andere nicht.« Es war eher eine Frage als eine Feststellung.

Tatsächlich hatte Salty sich völlig anders verhalten als Neptune: Nachdem er den Fahrersitz abgeschnuppert hatte, zog Gail ihn am Geschirr zurück, hakte die Leine darin fest und kommandierte: »Such!« Der Hund schnüffelte die Ausfahrt entlang, zerrte Gail über den Parkplatz zur Interstate und hätte sich in seinem Eifer kopfüber in den Verkehr gestürzt, wenn Gail nicht »Bei Fuß!« geschrien hätte. Ich beobachtete, wie die beiden an dem bepflanzten Grünstreifen entlanggingen, der die Fahrbahnen in Richtung Westen von denen in Richtung Osten trennte, und dann auf den Rastplatz zusteuerten, der gegenüber von dem lag, auf dem Deborahs Jeep gefunden worden war. Und dort drüben – auf dem Parkplatz – verlor der Hund die Witterung.

»Ist daraus zu schließen, dass, wer immer Debbies Cherokee als Letzter fuhr und auf dem Rastplatz in Richtung Westen abstellte, die Interstate überquerte und auf dem gegenüberliegenden Parkplatz einen Wagen stehen hatte, mit dem er dann wegfuhr?«

»Das ist eine Möglichkeit.« Die Quiche duftete herrlich, doch ich hatte keinen Appetit.

»Welche gibt es sonst noch, Dr. Scarpetta?«

»Fest steht nur, dass der Hund eine Witterung aufgenommen hat – von was oder wem, weiß ich nicht. Es kann Deborahs Geruch gewesen sein, Freds oder der einer dritten Person ...«

»Der Jeep stand Stunden dort«, unterbrach mich Pat Harvey. Sie starrte in die Ferne. »Es kann doch jeder Beliebige eingestiegen sein, um nach Geld und Wertsachen zu suchen. Vielleicht ein Anhalter, jemand, der zu Fuß unterwegs war und anschließend über die Interstate auf die andere Seite wechselte.«

Ich ersparte es mir, sie an das Offensichtliche zu erinnern: Die Polizei hatte im Handschuhfach Freds Brieftasche gefunden – samt Kreditkarten und fünfunddreißig Dollar in bar. Es sah nicht so aus, als sei das Gepäck durchsucht worden. Soweit man es beurteilen konnte, fehlte nichts – außer den jungen Leuten und Deborahs Tasche.

»Die Reaktion des ersten Hundes war spektakulär«, kehrte Pat Harvey zum Ausgangspunkt des Gesprächs zurück. »Irgendetwas

hat ihn regelrecht in Panik versetzt. Ein Geruch, den der andere nicht aufgenommen hat. Der Platz, auf dem Debbie wahrscheinlich gesessen hat ...« Ihr Blick traf meinen, ihre Stimme erstarb.
»Ja – es sieht so aus, als hätten die beiden Hunde unterschiedliche Gerüche wahrgenommen.«
»Dr. Scarpetta – ich bitte Sie, ehrlich zu sein.« Ein kaum merkliches Beben. »Nehmen Sie keine Rücksicht auf meine Gefühle. Bitte! Es ist doch klar, dass das Tier sich nicht grundlos aufgeregt hat. Bestimmt haben Sie Erfahrung mit Suchhunden ... Bluthunden. Ist Ihnen jemals zuvor bei einem von ihnen ein derartiges Verhalten aufgefallen?«
Allerdings. Zwei Mal. Einmal, als ein Bluthund einen Kofferraum beschnupperte, der sich später als Transportbehälter für ein Mordopfer erwies, das in einem Müllcontainer gefunden wurde. Das zweite Mal, als die Witterung zu einer Stelle an einem Highway führte, wo eine Frau vergewaltigt und erschossen worden war. Doch ich sagte nur: »Bluthunde reagieren stark auf pheromonale Gerüche.«
»Wie bitte?« Sie sah mich verständnislos an.
»So bezeichnet man bestimmte Ausdünstungen. Zum Beispiel solche, die dem sexuellen Anreiz dienen«, erklärte ich in sachlichem Ton. »Sie wissen, dass Hunde ihr Revier markieren und angreifen, wenn sie Furcht registrieren?«
Sie nickte schweigend.
»Wenn jemand sexuell erregt, nervös oder ängstlich ist, laufen verschiedene hormonelle Prozesse im Körper ab. Es scheint, als könnten Spürhunde – speziell Bluthunde – die Pheromone riechen, die bestimmte Drüsen ausschütten, wenn ...«
»Bevor Michael, Jason und ich nach Spindrift aufbrachen, klagte Debbie über Krämpfe«, unterbrach sie mich. »Sie hatte ihre Periode bekommen. Könnte das eine Erklärung sein? Wenn sie auf dem Beifahrersitz saß – kann es dann nicht dieser Geruch gewesen sein, den der Hund aufnahm?«
Die Lösung, die sie anbot, rechtfertigte nicht die heftige Reaktion des Hundes.

»Nein – das reicht sicher nicht aus«, beantwortete sie ihre Frage selbst. Sie ließ den Blick ziellos herumwandern und zerknüllte ihre Serviette auf dem Schoß. »Es wäre kein Grund für einen Hund, aufzujaulen und das Fell aufzustellen. O mein Gott! Es ist wie bei den anderen Pärchen, nicht wahr?«

»Das kann ich nicht sagen.«

»Aber Sie glauben es! Die Polizei ist auf jeden Fall dieser Meinung – sonst wären Sie gestern nicht dorthin gerufen worden. Ich will wissen, was mit ihnen geschehen ist – mit den anderen.«

Ich antwortete nicht.

»Nach dem, was ich gelesen habe«, hakte sie nach, »waren Sie jedes Mal am Fundort – von der Polizei hinbestellt.«

»Das ist richtig.«

Sie griff in eine Tasche ihres Blazers, zog ein zusammengefaltetes Blatt Papier heraus und strich es glatt. »Bruce Philipps und Judy Roberts«, begann sie zu lesen, als gäbe sie mir eine wichtige Information. »Ein Liebespaar aus der Highschool, das am ersten Juni vor zwei Jahren verschwand. Sie hatten eine Freundin in Gloucester besucht und kamen nie zu Hause an. Am nächsten Morgen wurde Bruces Camaro an der U. S. 17 gefunden. Der Schlüssel steckte im Zündschloss, die Türen waren unversperrt, die Fenster heruntergekurbelt. Zehn Wochen später wurden Sie zu einem Waldstück gerufen, das knapp zwei Kilometer östlich vom York River State Park liegt, wo Jäger auf die teilweise skelettierten, mit den Gesichtern nach unten liegenden Leichen gestoßen waren – etwa sechs Kilometer von der Stelle entfernt, wo Bruces Wagen abgestellt worden war.«

Ich erinnerte mich, dass die lokale Polizei damals VICAP um Hilfe gebeten hatte. Was Marino, Wesley und der Beamte aus Gloucester nicht wussten, war, dass im Juli ein zweites Paar als vermisst gemeldet worden war – einen Monat nach dem Verschwinden von Bruce und Judy.

»Als Nächste haben wir Jim Freeman und Bonnie Smyth.« Mrs. Harvey blickte kurz auf und sah mich an. »Sie verschwanden am letzten Samstag im Juli nach einer Pool-Party bei den Freemans in

Providence Forge. Spät an jenem Abend brachen Jim und Bonnie auf – er wollte sie nach Hause fahren. Am folgenden Tag fand ein Beamter der Charles-City-Polizei Jims Blazer etwa sechzehn Kilometer vom Haus der Freemans entfernt verlassen auf – und am zwölften November, dreieinhalb Monate später, entdeckten Jäger in West Point ihre Leichen ...«

Es war nicht zu fassen: Sie musste über hervorragende Verbindungen verfügen! Jedenfalls bekam sie ihre Informationen offensichtlich schneller als ich: Es kostete mich jedes Mal erbitterte Kämpfe, den wahren Grund der Ermittlungen zu erfahren. Ich führte den Mangel an Kooperation darauf zurück, dass inzwischen viele Köche in diesem Brei rührten.

Mrs. Harvey fuhr fort: »Im März des folgenden Jahres ereignete sich der nächste Fall: Ben Anderson war aus Arlington gekommen, um seine Freundin, Carolyn Bennett, bei deren Eltern in Stingray Point an der Chesapeake Bay abzuholen. Kurz vor sieben machten sie sich auf die Fahrt nach Norfolk zur Old Dominion University, wo sie im ersten Semester studierten. Am Abend darauf meldete sich ein Trooper bei Bens Eltern, der ihnen eröffnete, dass der Dodge ihres Sohnes etwa acht Kilometer östlich von Buckroe Beach an der I-64 aufgefunden worden sei. Der Schlüssel steckte im Zündschloss, die Türen waren unversperrt, und unter dem Beifahrersitz lag Carolyns Brieftasche. Die teilweise skelettierten Leichen wurden sechs Monate später in der Jagdzeit gefunden – in einem Waldgebiet, fünf Kilometer südlich der Route 199 in York County.«

Diesmal hatte ich nicht einmal eine Kopie des *offiziellen* Polizeiberichts bekommen – und als Susan Wilkox und Mike Martin im vergangenen Februar verschwunden waren, hatte ich es aus der Morgenzeitung erfahren. Die beiden waren unterwegs zum Haus von Mikes Eltern in Virginia Beach gewesen, um dort die Semesterferien zu verbringen, als sie sich, wie die Paare vor ihnen, scheinbar in Luft auflösten. Mikes blauer Kombi wurde am Colonial Parkway in der Nähe von Williamsburg entdeckt. An der Antenne war ein weißes Taschentuch befestigt – das Signal für einen

Motorschaden. Der lag jedoch, wie die Polizei bei ihrer späteren Untersuchung feststellte, nicht vor. Am fünfzehnten Mai fanden ein Vater und sein Sohn auf der Truthahnjagd die verwesten Leichen in einem Waldstück zwischen der Route 60 und der I-64 in James City County.

Wieder einmal hatte ich Knochen zusammengepackt, um sie zur abschließenden Begutachtung dem forensischen Anthropologen der Smithsonian Institution in Washington zu schicken. Acht junge Menschen – und trotz der ungezählten Stunden, die ich mich mit jedem von ihnen befasst hatte, konnte ich nicht sagen, woran sie gestorben waren.

»Falls es, was Gott verhüten möge, noch ein nächstes Mal geben sollte, dann warten Sie nicht, bis die Leichen auftauchen«, hatte ich Marino gebeten. »Benachrichtigen Sie mich sofort, wenn der Wagen gefunden worden ist.«

»Okay. Sie können ja zur Abwechslung mal den Wagen obduzieren, nachdem die Leichen uns nicht weitergebracht haben«, antwortete er in einem missglückten Versuch, witzig zu sein.

»In allen Fällen«, fuhr Mrs. Harvey fort, »waren die Autotüren unversperrt, steckte der Schlüssel im Zündschloss, gab es keinerlei Anzeichen für einen Kampf und wurde anscheinend nichts gestohlen. Der Modus Operandi war überall derselbe.« Sie faltete das Blatt zusammen und steckte es wieder ein.

»Sie sind gut informiert«, stellte ich fest. Vermutlich hatte sie die vorausgegangenen Fälle durch ihre Mitarbeiter recherchieren lassen.

»Worauf ich hinauswill, ist Folgendes«, erklärte sie, ohne auf meine Bemerkung einzugehen. »Sie waren von Anfang an dabei, haben alle Leichen untersucht – und doch wissen Sie anscheinend nicht, was zum Tod der jungen Leute geführt hat.«

»Das stimmt – ich habe keine Ahnung.«

»Wirklich nicht – oder sagen Sie das nur, Dr. Scarpetta?«

Unvermittelt konnte ich sie mir im Gerichtssaal vorstellen, wie sie einen Angeklagten durch ihre bloße Ausstrahlung an die Wand drückte. Gottlob hatte ich sie nicht gegen mich. »Ich wüsste nicht, weshalb ich das tun sollte«, erwiderte ich ruhig.

»Aber Sie glauben, dass sie ermordet wurden?« Diesmal war es eher eine Feststellung als eine Frage.
»Ich glaube jedenfalls nicht, dass junge, gesunde Menschen aus heiterem Himmel ihre Autos stehen lassen und in den Wald gehen, um dort eines natürlichen Todes zu sterben, Mrs. Harvey.«
»Und wie steht es mit den Theorien – was sagen Sie zu denen? Ich nehme doch an, dass Sie sie kennen.«
Ich kannte sie.
Vier verschiedene Gerichtsbezirke und mindestens ebenso viele Detectives arbeiteten an diesen Fällen – und jeder von ihnen hatte mehrere Hypothesen. Zum Beispiel: Die Pärchen waren Junkies und auf einen Dealer gestoßen, der eine neue, tückische synthetische Droge verkaufte, die mit den herkömmlichen toxikologischen Tests nicht nachzuweisen war. Oder: Es gab okkulte Hintergründe. Oder: Die Pärchen waren Mitglieder eines Geheimbundes und die Todesfälle in Wahrheit die Folgen eines Selbstmord-Pakts.
»Ich halte nichts von den Theorien, die ich gehört habe«, sagte ich.
»Und weshalb nicht?«
»Meine Ergebnisse erhärten sie nicht.«
»Und was erhärten Ihre Ergebnisse?«, fragte sie scharf. »Welche *Ergebnisse* überhaupt? Ich denke, Sie sind zu keinen gekommen?«
Dunst hatte das leuchtende Blau des Himmels zu zartem Pastell verblassen lassen, durch das ein silbern schimmerndes Flugzeug eine weiße Spur zog. Schweigend beobachtete ich, wie der Kondensstreifen langsam zerfloss. Wenn Deborah und Fred das gleiche Schicksal erlitten hatten wie die anderen Pärchen, dann würden wir sie nicht so bald finden.
»Meine Debbie hat Drogen niemals angerührt!« Pat Harvey blinzelte die aufsteigenden Tränen zurück. »Und sie hat auch keinen Hang zu Sekten oder irgendwelchen obskuren Kulten. Sie ist himmelhoch jauchzend und zu Tode betrübt wie jeder normale Teenager – aber sie würde nie …« Sie rang um Fassung.
»Sie müssen sich dem Hier und Jetzt stellen«, sagte ich leise. »So schwer das auch ist. Wir wissen nicht, was mit Ihrer Tochter passiert ist, wir wissen nicht, was mit Fred passiert ist – und es kann

lange dauern, bis wir es erfahren. Können Sie mir noch irgendetwas über Deborah erzählen – über die beiden? Jede Kleinigkeit kann wichtig sein!«

»Heute Morgen kam ein Polizeibeamter«, berichtete sie mit einem tiefen, zittrigen Seufzer. »Er nahm Kleidungsstücke von ihr mit – und ihre Haarbürste. Er sagte, die Kleider seien für die Hunde, und die Bürste werde gebraucht, damit man die Haare mit denen vergleichen könne, die man vielleicht im Jeep fände. Möchten Sie Debbies Zimmer sehen?«

Ich nickte.

Über eine polierte Hartholztreppe gelangten wir in den ersten Stock. Deborahs Reich lag im Ostflügel, wo sie sehen konnte, wie die Sonne aufging oder sich über dem James River ein Unwetter zusammenbraute. Es war kein typisches Jungmädchenzimmer: die Einrichtung skandinavisch, schlicht im Design, aus herrlichem hellem Teakholz, der Überwurf des Bettes in zarten Blau- und Grüntönen gehalten, der indische Teppich in Rosé und Pflaumenblau. Im Bücherregal standen Lexika und Romane, und über dem Schreibtisch waren zwei Borde Trophäen und Dutzenden von Medaillen an leuchtenden Bändern vorbehalten. Auf dem dritten darüber eine gerahmte Fotografie von Deborah auf dem Schwebebalken, den Rücken gewölbt, die Hände in schwebender Balance wie zierliche Vögel: ein Bild der Disziplin und Eleganz – wie ihr Zimmer. Ich brauchte nicht ihre Mutter zu sein, um zu erkennen, dass dieses Mädchen etwas Besonderes war.

»Debbie hat jedes Stück selbst ausgesucht«, sagte Mrs. Harvey, während ich mich umschaute. »Die Möbel, den Teppich, die Farben. Niemand würde auf die Idee kommen, dass sie hier vor ein paar Tagen fürs College gepackt hat.« Sie blickte zu den Reisetaschen und dem Schrankkoffer hinüber, die in einer Ecke standen, und räusperte sich. »Sie ist so ordentlich. Das hat sie wohl von mir.« Und mit einem kurzen, schwachen Lächeln fügte sie hinzu: »Ich bin überaus ordentlich.«

Ich erinnerte mich an Deborahs Jeep: innen und außen makellos, das Gepäck sorgfältig verstaut.

»Ich habe mir oft Sorgen gemacht, dass wir sie zu sehr verwöhnen.« Mrs. Harvey trat ans Fenster und schaute hinaus. »Mit Kleidern, mit dem Wagen, mit Geld. Bob und ich hatten viele Diskussionen darüber. Dass ich in Washington arbeite, hat die Sache nicht gerade vereinfacht. Aber als ich letztes Jahr dorthin berufen wurde, kamen wir alle gemeinsam überein, dass es ein Unding wäre, die Familie zu entwurzeln – und Bob hat hier seine Arbeit. Wir hielten es für unkomplizierter, wenn ich mir in Washington ein Apartment nähme und an den Wochenenden heimkäme – und wir abwarteten, was die nächste Wahl bringen würde.«

Eine lange Pause folgte.

Schließlich sprach sie weiter: »Ich muss gestehen, dass es mir immer schwer gefallen ist, Debbie etwas abzuschlagen. Es ist schwierig, vernünftig zu sein, wenn man das Beste für seine Kinder will – vor allem dann, wenn man sich an die Wünsche erinnert, die man in ihrem Alter hatte, an die Unsicherheit, was das Anziehen betraf, an die Komplexe wegen der äußeren Erscheinung und daran, dass die Eltern es sich nicht leisten konnten, einen zum Hautarzt, zum Kieferorthopäden oder zum Schönheitschirurgen zu schicken – aber wir haben uns bemüht, ein vertretbares Maß einzuhalten.« Sie verschränkte die Arme vor der Brust. »Manchmal war ich allerdings nicht sicher, ob wir die richtige Entscheidung getroffen hatten. Nehmen wir zum Beispiel den Jeep: Ich war dagegen, aber ich hatte nicht die Kraft, mich durchzusetzen. Typisch für sie, dass sie ein praktisches Fahrzeug wollte, mit dem sie bei jedem Wetter und sicher ...« Sie brach ab.

Zögernd fragte ich: »Sie erwähnten vorhin das Thema Schönheitschirurgie – betrifft das Ihre Tochter?«

»Große Brüste sind unvereinbar mit Leichtathletik, Dr. Scarpetta«, antwortete sie, ohne sich umzudrehen. »Mit sechzehn war Debbie in dieser Hinsicht bereits übermäßig entwickelt. Sie litt aus zweierlei Gründen darunter: Erstens war es ihr peinlich, und zweitens behinderte es sie beim Sport. Das Problem wurde vergangenes Jahr behoben.«

»Dann ist dieses Foto erst kürzlich entstanden«, schloss ich daraus, denn die Deborah, die ich darauf sah, hatte eine perfekte Figur mit kleinen, festen Brüsten und Hinterbacken.

»Letzten April.«

Wenn ein Mensch in Kalifornien vermisst wird und möglicherweise tot ist, interessieren sich Angehörige meines Metiers zwangsläufig für anatomische Besonderheiten – sei es eine Hysterektomie oder eine Wurzelbehandlung oder sei es, dass Narben von einem kosmetischen Eingriff existieren –, die bei einer Identifizierung hilfreich sein könnten. Das waren die Punkte, auf die ich bei den Vermissten-Beschreibungen des National Crime Information Center – kurz NCIC – speziell achtete, Hinweise, auf die ich baute, denn Schmuck und anderer persönlicher Besitz lieferte, wie ich im Lauf der Jahre gelernt hatte, nicht unbedingt den gewünschten Aufschluss.

»Was ich Ihnen gerade erzählt habe, ist streng vertraulich«, erklärte Mrs. Harvey. »Debbie legt großen Wert auf ihre Intimsphäre. Wir legen alle sehr großen Wert auf unsere Intimsphäre.«

»Ich verstehe.«

»Das gilt auch für ihre Beziehung zu Fred«, fuhr sie fort. »Wie Ihnen vielleicht aufgefallen ist, gibt es hier keine Fotos und auch sonst keine sichtbaren Symbole dafür. Ich bin sicher, die beiden haben Bilder, Geschenke und Erinnerungsstücke ausgetauscht, doch sie hat das stets geheim gehalten. Beispielsweise bemerkte ich kurz nach ihrem Geburtstag im letzten Februar an ihrem rechten kleinen Finger einen schmalen Goldreif mit Blumenmuster. Sie äußerte sich nicht dazu, und ich fragte sie nicht danach – aber ich bin überzeugt, sie hatte ihn von ihm bekommen.«

»Halten Sie ihn für einen in sich gefestigten jungen Mann?«

Jetzt drehte sie sich zu mir um.

»Fred ist sehr gefühlsbetont, aber ich kann nicht sagen, er sei labil. Ich habe wirklich keinen Grund zur Klage. Allerdings fürchte ich manchmal, dass die Bindung zwischen den beiden zu eng sein könnte. Sie sind wie …«, sie suchte nach dem richtigen Wort, »… süchtig. Ja – das trifft es: Es kommt mir vor, als seien sie eine Droge füreinander.« Sie wandte sich erneut ab und lehnte ihre

Stirn an die Fensterscheibe. »O Gott – ich wünschte, wir hätten ihr den verdammten Jeep nie gekauft.«
Ich schwieg.
»Fred hat keinen Wagen. Sie hätte mit uns …«
»Sie hätte mit Ihnen ans Meer fahren müssen«, beendete ich den Satz für sie.
»Dann wäre sie jetzt nicht verschwunden!« Unvermittelt durchquerte sie den Raum und trat auf den Flur hinaus – als könnte sie es keine Sekunde länger im Zimmer ihrer Tochter aushalten. Ich folgte ihr die Treppe hinunter und durch die Halle. Als ich ihr die Hand hinstreckte, drehte sie ihr Gesicht zur Seite, damit ich ihre Tränen nicht sähe.
»Es tut mir Leid.« Wie oft würde ich diesen Satz in meinem Leben wohl noch sagen?
Als ich die Stufen hinunterging, schloss sich die Haustür leise hinter mir. Ich hoffte, dass, sollte ich Pat Harvey noch einmal begegnen, dies nicht in meiner Eigenschaft als Gerichtsmedizinerin geschähe.

3

Eine Woche verging, bis ich wieder von jemandem hörte, der mit dem Harvey-Cheney-Fall zu tun hatte: Am Montag, als ich gerade bis zu den Ellbogen in Blut steckte, rief Benton Wesley an – er wollte mit Marino und mir sprechen und lud uns zum Abendessen ein.

»Ich glaube, Pat Harvey macht ihn nervös«, sagte Marino auf der Fahrt zu Wesley. Vereinzelte Regentropfen klatschten auf die Windschutzscheibe. »Mir ist es scheißegal, ob sie sich aus dem Kaffeesatz lesen lässt oder Kontakt mit Billy Graham aufnimmt.«

»Hilda Ozimek liest nicht aus dem Kaffeesatz«, erwiderte ich.

»Die Hälfte dieser Etablissements mit der Handfläche als Zunftzeichen sind nichts anderes als Deckmäntel für Puffs.«

»Das ist mir bekannt«, antwortete ich missmutig.

Er öffnete den Aschenbecher. Rauchen war wirklich eine unappetitliche Angewohnheit. Wenn er noch einen einzigen Stummel in den Behälter quetschen könnte, käme er ins Guinnessbuch der Rekorde. »Sie haben also schon von Hilda Ozimek gehört«, sagte er.

»Eigentlich weiß ich von ihr nur, dass sie irgendwo in Carolina lebt.«

»In South Carolina.«

»Bleibt sie länger bei den Harveys?«

»Nein.« Marino stellte die Scheibenwischer ab, als die Sonne sich zwischen zwei Wolken hindurchmogelte. »Ich wünschte, das verdammte Wetter würde sich mal entscheiden. Sie ist gestern abgereist. Wurde per Privatjet nach Richmond und zurück geflogen – das muss man sich mal vorstellen!«

»Würde es Ihnen etwas ausmachen, mir zu sagen, wie das bekannt geworden ist?« Es überraschte mich schon, dass Pat Harvey Hilfe bei einer Hellseherin gesucht hatte – aber noch mehr überraschte mich, dass sie es jemandem erzählt haben sollte.

»Es würde mir nichts ausmachen – aber ich kann es Ihnen nicht sagen. Als Benton mich anrief, ließ er lediglich durchblicken, dass die gute Hilda etwas in ihrer Kristallkugel gesehen hat, das Mrs. Harvey aufs Höchste beunruhigte.«

»Nämlich?«

»Keinen Schimmer: Er hat sich nicht näher darüber ausgelassen.«

Ich gab auf: Entweder wusste er wirklich nichts, oder er wollte nichts sagen – und wenn ich Letzteres festgestellt hätte, wäre ich nur gekränkt gewesen.

Wesley und ich hatten früher gerne zusammengearbeitet und einander Achtung, ja sogar Herzlichkeit entgegengebracht – doch jetzt erlebte ich ihn zugeknöpft und reserviert, und ich konnte mich des Verdachts nicht erwehren, dass sein verändertes Verhalten mit Mark zusammenhing. Als Mark sich von mir getrennt hatte, indem er einem Ruf nach Colorado folgte, hatte er damit auch Quantico verlassen, wo er die Leitung der National Academy's Legal Training Unit des FBI gehabt hatte. Wesley hatte seinen Kollegen und Partner verloren und machte wahrscheinlich mich dafür verantwortlich. Die Bindung zweier Freunde kann stärker sein als die zwischen Eheleuten, und FBI-Partner stehen mit größerer Loyalität zueinander als ein Liebespaar.

Eine halbe Stunde später verließ Marino den Highway, und kurz darauf verlor ich vor lauter Rechts- und Linksabbiegen die Übersicht auf den Straßen, die uns tiefer ins Land führten. Ich hatte mich in der Vergangenheit oft mit Wesley getroffen – aber stets in seinem oder meinem Büro. Noch nie war ich in sein Haus eingeladen worden, das inmitten der Bilderbuchlandschaft Virginias mit ihren Feldern und Wäldern, von weißen Zäunen umgebenen Weiden und weit verstreuten Scheunen und Farmhäusern lag. Als wir sein Viertel erreichten, kamen wir an langen Zufahrten vorbei, die zu großen Häusern auf weitläufigen Grundstücken führten, wo vor Zweier- und Dreiergaragen europäische Limousinen parkten.

»Ich wusste nicht, dass es so nah bei Richmond eine Washington-Schlafstadt gibt«, sagte ich.

»Was? Sie leben schon vier, fünf Jahre in dieser Gegend und haben noch nichts von der Invasion der Nordstaatler gehört?«

»Wenn man aus Miami stammt, hat man nicht ständig den Bürgerkrieg im Kopf«, erwiderte ich.

»Klar: Miami liegt ja gar nicht in diesem Land! Ein Ort, wo darüber abgestimmt wird, ob Englisch die offizielle Sprache ist, gehört nicht zu den Vereinigten Staaten.«

Marinos abschätzige Bemerkungen über meine Geburtsstadt waren nichts Neues für mich. Er bremste ab und bog in eine gekieste Zufahrt ein. »Keine üble Bleibe, was?«, grinste er. »Die Bundesbehörden scheinen ein bisschen besser zu zahlen als die Stadtverwaltung.«

Das mit Holzschindeln verkleidete Haus hatte Grundmauern aus Feldsteinen und Erkerfenster. Rosenbüsche säumten die Front, Ost- und Westflügel wurden von Magnolien und Eichen beschattet. Als wir ausstiegen, schaute ich mich nach Hinweisen um, die mir Aufschluss über den Privatmann Benton Wesley geben konnten. Über dem Garagentor hing ein Basketballkorb, und neben einem mit einer Plastikplane abgedeckten Holzstoß stand ein roter Rasenmäher, an dem frisches Gras klebte. Der Garten mit Blumenbeeten, Azaleen und Obstbäumen wirkte liebevoll gepflegt. Die gemütliche Sitzecke neben dem Gasgrill weckte in mir die Vorstellung, wie Wesley und seine Frau an Sommerabenden dort an ihren Drinks nippten, während sie darauf warteten, dass die Steaks fertig würden.

Marino klingelte. Wesleys Frau öffnete. Sie stellte sich mir als »Connie« vor. »Ben ist kurz nach oben gegangen«, erklärte sie lächelnd und führte uns in einen Wohnraum mit rustikaler Einrichtung, einem offenen Kamin und großen Fenstern. Ich hatte noch nie gehört, dass jemand Wesley »Ben« nannte. Connie war schätzungsweise Mitte vierzig, eine attraktive Brünette mit so hellbraunen Augen, dass sie fast golden schimmerten. Ihr Gesicht erinnerte an das ihres Mannes, doch sie strahlte eine Sanftheit aus, die die Schärfe der Züge schnell vergessen ließ. Ich fragte mich, inwieweit sie mit seiner Arbeit vertraut sein mochte.

»Möchten Sie ein Bier, Pete?«, fragte sie.
Er ließ sich in einem Schaukelstuhl nieder. »Ich bin heute der Fahrer – also nehme ich lieber Kaffee.«
»Kay – was darf ich Ihnen bringen?«
»Auch Kaffee, bitte.«
»Ich freue mich so, Sie endlich kennen zu lernen«, sagte sie, und sie meinte es offensichtlich ernst. »Ben hat mir schon seit Jahren von Ihnen erzählt. Er hält sehr viel von Ihnen.«
»Danke sehr.« Das Kompliment verblüffte mich – aber das Folgende traf mich wie ein Schock.
»Als wir Mark das letzte Mal sahen, musste er mir versprechen, Sie zum Essen mitzubringen, wenn er wieder in Quantico wäre.«
»Das ist nett«, brachte ich mit einem mühsamen Lächeln hervor. Wesley erzählte ihr also nicht alles. Der Gedanke, dass Mark in Virginia gewesen sein könnte, ohne sich bei mir zu melden, schmerzte fast körperlich.
Als sie hinausging, um nach dem Essen zu sehen, fragte Marino: »Haben Sie in letzter Zeit was von ihm gehört?«
»Denver ist schön«, antwortete ich ausweichend.
»Wenn Sie mich fragen – ich finde das Ganze zum Kotzen: Zuerst versetzen sie ihn nach Quantico, und dann verfrachten sie ihn für irgendeinen Geheimauftrag nach Westen. Noch ein Grund, warum man mich auch für Millionen nicht dazu brächte, bei dem Verein einzusteigen.«
Ich antwortete nicht.
»Und Privatleben gibt's nicht«, fuhr er fort. »Der altbekannte Satz trifft's genau: Wenn Hoover gewollt hätte, dass du Frau und Kinder hast, hätte er dir keine Dienstmarke gegeben.«
»Hoover ist doch alter Schnee.« Ich starrte auf die Bäume hinaus, die sich im Wind wiegten. Es sah aus, als würde es bald wieder regnen – und diesmal richtig.
»Kann schon sein – aber auch heute hat man bei dem Job kein Privatleben.«
»Haben *wir* das denn, Marino?«
»Stimmt auch wieder.«

Schritte kamen näher, und dann trat Wesley ein. Er war noch in »Arbeitskleidung«: eleganter grauer Anzug und dezente Krawatte zu weißem Hemd mit gestärktem Kragen. Letzteres hatte den Tag fast ohne Knitterfalten überstanden – sein Träger hingegen wirkte strapaziert. »Hat Connie Ihnen schon etwas zu trinken angeboten?«

»Unser Kaffee kommt gleich«, beruhigte ich ihn.

Er sank in einen Sessel und schaute auf seine Uhr. »Wir werden in etwa einer Stunde essen.«

»Ich habe keinen Pieps von Morrell gehört«, eröffnete Marino das Gespräch.

»Kein Wunder: Es gibt keine neuen Erkenntnisse. Keine brauchbaren jedenfalls.«

»Ich sage ja nur, dass ich nichts von ihm gehört habe.« Sein Gesicht war ausdruckslos. Obwohl er sich nicht bei mir beschwert hatte, vermutete ich, dass er sich wie ein Quarterback fühlte, der die Saison auf der Ersatzbank zubrachte. Er hatte gute Zusammenarbeit mit Detectives aus anderen Gerichtsbezirken stets begrüßt – und die war auch eine Grundvoraussetzung für das Funktionieren von VICAP in Virginia gewesen. Dann war das erste Pärchen verschwunden. Und das zweite. Und plötzlich sprachen die Kollegen nicht mehr miteinander. Nicht mit Marino und nicht mit mir.

»Die Ermittlungen stecken in einer Sackgasse«, informierte Wesley uns. »Auf dem östlichen Rastplatz verlor der Hund die Witterung. Das Einzige, was die Suche noch zutage förderte, war ein Kassenbon, der im Jeep lag. Deborah und Fred haben demnach bei einem Seven-Eleven Halt gemacht. Sie kauften dort einen Sechserpack Pepsi und noch ein paar andere Kleinigkeiten.«

»Das ist also bereits überprüft worden«, folgerte Marino leicht gereizt.

»Die Angestellte, die zur fraglichen Zeit Dienst hatte, erinnert sich an die beiden: Sie kamen kurz nach neun in den Supermarkt.«

»Waren sie allein?«

»Scheint so. Jedenfalls kam niemand mit ihnen rein – und falls jemand im Jeep gewartet hat, so ließ ihr Verhalten nicht darauf schließen, dass etwas faul war.«

»Wo ist der Laden?«, fragte ich.
»Etwa acht Kilometer westlich von dem Rastplatz, auf dem der Jeep stand.«
»Sie sagten, die beiden hätten noch andere Sachen gekauft«, hakte ich nach. »Können Sie die näher bezeichnen?«
»Darauf wollte ich gerade kommen. Deborah kaufte eine Schachtel Tampons. Sie fragte, ob sie die Toilette benutzen dürfe, und bekam die Antwort, das sei gegen die Vorschriften. Die Angestellte verwies sie auf den Rastplatz, der in östlicher Fahrtrichtung an der I-64 liegt.«
»Wo der Hund die Witterung verlor.« Marino runzelte die Stirn. »Gegenüber von dem, auf dem der Wagen gefunden wurde.«
»Richtig«, nickte Wesley.
»Was ist mit den Pepsi-Dosen?«, wollte ich wissen.
»Die waren in der Eisbox auf dem Rücksitz.« Wesley hielt inne, weil seine Frau hereinkam. Sie brachte Kaffee für uns, für ihren Mann einen Eistee und verschwand wieder: Connie Wesley besaß offensichtlich Übung darin, sich unauffällig zu benehmen – sie hatte kein Wort gesagt.
»Sie glauben, die beiden hielten auf dem Rastplatz, damit Deborah ihren Tampon wechseln konnte, und trafen dort auf den Großen Unbekannten, der sie weglockte?«, fragte Marino.
»Wir wissen nicht, was passiert ist. Es gibt viele Möglichkeiten.«
»Zum Beispiel?«
»Entführung.«
»Sie meinen Kidnapping?« Marino sah ihn skeptisch an.
»Vergessen Sie nicht, wer Deborahs Mutter ist.«
»Ja, ja – weiß ich: Mrs. Drogen-Zarin, die ihren Posten vom Präsidenten bekam, damit die Frauenbewegung was zu kauen hat.«
»Diese Version geht völlig an der Realität vorbei«, sagte Wesley ruhig. »Zwar scheint ihr Amt einflussreicher, als es ist, denn sie hat keinen Ministerrang – aber immerhin ist Pat Harvey unmittelbar dem Präsidenten unterstellt. Es ist eine Tatsache, dass sie die Arbeit aller Bundesbehörden im Krieg gegen die Rauschgiftkriminalität koordiniert.«

»Und ihre Erfolge als Bezirksstaatsanwältin für Ost-Virginia waren beeindruckend«, ergänzte ich. »Sie war dem Weißen Haus eine wertvolle Stütze bei der Bestrebung, Morde und Mordversuche, die mit Rauschgiftdelikten in Zusammenhang stehen, mit der Todesstrafe zu ahnden.«
»Sie und hundert andere Politiker«, erwiderte Marino wegwerfend. »Für uns wäre die Sache bedeutend einfacher, wenn sie eine dieser Liberalen wäre, die das Rauschgift legalisieren wollen – dann steckte wahrscheinlich ein Typ vom rechten Flügel der Moral Majority dahinter, der glaubt, Gott habe ihm befohlen, sich Pat Harveys Tochter zu greifen.«
»Sie ist aber nun mal das genaue Gegenteil«, holte Wesley ihn auf den Boden zurück. »Hat Verurteilungen von einigen der übelsten Gestalten der Drogenszene erreicht, maßgeblich dabei mitgewirkt, dass bestimmte Erlasse ratifiziert wurden, sich nicht um Morddrohungen geschert – und vor ein paar Jahren wurde sogar ihr Wagen in die Luft gesprengt ...«
»Weiß ich: Der Jaguar stand vor dem Country Club. Leer! Und dank der Geschichte wurde sie zur Heldin hochstilisiert«, unterbrach Marino ihn.
»Worauf ich hinauswill«, fuhr Wesley geduldig fort, »ist, dass sie sich eine ganze Menge Feinde gemacht hat – nicht zuletzt durch ihre Recherchen bezüglich verschiedener Wohlfahrtseinrichtungen.«
»Ich habe was darüber gelesen.« Ich versuchte mich an Einzelheiten zu erinnern.
»Die Öffentlichkeit kennt nur einen Bruchteil«, sagte er. »Erst kürzlich hat sie die ACTMAD aufs Korn genommen – The American Coalition of Tough Mothers Against Drugs.«
»Sie machen Witze!« Marino war fassungslos. »Das ist ja, als ob man die UNICEF anklagte.«
Ich behielt es für mich, dass ich der ACTMAD jedes Jahr Geld spendete – und das mit begeisterter Überzeugung!
»Mrs. Harvey hat Beweise dafür gesammelt«, berichtete Wesley weiter, »dass die ACTMAD als Deckmantel für ein Drogenkartell und andere kriminelle Aktivitäten in Mittelamerika gedient hat.«

»Grundgütiger!« Marino schüttelte den Kopf. »Bloß gut, dass außer der Polizisten-Vereinigung nie jemand einen Cent von mir bekommt.«

»Das Verschwinden von Deborah und Fred gleicht auf den ersten Blick den anderen Fällen«, sagte Wesley, »aber das könnte auch eine bewusste Irreführung sein. Möglicherweise haben wir es mit einem Serienmörder zu tun – vielleicht auch nicht. Wie auch immer – wir wollen die Nachforschungen so unauffällig wie möglich anstellen.«

»Falls irgendwelche mittelamerikanischen Strolche eine Entführung inszeniert haben, werden sie das Mädchen für eine entsprechende Summe schon wieder rausrücken«, meinte Marino.

»Nein – ich glaube nicht, dass es so einfach ist. Es kann bedeutend übler sein. Pat Harvey soll Anfang nächsten Jahres in einem Hearing vor dem Kongress aussagen – und dabei geht es wieder um zwielichtige Wohlfahrtsorganisationen. Zum jetzigen Zeitpunkt hätte ihr kaum etwas Schlimmeres passieren können als das Verschwinden ihrer Tochter.«

In meinem Magen ballte sich eine Faust. Beruflich konnte niemand Pat Harvey an den Karren fahren – sie hatte eine makellose Karriere durchlaufen –, doch sie war auch Mutter. Das Wohlergehen ihrer Kinder war ihr sicher mehr wert als ihr eigenes Leben – und das war ihre Achillesferse.

»Wir können ein politisches Tatmotiv nicht ausschließen.«

Wesley schaute auf die windgepeitschten Bäume hinaus. Auch er hatte Familie. Es war ein Alptraum für ihn, dass ein Gangsterboss, ein Psychopath, jemand, an dessen Verhaftung er beteiligt gewesen war, seiner Frau oder den Kindern etwas antäte. Sein Haus war durch ein ausgeklügeltes Alarmsystem gesichert und die Sprechanlage mit einem Monitor gekoppelt. Er hatte absichtlich einen so entlegenen Wohnort gewählt, besaß eine Geheimnummer, und die Adresse kannte kaum einer seiner Kollegen und Bekannten. Bis heute hatte nicht einmal ich sie gekannt, jedoch angenommen, er wohne näher bei Quantico – vielleicht in McLean oder Alexandria.

»Marino hat Ihnen gegenüber sicher Hilda Ozimek erwähnt«, wandte er sich an mich.

Ich nickte. »Ist sie ernst zu nehmen?«
»Das ›Büro‹ hat sie bei verschiedenen Gelegenheiten zu Rate gezogen – doch wir geben das nicht gern zu. Ihre Gabe, ihre Kraft – wie immer man es nennen will – ist tatsächlich vorhanden. Bitten Sie mich aber nicht um eine Erklärung. Derartige Phänomene gehen über meinen Horizont. Außerdem war ich nie dabei. Aber ich weiß, dass sie einmal dabei geholfen hat, ein Flugzeug des ›Büros‹ aufzuspüren, das in den Bergen von West-Virginia abgestürzt war. Sie hat Sadats Ermordung vorausgesagt, und das Attentat auf Präsident Reagan hätte uns nicht so unvorbereitet getroffen, wenn wir ihr aufmerksamer zugehört hätten.«
»Sie wollen uns doch wohl nicht im Ernst erzählen, dass sie die Schüsse auf Reagan prophezeit hat«, spöttelte Marino.
»Fast auf den Tag genau – wir glaubten es nur nicht, gaben es nicht weiter. Das war ein Fehler, wie sich später zeigte. Und seitdem will der Geheimdienst es sofort wissen, wenn sie etwas ›sieht‹.«
»Der Geheimdienst liest wohl auch Horoskope, was?«, grinste Marino.
»Soviel ich weiß«, erwiderte Wesley spitz, »hält Hilda Ozimek Horoskope für ziemlich ungenau. Und sie liest auch nicht aus der Hand.«
»Wie ist Mrs. Harvey auf sie gekommen?«, fragte ich.
»Vermutlich über das Justizministerium. Wie auch immer – jedenfalls ließ sie die Hellseherin am Freitag nach Richmond einfliegen, und die Frau hat ihr offenbar einige Dinge gesagt, die zur Folge hatten, dass sie … Na ja – sagen wir mal, ich betrachte Mrs. Harvey in gewisser Weise als Gefahr: Ich befürchte, ihre Aktivitäten könnten sich eher schädlich als positiv auswirken.«
»Was genau hat die Frau ihr denn gesagt?«, wollte ich wissen.
Wesley sah mich ausdruckslos an. »Ich kann nicht näher darauf eingehen. Noch nicht.«
»Aber Sie wissen es?«, hakte ich nach. »Mrs. Harvey hat Ihnen mitgeteilt, dass sie sich an eine Hellseherin gewandt hat?«
»Ich bin nicht befugt, mit Ihnen darüber zu sprechen, Kay«, erwiderte Wesley. Ein langes Schweigen folgte, während dessen ich zu

dem Schluss kam, dass Wesley seine Informationen nicht von Pat Harvey hatte – sie mussten aus einer anderen Quelle stammen.

»Ich weiß nicht«, sagte Marino schließlich. »Könnte auch sein, dass es Deborah rein zufällig erwischt hat.«

»Auch das«, nickte Wesley.

»Die Geschichte zieht sich jetzt schon über zwei Jahre hin, Benton«, sagte ich.

»Jaaa«, dehnte Marino. »Eine ganz schön lange Zeit. Ich meine ja immer noch, dass ein Irrer am Werk ist, der sich auf Pärchen spezialisiert hat – als eine Art Racheakt, weil er keine Beziehung aufbauen kann und Leute hasst, die es können.«

»Gut möglich. Vielleicht grast er Lover's Lanes ab – die ›Wasserlöcher‹, an denen junge Leute üblicherweise parken. Vielleicht malt er sich seine Taten erst mal im ›Trockentraining‹ aus, bevor er zuschlägt, und zehrt dann monatelang von der Erinnerung an die Morde, bevor der Drang zum Töten wieder übermächtig wird und sich eine perfekte Möglichkeit bietet. Es ist durchaus denkbar, dass Deborah Harvey und Fred Cheney nur zum falschen Zeitpunkt am falschen Ort waren und keines der komplizierten Motive vorliegt, die wir erwägen.«

»Meines Wissens gibt es keinen Anhaltspunkt dafür, dass die Pärchen für ein Schäferstündchen parkten, als sie ihrem Mörder begegneten«, gab ich zu bedenken.

Wesley antwortete nicht.

»Und im Gegensatz zu Deborah und Fred waren die anderen Paare nicht auf einen Rastplatz oder zu einem der ›Wasserlöcher‹ gefahren, wie Sie es nennen«, fuhr ich fort, »sondern mit einem bestimmten Ziel unterwegs, als etwas sie veranlasste, anzuhalten und jemanden in ihren Wagen zu lassen oder in das Fahrzeug dieser Person zu steigen.«

»Die Killer-Cop-Theorie«, murmelte Marino.

»Der Täter könnte auch ein Mann sein, der sich als Cop *ausgibt*«, überlegte Wesley laut. »Das würde erklären, weshalb die Pärchen ihre Wagen verließen und den Zündschlüssel stecken ließen: Sie erwarteten nur eine Führerscheinkontrolle und rechneten damit, gleich weiterfahren zu können. Jeder kann in einem entsprechenden Laden das nötige Zubehör für eine Polizisten-Maskerade kaufen – und ein Blinklicht. Allerdings fällt Letzteres auf: Andere Verkehrsteilnehmer bemerken es – oder, noch schlimmer, ein *echter* Cop fährt vorbei, hält an und fragt, ob der »Kollege« Hilfe brauche. Bisher gibt es keinen Hinweis darauf, dass jemand eine Verkehrskontrolle registrierte, als die Pärchen verschwanden.«

»Gegen diese Version spricht, dass die jungen Leute ihre Brief- und Handtaschen im Auto ließen – mit Ausnahme von Deborah Harvey«, wandte ich ein. »Wenn sie angenommen hätten, ihre Papiere vorzeigen zu müssen, hätten sie diese Dinge doch mitgenommen.«

»Vielleicht lief es anders: Sie glaubten, wegen einer Routine-Stichprobe angehalten worden zu sein, und als der Knabe bei ihnen ankam, zog er eine Waffe und befahl ihnen, in sein angebliches Dienstfahrzeug umzusteigen.«

»Ganz schön riskant«, fand Marino. »In einer solchen Situation würde ich das Gaspedal durchtreten und abzischen. Und außerdem bestünde bei einem solchen Vorgehen eine noch größere Gefahr, dass jemand aufmerksam wird. Ich meine: Wie scheucht man in vier, vielleicht sogar fünf Fällen zwei Menschen mit vorgehaltener Waffe in einen Wagen, ohne dass es mindestens *einem* Vorbeifahrenden auffällt?«

»Ich habe eine noch bessere Frage.« Wesley sah mich durchdringend an. »Wie bringt man acht Menschen um, ohne die geringste Spur zu hinterlassen – nicht einmal eine Knochenverletzung oder eine Kugel in der Nähe der Leichen?«

»Durch Erwürgen, Erdrosseln oder indem man die Kehlen durchschneidet«, erklärte ich. Es war nicht das erste Mal, dass er mich deshalb anging. »Die Körper waren alle bereits weitgehend verwest, Benton. Noch etwas zu der Killer-Cop-Theorie: In diesem Fall wären die Opfer in den Wagen des Mörders umgestiegen. Doch anhand der Witterung, der der Bluthund am letzten Wochenende folgte, kommt man eher zu dem Schluss, dass – falls jemand Deborah Harvey und Fred Cheney etwas antat – dieser

Jemand mit Deborahs Jeep wegfuhr, ihn auf dem Rastplatz abstellte und dann zu Fuß die Interstate überquerte.«
Wesley hatte sich schon mehrmals die Schläfen gerieben, als leide er unter Kopfschmerzen. »Ich wollte mit Ihnen beiden sprechen, um Ihnen klarzumachen, dass dieser Fall mit größter Vorsicht zu behandeln ist. Wir drei müssen eng zusammenarbeiten – ansonsten ist strengste Diskretion erforderlich. Keine unbedachten Äußerungen gegenüber Reportern, keine Weitergabe von Informationen – nicht an Freunde, nicht an Verwandte, andere Gerichtsmediziner oder Cops. Und kein Funkverkehr über dieses Thema!« Er schaute uns an. »Falls Deborah Harvey und Fred Cheney gefunden werden, möchte ich umgehend unterrichtet werden. Und wenn Mrs. Harvey sich mit einem von Ihnen in Verbindung setzt, bitte ich, sie an mich zu verweisen.«
»Das hat sie bereits getan«, sagte ich.
»Ich weiß«, antwortete Wesley, ohne mich anzusehen. Ich fragte ihn nicht, woher – aber ich machte keinen Hehl aus meiner Verärgerung.
»Unter den gegebenen Umständen kann ich verstehen, dass Sie sie besucht haben«, fügte er großmütig hinzu. »Aber ich halte es für besser, derartige Treffen in Zukunft zu vermeiden – und weitere Diskussionen über die Fälle. Das verursacht nur noch mehr Probleme. Mrs. Harvey soll sich aus den Ermittlungen raushalten. Je mehr sie einsteigen würde, umso gefährlicher wäre es für sie.«
»Wieso? Meinen Sie, sie könnte auch umgebracht werden?«, fragte Marino skeptisch.
»Ich meine, dass sie die Nerven verlieren und durchdrehen könnte.«
Vielleicht war Wesleys Sorge um Pat Harveys seelische Gesundheit echt, aber mir erschien sie geheuchelt. Und als ich später mit Marino nach Richmond zurückfuhr, festigte sich in mir der Verdacht, dass Wesleys Ersuchen um »strengste Diskretion« einen Grund hatte, den er uns verschwieg. »Ich komme mir vor wie eine Marionette«, gestand ich, als Richmonds Skyline in Sicht kam.
»Willkommen im Club«, erwiderte Marino trocken.

»Haben Sie einen Schimmer, was wirklich vorgeht?«
»Eine Vermutung.« Er drückte auf den Zigarettenanzünder. »Ich glaube, das hoch geschätzte ›Büro‹ hat was rausgefunden, das, wenn es herauskäme, ein hohes Tier in schlechtem Licht erscheinen ließe. Ich habe das ungute Gefühl, dass jemand gedeckt wird – und Benton sitzt zwischen zwei Stühlen.«
»Wenn das so ist, dann trifft es auch auf uns zu.«
»Sie haben's erfasst, Doc.«

Es lag drei Jahre zurück, dass Abby Turnbull mit einem Arm voller Schwertlilien und einer Flasche Wein in meinem Büro erschienen war. Sie kam sich verabschieden, nachdem sie der *Richmond Times* Lebewohl gesagt hatte. In Zukunft würde sie für die *Washington Post* arbeiten. Wir hatten einander versprochen, in Verbindung zu bleiben, wie man es eben so tut – und jetzt stellte ich beschämt fest, dass ich mich nicht mehr erinnerte, wann ich sie das letzte Mal angerufen oder ihr ein paar Zeilen geschrieben hatte.
»Soll ich durchstellen?«, fragte Rose, meine Sekretärin. »Oder wollen Sie, dass ich eine Nachricht notiere?«
»Nein, nein – geben Sie sie mir. Scarpetta«, meldete ich mich gewohnheitsmäßig.
»Du klingst immer noch verdammt autoritär«, sagte die vertraute Stimme.
»Abby! Tut mir Leid.« Ich lachte. »Rose hat mir gesagt, dass du dran bist, aber wie üblich ersticke ich in Arbeit – und ich fürchte, ich habe irgendwann verlernt, am Telefon freundlich zu sein. Wie geht's dir?«
»Großartig – wenn man von der Tatsache absieht, dass sich die Mordrate in Washington verdreifacht hat, seit ich hingezogen bin.«
»Ist hoffentlich Zufall.«
Sie ging nicht auf die Flachserei ein. »Drogen. Kokain, Crack – und automatische Waffen. Ich dachte immer, Miami wäre das übelste Pflaster – oder vielleicht New York. Nein – unsere geliebte Hauptstadt ist es!«

Ich warf einen Blick auf die Uhr an der Wand und notierte mir die Zeit. Ebenfalls Gewohnheit: Ich war so darauf geeicht, Anrufprotokolle zu schreiben, dass ich sogar zum Block griff, wenn meine Friseuse anrief.

»Ich dachte, du hättest vielleicht heute Abend Zeit für ein gemütliches Dinner.«

»In Washington?«, fragte ich verdutzt.

»Nein – ich bin in Richmond.«

Ich schlug vor, bei mir zu essen, riss mich von meinem Schreibtisch los und fuhr in den Supermarkt. Nachdem ich den Einkaufswagen lange unentschlossen durch die Gänge geschoben hatte, entschied ich mich für Steaks und Salat. Es war schönes Wetter, und ich freute mich darauf, Abby wiederzusehen. Außerdem gab ihr bevorstehender Besuch mir einen »therapeutischen Schubs«: Er lieferte mir einen Anlass, die Hemmschwelle zu überwinden und den Grill auf der Terrasse endlich wieder einmal in Gang zu setzen.

Als ich nach Hause kam, machte ich mich sofort an die Essensvorbereitungen. Ich presste frischen Knoblauch in eine Schüssel mit Rotwein und Olivenöl: Obwohl meine Mutter mich immer wieder ermahnte, »ein gutes Stück Fleisch nicht damit zu ruinieren«, ließ ich mich nicht von meiner Marinade abbringen. Ich wusch den Kopfsalat, schnitt Pilze und Tomaten in Scheiben, Zwiebeln in Ringe, hackte Kräuter – und wappnete mich für die vor mir liegende Aufgabe. Schließlich hatte ich keinen Grund mehr, sie noch länger hinauszuschieben, und trat entschlossen durch die Fenstertür ins Freie.

Die Blumenbeete und Bäume in meinem Garten erschienen mir im ersten Augenblick fremd – ja sogar bedrückend. Ich gab mir einen Ruck, holte Scheuermittel und Schwamm und begann die Kunststoffmöbel zu schrubben, bevor ich mich daranmachte, den Grill zu säubern, der seit jenem Samstagabend nicht mehr benutzt worden war, an dem Mark und ich uns das letzte Mal gesehen hatten. Ich arbeitete mit solcher Vehemenz und Verbissenheit, dass sehr bald meine Arme schmerzten. Bilder und Stimmen tauchten in meinem Kopf auf. Debatten. Ohrfeigen. Dann ein Rückzug in wütendes Schweigen, das in Leidenschaft mündete.

Abby kam kurz vor halb sieben. Ich hätte sie beinahe nicht wiedererkannt. Als sie noch Polizeireporterin in Richmond gewesen war, hatten graue Strähnen ihre stets wie vom Wind verwehten, halblangen Haare durchzogen, was sie älter erscheinen ließ als Anfang vierzig. Jetzt war das Grau verschwunden, das Haar kurz geschnitten und so frisiert, dass es ihr ebenmäßiges Gesicht und ihre Augen, die in zwei verschiedenen Grüntönen schimmerten – eine Unregelmäßigkeit, die ich besonders apart fand – optimal zur Geltung brachte. Sie trug ein dunkelblaues Seidenkostüm, eine elfenbeinfarbene Seidenbluse und hatte einen eleganten, schmalen Aktenkoffer dabei.

»Wenn man dich ansieht, weiß man sofort, wo du wohnst!«, lachte ich und umarmte sie.

»Es ist so schön, dich wiederzusehen, Kay.«

Sie hatte sich daran erinnert, dass ich Scotch mochte, und eine Flasche Glenfiddich mitgebracht, die wir sofort öffneten. Wir setzten uns mit unseren Drinks auf die Terrasse. Es gab viel zu erzählen. Schließlich zündete ich im weichen Licht der Spätsommerdämmerung den Grill an.

»Ja – manchmal vermisse ich Richmond«, beantwortete sie meine Frage. »Washington hat natürlich was – aber es ist auch zum Kotzen. Ich habe mir doch seinerzeit den Saab geleistet, weißt du noch? Einmal wurde er aufgebrochen, die Radkappen sind futsch und die Türen total verbeult. Ich zahle hundertfünfzig pro Monat für einen Stellplatz – und der liegt vier Blocks von meinem Apartment entfernt. Von einem Parkplatz bei der *Post* kann man nur träumen. Ich gehe zu Fuß zur Redaktion und fahre mit einem Dienstwagen zu meinen Terminen. Washington ist wirklich nicht Richmond. Aber im Großen und Ganzen tut es mir nicht Leid, dass ich von hier weggegangen bin«, fügte sie ein bisschen zu energisch hinzu.

»Recherchierst du immer noch bis tief in die Nacht?« Die Steaks zischten, als ich sie auf den Rost legte.

»Nein – das tun die jungen Reporter. Ich werde nach Dienstschluss nur behelligt, wenn was wirklich Tolles läuft.«
»Ich kenne die meisten deiner Artikel«, sagte ich. »In der Cafeteria kann man die *Post* kaufen – und da lese ich sie dann beim Mittagessen.«
»Über deine Arbeit bin ich nicht so gut auf dem Laufenden – aber was du im Augenblick machst, weiß ich.«
»Und das hat dich auf den Plan gerufen«, schloss ich daraus und bepinselte das Fleisch mit Marinade.
»Ja: der Harvey-Fall.«
Ich antwortete nicht.
»Marino hat sich nicht verändert.«
»Du hast mit ihm gesprochen?«
»Ich habe es *versucht*«, korrigierte sie mit einem müden Lächeln. »Auch bei anderen Detectives. Und natürlich bei Benton Wesley. Mit anderen Worten: Vergiss es!«
»Nimm's nicht so tragisch: Mit mir redet auch kaum einer. Aber behandle diese Äußerung bitte vertraulich.«
»Alles, was wir miteinander sprechen, wird vertraulich behandelt, Kay«, sagte sie ernst. »Ich bin nicht zu dir gekommen, um dich für meine Story auszuhorchen.« Nach einer kleinen Pause fuhr sie fort: »Ich habe verfolgt, was hier in Virginia vorgeht. Mein Herausgeber war nur sehr mäßig daran interessiert – bis Deborah Harvey und ihr Freund verschwanden: Jetzt ist er ganz heiß auf die Sache.«
»Das überrascht mich nicht.«
»Ich weiß nicht recht, wo ich anfangen soll.« Sie sah mich unschlüssig an. »Es gibt Dinge, die ich bisher niemandem erzählt habe. Sie deuten darauf hin, dass ich mich auf brisantem Terrain bewege.«
»Ich verstehe nicht.« Ich griff nach meinem Drink.
»Da geht's dir wie mir.«
»Abby – hör auf, in Rätseln zu sprechen. Erklär mir, worum es geht.«
Sie atmete tief durch und zündete sich eine Zigarette an. »Wie ge-

sagt, interessiere ich mich schon lange für die Morde an den Pärchen. Ich bemühe mich, etwas darüber in Erfahrung zu bringen – aber eher erzählt dir eine Auster was. Von Anfang an stieß ich auf eine Ablehnung, die weit über die hinausgeht, die ich von der Polizei gewohnt bin. Ich bringe das Thema zur Sprache, und man knallt praktisch den Hörer auf. Und im Juni kam dann das FBI zu mir.«

»Wie bitte?« Ich hörte auf, die Steaks mit Marinade zu bestreichen, und sah sie verblüfft an.

»Erinnerst du dich an den dreifachen Mord in Williamsburg? Bei einem Raubüberfall wurden Mutter, Vater und Sohn erschossen.«

»Ja.«

»Ich arbeitete an einem Bericht darüber und musste dazu nach Williamsburg. Wie du weißt, kommt man nach der Abfahrt von der Sixty-Four nach Colonial Williamsburg – wenn man sich nach rechts wendet. Aber links steht man nach knapp zweihundert Metern vor dem Tor zu Camp Peary. Ich war in Gedanken und bog falsch ab.«

»Ist mir auch schon zweimal passiert.«

»Ich erklärte dem Posten mein Versehen. Mann, ist das grässlich da: Überall große Warnschilder ›Übungsgelände der Army‹ und ›Wenn Sie dieses Gelände betreten, erklären Sie sich damit einverstanden, dass Sie durchsucht werden‹. Es hätte mich nicht gewundert, wenn ein SWAT-Team von Neandertalern aus den Büschen gestürmt wäre und mich weggeschleppt hätte.«

»Ja – die Herren dort sind wirklich nicht sehr umgänglich«, nickte ich amüsiert.

»Na, jedenfalls machte ich, dass ich wegkam – und ich hatte die Sache längst vergessen, als zwei Tage später zwei FBI-Agenten in der *Post* erschienen. Sie fragten, was ich in Williamsburg gewollt hätte und warum ich zum Camp Peary gefahren sei. Offenbar war ich gefilmt worden – und mittels der Autonummer identifiziert. Es war richtig unheimlich.«

»Warum sollte sich das FBI dafür interessieren?«, fragte ich.

»Camp Peary ist CIA-Gelände.«

»Der CIA hat keine Autorität in den Vereinigten Staaten – vielleicht waren die Kerle ja in Wirklichkeit von dem Verein und gaben sich nur als FBIler aus. Wer weiß schon, was da gemauschelt wird? Außerdem hat der CIA nie offiziell erklärt, dass Camp Peary sein Trainingszentrum ist, und die Typen erwähnten ihn mit keinem Wort. Aber ich wusste, worauf sie hinauswollten – und sie wussten, dass ich es wusste.«

»Was haben sie noch gefragt?«

»Ob ich einen Artikel über Camp Peary schreiben wolle und deshalb versucht habe, reinzukommen. Ich sagte ihnen, wenn es so wäre, hätte ich es klüger angestellt. Und dann setzte ich noch drauf, dass ich derzeit zwar nicht an einem Bericht über den CIA – ich betone: CIA – arbeite, mir die Idee jetzt jedoch überlegenswert erscheine.«

»Ganz schön frech.«

»Sie zuckten mit keiner Wimper. Bestens geschult – das muss man ihnen lassen.«

»Der CIA ist paranoid – vor allem, was Camp Peary betrifft. Staatspolizei und Rettungshubschrauber dürfen das Gebiet nicht überfliegen. Keiner dringt in den Luftraum ein oder kommt an dem Wachhäuschen vorbei, ohne vom Allmächtigen überprüft worden zu sein.«

»Du bist auch schon falsch abgebogen«, erinnerte sie mich. »Aber bei dir stand anschließend nicht das FBI auf der Matte.«

»Ich arbeite auch nicht für die *Post*.«

Ich nahm die Steaks vom Grill, und wir gingen zurück in die Küche. Während ich uns Salat auflegte und Wein eingoss, sprach Abby weiter. »Und seit die Agenten mich besucht haben, passieren merkwürdige Dinge.«

»Zum Beispiel?«

»Ich glaube, meine Telefone werden abgehört.«

»Wie kommt du denn *darauf?*«

»Es fing mit dem Apparat zu Hause an. Ich unterhielt mich mit jemandem und hatte plötzlich das Gefühl, als sei noch einer in der Leitung. Dann erlebte ich das auch in der Redaktion. Ein Gespräch

wurde durchgestellt, und dann … es ist schwer zu erklären.« Sie rückte nervös ihr Besteck zurecht. »Ein hohler Nichtklang, eine laute Stille – wie immer man es nennen will. Aber es ist da.«
»Und was weiter?«
»Na ja – da war noch was. Ich stand vor dem People's Drugstore in der Nähe vom Dupont Circle. Ein Informant sollte um acht Uhr abends dorthin kommen. Ich wollte mit ihm irgendwohin essen gehen und reden. Und dann entdeckte ich den Mann: glatt rasiert, in Windjacke und Jeans, nett aussehend. In der Viertelstunde, die ich da wartete, ging er zwei Mal an mir vorbei – und als mein Informant und ich das Restaurant betraten, sah ich den Burschen aus dem Augenwinkel noch mal. Es klingt verrückt, aber ich hatte den Eindruck, dass ich beschattet würde.«
»Ist der Mann dir früher schon einmal aufgefallen?«
Sie schüttelte den Kopf.
»Und seitdem?«
»Nein. Aber da ist noch etwas anderes: meine Post. Ich wohne in einem Apartmenthaus. Die Briefkästen sind unten in der Halle – und manchmal bekomme ich Sendungen mit unbegreiflichen Poststempeln.«
»Wenn der CIA sich an deiner Post zu schaffen machte, würdest du es nicht merken – das kann ich dir versichern.«
»Ich sage ja nicht, dass die Post *aussieht*, als hätte sich jemand daran zu schaffen gemacht – aber in mehreren Fällen schwören Leute, zum Beispiel meine Mutter und mein Agent, etwas an einem bestimmten Tag abgeschickt zu haben, und wenn ich es dann schließlich bekomme, ist das Datum das Poststempels ein anderes. Später. Tage. Eine Woche. Ich weiß nicht …« Sie hielt inne. »Normalerweise würde ich das auf Schlamperei bei der Post schieben – aber zusammen mit all den anderen Dingen bringt es mich ins Grübeln.«
»Warum sollte jemand deine Telefone abhören, dich beschatten und deine Briefe filzen?«, fragte ich.
»Wenn ich das wüsste, könnte ich vielleicht was dagegen tun.« Endlich begann sie zu essen. »Mmm – schmeckt toll.« Doch sie schien keinen Hunger zu haben.

»Könnte es sein«, meinte ich vorsichtig, »dass dein unfreiwilliger Ausflug zum Camp Peary und der Besuch der FBI-Agenten dich psychisch etwas aus dem Gleichgewicht gebracht haben?«
»Du meinst, ob ich seitdem unter Verfolgungswahn leide? Möglich – aber ich glaube es nicht. Jedenfalls kann es nicht mit Washington zusammenhängen: Ich schreibe keinen zweiten *Veil* und recherchiere auch nicht in einem zweiten Watergate-Skandal. In Washington gibt's nichts als Routinesachen. Das einzig große Ding, das läuft, sind die Vorgänge hier in der Gegend: die Morde – oder wahrscheinlichen Morde – an den verschwundenen Pärchen. Ich fange an, Fragen zu stellen, und bekomme Schwierigkeiten. Was hältst du davon?«
»Erscheint mir weit hergeholt«, antwortete ich ausweichend: Es schien mir geraten, Wesleys Anordnungen vom Vorabend zu befolgen.
»Ich weiß von den fehlenden Schuhen und Strümpfen«, erklärte Abby unvermittelt.
Ein Detail, das den Medien bisher verheimlicht worden war!
»Ist doch merkwürdig: Da werden acht Menschen tot im Wald gefunden – und weit und breit keine Spur von ihren Schuhen und Strümpfen!« Sie sah mich erwartungsvoll an.
»Abby«, sagte ich ruhig und goss uns Wein nach, »dir ist doch klar, dass ich nicht über die Fälle sprechen darf – auch nicht mit dir.«
»Hast du nicht einen klitzekleinen Hinweis für mich – damit ich nicht total im Dunkeln tappe?«
»Um die Wahrheit zu sagen: Ich bewege mich ebenfalls dort.«
»Wenn das stimmt, dann ist die Sache wirklich topsecret.«
Marino hatte die Vermutung, es werde jemand gedeckt. Und dann fiel mir Pat Harvey ein – und die bevorstehende Anhörung vor dem Kongress.
»Pat Harvey ist ein großer Star in Washington«, sagte Abby in meine Gedanken hinein.
»Nicht nur dort.«
»Auf den Gästelisten für Elite-Partys steht ihr Name gleich unter

dem der First Lady. Es geht das Gerücht, dass Pat Harvey bei der nächsten Wahl das erreichen kann, was Geraldine Ferraro versuchte.«

»Vizepräsidentin zu werden?«

»Sagt der Klatsch. Ich bin eher skeptisch. Aber wenn wir wieder einen republikanischen Präsidenten bekommen, wird sie meiner Ansicht nach zumindest ins Kabinett berufen – oder sogar Justizministerin. Vorausgesetzt, sie hält durch.«

»Das wird nicht einfach sein.«

»Persönliche Probleme können eine Karriere sehr schnell beenden.«

»Aber nur, wenn man es zulässt«, erwiderte ich. »Wenn man sie bewältigt, kann man daran wachsen.«

»Ich weiß«, murmelte sie und starrte in ihr Weinglas. »Ich bin ziemlich sicher, dass ich Richmond nie verlassen hätte, wenn das mit Henna nicht passiert wäre.«

Kurz nachdem ich mich in Richmond niedergelassen hatte, war Abbys Schwester ermordet worden. Die Tragödie hatte Abby und mich auf beruflicher Basis zusammengebracht – und dann waren wir Freundinnen geworden. Ein paar Monate später hatte sie den Job bei der *Post* angenommen.

»Es war schwer für mich, hierher zurückzukommen – selbst nach all der Zeit«, gestand sie. »Heute früh fuhr ich an meinem alten Haus vorbei und spielte mit dem Gedanken, zu klopfen und die neuen Besitzer zu bitten, mich reinzulassen: Ich hatte die Idee, in Hennas Zimmer zu gehen, um das letzte entsetzliche Bild durch ein normales, friedliches zu ersetzen. Aber dann tat ich es doch nicht: Ich hätte es nicht ertragen.«

»Eines Tages wirst du es können.« Fast hätte ich ihr erzählt, dass ich die Terrasse heute zum ersten Mal wieder benutzte und weshalb ich es bisher nicht über mich gebracht hatte – doch dann erschien mir der Vergleich lächerlich, und außerdem wusste Abby nichts von Mark.

»Nach diesem missglückten Versuch der Vergangenheitsbewältigung sprach ich mit Fred Cheneys Vater«, berichtete sie. »Und anschließend war ich bei den Harveys.«

»Wann wird deine Story erscheinen?«
»Sicher erst in der Wochenendausgabe: Ich muss noch eine Menge recherchieren. Die Zeitung will ein Persönlichkeitsbild von Deborah und Fred und jedes Fitzelchen Information über den Stand der Ermittlungen, das ich beibringen kann – vor allem, was eine etwaige Verbindung zu den anderen vier Paaren betrifft.«
»Was für einen Eindruck hattest du von den Harveys?«
»Ich habe nur mit ihr gesprochen: Als ich auftauchte, verschwand Bob mit den beiden Söhnen. Er hat nicht viel übrig für Reporter – und ich habe den Verdacht, dass ihm seine Rolle als ›Prinzgemahl‹ zu schaffen macht. Er gibt grundsätzlich keine Interviews.« Sie schob den Teller mit dem nur halb gegessenen Steak weg und griff nach ihren Zigaretten. Sie rauchte noch mehr als früher. »Ich mache mir richtig Sorgen um Pat: Sie sieht zehn Jahre älter aus als vorher! Und sie vermittelte mir den Eindruck, dass sie etwas weiß! Ich frage mich, ob sie vielleicht bedroht worden ist, eine Nachricht erhalten hat – und es sogar der Polizei verschweigt.«
»Ich kann mir nicht vorstellen, dass sie so unklug handeln würde.«
»Ich schon«, meinte Abby. »Ich glaube, wenn sie eine Chance sieht, ihre Tochter unversehrt zurückzubekommen, wird sie nicht einmal Gott erzählen, was sie weiß.«
Ich stand auf, um den Tisch abzuräumen.
»Machst du mir einen Kaffee?«, bat Abby. »Ich möchte nachher nicht am Steuer einschlafen.«
»Wann musst du los?« Ich räumte das Geschirr in die Spülmaschine.
»Bald. Aber vorher habe ich noch ein paar Dinge zu erledigen.«
Ich sah sie fragend an, während ich Wasser in den Kessel laufen ließ.
»Eine Spritztour zu dem Seven-Eleven, wo Deborah und Fred anhielten ...«
»Woher weißt du denn *das?*«, unterbrach ich sie.
»Habe ich dem Fahrer des Abschleppwagens entlockt, der auf dem Rastplatz war, um den Jeep wegzuschaffen: Er hatte gehört, wie ein paar Beamte sich über den Kassenzettel unterhielten, der in

einer zerknüllten Papiertüte gefunden worden war. Es kostete mich einige Mühe, aber schließlich bekam ich raus, um welchen Laden es sich handelte und welche Angestellte zur fraglichen Zeit Dienst hatte: Ein Mädel namens Ellen Jordan – hat Montag bis inklusive Freitag die Vier-bis-Mitternacht-Schicht.«
Abby hatte ihre vielen Auszeichnungen für hervorragende Reporterleistungen nicht von ungefähr bekommen!
»Und was erhoffst du dir von dem Gespräch?«
»Das ist wie beim Quiz: Ich kenne die Antworten nicht, ich weiß noch nicht mal die Fragen – bis es losgeht.«
»Ich finde, du solltest so spät abends nicht allein da hinfahren.«
»Wenn du einen Ritt auf meiner Rakete nicht scheust – ich freue mich über Gesellschaft.«
»Ich halte das für keine besonders gute Idee«, wandte ich ein.
»Du hast sicher Recht«, stimmte sie zu.
Ich fuhr trotzdem mit.

4

Wir sahen das leuchtende »Seven-Eleven« schon achthundert Meter vor der Ausfahrt. Die rot-grüne Botschaft entsprach schon lange nicht mehr den Tatsachen: Jeder Seven-Eleven, den ich kannte, war rund um die Uhr geöffnet. Ich konnte fast hören, was mein Vater sagen würde: »Und *dafür* hat dein Großvater Verona verlassen?«

Das war sein Lieblingssatz, wenn er die Morgenzeitung las und missbilligend den Kopf schüttelte. Er sagte ihn, wenn jemand mit einem Georgia-Akzent uns behandelte, als seien wir keine »echten Amerikaner«, und er murmelte ihn, wenn er Geschichten über Betrügereien, Rauschgift und Scheidungen hörte. In meiner frühen Kindheit besaß er in Miami einen Tante-Emma-Laden, und abends erzählte er von seinem Tag und fragte uns nach dem unseren. Zu meinem großen Kummer hatte ich ihn nicht lange: Er starb, als ich zwölf war. Ich war sicher, er hätte die neuen Geschäftszeiten verurteilt: Nächte und Sonn- und Feiertage waren seiner Meinung nach nicht dazu gedacht, dass man sie hinter dem Ladentisch verbrachte und zwischendurch ein Sandwich hinunterschlang – diese Zeit gehörte der Familie.

Abby schaute prüfend in die beiden Rückspiegel, bevor wir die Sixty-Four verließen. Knapp dreißig Meter später bog sie in den Parkplatz des Seven-Eleven ein, der auf den ersten Blick verlassen wirkte, und seufzte erleichtert. »Alles klar so weit!« Sie parkte neben dem VW, der dicht bei den Glastüren stand, und zog den Zündschlüssel ab. »Kein Polizeiauto in Sicht auf den letzten dreißig Kilometern.«

»Unverschämtes Glück«, sagte ich und entkrampfte meine angespannten Muskeln.

Die Nacht war warm, die Luftfeuchtigkeit hoch, und ein Dunstschleier verhinderte den Blick auf die Sterne. Ein junger Mann mit einer Zwölferpackung Bier kam uns entgegen, als wir in die künstliche Kühle des Supermarkts traten. In einer Ecke blinkten Videospiele, und hinter der Kasse füllte eine Angestellte das Zigarettenregal auf. Blondiertes, dauergewelltes Haar umgab ihren Kopf wie eine verfilzte Aura. Die schlanke Gestalt steckte in einem kurzen orange-weiß karierten Kittel und hautengen schwarzen Jeans. Die langen Fingernägel leuchteten blutrot. Das Mädchen konnte kaum älter sein als achtzehn, doch sie hatte ein erschreckend hartes Gesicht – als sei sie von einem Fahrrad mit Stützrädern übergangslos auf eine Harley-Davidson umgestiegen.

»Ellen Jordan?«, fragte Abby.

Überraschung – und Misstrauen. »Wer will das wissen?«

»Abby Turnbull.« Abby streckte ihr die Hand hin. Ellen schüttelte sie schlaff. »Aus Washington«, fügte Abby hinzu. »Von der *Post.*«

»Von welcher Post?«

»Von der *Washington Post.*«

»Oh.« Gelangweilte Ablehnung. »Die führen wir schon – gleich da drüben.« Sie deutete auf einen Zeitungsständer in der Nähe der Tür.

Unbehagliches Schweigen.

»Ich bin *Reporterin* bei der *Post*«, erklärte Abby.

Die Augen des Mädchens leuchteten auf. »Kein Witz?«

»Kein Witz. Ich hätte Ihnen gerne ein paar Fragen gestellt.«

»Für eine Story, meinen Sie?«

»Ja. Ich brauche Ihre Hilfe.«

»Was wollen Sie wissen?« Ihre Miene zeigte deutlich die Begeisterung über die plötzlich erlangte Wichtigkeit.

»Es geht um das Pärchen, das Freitagabend vor einer Woche kurz nach neun hier war. Ein Junge und ein Mädchen – etwa in Ihrem Alter.«

»Ach – die beiden, die verschwunden sind! An die erinnere ich mich«, nickte sie eifrig. »Mann – hätte ich denen bloß nie geraten, zu dem Rastplatz zu fahren! Aber das Erste, was man uns bei der Einstellung einbläut, ist, dass wir die Kundschaft nicht die Toilette benutzen lassen dürfen. Mir persönlich würd's nichts ausmachen – und das Mädchen tat mir richtig Leid. Mann – ich wünschte, ich hätt' sie reingelassen.«

»Das glaube ich Ihnen«, sagte Abby freundlich.

»Ich fand's ganz schön peinlich«, gestand Ellen. »Wissen Sie – als sie wegen der Toilette fragte, stand ihr Freund direkt neben ihr. Sie wollte ihren Tampon wechseln. Also – ich würde mir eher die Zunge abbeißen, als so was in Gegenwart von einem Jungen zu sagen.«

»Woher wissen Sie, dass er ihr Freund war?«

Ellen sah sie verwirrt an. »Das konnte man sehen. Die mochten sich. Das erkennt man doch, wie Leute miteinander umgehen – jedenfalls, wenn man drauf achtet. Ich habe in dem Job viel Gelegenheit, Leute zu studieren – kommen eine Menge rein, die auf dem Weg in die Ferien sind. Bei Ehepaaren sehe ich gleich, ob sie bloß von der Fahrt genervt sind oder von den Kindern, oder ob sie sich nicht grün sind. Aber die beiden, die Sie meinen, waren ganz süß zueinander.«

»Haben sie sonst noch was gesagt – abgesehen von der Tampon-Geschichte?«

»Wir unterhielten uns, während ich den Einkauf eintippte – wie man eben so redet«, antwortete Ellen. »Ich sagte das Übliche: ›Schöne Nacht für eine Fahrt‹ und ›Wo soll's denn hingehen?‹.«

»Und – haben sie es Ihnen gesagt?«

»Was?«

»Wo sie hinwollten.«

»Ja, ans Meer. Das weiß ich genau, weil ich richtig neidisch wurde. Ich sagte ihnen, was sie für ein Glück hätten. Alle Leute sind zu den tollsten Orten unterwegs, und ich sitze hier fest. Außerdem ist es auch noch mit meinem Freund aus, und mir wird immer ganz elend, wenn ich ein Pärchen sehe, das sich gut versteht.«

»Das kann ich mir vorstellen.« Abby lächelte mitfühlend. »Ist Ihnen an den beiden noch etwas aufgefallen?«

Das Mädchen dachte nach. »Eigentlich nicht – außer, dass sie in Eile waren. Wahrscheinlich, weil die Kleine dringend eine Toilette brauchte. Aber sie waren sehr nett. Wissen Sie – es kommt oft vor, dass Kunden die Toilette benutzen wollen, und wenn ich ihnen sage, dass das nicht geht, werden sie stinkig. Aber die waren kein bisschen sauer.«

»Sie erwähnten, dass Sie sie zu einem Rastplatz schickten«, lenkte Abby zum Thema zurück. »Können Sie sich daran erinnern, was genau Sie gesagt haben?«

»Klar. Sie waren ja auf der Sixty-Four in Richtung Osten unterwegs, und ich sagte, da käme bald einer – so nach fünf bis zehn Minuten. Kommt ja immer drauf an, wie schnell einer fährt.«

»War sonst noch jemand hier, als Sie ihnen das erklärten?«

»Es war ziemlicher Betrieb – ein ewiges Rein und Raus.« Sie überlegte. »Da drüben in der Ecke spielte einer am Pacman. Der Bursche ist jeden Tag da.«

»Es war niemand in der Nähe, als die jungen Leute sich an Sie wandten?«

»Doch – ein Mann. Er kam gleich nach ihnen, sah die Zeitschriften durch und kaufte sich dann eine Tasse Kaffee.«

»Und das war, während Sie miteinander sprachen?«, vergewisserte sich Abby.

»Ja. Er hat sie sogar angesprochen: Sagte, dass ihm der Wagen gefiele. Es war ein brauner Jeep – einer von diesen schicken, wissen Sie. Sie hatten gleich bei der Tür geparkt.«

»Was geschah dann?«

Ellen setzte sich auf den Hocker vor der Kasse. »Das war's so ziemlich. Andere Kunden kamen rein, der Typ trank seinen Kaffee aus und verschwand, und etwa fünf Minuten später ging das Pärchen auch.«

»Und der Mann stand praktisch daneben, als Sie den beiden den Rastplatz empfahlen?« Abby war hartnäckig wie ein Terrier.

Das Mädchen runzelte die Stirn. »Soweit ich mich erinnere, ja. Und dann ging das Mädchen und holte was aus einem der Regale und kam wieder zur Kasse, als der Mann seinen Kaffee bezahlte.«

»Sie sagten, das Paar sei etwa fünf Minuten nach dem Mann gegangen«, hakte Abby ein. »Was machten sie denn noch so lange?«

»Na ja – das Mädchen stellte einen Sechserpack Bier auf den Tresen, und ich musste mir ihren Ausweis ansehen und stellte fest, dass sie noch nicht einundzwanzig war, und deshalb durfte ich ihr kein Bier verkaufen. Sie war nicht böse drüber – sie lachte sogar. Wir lachten alle. Ich nahm es ihr nicht krumm, dass sie mich austricksen wollte – ich nehme so was nicht persönlich. Hab's ja selber schon versucht. Jedenfalls brachte sie das Bier wieder ins Regal zurück und kaufte einen Sechserpack Pepsi. Und dann gingen sie.«
»Können Sie den Mann beschreiben – den mit dem Kaffee?«
»Was wollen Sie denn wissen?«
»War es ein Weißer?«
»Ja – aber ein dunkler Typ. Schwarzes Haar – vielleicht auch braun.«
»Welches Alter?«
»Ende zwanzig, Anfang dreißig.«
»Groß, klein? Dick, dünn?«
Ellen blickte in die Ferne. »Mittelgroß. Kräftig – aber nicht dick.«
»Bart oder Schnurrbart?«
»Glatt rasiert. Halt, jetzt fällt mir was ein: Seine Haare waren ganz kurz – wie bei einem Soldaten. Wissen Sie, in dieser Gegend gibt's viele Soldaten, und die kommen hier rein, wenn sie auf dem Weg nach Tidewater sind.«
»Hatte er sonst noch etwas an sich, das an einen Soldaten erinnerte?«
»Ja, irgendwie schon. Ist schwer zu erklären – aber wenn man genügend von den Typen gesehen hat, erkennt man sie sofort. Viele haben auch eine Tätowierung.«
»Hatte dieser Mann eine?«
Wieder runzelte Ellen die Stirn. »Mir ist keine aufgefallen«, sagte sie dann.
»Und wie war er angezogen?«
»Nicht wie ein Soldat.«
»Trug er Anzug und Krawatte?«
»Nein, nein – nichts Elegantes. Jeans oder dunkle Hosen. Und eine Windjacke oder so was Ähnliches.«

»Wissen Sie zufällig, womit er unterwegs war?«
»Nein – hab ich nicht gesehen. Er muss weiter weg geparkt haben.«
»Haben Sie das alles auch der Polizei erzählt?«, fragte Abby.
»So ziemlich.« Sie schaute auf den Parkplatz hinaus: Ein Kombi war gerade eingebogen. »Bis auf das, was mir gerade erst wieder eingefallen ist.«
Als zwei Jugendliche hereinstürmten und auf die Videospiele zusteuerten, wandte sie sich wieder uns zu. Ich sah ihr an, dass sie sich zu fragen begann, ob sie nicht zu viel erzählt habe.
Offenbar vermittelte sie Abby denselben Eindruck. »Ich danke Ihnen, Ellen.« Sie trat einen Schritt zurück. »Die Story wird am Wochenende in der *Post* stehen – versäumen Sie sie nicht.«
Und schon waren wir draußen.
»Puh – das war höchste Zeit: Noch eine Minute, und sie hätte womöglich alles zurückgenommen!«, sagte Abby. »Es wundert mich, dass die Polizei sie nicht zum Schweigen verpflichtet hat.«
»Vielleicht hat sie sich einfach darüber hinweggesetzt, weil sie ihren Namen in der Zeitung lesen möchte.«

Der Rastplatz an der I-64, zu dem Ellen Deborah und Fred geschickt hatte, war menschenleer. Abby hielt gleich vorn bei einer Reihe von Zeitungskästen an, und minutenlang saßen wir schweigend nebeneinander. Ein kleiner Eibisch schimmerte silbrig im Licht der Scheinwerfer, die Laternen malten verwischte, helle Flecken in den Dunst. Wenn ich allein gewesen wäre, hätte ich nicht gewagt, auszusteigen.
»Unheimlich!«, murmelte Abby. »Ich frage mich, ob hier dienstags abends immer so wenig los ist oder ob die Nachrichten die Leute veranlasst haben, diesen Platz nicht anzufahren.«
»Vermutlich beides«, antwortete ich. »Aber als Deborah und ihr Freund Freitagabend herkamen, war mit Sicherheit allerhand Betrieb.«
»Vielleicht haben sie genau da geparkt, wo wir jetzt stehen«, überlegte Abby. »Bestimmt waren jede Menge Leute da, immerhin fing

das Labour-Day-Wochenende an. Wenn da einer die beiden dazu bringen konnte, ihn in ihren Jeep steigen zu lassen, muss er ein harmloses Argument für dieses Ansinnen gehabt haben – sonst wäre er Gefahr gelaufen, dass sie um Hilfe riefen.«
»Wenn er wirklich mit ihnen weiterfuhr – was war dann mit seinem Wagen? Oder kam er vielleicht zu Fuß?«
»Unwahrscheinlich«, meinte Abby.
»Falls er ihn hier stehen ließ, ging er ein ziemliches Risiko ein: Irgendwann hat sich der Verkehr ja gelegt.«
»Ich verstehe, was du meinst: Wenn sein Auto schließlich als einziges dastand – und noch dazu verlassen –, konnte es die Aufmerksamkeit eines Troopers erregen, der es dann überprüft hätte.«
»Ob ein Verbrecher so leichtsinnig wäre?«, fragte ich skeptisch.
»Was mir Kopfzerbrechen macht«, sagte Abby, »ist das Zufallsmoment. Dass die jungen Leute auf diesen Rastplatz fuhren, war Zufall. Wenn sie hier auf ihren Mörder trafen – vorausgesetzt, sie *wurden* ermordet –, kann das ebenfalls Zufall gewesen sein. Es besteht aber auch die Möglichkeit, dass sie entführt wurden – beispielsweise von dem Kaffeetrinker ... Dann war es kein Zufall, sondern geplant.«
Ich antwortete nicht. Zufall, eine politisch motivierte Entführung, die Tat eines Psychopathen oder einer Person des öffentlichen Lebens – die Auswahl war groß. Nur die Vermutung, das Pärchen sei durchgebrannt, war meiner Meinung nach abzuhaken. Das Rätsel konnte wohl nur eine tragische Auflösung finden.
Wir verließen den Rastplatz.
Abby sprach erst wieder, als wir auf der Interstate waren und sie den Tempomat eingeschaltet hatte.
»Du glaubst, dass sie tot sind, stimmt's?«
»Willst du mich zitieren?«
»Nein, Kay – das will ich nicht. Weißt du was? Im Augenblick ist mir die Story total egal – ich möchte nur wissen, was zum Teufel eigentlich vorgeht.«
»Weil du um dich selbst besorgt bist.«
»Wärest du das nicht?«

»Doch – wenn ich den Eindruck hätte, dass man mein Telefon abhört, meine Post manipuliert und mich beschattet, wäre ich sicher auch besorgt. Apropos besorgt: Es ist spät, du bist erschöpft – es wäre verrückt, jetzt nach Washington zurückzufahren.«
Sie warf mir einen fragenden Blick zu.
»Ich habe genug Platz – und du kannst ja morgen schon früh aufbrechen.«
»Ich nehme dein Angebot dankend an – wenn du eine neue Zahnbürste für mich hast und ich mich an deiner Bar vergreifen darf.«
Ich lehnte mich zurück und schloss die Augen. »Von mir aus kannst du trinken, bis es dir aus den Ohren rausläuft. Vielleicht leiste ich dir dabei sogar Gesellschaft.«

Als ich kurz nach Mitternacht meine Haustür aufschloss, begann das Telefon zu klingeln. Ich kam dem Anrufbeantworter zuvor.
»Kay?«
Mein Herz machte einen Satz. »Hallo, Mark.«
»Entschuldige, dass ich so spät abends anrufe …«
Zu meinem Ärger zitterte meine Stimme, als ich ihn betont munter unterbrach: »Das macht gar nichts: Ich habe Besuch. Bestimmt erinnerst du dich, dass ich dir von meiner Freundin Abby Turnbull erzählt habe, die bei der *Post* arbeitet. Sie bleibt über Nacht. Wir haben uns ewig nicht gesehen.«
Eine lange Pause folgte. Dann sagte er: »Vielleicht rufst du mich mal an, wenn du Zeit hast.«
Als ich auflegte, schaute Abby mich erschrocken an: Wenn ich so aussah, wie ich mich fühlte, hatte sie allen Grund dazu. »Wer um Himmels willen war denn das, Kay?«

Während meiner ersten Monate in Georgetown war ich so eingeschüchtert von der juristischen Fakultät und der ungewohnten Umgebung, dass ich mich völlig abkapselte. Ich war damals zwar schon Ärztin, kam jedoch aus der unteren Mittelschicht – in Miami geboren und italienischer Abstammung –, und plötzlich fand ich mich inmitten der Reichen und Schönen. Obwohl ich

mich meiner Herkunft nicht schäme, fühlte ich mich gesellschaftlich gesehen minderwertig.
Mark James gehörte zur Oberschicht. Der hoch gewachsene, Selbstsicherheit ausstrahlende Mann fiel mir auf, lange bevor ich seinen Namen erfuhr.
Wir begegneten uns zum ersten Mal in der Universitätsbibliothek zwischen spärlich beleuchteten Regalen. Nie werde ich das intensive Grün seiner Augen vergessen, mit denen er mich ernsthaft ansah, als wir über ein Thema zu diskutieren begannen, an das ich mich nicht mehr erinnere. Schließlich gingen wir in eine Bar, tranken Kaffee und redeten bis in die frühen Morgenstunden.
Danach sahen wir uns fast jeden Tag.
Ein Jahr lang schliefen wir kaum, weil wir das Gefühl nicht ertragen konnten, voneinander getrennt zu sein – und natürlich war ich wie alle Verliebten davon überzeugt, dass dieser Zustand niemals enden würde, und weigerte mich eine ganze Weile, die Ernüchterung zur Kenntnis zu nehmen, die sich im zweiten Jahr wie ein feuchtkalter Schleier über unsere Beziehung legte. Als ich meinen Abschluss an der Universität mit dem Verlobungsring eines anderen am Finger machte, war ich überzeugt, über Mark hinweg zu sein – bis er vor nicht allzu langer Zeit plötzlich wieder in mein Leben trat.
»Tony war wohl so was wie ein sicherer Hafen für dich«, beurteilte Abby meinen Exmann, als wir mit einer Flasche Cognac in der Küche saßen.
»Er war zuverlässig – und das erschien mir anfangs sehr erstrebenswert.«
»Leuchtet mir ein«, nickte sie. »Ich habe im Laufe meines jammervollen Liebeslebens auch schon so entschieden.« Sie nippte an ihrem Drink. »Ich habe eine leidenschaftliche Affäre – was allerdings nur alle heiligen Zeiten vorkommt –, und wenn sie endet, fühle ich mich wie ein verwundeter Soldat, der vom Schlachtfeld humpelt. Und dann finde ich mich in den Armen eines Burschen wieder, der die Ausstrahlung einer Mülltonne hat und verspricht, für mich zu sorgen.«

»Klingt gut.«
»Du sagst es«, stimmte sie bitter zu. »Nur soll man die so genannte Fürsorge als Haushälterin abarbeiten.«
»So sah Tony es auch«, sagte ich.
»Was ist denn aus ihm geworden?«
»Keine Ahnung – ich habe ewig nichts von ihm gehört.«
»Geschiedene sollten doch wenigstens Freunde bleiben«, fand Abby.
»Er wollte aber nicht mein Freund sein.«
»Denkst du noch an ihn?«
»Man kann jemanden, mit dem man sechs Jahre gelebt hat, nicht vergessen – wiederhaben möchte ich ihn allerdings nicht. Aber ich habe keinerlei Groll gegen ihn. Ich hoffe, es geht ihm gut.«
»Warst du in ihn verliebt, als ihr geheiratet habt?«
»Ich glaubte es.«
»Verstehe. Aber aus dem, was du mir jetzt erzählt hast, schließe ich, dass du nie aufgehört hast, Mark zu lieben.«
Ich goss uns Cognac nach. Wir würden uns morgen entsetzlich fühlen.
»Ich finde es sensationell, dass ihr nach so vielen Jahren noch mal zusammengefunden habt«, fuhr sie fort. »Und egal, was passiert ist – ich bin sicher, dass Mark auch nicht aufgehört hat, dich zu lieben.«
Als er wieder auftauchte, war es, als hätten wir in den Jahren der Trennung in fremden Ländern gelebt, die wir einander nicht beschreiben konnten: Es war uns nicht möglich, dem anderen zu vermitteln, was wir in der Zwischenzeit empfunden hatten. Mark erzählte mir, er habe geheiratet und seine Frau sei durch einen Autounfall umgekommen. Er hatte seine Anwaltskanzlei aufgegeben und war beim FBI eingestiegen. Wenn wir zusammen waren, erfüllte uns ein Hochgefühl, und wir erlebten die wundervollsten Tage seit unserem ersten Jahr in Georgetown. Natürlich war die Beziehung auch diesmal nicht von Dauer: Die Geschichte hat die unschöne Eigenschaft, sich zu wiederholen.
»Ich glaube nicht, dass seine Versetzung nach Denver seine Schuld war«, sagte Abby.

»Er traf eine Entscheidung – und ich auch.«
»Und du wolltest ihn nicht begleiten?«
»Ich war der Grund dafür, dass er den Posten annahm, Abby: Er wollte weg von mir.«
»Gleich bis ans andere Ende des Landes? Ziemlich übertrieben, finde ich.«
»Wenn Menschen wütend sind, handeln sie oft übertrieben. Und machen manchmal große Fehler.«
»Und wahrscheinlich ist er zu stur, um zuzugeben, dass er einen Fehler gemacht hat.«
»Er ist stur – ich bin stur. Keiner von uns gewinnt einen Preis, wenn es um Kompromisse geht. Ich habe meine Karriere, und er hat seine. Er war in Quantico und ich hier – und das tat auf Dauer nicht gut. Ich hatte nicht die Absicht, Richmond zu verlassen, und er hatte nicht die Absicht, hierher zu ziehen. Er erwog, in den Außendienst zurückzugehen, sich zu einem anderen Büro versetzen zu lassen, einen Posten in D. C. anzunehmen – und das ging so weiter und weiter, bis wir nur noch stritten.« Ich hielt inne und suchte nach Worten, um zu erklären, was mir selbst niemals klar sein würde. »Vielleicht bin ich einfach zu festgefahren in meinen Vorstellungen.«
»Du kannst nicht mit jemandem zusammen sein und weiterleben, als seist du allein, Kay.«
Wie viele Male hatten Mark und ich diesen Satz einander an den Kopf geworfen? Es kam der Punkt, an dem wir uns nichts Neues mehr zu sagen hatten.
»Ist die Wahrung eurer Selbstständigkeit den Preis wert, den ihr beide dafür zahlt?«
Es gab Tage, an denen ich dessen nicht mehr ganz sicher war – doch das verriet ich Abby nicht.
Sie zündete sich eine Zigarette an und griff nach der Flasche. »Habt ihr euch je beraten lassen?«
»Nein.«
Das stimmte nicht ganz: Mark und ich waren zwar nie gemeinsam bei einer Beratung gewesen, aber ich war allein hingegangen – und

ich ging heute noch zu dieser Psychotherapeutin. Allerdings nur sporadisch.
»Kennt er Benton Wesley?«, fragte Abby unvermittelt.
»Natürlich. Benton hat ihn an der Akademie ausgebildet – lange bevor ich nach Virginia kam. Sie sind eng befreundet.«
»Und was macht Mark in Denver?«
»Keine Ahnung. Er hat irgendeine Sonderaufgabe.«
»Weiß er über die Fälle hier Bescheid – über die Pärchen?«
»Ich nehme es an. Warum?«
»Ach – nur so. Sei auf jeden Fall vorsichtig mit dem, was du ihm erzählst.«
»Er hat heute Abend zum ersten Mal seit Monaten angerufen – ich habe gar keine Möglichkeit, ihm viel zu erzählen.«
Sie stand auf, und ich brachte sie zu ihrem Zimmer. Als ich ihr ein Nachthemd gab und das Bad zeigte, fuhr sie fort: »Er wird wieder anrufen – oder du rufst ihn an. Bitte überleg dir sorgfältig, was du ihm sagst.«
»Ich habe nicht vor, ihn anzurufen«, erwiderte ich.
»Es ist zum Verrücktwerden!«, seufzte Abby. »Zwei egozentrische Dickschädel! Da hast du meine Charakterisierung – ob sie dir gefällt oder nicht.«
»Ich habe um acht Uhr Dienst«, wechselte ich das Thema. »Um sieben wird aufgestanden.«
»Was für eine erhebende Aussicht.« Sie umarmte mich und küsste mich auf die Wange.

Am Wochenende stand ich früh auf, um die *Post* zu kaufen. Ich konnte Abbys Story nirgends entdecken. Auch nicht in der nächsten Woche und der Woche darauf. Seltsam. Ging es Abby gut? Weshalb hatte ich seit ihrem Besuch nichts mehr von ihr gehört? Ende Oktober rief ich in der Redaktion der *Post* an.
»Tut mir Leid«, sagte eine gestresst klingende Männerstimme. »Abby ist freigestellt – sie kommt erst im August zurück.«
»Ist sie noch in der Stadt?«, fragte ich verdutzt.
»Keine Ahnung.«

Ich legte auf, suchte in meinem Telefonbuch ihre Privatnummer heraus und versuchte es bei ihr zu Hause. Ein Anrufbeantworter erklärte mir, sie sei nicht da. Sie rief nicht zurück – und auch auf meine Anrufe in den nächsten Wochen reagierte sie nicht.

Kurz nach Weihnachten erlebte ich dann eine Überraschung. Am Montag, dem sechsten Januar, fand ich beim Heimkommen einen Brief im Kasten. Er hatte keinen Absender, doch ich erkannte die Schrift sofort. Als ich den Umschlag öffnete, fand ich darin einen gelben Notizzettel, auf dem »Gruß, Mark« stand – und eine Meldung aus der *New York Times*. Abby Turnbull, las ich fassungslos, hatte einen Vertrag für ein Buch über das Verschwinden von Deborah Harvey und Fred Cheney unterschrieben – und über die »erschreckenden Parallelen« zu den anderen vier Paaren aus Virginia, die verschwunden und später tot aufgefunden worden waren. Abby hatte mich vor Mark gewarnt – und jetzt warnte er mich vor ihr. Oder hatte er einen anderen Grund, mir diesen Artikel zu schicken?

Lange Zeit saß ich am Küchentisch und kämpfte gegen die Versuchung an, Abby eine wütende Nachricht auf Band zu sprechen oder Mark anzurufen. Schließlich entschied ich mich dafür, mich an meine Therapeutin zu wenden.

»Sie fühlen sich hintergangen«, folgerte Anna, nachdem ich meiner Empörung gründlich Luft gemacht hatte.

»Das ist sehr milde ausgedrückt.«

»Sie haben gewusst, dass Abby eine Story für die Zeitung schreiben wollte. Ist es denn so viel schlimmer, ein Buch zu schreiben?«

»Sie hat mir nicht gesagt, dass sie ein Buch schreiben würde!«

»Dass Sie sich hintergangen fühlen, heißt nicht, dass Sie tatsächlich hintergangen worden sind«, gab Anna zu bedenken. »Haben Sie Geduld – es wird sich alles klären. Und was die Tatsache betrifft, dass Mark Ihnen diese Meldung geschickt hat – möglicherweise ist das seine Art, Ihnen die Hand zu reichen.«

»Ich überlege, ob ich mir einen Anwalt nehmen soll. Schließlich habe ich keine Ahnung, was in Abbys Buch stehen wird – vielleicht kann ich mich irgendwie absichern.«

»Sie hat Ihnen doch versichert, Ihre Gespräche würden vertraulich behandelt. Hat sie Sie jemals zuvor belogen?«

»Nein.«

»Dann sollten Sie ihr eine Chance geben – eine Gelegenheit, Ihnen das Ganze zu erklären. Außerdem«, fügte sie hinzu, »ist es mir ein Rätsel, was überhaupt in dem Buch stehen soll: Es sind keine Festnahmen erfolgt, und es gibt keine Hinweise darauf, was mit dem Pärchen passiert ist. Die beiden müssten doch erst mal auftauchen.«

Zwei Wochen später war es so weit.

Am zwanzigsten Januar war ich im Regierungsgebäude, weil ein Erlass, der das Forensic Science Bureau autorisierte, eine DNS-Datenbank einzurichten, der General Assembly zur Genehmigung vorgelegt wurde. Ich kam gerade mit einer Tasse Kaffee aus der Snackbar, als ich Pat Harvey entdeckte. Sie trug ein elegantes marineblaues Kaschmirkostüm, hatte eine schmale Tasche unter dem Arm und stand mit einigen Abgeordneten in der Halle. Als ihr Blick zufällig in meine Richtung wanderte, entschuldigte sie sich bei ihren Gesprächspartnern und kam auf mich zu.

»Dr. Scarpetta!« Wir gaben uns die Hand. Aus der Nähe sah sie abgespannt und trotz Make-up blass aus. Ich wunderte mich, dass sie nicht in Washington war, und sie beantwortete meine unausgesprochene Frage: »Ich wurde um Befürwortung der Senate Bill 31 gebeten. Wir sind also wohl beide aus demselben Grund hier.« Ein schwaches Lächeln.

»Wir sind dankbar für jede Unterstützung.«

»Ich glaube nicht, dass Sie sich Sorgen machen müssen«, meinte sie.

Wahrscheinlich hatte sie Recht: Eine so mächtige Verbündete und die dementsprechende Publicity würden die Entscheidung des Komitees sicherlich erheblich beeinflussen. Nach einem kurzen Schweigen, während dessen wir unsere Blicke ziellos schweifen ließen, fragte ich leise: »Wie geht es Ihnen?«

Ihre Augen füllten sich mit Tränen. Sie drängte sie energisch

zurück. »Es tut mir Leid – ich sehe da jemanden, mit dem ich sprechen muss. Es hat mich gefreut, Sie wiederzusehen.«
Pat Harvey war kaum außer Hörweite, als mein Piepser Alarm schlug. Eine Minute später war ich am Telefon.
»Marino ist schon unterwegs hierher«, erklärte meine Sekretärin.
»Ich komme sofort. Richten Sie bitte meine Tasche her, Rose. Vergewissern Sie sich, dass alles da ist: Kamera, Blitzlicht, Taschenlampe, Handschuhe – na, Sie wissen schon.«
»Mach ich.«
Meine hohen Absätze und den Regen verfluchend, eilte ich die Treppe hinunter und die Governor Street entlang. Der Wind zerrte an meinem Schirm. Vor meinen Augen stand Pat Harveys tränenverhangener Blick, der für einen Moment ihren Schmerz verraten hatte.

5

Der Geruch schlug uns schon von weitem entgegen. Schwere Tropfen klatschten laut auf tote Blätter, der Himmel war so dunkel wie bei Einbruch der Dämmerung, kahle Bäume ragten wie Skelette in die kalte Luft.

»Grundgütiger!«, murmelte Marino, als er über einen umgestürzten Baum stieg. »Was für ein abenteuerlicher Gestank! Unverwechselbar.«

»Er wird noch schlimmer«, verhieß Jay Morrell, der auf uns gewartet hatte, um uns in die Wildnis zu lotsen.

Schwarzer Schlamm saugte sich an unseren Schuhen fest und gab sie nur widerstrebend und mit widerlichem Schmatzen für den nächsten Schritt frei. Glücklicherweise hatte ich für Ausflüge wie diesen immer einen Regenmantel mit Kapuze und schwere Gummistiefel im Kofferraum. Meine dicken Lederhandschuhe hatte ich allerdings nicht finden können, und es war unmöglich, sich mit den Händen in den Taschen den Weg durch den Wald zu bahnen. Bisher wusste ich nur, dass mich zwei Leichen erwarteten, vermutlich eine männliche und eine weibliche – gut fünf Kilometer von dem Rastplatz entfernt, auf dem Deborah Harveys Jeep damals gefunden worden war.

Vielleicht sind sie es ja gar nicht, sagte ich mir auf jedem Meter, den ich meinem Ziel näher kam. Doch als wir den Fundort erreichten, wurden meine halbherzigen Hoffnungen zunichte gemacht: Benton Wesley sprach mit einem Officer, der einen Metalldetektor in der Hand hielt – und Wesley wäre nicht alarmiert worden, wenn die Polizei sich nicht sicher gewesen wäre. Er stand militärisch aufrecht und strahlte die gelassene Selbstsicherheit eines Beamten aus, der das Sagen hat. Weder das Wetter noch der Gestank verwesenden Fleisches schienen ihn zu irritieren. Seinem ganzen

Verhalten nach war er schon vor längerer Zeit angekommen – bestimmt lange bevor ich benachrichtigt wurde.
Die Toten lagen bäuchlings nebeneinander auf einer kleinen Lichtung – etwa vierhundert Meter von dem schlammigen Holzweg entfernt, auf dem wir unsere Autos abgestellt hatten. Der Zersetzungsprozess war schon so weit fortgeschritten, dass die Körper teilweise skelettiert waren. Die langen Knochen von Armen und Beinen ragten wie schmutzige graue Stöcke aus der mit Laub bedeckten, verrotteten Kleidung. Die Köpfe waren abgetrennt und – wahrscheinlich von kleineren Tieren – ein Stück weggerollt oder -geschoben worden.
»Haben Sie ihre Schuhe und Strümpfe?«, fragte ich, als ich sah, dass beides fehlte.
»Nein, Ma'am – aber eine Handtasche.« Morrell deutete auf die rechte Leiche. »Vierundvierzig Dollar und sechsundzwanzig Cents und ein Führerschein waren drin – Deborah Harveys Führerschein.« Wieder streckte er den Zeigefinger aus. »Wir nehmen an, das links ist Cheney.«
Gelbe Plastikbänder grenzten die Lichtung ab. Zweige knackten unter den Tritten umhergehender Männer, deren Stimmen sich zu einem unverständlichen Gemurmel vermischten. Es goss in Strömen. Ich öffnete meine Arzttasche und holte ein Paar OP-Handschuhe und die Kamera heraus.
Eine Weile stand ich regungslos da und starrte auf die Überreste jungen Lebens hinunter. Um ihr Geschlecht zweifelsfrei feststellen zu können, würde ich ihre Becken untersuchen müssen, die jetzt noch von Gewebe bedeckt waren, das wie dunkelblauer oder schwarzer Jeansstoff aussah, doch aufgrund der Charakteristika des rechten Körpers – zarte Knochen, kleiner Schädel mit zierlichen Schläfenbeinen, nicht vorstehendes Stirnbein und lange blonde Haarsträhnen, die an Stoffresten klebten – hatte ich Anlass, ihn für weiblich zu halten. Die Größe der anderen Leiche, der kräftige Körperbau, das ausgeprägte Stirnbein und der große Schädel sprachen für einen Mann.
Ich vermochte nicht zu sagen, was den beiden zugestoßen war. Ich

konnte keine offensichtlichen Frakturen oder Löcher erkennen, die auf Schläge oder Kugeln hätten schließen lassen. Der junge Mann und das Mädchen lagen friedlich im Tod vereint, die Knochen ihres linken Arms waren unter die seines rechten geschoben, als habe sie am Ende zu ihm hinübergelangt. In den leeren Augenhöhlen schwamm der Regen wie Tränen.

Erst als ich näher herantrat und auf die Knie ging, entdeckte ich neben den Leichen einen schmalen Streifen dunklen Bodens. Wenn die beiden am Labour-Day-Wochenende gestorben waren, hatten die Bäume noch ihre Blätter gehabt – demnach konnte unter den Körpern kaum etwas anderes sein als nackte Erde. Was ich da sah, gefiel mir ganz und gar nicht: Schlimm genug, dass die Polizisten hier schon seit Stunden herumtrampelten – aber die Lage einer Leiche zu verändern oder sie auch nur anzufassen, bevor der Medical Examiner sie untersucht hat, ist ein Kardinalfehler, und jeder der anwesenden Officer wusste das sehr genau. »Dr. Scarpetta?« Morrells Atem stieg auf wie Dampfwolken. »Ich habe gerade mit Phillips gesprochen.« Er warf einen Blick zu den Beamten hinüber, die etwa sechs Meter östlich von uns das Unterholz durchsuchten. »Er hat eine Armbanduhr und einen Ohrring gefunden – und etwas Wechselgeld. Ganz in der Nähe der Toten. Interessanterweise schlug der Metalldetektor danach weiter an. Phillips hielt ihn genau über die Leichen, und das Ding piepste weiter. Könnte wegen eines Reißverschlusses sein. Oder wegen eines Metallhakens oder Nieten an den Jeans. Ich dachte, Sie sollten das wissen.«

Ich schaute in sein ernstes, hageres Gesicht hinauf. Er zitterte trotz seines gefütterten Parkas.

»Sagen Sie mir, was, abgesehen von der Untersuchung mit dem Detektor, noch mit den Leichen gemacht wurde, Morrell. Ich sehe, dass sie bewegt worden sind. Ich muss wissen, ob sie sich wieder genau in der Position befinden, in der man sie heute früh fand.«

»Was die Jäger gemacht haben, die sie fanden, weiß ich natürlich nicht«, antwortete er, den Blick starr auf die Bäume gerichtet. »Sie schwören allerdings, dass sie nicht einmal nah rangetreten sind. Jedenfalls lagen die beiden so wie jetzt, als wir ankamen. Wir haben lediglich nach Papieren geschaut und die Handtasche durchsucht.«

»Ich nehme an, Sie haben Fotos gemacht, bevor Sie etwas anrührten«, sagte ich, um Beherrschung bemüht.

»Wir haben sofort nach unserem Eintreffen damit angefangen.«

Ich holte eine kleine Stablampe aus meiner Arzttasche und machte mich an die Spurensuche. Wenn Leichen so viele Monate den Elementen ausgesetzt waren, ist die Chance, aufschlussreiche Haare, Fäden oder andere Hinweise zu finden, jedoch verschwindend gering. Morrell sah mir zu und trat nervös von einem Fuß auf der anderen.

»Haben Ihre Ermittlungen irgendetwas ergeben, das uns weiterbringen könnte – vorausgesetzt, diese beiden sind Deborah Harvey und Fred Cheney?«, fragte ich, denn ich hatte Morrell seit damals im August auf dem Rastplatz weder gesehen noch gesprochen.

»Nichts – außer einem möglichen Drogenaspekt«, erwiderte er. »Fred Cheneys Zimmerkamerad auf dem College schnupfte Koks. Vielleicht hat das Pärchen durch ihn einen Dealer kennen gelernt und ist hier rausgekommen, um sich mit dem zu treffen.«

Das ergab keinen Sinn. »Warum sollten die beiden den Jeep auf dem Rastplatz stehen lassen und sich dann hier mit einem Dealer treffen? Wozu der Umstand? Weshalb haben sie das Rauschgift nicht auf dem Rastplatz gekauft und sind weitergefahren?«

»Vielleicht wollten sie sich hier etwas reinziehen.«

»Eine reichlich abwegige Idee. Aber wenn wir sie trotzdem einmal in Betracht ziehen, gibt es einen Punkt, der sie noch abwegiger macht: Sie müssten *barfuß* durch den Wald gewandert sein – denn hier sind nirgends ihre Schuhe und Strümpfe zu finden gewesen.«

»Wir wissen nicht, wo die Schuhe und Strümpfe geblieben sind«, antwortete er.

»Mit diesem sind bisher fünf Paare gefunden worden – und bei keinem von ihnen wissen wir, wo die Schuhe und Strümpfe geblieben sind! Kommt Ihnen das nicht merkwürdig vor?«

»O doch, Ma'am – das kommt mir schon merkwürdig vor«, gab

Morrell widerstrebend zu. Er schlang die Arme um seinen Körper, um sich zu wärmen. »Aber im Augenblick muss ich *diesen* Fall bearbeiten – ohne Parallelen zu den anderen Paaren zu ziehen. Ich muss mich an das halten, was ich habe – und alles, was ich im Moment habe, ist ein möglicher Drogenaspekt. Ich darf mich nicht von der Serienmord-Geschichte beeinflussen lassen – und auch nicht davon, wer die Mutter des Mädchens ist. Sonst könnte ich falsche Schlüsse ziehen oder Fakten übersehen.«

»Das möchte ich natürlich auf keinen Fall.«

Er schwieg.

»Haben Sie irgendwelche Hinweise auf Drogenkonsum im Jeep gefunden?«

»Nein – und hier draußen auch nicht. Aber wir haben die Erde und das Laub noch nicht untersucht.«

»Das Wetter ist grauenhaft. Ich halte es nicht für sinnvoll, das unter diesen Bedingungen in Angriff zu nehmen.« Ich hörte selbst, wie ungeduldig und verärgert ich klang. Ich war wütend auf Morrell, wütend auf die gesamte Polizei. Wasser rann an meinem Mantel herunter, meine Knie schmerzten, Hände und Füße wurden allmählich gefühllos, der Verwesungsgestank war betäubend, und das Klatschen der Regentropfen auf den Blättern zerrte an meinen Nerven.

»Ich meine auch, dass wir damit noch warten sollten«, stimmte er mir zu. »Man sieht ja kaum was. Bisher haben wir nur den Metalldetektor eingesetzt – und unsere Augen.«

»Je mehr wir alle hier herumlaufen, umso größer ist die Gefahr, dass wir Spuren vernichten. Knochensplitter, Zähne oder andere kleine Dinge werden zertreten oder in den Schlamm gedrückt.«

Seit Stunden liefen die hier schon herum, vermutlich war jede Spur längst zertrampelt. »Wollen Sie die beiden heute noch wegschaffen oder liegen lassen, bis sich das Wetter bessert?«, fragte er.

Unter gewöhnlichen Umständen hätte ich gewartet, bis es aufhörte zu regnen und die Sichtverhältnisse günstiger wären. Wenn Leichen monatelang im Wald gelegen haben, verändert sich ihr Zustand nicht wesentlich, falls sie, mit Plastikplanen abgedeckt, noch weitere ein, zwei Tage dort verbleiben. Aber als Marino und ich angekommen waren, hatten wir gesehen, dass bereits mehrere Fernsehteams da waren. Einige Reporter saßen abwartend in ihren Autos, andere trotzten dem Regen und versuchten, den Wachtposten Informationen zu entlocken. Die Umstände waren also alles andere als gewöhnlich.

Ich hatte kein Recht, Morrell Vorschriften zu machen – aber ich hatte die Verfügungsgewalt über die Toten. »Im Kofferraum meines Wagens befinden sich Bahren und Leichensäcke.« Ich kramte meinen Autoschlüssel aus der Tasche. »Wenn Sie die von jemandem holen lassen, fahre ich die beiden hier nachher gleich weg.«

»In Ordnung – ich werde mich darum kümmern.«

»Danke.«

Er entfernte sich. Benton Wesley trat zu mir.

»Wie haben Sie es erfahren?« Meine Frage war vieldeutig, doch er verstand, was ich meinte.

»Morrell rief mich in Quantico an. Ich habe mich sofort in Marsch gesetzt.« Er musterte die Leichen. Sein kantiges, von der tropfenden Kapuze halb verdecktes Gesicht wirkte gestresst. »Haben Sie einen Hinweis auf die Todesursache finden können?«

»Im Augenblick kann ich nur mit Sicherheit sagen, dass ihnen nicht der Schädel eingeschlagen wurde und sie nicht in den Kopf geschossen wurden.«

Sein beredtes Schweigen machte mich noch grimmiger. Ich war gerade dabei, eine Plastikfolie auseinander zu falten, als sich Marino, die Hände tief in die Manteltaschen vergraben und die Schultern nach vorn gezogen, um sich gegen die Kälte und den Regen zu schützen, zu uns gesellte.

»Sie werden sich eine Lungenentzündung holen«, sagte Wesley mit einem Blick auf Marinos tropfnasse Haare. »Ist das Police Department von Richmond zu arm, um euch Jungs Hüte zu kaufen?«

»Wir haben Glück, dass wir das Benzin bezahlt kriegen und eine Waffe gestellt bekommen«, antwortete Marino giftig. »Die Strolche im ›Spring Street‹ sind wesentlich besser dran als wir.«

»Spring Street« war das Staatsgefängnis. Tatsächlich kostete der

Unterhalt für einige der Insassen mehr, als viele Polizeibeamte dafür bezahlt bekamen, dass sie sie dorthin brachten. Dieses Missverhältnis war eines von Marinos Lieblingsthemen. »Wie ich sehe, hat man Sie aus Quantico zu Hilfe geholt«, stellte er fest. »Ist Ihr Glückstag, was?«

»Als ich informiert wurde, fragte ich gleich, ob Sie schon benachrichtigt worden seien«, ging Wesley in die Defensive.

»Ja – sie haben sich schließlich tatsächlich dazu herabgelassen.«

»Morrell sagte mir, dass er noch nie ein VICAP-Formular ausgefüllt habe. Vielleicht können Sie ihm dabei helfen.«

Marino starrte auf die Leichen hinunter. Seine Kiefermuskeln spielten.

»Wir müssen das hier sofort in den Computer geben«, fuhr Wesley fort.

Ich klinkte mich aus der Unterhaltung aus, breitete die Folie neben den weiblichen Überresten aus und drehte sie auf den Rücken. Die Gelenke und Bänder waren noch intakt – die Leiche fiel nicht auseinander. In einem Klima wie dem Virginias muss ein Körper etwa ein Jahr den Elementen ausgesetzt sein, bis er völlig skelettiert ist und in einzelne Knochen zerfällt. Muskelgewebe, Sehnen und Knorpel sind sehr haltbar. Sie war zierlich. Das Bild der hübschen jungen Sportlerin auf dem Schwebebalken erschien vor meinen Augen. Sie trug eine Art Pullover – vielleicht ein Sweatshirt –, und der Reißverschluss ihrer Jeans war geschlossen.

Ich entfaltete die zweite Folie und verfuhr auf dieselbe Weise mit dem jungen Mann. In Verwesung übergegangene Leichen umzudrehen ist, als hebe man einen Stein auf: Man weiß nie, was man darunter findet – abgesehen davon, dass man mit einiger Sicherheit irgendwelche Insekten erwarten darf. Meine Haut kribbelte, als mehrere aufgestörte Spinnen davonhasteten und unter dem Laub verschwanden.

Plötzlich wurde mir bewusst, dass Wesley und Marino gegangen waren. Ich begann im Schlamm nach Fingernägeln, Knochensplittern und Zähnen zu tasten. Wie ich bemerkt hatte, fehlten in einem der Unterkiefer mindestens zwei Zähne. Ich ging davon aus, dass sie irgendwo in der Nähe der Stelle zu finden sein mussten, wo der Schädel gelegen hatte. Nach etwa einer Viertelstunde zog ich Erfolgsbilanz: ein Zahn, ein durchsichtiger kleiner Knopf und zwei Zigarettenstummel. Es hatten an jedem Fundort Stummel gelegen. Merkwürdigerweise wies keiner einen Firmenstempel oder Markennamen auf.

Als Morrell zurückkam, machte ich ihn darauf aufmerksam.

»Ich bin noch nie an einem Fundort gewesen, wo keine Zigarettenstummel herumlagen«, antwortete er uninteressiert.

Das werden wohl noch nicht viele gewesen sein, dachte ich bissig.

»Es sieht aus, als sei das Papier um die Filter entfernt worden«, erklärte ich, und als ihm diese Eröffnung keinen Kommentar entlockte, wandte ich mich wieder meiner Schlammwühlerei zu.

Als wir schließlich zu unseren Wagen zurückkehrten, wurde es bereits dunkel. Es war eine gespenstische Prozession: Voran die Polizeibeamten mit den Bahren, auf denen die orangefarbenen Leichensäcke lagen, und dahinter wir, schweigend und mit gesenkten Köpfen. Als wir den schmalen, ungepflasterten Weg erreichten, kam plötzlich ein böiger Nordwind auf, und der Regen wurde eisig. Mein dunkelblauer Dienstwagen war als Leichentransporter ausgerüstet. In dem Sperrholzboden verankerte Befestigungen verhinderten, dass die Bahren während der Fahrt verrutschten. Ich glitt hinters Steuer und schnallte mich gerade an, als Marino einstieg.

Morrell knallte die Heckklappe zu. Kameraaugen hielten die Szene fest. Ein Reporter klopfte an mein Fenster. Ich verriegelte die Türen.

»Grundgütiger!«, stöhnte Marino. »Ich hoffe, das war mein letzter derartiger Fall!« Er drehte die Heizung voll auf. Im Außenspiegel beobachtete er, wie die Journalisten in ihre Autos sprangen. »Diese Aasgeier! Irgendein Arschloch muss gequatscht haben. Sicher Morrell, dieser Blödmann! Wenn der mir unterstünde, dürfte er nur noch Strafzettel ausstellen oder die Kleiderkammer verwalten.«

»Wissen Sie, wie wir auf die Sixty-Four zurückkommen?«, fragte ich.

»Da vorne ist eine Gabelung – rein kompassmäßig müssten wir

richtig liegen, wenn wir die linke Abzweigung nehmen.« Er öffnete das Fenster einen Spalt und holte seine Zigaretten aus der Tasche. »Der Gestank dringt sogar durch die Trennwand – mal sehen, wie sich Tabakqualm dazu macht.«
Eine halbe Stunde später schloss ich die Hintertür des OCME-Gebäudes auf und drückte auf einen roten Knopf an der Innenwand. Mit lautem Kreischen öffnete sich das große Tor. Licht fiel auf den nassen Asphalt. Ich fuhr rückwärts in die Garage, stieg aus und öffnete die Heckklappe. Wir zogen die Bahren heraus und rollten sie gerade in den Flur, als einige Pathologen aus dem Lift traten. Sie lächelten uns im Vorbeieilen zu, ohne unserer »Anlieferung« mehr als einen flüchtigen Blick zu schenken: Der Anblick war für sie ebenso alltäglich wie die Hohlziegelwände. Blutlachen auf dem Fußboden und fauliger Gestank gehörten zu unserem Leben.
Ich zückte einen zweiten Schlüssel und sperrte das Vorhängeschloss an der stählernen Kühlkammertür auf, machte mich auf die Suche nach Etiketten, beschriftete und befestigte sie an den Säcken und trug die Neuzugänge in die Liste ein, bevor wir sie auf eine Doppeldeckerbahre »umbetteten« und für die Nacht stehen ließen.
»Sind Sie einverstanden, wenn ich morgen vorbeikomme, um zu erfahren, ob es was Neues gibt?«
»Natürlich.«
»Es sind bestimmt die beiden«, meinte er. »Sie müssen es sein.«
»Ich fürchte auch. Was macht Wesley eigentlich?«
»Der ist auf dem Weg nach Quantico, wo er seine italienischen Maßschuhe auf den protzigen Schreibtisch legen und sich den Bericht per Telefon durchgeben lassen kann.«
»Ich dachte, Sie beide seien Freunde«, sagte ich vorsichtig.
»Partner«, korrigierte Marino. »Soweit man Wesleys Partner sein kann.«
»Haben Sie dieses Wochenende Abendschicht?«, erkundigte ich mich.
»Bis jetzt nicht – aber das kann sich in dem Affenstall ja jederzeit ändern.«

»Wie wär's, wenn wir uns verabreden? Sonntagabend bei mir? Zum Dinner? So zwischen sechs und halb sieben?«
»Ja, das könnt' ich schon einrichten.« Er senkte den Blick – doch ich hatte den Schmerz in seinen Augen noch gesehen.
Ich hatte gehört, dass seine Frau seit Thanksgiving in New Jersey sei – angeblich, um ihre Mutter zu pflegen, die im Sterben lag. Seit damals hatte ich mehrfach mit Marino gegessen, doch er hatte sein Privatleben immer aus der Unterhaltung herausgehalten.
Nachdem er sich verabschiedet hatte, ging ich zu meinem Spind, in dem ich für den Notfall Ersatzkleidung hatte. Ich war völlig verdreckt, der Gestank des Todes hing in meinen Kleidern, klebte an meiner Haut und in meinen Haaren und lag auf meiner Zunge. Hastig stopfte ich meine Sachen in einen Plastiksack und befestigte eine Nachricht für den Hausmeister daran, damit er sie morgen früh sofort in die Reinigung schaffte. Dann trat ich in die Duschkabine.
Ich blieb sehr lange drin.

Einer der vielen Ratschläge, die Anna mir nach Marks Übersiedlung nach Denver gegeben hatte, lautete: »Körperliche Betätigung.« Ein grässlicher Gedanke! »Endorphine lindern Depressionen. Sie werden mehr Appetit bekommen, gut schlafen und sich insgesamt viel besser fühlen. Sie haben doch früher Tennis gespielt. Was halten Sie davon, wieder damit anzufangen?«
Die Befolgung dieses Vorschlags erwies sich als niederschmetternde Erfahrung. Seit meiner Teenagerzeit hatte ich keinen Schläger mehr in der Hand gehabt, und meine Rückhand, die schon damals alles andere als berauschend gewesen war, konnte ich jetzt gänzlich abschreiben. Einmal in der Woche nahm ich spätabends Unterricht: Dann waren nicht so viele Leute auf der Zuschauergalerie des Westwood Racquet Clubs wie zur Cocktail- und Happy-Hour.
Als ich an diesem Abend ankam, blieb mir vor dem Beginn der Stunde gerade noch genug Zeit, um mich in Windeseile umzuziehen und zwei Minuten lang »aufzuwärmen«, indem ich Streck-

übungen machte und tapfer versuchte, meine Zehenspitzen mit den Fingern zu berühren. Die Endorphine begaben sich auf den Weg.
Billy, der Trainer, kam, zwei Körbe mit Bällen über der Schulter, hinter dem grünen Vorhang hervor. »Nach den Nachrichten hätte ich Sie heute nicht erwartet.« Er stellte die Körbe auf den Boden und zog seine Jacke aus. Üblicherweise begrüßte mich der junge Mann, das ganze Jahr über urlaubsbraun und eine wahre Augenweide, mit einem Lächeln und einem Scherz – doch diesmal blieb er ernst.
»Mein jüngerer Bruder kannte Fred Cheney. Ich auch – aber nicht so gut.« Er schaute zu den Spielern auf dem Platz am Ende der Halle hinüber. »Fred war ein besonders netter Kerl – und das sage ich nicht, weil er … mein Bruder ist ganz fertig.« Er bückte sich und nahm eine Hand voll Bälle auf. »Ich finde es das Letzte, wie die Medien sich benehmen: Überall wird Pat Harveys Tochter hochgespielt! Fred kommt fast nicht vor. Da kann man wirklich einen Klassenhass bekommen. Verstehen Sie mich nicht falsch – natürlich tut es mir für sie ebenso Leid, aber …« Er hielt inne und setzte dann hinzu: »Na ja – ich denke, Sie wissen, was ich meine.«
»Das tue ich«, nickte ich. »Aber die Kehrseite der Medaille ist, dass einer Familie, die im Licht der Öffentlichkeit steht, nicht gestattet wird, ungestört zu trauern. Fest steht – das Schicksal der jungen Leute ist für alle Hinterbliebenen tragisch.«
Billy dachte darüber nach und sah mich dann an. »So habe ich es nicht betrachtet. Ich glaube, berühmt sein ist kein Vergnügen – und ich glaube nicht, dass Sie mich stundenweise bezahlen, um sich mit mir zu unterhalten. Was wollen Sie üben?«
»Jagen Sie mich über den Platz – ich habe ein perverses Bedürfnis nach körperlicher Anstrengung.«
Jetzt stahl sich doch ein Grinsen über sein Gesicht. »Was für ungewöhnliche Töne aus Ihrem Mund.«
Ich nahm Aufstellung an der Grundlinie. Meine erste Vorhand wäre gar nicht schlecht gewesen – wenn wir ein Doppel gespielt hätten!

Meine Rechnung ging auf: Die physischen Anforderungen drängten die harten Tatsachen des vergangenen Tages in den Hintergrund – bis später zu Hause das Telefon zu klingeln begann, als ich gerade zur Tür hereinkam.
Diesmal konnte Pat Harvey das Zittern in ihrer Stimme nicht unterdrücken: »Warum musste ich aus den Nachrichten erfahren, dass die Kinder gefunden worden sind?«
»Bis jetzt steht noch nicht fest, dass sie es sind: Ich untersuche sie erst morgen.« Ich setzte mich auf einen Küchenstuhl, um die Stiefel auszuziehen.
»Jedenfalls ist es eine männliche und eine weibliche Leiche, nicht wahr?«
»So scheint es auf den ersten Blick – ja.«
»Bitte sagen Sie mir, ob auch nur eine entfernte Möglichkeit besteht, dass es *nicht* die beiden sind.«
Ich zögerte.
»O Gott!«, flüsterte sie.
»Mrs. Harvey – ich kann nicht bestätigen …«
»Als ich bei der Polizei anrief, sagte man mir, dass Debbies Handtasche mit ihrem Führerschein gefunden worden sei«, unterbrach sie mich. Ich hörte beginnende Hysterie mitschwingen.
Diesen Morrell sollte man mit einem nassen Lappen erschlagen!
»Nur aufgrund solcher Gegenstände kann man keine Identifizierung vornehmen.«
»Sie ist meine Tochter!«
Als Nächstes würden Drohungen und Beschimpfungen folgen: Ich hatte derartige Gespräche schon mit Eltern geführt, die unter gewöhnlichen Umständen ruhig und gesittet waren wie Sonntagsschüler. Pat Harvey musste beschäftigt werden.
»Die Leichen sind bisher nicht identifiziert worden«, erklärte ich noch einmal.
»Ich will sie sehen!«
Nicht in einer Million Jahren! Da half nur Brutalität: »Die Leichen sind durch bloßes Ansehen nicht mehr zu erkennen«, sagte ich. »Sie sind teilweise skelettiert.«

Ich hörte, wie sie nach Luft rang.
»Mit Ihrer Hilfe könnten wir die Identität der weiblichen Toten schon morgen eindeutig feststellen – sonst kann es Tage dauern.«
»Was soll ich tun?«
»Ich brauche Röntgenaufnahmen, Krankenblätter vom Zahnarzt – alles, was Aufschluss über spezielle körperliche Gegebenheiten liefert.«
Schweigen.
»Meinen Sie, Sie können die Unterlagen beibringen?«
»Natürlich. Ich werde mich sofort darum kümmern.«
Ich vermutete, dass sie das Gewünschte bereits vor Sonnenaufgang beieinander haben würde – den zuständigen Ärzten stand eine stressige Nacht bevor.

Am folgenden Nachmittag entfernte ich gerade die Plastikhülle von OCMEs Studienskelett, als Marino zur Tür hereinkam.
»Sie sind nicht leicht zu finden«, sagte er. Mit ausdruckslosem Gesicht musterte er das Gerippe, dessen Knochen mit Drähten zusammengehalten wurden und das mittels eines Hakens im Scheitelpunkt des Schädels an einer L-förmigen Stange befestigt war. Die Füße baumelten über einer mit Rollen versehenen Holzplatte. Es war ein Stückchen größer als ich.
Ich sammelte meine Unterlagen vom Tisch auf. »Was halten Sie davon, den Burschen für mich rauszurollen?«
»Sie machen einen Spaziergang mit Ihrem Freund? Eine gute Idee: Er sieht ein bisschen blass aus um die Nase.«
»Er muss nach unten. Sein Name ist übrigens Haresh«, antwortete ich.
Die Knochen und die kleinen Räder klapperten leise, als Marino und sein grinsender Begleiter mir zum Aufzug folgten. Amüsierte Blicke vorbeikommender Mitarbeiter begleiteten uns. Haresh wurde nicht oft in Anspruch genommen – und wenn, dann nur sehr selten für einen ernsthaften Zweck.
Als ich im letzten Juni an meinem Geburtstag ins Büro gekommen war, hatte ich Haresh in meinem Schreibtischsessel vorgefunden –

eine Brille auf dem Nasenbein, einen Laborkittel über dem Knochengerüst und eine Zigarette zwischen den Zähnen. Ein geistesabwesender Pathologe hatte, wie man mir erzählte, beim Vorbeigehen an der offenen Zimmertür gewohnheitsmäßig Guten Morgen gesagt.

»Hat er Ihnen das mitgeteilt?«, fragte Marino spöttisch. Die Lifttüren schlossen sich hinter uns.

»Sie werden lachen – er hat mir schon allerhand mitgeteilt«, erwiderte ich. »Ich habe festgestellt, dass er mir manchmal von viel größerem Nutzen ist als die Diagramme in den einschlägigen Büchern.«

»Wie ist er zu seinem Namen gekommen?«

»Als er vor Jahren gekauft wurde, gab es hier einen indischen Pathologen, der so hieß. Das Skelett ist ebenfalls indischen Ursprungs. Männlich, in den Vierzigern – vielleicht auch etwas älter.«

Wieder klapperten Knochen und Räder, als Marino Haresh in den Autopsietrakt rollte.

Auf einem weißen Laken, das den vordersten Stahltisch bedeckte, lagen die sterblichen Überreste von Deborah Harvey: schmutzig graue Knochen, schlammverklebte Haarsträhnen und Sehnen, so schwarz und zäh wie Schuhleder. Der Gestank war aufdringlich, aber seit ich die Kleider entfernt hatte, nicht mehr so unerträglich. Im Vergleich zu Haresh, dessen poliertes Gerippe makellos weiß im Neonlicht schimmerte, wirkte die Leiche noch erbarmungswürdiger.

»Ich habe einige Neuigkeiten für Sie«, eröffnete ich Marino. »Aber zuerst möchte ich das Versprechen von Ihnen, dass *Sie* nichts davon weitergeben.«

Er zündete sich eine Zigarette an und sah mich neugierig an. »Okay.«

»Die Identität das Mädchens steht jetzt außer Frage«, begann ich und arrangierte die Schlüsselbeinknochen zu beiden Seiten des Schädels. »Pat Harvey hat heute früh zahnärztliche Röntgenaufnahmen und Krankenblätter gebracht …«

»Selbst?«, unterbrach er mich überrascht.
»Unglücklicherweise«, nickte ich. Ich hatte nicht erwartet, dass sie persönlich kommen würde – sonst hätte ich ihr einiges ersparen können.
»Das muss ja einen ganz schönen Wirbel verursacht haben«, meinte er.
Das hatte es in der Tat.
Sie hatte ihren Jaguar verbotswidrig direkt vor der Tür geparkt, war mit wehendem Mantel in das Gebäude gestürmt, wo sie den Portier mit einer Flut von Forderungen überschüttete. Völlig eingeschüchtert durch die Ankunft einer so wichtigen Persönlichkeit, ließ der Mann sie durch, und sie machte sich unverzüglich auf die Suche nach mir. Bestimmt wäre sie bis in die Leichenhalle vorgedrungen, wenn meine Sekretärin sie nicht am Lift abgefangen und in mein Büro geführt hätte. Als ich hereinkam, saß sie kerzengerade auf der Kante des Besucherstuhls und war weiß wie die Wand. Auf meinem Schreibtisch lagen Totenscheine, Untersuchungsprotokolle, Fotos von Leichen – und in einem Schraubglas mit Formalin schwamm eine ausgeschnittene Stichwunde. An der Rückseite der Tür hingen blutbefleckte Kleider – Beweismaterial in einem Mordfall. Die Gesichtsrekonstruktionen von zwei nicht identifizierten weiblichen Leichen standen auf einem Aktenschrank wie abgeschlagene Köpfe.
Pat Harvey hatte mehr bekommen, als sie verlangte: Sie war kopfüber in die brutale Realität gestürzt, mit der ich tagtäglich konfrontiert wurde.
»Fred Cheneys zahnärztliche Befunde habe ich auch schon – Morrell brachte sie«, fuhr ich fort.
»Und – stimmen sie überein?«
»Ja.« Ich lenkte Marinos Aufmerksamkeit auf die Röntgenaufnahmen, die vor einem Lichtkasten an der Wand hingen.
Verblüffung malte sich auf seinem Gesicht. »Ist das tatsächlich das, wofür ich es halte?« Er deutete auf einen dunklen Punkt in dem schattenhaften Umriss der Lendenwirbelsäule.
Ich nickte. »Auf Deborah Harvey wurde geschossen. Die Kugel

durchschlug den Dornfortsatz und die Stiele und blieb im vertebralen Stamm stecken. Hier.« Ich zeigte auf die Stelle.

Er trat näher heran. »Ich sehe sie nicht.«

»Das können Sie auch nicht. Aber sehen Sie das Loch?«

»Ich weiß nicht – da sind viele Löcher.«

»Ich meine *das* da. Die anderen sind Öffnungen, durch die Knochen und Mark mit Blut versorgt werden.«

»Und wo sind die Stiele, von denen Sie sprachen?«

»Ich habe sie nicht entdecken können. Sie müssen zersplittert sein und liegen wahrscheinlich noch auf der Waldlichtung. Es gibt einen Einschuss, aber keinen Austritt. Die Kugel drang in Höhe des Unterbauches in den Rücken ein.«

»Hat ihre Kleidung an der entsprechenden Stelle ein Loch?«

»Nein.«

Auf einem Tisch stand ein weißes Plastiktablett mit Deborahs Eigentum: Bekleidung, Schmuck – und die rote Nylontasche. Vorsichtig hob ich das fleckige, verfärbte und stark angegriffene Sweatshirt hoch. »Wie Sie sehen, ist das Rückenteil in einem katastrophalen Zustand. Der größte Teil ist weggefault oder von Kleintieren zerfetzt worden. Dasselbe gilt für die Jeans – und das leuchtet ein, denn dieses Gewebe muss blutig gewesen sein. Mit anderen Worten: Die Stoffstücke, in denen ich ein Einschussloch hätte finden können, sind nicht mehr da.«

»Wie steht's mit der Entfernung, aus der sie getroffen wurde? Haben Sie irgendeine Vermutung?«

»Wie ich schon sagte, ist die Kugel nicht ausgetreten. Das legt die Vermutung nahe, dass wir es nicht mit einem Schuss aus nächster Nähe zu tun haben – aber es ist schwer zu sagen. Was das Kaliber betrifft, so tippe ich auf eine Achtunddreißiger – oder größer. Sicher wissen wir es aber erst, wenn ich das Geschoss rausgeholt und von der ballistischen Abteilung habe untersuchen lassen.«

»Sehr merkwürdig«, sagte Marino. »Cheney haben Sie sich noch nicht angesehen?«

»Er ist durchleuchtet worden: keine Schussverletzungen. Untersucht habe ich ihn bisher noch nicht.«

»Sehr merkwürdig«, wiederholte er. »Es passt nicht: Der Schuss in den Rücken passt nicht zu den anderen Fällen.«
»Da haben Sie Recht.«
»Und daran ist sie gestorben?«
»Ich weiß es nicht.«
Er sah mich an. »Was soll das heißen?«
»Eine solche Verletzung führt nicht augenblicklich zum Tod, Marino. Da die Kugel stecken geblieben ist, hat sie nicht die Aorta durchschlagen. Wäre das auf dieser Höhe passiert, wäre Deborah innerhalb von Minuten verblutet. Der Schuss hat zu einer sofortigen Querschnittslähmung geführt – und natürlich wurden Blutgefäße verletzt.«
»Wie lange kann sie damit noch gelebt haben?«
»Stunden.«
»Und wie sieht's mit Vergewaltigung aus?«
»Slip und Büstenhalter waren an Ort und Stelle«, antwortete ich. »Aber das schließt eine Vergewaltigung nicht aus: Möglicherweise erlaubte ihr der Täter, sich anschließend wieder anzuziehen – vorausgesetzt, sie wurde *vor* dem Schuss vergewaltigt.«
»Und warum hätte er das tun sollen?«
»Wenn eine Frau vergewaltigt wird«, erklärte ich, »und ihr Angreifer sagt ihr, sie dürfe sich danach wieder anziehen, nimmt sie an, dass er sie am Leben lassen wird, und wehrt sich nicht, weil sie fürchtet, dass er sonst seine Meinung ändert.«
Er runzelte die Stirn. »Klingt mir ein bisschen zu weit hergeholt, Doc. Ich glaube nicht, dass es so gelaufen ist.«
»Ich habe ja nur ein Szenario entwickelt. Ich weiß nicht, was sich abgespielt hat. Fest steht lediglich, dass die Unterwäsche nicht zerrissen, zerschnitten oder verkehrt herum war. Was Spermaspuren angeht: Die sind nach so vielen Monaten in freier Natur unmöglich nachzuweisen.« Ich gab ihm ein Clipboard und einen Kugelschreiber. »Wenn Sie schon hier sind, können Sie sich nützlich machen und meine Untersuchungsergebnisse mitschreiben.«
»Werden Sie Benton informieren?«
»Vorläufig nicht.«

»Und Morrell?«
»Natürlich werde ich ihm sagen, dass sie erschossen wurde. Falls es sich bei der Waffe um eine Automatik oder Halbautomatik handelt, liegt die Patronenhülse vielleicht noch auf der Lichtung. Wenn die Cops es ausplaudern wollen, ist das deren Sache – von mir geht jedenfalls nichts an die Medien.«
»Was ist mit Mrs. Harvey?«
»Sie und ihr Mann wissen, dass ihre Tochter und Fred eindeutig identifiziert wurden: Ich habe sie und Mr. Cheney sofort angerufen, als ich so weit war. Aber darüber hinaus werde ich nichts rausgeben, bevor ich die Untersuchungen abgeschlossen habe.«
Die Rippen knackten leise, als ich sie in der Mitte auseinanderbrach. »Zwölf Rippen auf jeder Seite«, diktierte ich. »Im Gegensatz zu der Legende haben Frauen nicht eine mehr als Männer.«
»Was?«
»Rippe.«
Er sah mich verständnislos an.
»Haben Sie nie die Genesis gelesen?«
Derselbe Blick.
»Vergessen Sie's.«
Ich schüttete die Knochen, die sich beim Transport im Leichensack gelöst hatten, auf den Tisch und suchte nach Handwurzelknochen. Sie sehen ganz ähnlich aus wie die kleinen Steine, die man in Bachbetten oder beim Gartenumgraben findet. Es ist schwer, die rechten von den linken zu unterscheiden – dabei konnte mir das Skelett sehr von Nutzen sein. Ich zog Haresh heran, legte seine knochigen Hände auf die Tischkante und begann zu vergleichen. Ebenso verfuhr ich mit den Fingerknochen. »An ihrer rechten Hand fehlen elf Knochen, an der linken siebzehn«, diktierte ich.
Marino notierte es gewissenhaft. »Von wie vielen?«, fragte er.
»Jeweils siebenundzwanzig. Diese hohe Anzahl ist das Geheimnis der ungeheuren Beweglichkeit. Sie ermöglicht es uns, zu malen, Geige zu spielen und einander zu streicheln.«
Und sie ermöglicht es uns, uns zu verteidigen.
Erst tags darauf wurde mir klar, dass Deborah Harvey versucht

hatte, einen Angreifer abzuwehren, der über mehr verfügte als nur eine Pistole.
Kurz vor vier Uhr brachte Morrell mir einen Beutel mit kleinen Knochen: Da das Wetter sich entscheidend gebessert hatte, waren Polizeibeamte vom Morgen an damit beschäftigt gewesen, Erde zu sieben – und sie waren das Ergebnis der Aktion. Fünf davon gehörten Deborah – und auf der Oberseite des längsten Zeigefingerknochens entdeckte ich einen Einschnitt von gut einem Zentimeter Länge.

Die erste Frage, die ich mir stelle, wenn ich eine Verletzung an Knochen oder Gewebe finde, ist, ob sie vor oder nach dem Tod entstanden ist. Wenn jemand nicht über die durch den Tod hervorgerufenen Strukturveränderungen Bescheid weiß, kann das zu fatalen Fehlschlüssen führen.
Menschen, die bei einem Brand umgekommen sind, weisen Knochenbrüche und Epiduralblutungen auf – sie sehen aus, als habe jemand sie zu Tode gefoltert und dann das Haus angezündet, um den Mord zu vertuschen. In Wirklichkeit sind die Wunden erst nach dem Tod entstanden – durch die extreme Hitze. Tote, die an den Strand gespült oder aus Seen und Flüssen geborgen werden, bieten einen Anblick, als habe ein Wahnsinniger ihre Gesichter, Genitalien und Extremitäten verstümmelt. In Wahrheit sind Fische, Krabben und Schildkröten dafür verantwortlich. Andere Leichen werden von Ratten, Raubvögeln, wildernden Hunden und Waschbären angenagt oder zerfleischt. Tiere – ob vierbeinig, geflügelt oder mit Flossen – verursachen großen Schaden, doch gottlob erst, wenn das Objekt ihres Interesses bereits tot ist.
Der Schnitt auf Deborahs Finger war meiner Ansicht nach zu gerade und exakt, um von einem Biss oder Kratzer zu stammen. Doch auch wenn ich das ausschloss, blieb noch ein breites Spektrum von Möglichkeiten.
Am Mittwochabend teilte die Polizei den Medien mit, dass die Identität von Deborah und Fred zweifelsfrei feststehe, und in den folgenden achtundvierzig Stunden kamen die Büroangestellten zu keiner normalen Arbeit mehr, weil sie ständig am Telefon hingen.

Während ich mich im Autopsieraum einigelte, speiste Rose jeden – einschließlich Benton Wesley und Pat Harvey – damit ab, dass noch keine Diagnose vorliege.

Am Sonntagabend gab es schließlich nichts mehr, was ich noch hätte tun können: Deborahs und Freds Überreste waren allen erdenklichen Tests unterzogen und aus allen erdenklichen Winkeln fotografiert worden, die Bestandsaufnahme der Knochen war abgeschlossen. Ich packte Letztere gerade in eine Pappschachtel, als es draußen am Ende des Flurs klingelte. Ich hörte die Schritte des Nachtwächters, dann wurde die Hintertür geöffnet – und gleich darauf kam Marino herein.

»Schlafen Sie jetzt auch hier?«, fragte er mit gutmütigem Spott.

Überrascht registrierte ich, dass sein Mantel und seine Haare feucht waren.

»Es schneit«, beantwortete er meinen Blick.

»Das hat mir gerade noch gefehlt«, seufzte ich.

»Ganze Massen kommen runter, Doc. Ich fuhr vorbei und sah Ihren Wagen auf dem Hof stehen. Da Sie sicher schon seit Tagesanbruch hier sind, haben Sie bestimmt keine Ahnung davon, dachte ich mir.«

Als ich die Schachtel mit einem langen Streifen Klebeband verschloss, fiel mir etwas ein: »Ich denke, Sie haben dieses Wochenende keine Abendschicht.«

»Und ich denke, Sie haben vergessen, dass Sie mich für heute zum Dinner eingeladen hatten.«

Einen Augenblick lang starrte ich ihn verdutzt an – dann dämmerte es mir. »O nein!«, stieß ich hervor und warf einen Blick auf die Uhr an der Wand: Es war schon nach acht! »Marino – es tut mir so Leid!«

»Macht nichts – ich hatte sowieso noch ein paar Sachen zu erledigen.«

Ich erkannte immer, wenn er log: Er mied dann meinen Blick und wurde rot. Wie jetzt. Es war kein Zufall, dass er meinen Wagen im Hof gesehen hatte – es war ein Vorwand: Er hatte etwas auf dem Herzen.

»Ich meinte, es würde Sie vielleicht interessieren, dass Pat Harvey übers Wochenende in Washington war und den Director des FBI aufgesucht hat«, begann er.
»Haben Sie das von Benton?«
»Ja. Er sagte mir auch, er habe ständig versucht, Sie zu erreichen, aber Sie hätten nicht zurückgerufen. Die gleiche Klage käme von Mrs. Drogen-Zarin.«
»Ich habe überhaupt niemanden zurückgerufen«, erwiderte ich müde. »Ich war ziemlich beschäftigt – um es vorsichtig auszudrücken –, und ich habe im Moment keine Erklärungen abzugeben.«
Mit einem Blick auf die Schachtel sagte er: »Sie wissen, dass Deborah in den Rücken geschossen wurde. Es war Mord. Worauf warten Sie denn noch?«
»Ich weiß nicht, woran Fred gestorben ist und ob vielleicht Drogen im Spiel waren. Ich warte auf die toxikologischen Befunde und habe nicht die Absicht, mich zu äußern, bevor ich sie gesehen habe – und bevor ich bei Vessey war.«
»Dem Burschen vom Smithsonian?«
»Ich bin morgen Vormittag bei ihm.«
»Wenn es so weiterschneit, wird das eine tolle Fahrt!«
»Sie haben mir noch nicht gesagt, aus welchem Grund Pat Harvey beim Director war.«
»Sie beschuldigt Sie, zu mauern – und dem FBI macht sie denselben Vorwurf. Sie ist stocksauer. Sie will alle Unterlagen über ihre Tochter – den Obduktionsbericht, den Polizeibericht, den ganzen Packen – und droht damit, einen Gerichtsbeschluss zu erwirken und jede Menge Wirbel zu veranstalten, wenn ihre Forderungen nicht erfüllt werden.«
»Das ist doch verrückt.«
»Sie sagen es. Aber wollen Sie einen kleinen Rat von mir? Sie sollten sich entschließen, heute noch Benton anzurufen.«
»Und warum?«
»Ich möchte nicht, dass Sie in die Pfanne gehauen werden, das ist alles.«

»Wovon sprechen Sie um Himmels willen, Marino?« Ich band meinen OP-Kittel auf.
»Je mehr Sie sich abkapseln, umso mehr Öl gießen Sie ins Feuer. Laut Benton ist Mrs. Harvey überzeugt, dass eine Verschleierungsaktion läuft und wir alle mit drinhängen.«
Als ich nicht antwortete, fragte er: »Haben Sie gehört?«
»Jedes Wort.«
Er hob die Schachtel hoch. »Nicht zu glauben, dass da zwei Menschen reinpassen.«
Es war wirklich unglaublich: Die Schachtel war nicht größer als ein Mikrowellenherd und wog zehn bis zwölf Pfund. Als er sie in den Kofferraum meines Wagens stellte, murmelte ich: »Danke für alles.«
»Was?«
Ich wusste, dass er mich verstanden hatte – er wollte nur noch mehr hören. Ich tat ihm den Gefallen. »Ich danke Ihnen für Ihre Sorge um mich, Marino. Ich weiß das sehr zu schätzen. Wirklich. Und es tut mir schrecklich Leid wegen des Dinners. Ich mach's wieder gut.« Ich schaute zu ihm auf und wunderte mich, dass mir seine Gegenwart so gut tat. Er ging mir auf die Nerven wie niemand sonst – und doch konnte ich mir das Leben ohne ihn nicht vorstellen.
»Und wie wollen Sie das schaffen?«
»Mit Semifreddo di Cioccolata.«
»Ich hätte nicht gedacht, dass Sie so weit gehen würden.«
»Es ist ein Dessert, Sie alberner Kerl. Eine Spezialität von mir: Schokoladenmousse mit Ladyfingers.«
»Ladyfingers?« Mit gespieltem Entsetzen schaute er in Richtung Leichenhalle.

Die verschneiten Straßen gestatteten nicht mehr als Schrittgeschwindigkeit, und ich war so angespannt, dass mir fast der Kopf platzte, als ich endlich in meiner Küche stand und mir einen Drink eingoss. Ich setzte mich an den Tisch und rief Benton Wesley an.

Er kam sofort zur Sache. »Was haben Sie herausgefunden?«
»Deborah Harvey wurde in den Rücken geschossen.«
»Das hat mir Morrell schon mitgeteilt. Er sagte, das Kaliber sei sehr ungewöhnlich: Hydra-Shok, neun Millimeter.«
»Richtig.«
»Und was ist mit ihrem Freund?«
»Ich weiß nicht, woran er gestorben ist. Ich warte noch auf die toxikologischen Befunde und muss mit Vessey vom Smithsonian sprechen. Vorläufig sind die Fälle noch in der Schwebe.«
»Je länger, desto besser.«
»Wie meinen Sie das?«
»Ich meine damit, dass es mir sehr recht ist, wenn Sie sie so lange wie möglich in diesem Zustand halten. Geben Sie keine Berichte raus – ganz besonders nicht an Pat Harvey. Ich möchte nicht, dass bekannt wird, dass auf Deborah geschossen wurde …«
»Soll das heißen, dass die Harveys es nicht wissen?«
»Als Morrell mich informierte, nahm ich ihm das Versprechen ab, den Mund zu halten. Nein – sie wissen es nicht. Jedenfalls nicht von der Polizei …«
Ich hörte die unausgesprochene Frage sehr wohl. »Mrs. Harvey hat mich mehrfach zu erreichen versucht, aber ich habe in den letzten Tagen nicht mit ihr gesprochen – und auch mit kaum jemandem sonst.«
»Bleiben Sie dabei«, sagte Wesley im Befehlston. »Und Informationen geben Sie ausschließlich an mich.«
»Irgendwann – und zwar bald«, glich ich meinen Tonfall dem seinen an, »werde ich die Todesursache bekannt geben müssen. Die Angehörigen von Fred wie die von Deborah haben gesetzlichen Anspruch darauf.«
»Zögern Sie es so lange wie möglich hinaus.«
»Würden Sie mir netterweise sagen, weshalb?«
Schweigen.
»Benton?«
»Ja – ich bin noch da. Tun Sie nichts, ohne vorher mit mir gesprochen zu haben.« Und nach einem kurzen Zögern setzte er hinzu:

»Ich nehme an, Sie wissen von dem Buchvertrag, den Abby Turnbull abgeschlossen hat.«

»Ich habe eine Meldung darüber gelesen«, sagte ich knapp.

»Hat sie wieder Kontakt mit Ihnen aufgenommen? Kürzlich?«

Wieder? Woher wusste Benton Wesley, dass Abby mich im Herbst besucht hatte? Natürlich! Der Teufel soll dich holen, Mark! Als er damals anrief, hatte ich ihm erzählt, dass Abby da sei.

»Ich habe nichts von ihr gehört«, antwortete ich kühl.

6

Am Montagmorgen war die Straße vor meinem Haus unter einer dicken Schneedecke verschwunden, und der graue Himmel verhieß eine Fortsetzung der weißen Heimsuchung. Ich machte mir Kaffee und dachte darüber nach, ob es ratsam sei, unter diesen Umständen die Fahrt nach Washington zu wagen. Um meiner Unentschlossenheit ein Ende zu machen, rief ich schließlich bei der Staatspolizei an, wo ich erfuhr, dass die I-95 in Richtung Norden frei sei, die Schneehöhe bei Fredericksburg nur zwei Zentimeter betrage.

Ich war schon ein gutes Stück gefahren, als mir der Gedanke kam, dass ich im Falle einer Verkehrskontrolle Schwierigkeiten haben könnte zu erklären, weshalb ich in einem Privatwagen mit einer Schachtel unterwegs war, die menschliche Knochen enthielt. Manchmal genügte es nicht, dass ich meine Messingplakette vorzeigte. Nie würde ich den Tag vergessen, an dem ich als Reisegepäck für einen Flug nach Kalifornien eine große Tasche mit sadomasochistischem »Werkzeug« mitführte. Als sie durchleuchtet wurde, hatte ich im Handumdrehen die Flughafensicherung auf dem Hals und wurde zu einem regelrechten Verhör geschleppt. Die unfreundlichen Herren ließen sich nur mit großer Mühe davon überzeugen, dass ich forensische Pathologin und auf dem Weg zur Jahresversammlung der National Association of Medical Examiners war, wo ich das autoerotische Hervorrufen eines Erstickungszustandes demonstrieren sollte. Die Handschellen, mit Ziernägeln besetzte Halsbänder, Lederfesseln und das andere seltsame Zubehör waren Beweisstücke aus abgeschlossenen Fällen.

Um halb elf unversehrt und unbehelligt in D. C. angekommen, fand ich in der Nähe der Ecke Constitutional Avenue und Twelfth Street einen Parkplatz. Ich war nicht mehr im Smithsonian National Museum of Natural History gewesen, seit ich vor mehreren Jahren einen Lehrgang in forensischer Anthropologie besucht hatte. Als ich mit meiner Schachtel in die Halle trat, in der eingetopfte Orchideen blühten und Touristenstimmen durcheinander redeten, wünschte ich mir, unbeschwert zwischen Dinosauriern, Mumien und Mastodons herumwandern zu können und nie die makaberen »Schätze« gesehen zu haben, die diese Mauern ebenfalls beherbergten.

Die deckenhohen Schubladenschränke, die die Flure zu Nadelöhren verengten und die ursprünglich geräumigen Zimmer auf Kammergröße reduzierten, enthielten abgesehen von anderen toten Dingen mehr als dreißigtausend menschliche Skelette. Knochen jeglicher Art kamen Tag für Tag per Einschreiben auf Dr. Alex Vesseys Schreibtisch. Manche waren archäologische Funde, andere entpuppten sich als Bärentatzen, Biberpfoten oder Kälberschädel, die im Straßengraben gelegen hatten oder beim Pflügen ausgegraben worden waren und von Laien für Überreste eines Menschen gehalten wurden, der ein gewaltsames Ende gefunden hatte. Doch viele Pakete enthielten tatsächlich schlechte Neuigkeiten – Knochen von Ermordeten. Abgesehen von seiner Eigenschaft als Kurator des Museums und seiner Arbeit als Naturwissenschaftler, war Dr. Vessey für das FBI tätig und half Leuten wie mir bei der Beantwortung strittiger Fragen. Nachdem mich der grimmig dreinblickende Sicherheitsbeamte, der vor der »Zutritt verboten«-Abteilung Wache hielt, durchgelassen hatte, klipste ich meinen Besucherausweis an den Mantel und steuerte auf den Lift zu, der mich in den zweiten Stock hinaufbrachte. Als ich durch den spärlich beleuchteten Flur ging, befiel mich ein Anflug von Platzangst. Ich erinnerte mich daran, wie ich damals nach acht Stunden an diesem morbiden Ort so ausgehungert nach Sinnesreizen gewesen war, dass ich anschließend die überfüllten Bürgersteige und den Verkehrslärm als unendliche Erleichterung empfunden hatte.

Ich fand Dr. Vessey dort, wo ich ihn auch das letzte Mal gesehen hatte: in einem Labor, in dem sich Stahlkästen stapelten, die Skelette von Vögeln und anderen Tieren, Zähne, Oberschenkelknochen und Unterkiefer enthielten. Regale waren mit weiteren Knochen, menschlichen Schädeln und Schrumpfköpfen gefüllt. Dr. Vessey, weißhaarig und mit dicken Brillengläsern, saß hinter dem Schreibtisch und telefonierte. Während er sein Gespräch beendete, öffnete ich die mitgebrachte Schachtel und suchte den Plastikbeutel mit dem Knochen von Deborahs linkem Zeigefinger heraus.

»Das ist die Tochter der Drogen-Zarin, nicht wahr?«, vergewisserte er sich, als er den Beutel entgegennahm. Eine etwas seltsame Formulierung – aber aus seiner Sicht korrekt: Für ihn war Deborah auf dieses Untersuchungsobjekt reduziert – auf ein Beweisstück.

»Ja«, nickte ich.

Er nahm den Knochen heraus und drehte ihn unter dem Punktstrahler langsam hin und her. »Ich kann Ihnen ohne Zögern sagen, dass dies kein postmortaler Schnitt ist. Alte Schnitte können frisch aussehen – aber frische Schnitte niemals alt. Die Innenseite des Schnittes weist die charakteristische Färbung auf, und auch die Tatsache, dass die Wundränder zurückgebogen sind, zeigt mir, dass er keinem toten Knochen zugefügt wurde: Lebendige Knochen sind elastisch – tote nicht.«

»Zu genau diesem Schluss bin ich auch gekommen.« Ich zog mir einen Stuhl heran. »Aber ich wollte es mir doch noch von Ihnen bestätigen lassen.«

»Das ist auch gut so.« Er schob seine Brille etwas herunter und sah mich über ihren Rand hinweg an. »Womit ich Ihre Befähigung nicht in Frage stellen möchte – aber vier Augen sehen manchmal wirklich mehr als zwei. Sie würden nicht für möglich halten, was hier alles landet.«

»Ich denke doch«, erwiderte ich: Der von Staat zu Staat unterschiedliche Grad pathologischer Kompetenz war mir durchaus bekannt.

»Vor ein paar Monaten«, erzählte Dr. Vessey, »schickte mir ein Gerichtsmediziner ein Gewebestück mit Knochen, von dem er behauptete, es stamme von einem neugeborenen Kind, das in einem

Abwasserkanal gefunden worden sei – er könne nur Geschlecht und Rasse nicht feststellen. Die Antwort lautete: männlicher Beagle, zwei Wochen alt. Kurz davor bekam ich von einem seiner Kollegen ein Skelett, das in einem flachen Grab entdeckt worden war. Der gute Mann hatte keine Ahnung, woran die Person gestorben war. Ich zählte vierzig Schnitte mit zurückgebogenen Rändern – Lehrbuchbeispiele für die Elastizität lebender Knochen.« Er nahm die Brille ab und putzte sie mit dem Saum seines Laborkittels. »Natürlich bekomme ich auch anderes auf den Tisch – Knochen, die während der Autopsie versehentlich verletzt wurden.«
»Könnte diese Wunde ein Tier verursacht haben?«, fragte ich, obwohl ich diese Möglichkeit für mich bereits ausgeschlossen hatte.
»Oftmals kann man Schnitte nur sehr schwer von Nagetierbissen unterscheiden – aber hier bin ich sicher, dass wir es mit einem Messer zu tun haben.« Er stand auf und setzte fröhlich hinzu: »Schauen wir es uns mal genauer an.«
Die anthropologische Kleinarbeit, die mich zum Wahnsinn trieb, machte Dr. Vessey sichtlich Vergnügen: Voller Begeisterung und Neugier trat er zum Seziermikroskop und legte den Knochen auf den Objektträger. Nach einem langen Blick durch das Okular, während dessen er den Knochen im Licht hin und her drehte, sagte er: »Das ist ja interessant!«
Ich wartete.
»Und das ist der einzige Schnitt, den Sie festgestellt haben?«
»Ja«, antwortete ich. »Vielleicht entdecken Sie noch etwas – ich fand ansonsten nur das Loch von der Kugel, das ich erwähnte. Im zehnten Lendenwirbel.«
»Sie sagten, die Kugel habe das Rückenmark durchschlagen.«
»Richtig. Das Mädchen wurde in den Rücken geschossen.«
»Haben Sie eine Ahnung, wo das passierte?«, fragte er.
»Sie lag im Wald – aber der Fundort muss nicht notwendigerweise auch der Tatort sein.«
»Und sie hat diesen Schnitt im Fingerknochen«, überlegte Dr. Vessey laut, während er wieder durch das Okular schaute. »Welche Verletzung kam zuerst? Nach dem Schuss muss sie querschnitt-

gelähmt gewesen sein – aber ihre Hände könnte sie noch bewegt haben.«

»Sie meinen, sie hat sich gewehrt und dabei den Schnitt abbekommen?«

»Ungewöhnlich – aber möglich.« Er lehnte sich in seinem Stuhl zurück und schaute zu mir auf. »In einem solchen Fall findet man die Verletzungen meist auf der Handinnenseite.« Er legte seine Hände mit den Handflächen nach oben hin. »Aber hier wurde die Außenseite getroffen.« Er drehte die Hände um. »Das legt eine bestimmte Schlussfolgerung nahe.« Er sah mich erwartungsvoll an.

»Faustschläge?«

»Genau! Wenn ich mit einem Messer auf Sie losgehe, und Sie wehren sich mit den Fäusten, werden Sie Verletzungen auf der Außenseite der Hand davontragen – es sei denn, Sie öffnen die Fäuste irgendwann. Was Deborah offenbar nicht getan hat. Im Gegensatz zur Mehrzahl der Menschen hat sie nicht die Hände gehoben, um sich zu schützen, sondern auf den Angreifer eingeschlagen. Und etwas ist ganz deutlich zu erkennen: Die Wunde stammt von einer gezackten Klinge.«

»Dann hat der Täter sie nicht durch das Fleisch gezogen, sondern darauf eingehackt?«, fragte ich verdutzt.

»Ja.« Dr. Vessey tat den Knochen wieder in den Plastikbeutel. »Das Zackenmuster zeigt, dass mindestens ein Zentimeter der Klinge die Hand getroffen haben muss.« Er kehrte zu seinem Schreibtisch zurück. »Ich fürchte, mehr kann ich Ihnen zu der Waffe und den Tatumständen nicht sagen. Wie Sie wissen, gibt es unendlich viele Möglichkeiten. Ich kann Ihnen nicht die Länge der Klinge nennen und nicht beurteilen, ob die Verletzung dem Mädchen beigebracht wurde, bevor die Kugel sie traf oder danach, und in welcher Stellung sie sich befand, als sie versuchte, ihr Leben zu verteidigen.«

Deborah hätte auf dem Rücken liegen können, knien oder stehen – und auf dem Rückweg zu meinem Wagen begann ich, die Situation zu durchdenken. Der Schnitt musste stark geblutet haben. Damit fiel der Jeep als Tatort aus, denn dort war kein Blut gefunden worden. Hatte die zierliche Leichtathletin mit ihrem Angreifer gerun-

gen, versucht, ihn zu schlagen, verzweifelt um ihr Leben gekämpft, als ihr Freund bereits tot war? Warum schoss der Mörder auf Deborah, nachdem er Fred offensichtlich auf andere Weise getötet hatte? Ich war sicher, dass er dem Jungen die Kehle durchschnitten hatte. Und ziemlich wahrscheinlich war er nach dem Schuss bei Deborah ebenso verfahren – oder er hatte sie erwürgt. Auf keinen Fall hatte er sie sterbend sich selbst überlassen. Sie war nicht querschnittgelähmt zu Fred gerobbt und hatte ihren Arm unter seinen geschoben – die Leichen waren so hingelegt worden.
Ich bog von der Constitution ab und fuhr auf der Connecticut in einen nordwestlich gelegenen Teil der Stadt, der einen recht armseligen Eindruck gemacht hätte – wenn da nicht das Washington Hilton gewesen wäre. Auf einem Gelände von der Grundfläche eines Häuserblocks erhob sich das Gebäude wie ein weißes Traumschiff aus einem grauen Meer von schäbigen Schnapsläden, Waschsalons, zwielichtigen Kneipen und baufälligen Reihenhäusern, deren Fensterscheiben teilweise durch Pappe ersetzt worden waren.
Ich stellte meinen Wagen in die Tiefgarage des Hotels, überquerte die Florida Avenue und stieg die Stufen zu einem schmutzig braunen Kasten mit einer ausgebleichten blauen Markise über dem Eingang hinauf. Oben angekommen drückte ich auf die Klingel von Apartment achtundzwanzig.
»Wer ist da?«
Die Stimme kam so verzerrt durch die Sprechanlage, dass ich sie kaum erkannte. Nachdem ich meinen Namen gesagt hatte, hörte ich einen erstickten Laut, der ebenso gut ein Schluchzen wie ein Luftschnappen sein konnte. Dann summte der Türöffner.
Ich trat in eine düstere Halle mit einem verdreckten braunen Teppich auf dem Boden und einer Reihe glanzloser Messingbriefkästen an einer mit Holzfaserplatten verkleideten Wand. Abby hatte den Verdacht geäußert, dass ihre Post überprüft werde, aber in dieses Haus kam man ohne Schlüssel nicht rein, und auch die Briefkästen waren verschließbar. Was sie mir bei ihrem Besuch in Richmond erzählt hatte, erschien mir nun noch unwahrschein-

licher. Andererseits – wenn tatsächlich das FBI dahinter steckte … Unsinn!, rief ich mich zur Ordnung.
Das Schild »Außer Betrieb« an der Aufzugtür zwang mich zu einer »körperlichen Betätigung«, die meine Therapeutin begeistert hätte. Als ich im fünften Stock ankam, war ich atemlos – und wütend.
Abby stand in ihrer Wohnungstür. »Was machst du hier?«, flüsterte sie. Ihr Gesicht war aschfahl.
»Da ich bei dir geklingelt habe, kannst du davon ausgehen, dass ich dich besuchen will«, erwiderte ich sarkastisch.
»Du bist doch nicht extra deswegen nach Washington gekommen.«
»Ich hatte dienstlich hier zu tun.«
Durch die offene Tür sah ich weiße Möbel, pastellfarbene Sofakissen und abstrakte Gregg-Carbo-Drucke – alles Dinge, die ich aus ihrem Haus in Richmond kannte. Und plötzlich hatte ich wieder die Bilder jenes schrecklichen Tages vor Augen – die bereits in Verwesung übergegangene Leiche ihrer Schwester auf dem Bett im ersten Stock, Polizeibeamte und Leute von der Spurensicherung, die mit routinierter Gelassenheit ihre Arbeit taten, während Abby auf dem Sofa saß und dermaßen zitterte, dass sie kaum ihre Zigarette halten konnte. Ich kannte sie damals nur vom Hörensagen – und demnach war sie mir ganz und gar nicht sympathisch gewesen. Als ihre Schwester ermordet wurde, hatte sie mein Mitgefühl gewonnen – und später auch mein Vertrauen.
»Ich weiß, du wirst mir nicht glauben«, sagte Abby so leise, dass ich sie kaum verstand. »Aber ich wollte nächste Woche zu dir kommen.«
»Ach, tatsächlich?«
»Bestimmt!«
Wir standen immer noch auf dem Korridor.
»Willst du mich nicht reinbitten, Abby?«
Sie schüttelte den Kopf.
Was war hier los?
»Bist du nicht allein?«

»Lass uns ein Stück gehen«, wisperte sie.
»Abby – was um Himmels willen ist denn …«
Sie starrte mich beschwörend an und legte einen Finger an die Lippen.
Aus ihrem Benehmen konnte man eigentlich nur schließen, dass sie auf dem besten Weg war, den Verstand zu verlieren. Ich wartete auf dem Flur, bis sie mit ihrem Mantel wieder herauskam.
Fast eine halbe Stunde lang gingen wir mit schnellen Schritten und schweigend auf der Connecticut Avenue nebeneinander her. Dann zog sie mich ins Mayflower Hotel und wählte den Tisch in der hintersten Ecke der Bar. Ich bestellte mir einen Espresso, lehnte mich in dem Ledersessel zurück und sah Abby über die polierte Tischplatte hinweg forschend an.
»Du wirst mich sicher für total überdreht halten«, begann sie. Ihre Blicke huschten nervös durch den Raum. Zu dieser frühen Nachmittagsstunde war die Bar noch fast leer.
»Abby! Was ist los mit dir?«
Ihre Unterlippe zitterte. »Es ist so, wie ich dir damals in Richmond gesagt habe – nur viel schlimmer.«
»Du brauchst Hilfe«, sagte ich besorgt.
»Ich bin nicht verrückt!«
»Aber du wirst es bald sein«, antwortete ich.
Sie atmete tief durch und schaute mich verzweifelt an. »Kay – man beschattet mich. Definitiv! Ich bin sicher, dass mein Telefon abgehört wird – und ich vermute, dass Wanzen in meiner Wohnung versteckt sind. Deshalb habe ich dich nicht reingelassen. Dir erscheint das alles bestimmt als die Ausgeburt einer kranken Phantasie – und das kann ich sogar verstehen –, aber ich weiß, was ich weiß. Von Einbildung kann keine Rede sein. Es passieren unglaubliche Dinge!«
Die Bedienung brachte meinen Espresso und Abbys Drink. Nachdem sie wieder gegangen war, sagte Abby: »Zwei Tage nach meinem Ausflug nach Richmond wurde bei mir eingebrochen.«
»Mein Gott! Ist was gestohlen worden?«
»O nein!« Sie lachte freudlos. »Und ›eingebrochen‹ ist auch nicht

das richtige Wort: Ich sollte wohl besser sagen, man hat meine Wohnungstür widerrechtlich geöffnet – ohne sie zu beschädigen.« Ich sah sie fragend an.

»Ich habe einen Computer zu Hause, und auf der Festplatte speichere ich meine Recherchen über die Pärchen und ihre rätselhaften Tode. Mein Gerät ist so eingestellt, dass es alle zehn Minuten abspeichert, woran ich gerade arbeite – damit nichts verloren geht, wenn mal der Strom ausfällt. In der Bruchbude, in der ich wohne, sind solche kleinen Unregelmäßigkeiten an der Tagesordnung.«

»Abby – worauf willst du hinaus?«

»Der Computer hält auch alle zehn Minuten Datum und Uhrzeit fest.«

»Und?«

»Erinnerst du dich an unseren Abstecher zu dem Seven-Eleven an der I-64?«

Ich nickte.

»Ich machte mir Notizen, als ich mit dem Mädchen sprach.«

»Das habe ich mitbekommen.«

»Ich sprach noch mit einer Menge anderer Leute – einschließlich Pat Harvey. Nach meiner Rückkehr aus Richmond wollte ich meine Aufzeichnungen gleich in den Computer geben – aber ich kam nicht dazu. Mittwoch früh fuhr ich aus Richmond weg. Gegen Mittag sprach ich mit meinem Chef – und der hatte plötzlich kein Interesse mehr an dem Harvey-Cheney-Fall! Er sagte, wir müssten die Story schieben, weil eine Wochenendserie über Aids geplant sei. Das fand ich höchst merkwürdig: Zuerst sollte die Geschichte möglichst vorgestern fertig sein, und dann hatte ich plötzlich einen neuen Auftrag – und noch dazu einen, der überhaupt nicht in mein Ressort fiel!« Sie hielt inne, um sich eine Zigarette anzuzünden. »Es lief so, dass ich keine freie Minute hatte – bis zum Samstag. Und als ich mich dann endlich an meinen Computer setzen konnte, um meine Aufzeichnungen zu übertragen, stand da ein Datum, das ich nicht begriff: Freitag, dreizehnter September, vierzehn Uhr dreizehn. Da war ich aber gar nicht zu Hause! Jemand hatte sich mein Material vorgenommen, Kay!«

»Und wer, glaubst du, war es?«
»Das FBI zum Beispiel.«
»Also wirklich, Abby!« Ich verdrehte die Augen.
»Es gibt vieles, was du nicht weißt.«
»Dann erzähl's mir doch.«
»Warum, denkst du, habe ich mich von der *Post* freistellen lassen?«
»Laut *New York Times*, um ein Buch zu schreiben.«
»Und du meinst, dass ich das schon vorhatte, als ich bei dir war.«
»Das ist ja wohl anzunehmen.«
»Aber es stimmt nicht. Ich schwöre es!« Sie beugte sich vor und fügte mit zitternder Stimme hinzu: »Sie haben mich versetzt! Kannst du dir vorstellen, was das für mich bedeutete?«
Ich war sprachlos.
»Schlimmer wäre nur eine Kündigung gewesen, aber rauswerfen konnten sie mich nicht – sie hatten keinen Grund. Da hatte ich gerade erst eine Auszeichnung für hervorragende Reporterarbeit bekommen – und jetzt verdonnerte man mich dazu, Features zu schreiben! Hast du gehört? *Features!* Sag mir, was das soll!«
»Ich weiß es nicht, Abby.«
»Beweisen kann ich es nicht – noch nicht! –, aber ich bin überzeugt, dass da was ganz Großes am Kochen ist. Eine Jahrhundertstory! Bei den Features konnte ich nicht bleiben – schließlich wollte ich ja noch in den Spiegel schauen können –, also beschloss ich, einen Alleingang zu starten, und schloss den Buchvertrag ab. Um meinen Boss zu ärgern, habe ich nicht gekündigt, sondern unbezahlten Urlaub genommen. Kay – ich habe Angst!« Mühsam hielt sie die Tränen zurück.
»Erzähl mir was!«
»Ich hab dir schon eine ganze Menge erzählt. Wie ich damals die falsche Ausfahrt erwischte, in Camp Peary landete und dann die Beamten vom FBI zu mir kamen.«
»Das reicht mir nicht.«
»Der Angelpunkt der Geschichte muss der Herzbube sein.« Als sie meiner Miene entnahm, dass ich keine Ahnung hatte, wovon sie sprach, sah sie mich erstaunt an: »Du weißt nichts davon?«

»Absolut nicht.«
»In jedem der Fälle wurde eine Spielkarte gefunden.« Sie fixierte mich ungläubig.
Jetzt erinnerte ich mich vage an ein Gesprächsprotokoll der Polizei, das ich nach langem Betteln bekommen hatte: Der Detective aus Gloucester hatte mit einem Freund von Bruce Phillips und Judy Roberts gesprochen – dem ersten Pärchen, das verschwand und dann tot aufgefunden wurde. Was hatte der Detective gefragt? Es war mir merkwürdig vorgekommen. Irgendwas wegen Karten. Ob Judy und Bruce Karten gespielt hätten. Ob der Freund jemals Spielkarten in Bruces Camaro gesehen habe.
»Was hat es mit den Karten auf sich, Abby?«
»Weißt du, welche Bedeutung das Pik-Ass im Vietnamkrieg hatte?«
Ich wusste es nicht.
»Wenn eine bestimmte Gruppe amerikanischer Soldaten nach einem Mord ihr ›Markenzeichen‹ hinterlassen wollte, legten sie ein Pik-Ass zu der Leiche. Eine Spielkartenfabrik belieferte diese Einheit allein für diesen Zweck kistenweise mit Karten.«
»Was hat Vietnam mit Virginia zu tun?« Ich sah sie verständnislos an.
»Es gibt da eine Parallele – nur ist es hier kein Pik-Ass, sondern der Herzbube: Bei den ersten vier Fällen wurde in dem verlassenen Wagen jeweils ein Herzbube gefunden.«
»Wo hast du das her?«
»Du weißt, dass ich dir das nicht sagen darf, Kay – aber ich habe mehr als eine Quelle, und deshalb bin ich sicher, dass es stimmt.«
»Und haben dir deine Quellen auch mitgeteilt, dass in Deborah Harveys Jeep ein Herzbube lag?«
Sie griff nach ihrem Glas. »Wurde einer gefunden?«
»Für diese Frage bin ich der falsche Ansprechpartner – es war mein Ernst, als ich dir sagte, ich wisse nichts von den Spielkarten.«
»Jedenfalls beweist sie, dass ich in diesem Fall nichts von einer Karte erfahren habe. Es wäre unheimlich wichtig, rauszufinden, ob eine da war – denn wenn ja, würde das eindeutig beweisen, dass der Mord an Deborah Harvey und Fred Cheney mit den Morden

an den anderen vier Paaren zusammenhängt. Ich suche verzweifelt nach diesem Verbindungsglied. Ich weiß nicht, ob es existiert. Und falls es das tut, weiß ich nicht, was es bedeutet.«

»Was hat das alles mit dem FBI zu tun?«, fragte ich, obwohl ich nicht sicher war, dass ich die Antwort hören wollte.

»Die haben sich fast von Anfang an mit den Fällen befasst, Kay – weit über eine übliche VICAP-Beteiligung hinaus. Das FBI weiß schon lange über die Spielkarten Bescheid. Als im Wagen des ersten Pärchens ein Herzbube gefunden wurde – auf dem Armaturenbrett –, dachte sich keiner was dabei. Dann verschwand das zweite Paar, und wieder wurde ein Herzbube gefunden – diesmal auf dem Beifahrersitz. Als Benton Wesley dahinter kam, hängte er sich sofort rein: Er nahm sich den Detective aus Gloucester vor und schärfte ihm ein, niemandem gegenüber ein Wort über die Spielkarte zu verlieren – und dem Beamten, der die Untersuchung im zweiten Fall geführt hatte, sagte er dasselbe. Und wann immer danach ein Auto verlassen aufgefunden wurde, hing Wesley bei dem zuständigen Mann an der Strippe.«

Sie hielt inne und starrte mich so durchdringend an, als wolle sie meine Gedanken lesen. »Eigentlich brauchte es mich nicht zu wundern, dass du nichts von den Spielkarten weißt. Für die Polizei dürfte es nicht schwierig sein, dir Informationen über die in den Wagen gefundenen Gegenstände vorzuenthalten.«

»Nein, das wäre es nicht«, erwiderte ich. »Hätte man die Spielkarten bei den Leichen gefunden, wäre es was anderes. Das könnten sie mir wohl kaum verheimlichen.« Doch noch während ich sprach, überkamen mich Zweifel. Die Polizei hatte sich reichlich Zeit damit gelassen, mich an den Fundort zu rufen – und als ich ankam, war Wesley schon da und hatte die Leichen durchsuchen und verrücken lassen.

»Es ist doch verständlich, dass das FBI den Herzbuben geheim hält«, argumentierte ich. »Damit können sie den Mörder unter Umständen festnageln.«

»So ein Blödsinn!«, ereiferte sich Abby. »Doch nur, wenn er sich stellt und zugibt, jedes Mal einen Herzbuben als Visitenkarte zurückgelassen zu haben. Aber damit rechnet wohl niemand. Nein – ich glaube nicht, dass das FBI dieses Detail *deshalb* unter Verschluss hält. Da steckt was ganz anderes dahinter.«

»Nämlich?«

»Wir haben es nicht mit einem Serienmörder zu tun – und auch nicht mit einem Verrückten, der etwas gegen Verliebte hat. Die Geschichte hat politische Hintergründe – es kann nicht anders sein.«

Sie signalisierte der Bedienung, uns noch »eine Runde« zu bringen. Als ihr Drink kam, nippte sie erst ein paarmal daran, bevor sie weitersprach. »Warst du überrascht, dass Pat Harvey mich empfing, als ich sie in Richmond aufsuchte?« Sie wirkte jetzt ruhiger.

»Offen gestanden, ja.«

»Hast du dir Gedanken darüber gemacht, weshalb sie es getan hat?«

»Ich nehme an, sie hätte mit jedem gesprochen, wenn sie die Hoffnung gehabt hätte, es könne ihr helfen, ihre Tochter wiederzubekommen. Und manchmal bringt es ja tatsächlich etwas, wenn man die Presse einschaltet.«

Abby schüttelte den Kopf. »Als ich mit ihr sprach, sagte sie mir vieles, das ich nie in die Zeitung gebracht hätte – und ich bin da nicht zum ersten Mal mit ihr zusammengetroffen.«

»Ich verstehe nicht.« Meine Hände zitterten – und daran war nicht der Espresso schuld.

»Du weißt von ihrem Kreuzzug gegen die betrügerischen Wohltätigkeitsorganisationen?«

»Ja.«

»Der Tipp, der sie auf dieses Wespennest aufmerksam machte, kam von mir.«

»Von *dir?*«

»Ich arbeitete damals an einem großen Enthüllungsbericht über Drogenhandel. Im Laufe meiner Recherchen hörte ich viele Dinge, die ich jedoch nicht beweisen konnte – unter anderem über besagte Organisationen. Pat Harvey hat ein Apartment hier – im Watergate-Gebäude –, und eines Abends besuchte ich sie, um ein paar Zitate für meine Story zu bekommen. Wir kamen ins Reden – und am Ende erzählte ich ihr von den Behauptungen, die man mir gegenüber geäußert hatte, und fragte sie, ob sie einigen davon nachgehen könne. So hat alles angefangen.«

»Was für Behauptungen?«

»Über ACTMAD zum Beispiel«, sagte Abby. »Dass einige dieser angeblichen Anti-Drogen-Institutionen Deckmäntel für Drogenkartelle und andere illegale Aktivitäten in Mittelamerika seien. Ich sagte ihr, ich sei von Quellen, die ich für verlässlich hielte, informiert worden, dass Millionen Spendengelder jedes Jahr in den Taschen von Leuten wie Manuel Noriega landeten – natürlich vor seiner Verhaftung. Es bestehe außerdem der Verdacht, dass die Fonds von ACTMAD und anderen ähnlichen Organisationen dazu missbraucht würden, US-Agenten Geheiminformationen abzukaufen und den Heroinhandel über panamaische Flughäfen und Zollämter im Fernen Osten und in Mittel- und Südamerika zu finanzieren.«

»Und bevor du ihr das alles erzähltest, wusste Pat Harvey nichts davon?«

»Nach ihrer Empörung zu urteilen, war sie bis dahin völlig ahnungslos. Sie begann nachzuforschen und legte schließlich dem Kongress einen Bericht vor. Ein Sonderkomitee wurde gebildet und sie aufgefordert, bei dessen Untersuchungen als Beraterin zu fungieren. Sie muss viel herausgefunden haben – sonst wäre wohl kaum ein Hearing angesetzt worden. Für das Justizministerium hat die Geschichte einen großen Haken.«

»Weshalb denn das?«

»Es haben sich Typen bereit erklärt auszupacken, hinter denen DEA, FBI und CIA schon seit Jahren her sind«, erklärte Abby. »Du weißt ja, wie das läuft: Wenn der Kongress einbezogen ist, kann er als Gegenleistung für Informationen Straffreiheit garantieren. Wenn diese Figuren also in dem Hearing aussagen, ist der Zug abgefahren: Keine Chance mehr, sie vor Gericht zu stellen.«

»Dann ist das Justizministerium sicher nicht gerade begeistert von Pat Harveys Bestrebungen.«

»Das Justizministerium wäre insgeheim entzückt, wenn die ganze Untersuchung in sich zusammenfiele wie ein Kartenhaus.«

»Als National Drug Policy Director untersteht Mrs. Harvey doch dem Justizminister, der auch weisungsbefugt gegenüber FBI und DEA ist. Wenn ihre Bemühungen den Interessen seines Ministeriums zuwiderlaufen – weshalb stoppt er sie dann nicht kurzerhand?«

»Weil es nicht *er* ist, mit dem sie ein Problem hat. Was sie tut, wirft ein glänzendes Licht auf ihn und den Präsidenten: Ihre Drogen-Zarin versetzt der Rauschgiftmafia einen spektakulären Schlag. Sauer sind FBI und DEA: Die Konsequenzen sind ihnen nicht weitreichend genug. Alles, was passieren wird, ist, dass die betreffenden Wohltätigkeitsorganisationen entlarvt werden. Sie wird ACTMAD und Konsorten von der Bildfläche fegen – aber die Verantwortlichen kommen mit einem Klaps auf die Finger davon. Die Agenten, die sich in diese Fälle verbissen haben, packt der große Frust: Sie haben umsonst geschuftet – niemand wird eingesperrt. Böse Buben hören nie auf, böse Dinge zu tun. Es ist, als würde man eine Spielhölle schließen: Zwei Wochen später macht sie drei Straßenecken weiter wieder auf.«

»Ich begreife nicht, was diese Sache mit dem Tod von Deborah Harvey zu tun hat«, sagte ich.

»Wenn du Gegenkurs zum FBI steuern, dich vielleicht sogar auf einen Kampf mit ihnen einlassen würdest – wie wäre dir dann zumute, wenn eben dieses FBI damit betraut wäre, den Mord an deiner Tochter aufzuklären?«

Nicht sehr wohl. »Ob nun zu Recht oder zu Unrecht – ich würde mich ausgeliefert fühlen und ein übersteigertes Misstrauen entwickeln.«

»Damit hast du Pat Harveys Empfindungen gut beschrieben. Ich glaube, sie ist davon überzeugt, dass jemand ihre Tochter benutzte, um sie fertig zu machen – dass Deborah nicht das Opfer eines Zufallstäters wurde, sondern das eines bezahlten Killers. Und sie fragt sich, ob das FBI nicht mit drinhängt.«

»Willst du behaupten, dass Mrs. Harvey tatsächlich den Verdacht hat, das FBI sei verantwortlich für den Tod ihrer Tochter und Fred Cheneys?«

»Der Gedanke ist ihr gekommen.«

»Und – teilst du diesen Verdacht?«

»Ich bin an einem Punkt angelangt, wo ich bereit bin, alles zu glauben.«

»Guter Gott!«, murmelte ich.

»Ich weiß, wie an den Haaren herbeigezogen das klingt – aber ich vermute, dass das FBI weiß, was vorgeht, oder sogar, wer da sein Unwesen treibt, und dass ich deshalb ein Problem für die Leute bin: Sie wollen nicht, dass ich rumschnüffle, weil sie fürchten, dass ich irgendwann den richtigen Stein aufhebe und sehe, wer darunter hockt.«

»In dem Fall hätte ich es eher verstanden, wenn die *Post* dir eine Gehaltserhöhung gegeben hätte, statt dich abzuschieben«, meinte ich. »Ich hatte nie den Eindruck, dass die *Post* leicht einzuschüchtern sei.«

»Tatsache ist aber, dass man mich in eine absolut lächerliche Abteilung versetzt hat – meiner Ansicht nach, damit ich nicht weiter würde recherchieren können. Dass ich mich daranmachen würde, auf eigene Faust nachzuforschen, damit hatte mein werter Chef natürlich nicht gerechnet – und dagegen kann er auch nichts unternehmen. Keiner kann das – wenigstens nicht offiziell.«

Es war genauso gut möglich, dass ihr Boss sie von den Nachforschungen abgezogen hatte, weil ihn ihre wilden Spekulationen nervten. Wenn sie auf ihn einen ebenso chaotischen Eindruck gemacht hatte wie auf mich, dann hätte ich ihm das nachfühlen können.

»Ich glaube, du hast dich da in etwas verrannt, Abby«, sagte ich.

»Na schön, es wäre denkbar, dass hinter dem Deborah-Harvey-Fall politische Motive stecken – aber wie passen die anderen Paare in diese Theorie? Das erste Pärchen verschwand mehr als zweieinhalb Jahre vor Deborah und Fred.«

»Kay!«, fuhr sie mich an. »Ich kenne die Antworten nicht – aber ich bin hundertprozentig sicher, dass es da etwas gibt, was das FBI, was die Regierung unter allen Umständen verheimlichen will. Wenn man das FBI gewähren lässt, werden die Fälle nie aufgeklärt. Das ist es, wogegen ich kämpfe. Und du kämpfst gegen nichts anderes. Du wirst noch an meine Worte denken!«

Sie leerte ihr Glas und fuhr fort: »Die Frage ist: *Wann* wird Schluss sein mit diesen Morden? Und: Hätte man ihnen früher ein Ende setzen können?«

»Was hast du vor?«, fragte ich.

»Ich will die ungeheure Schweinerei aufdecken, die da läuft und unschuldige Teenager das Leben kostet. Und ich vertraue dir. Kann sein, dass ich einen Freund brauche.«

»Du machst weiter mit dem Buch?«

»Ja. Ich hoffe, ich werde das abschließende Kapitel schreiben können.«

»Bitte sei vorsichtig, Abby.«

»Du kannst dich darauf verlassen.«

Als wir auf die Straße hinaustraten, war es schon dunkel und sehr kalt geworden. In meinem Kopf wirbelten die Gedanken durcheinander, während wir den belebten Bürgersteig entlanghasteten, und auch auf der Rückfahrt nach Richmond besserte sich meine Verfassung nicht. Ich hätte gern mit Pat Harvey gesprochen, aber ich traute mich nicht. Ich hätte gern mit Benton Wesley gesprochen, aber ich wusste, dass er mir seine Geheimnisse nicht anvertrauen würde – falls es welche gäbe –, und war unserer Freundschaft unsicherer als je zuvor.

Zu Hause angekommen, stürmte ich in die Küche, warf meinen Mantel auf einen Stuhl und rief Marino an. »Wo in South Carolina wohnt Hilda Ozimek?«, fragte ich ihn.

»Warum wollen Sie das wissen? Was hat Ihr Besuch beim Smithsonian ergeben?«

»Bitte beantworten Sie meine Frage!«

»In einem Nest namens Six Mile.«

»Danke.«

»He! Bevor Sie auflegen, könnten Sie mir noch erzählen, wie es in D. C. gelaufen ist.«

»Nicht mehr heute Abend, Marino. Falls ich Sie morgen nicht erreiche, rufen Sie bitte bei mir an.«

7

Morgens um Viertel vor sechs war auf dem Richmond International Airport noch so gut wie nichts los. Die Restaurants waren geschlossen, die Zeitungen lagen gebündelt vor den dunklen Geschenkeshops, und eine Putzfrau schob langsam einen Mülleimer auf Rollen vor sich her und sammelte wie eine Schlafwandlerin Kaugummipapierchen und Zigarettenstummel auf.

Marino saß im US-Air-Terminal. Mit geschlossenen Augen, den zusammengerollten Mantel als Kissen zwischen Kopf und Wand, machte er in dem nach Air-Conditioner riechenden, künstlich beleuchteten Raum mit dem blau getüpfelten Teppichboden und den verwaisten Stühlen ein Nickerchen. Ich schaute auf ihn hinunter, und eine Welle von Wehmut und Zärtlichkeit stieg in mir hoch: Marino wurde alt.

Ich war erst einige Tage an meinem neuen Arbeitsplatz und gerade mit einer Autopsie beschäftigt, als ein großer Mann mit rundem Gesicht hereinkam und sich auf der anderen Seite des Tisches aufbaute. Er musterte mich kühl und prüfend. Ich hatte das Gefühl, ebenso gründlich seziert zu werden wie die Leiche vor mir.

»Sie sind also der neue Chief.« Die Feststellung klang wie ein Angriff – als fände er es ungeheuerlich dreist, dass ich glaubte, eine Position ausfüllen zu können, die nie zuvor eine Frau innegehabt hatte.

»Ich bin Dr. Scarpetta«, antwortete ich. »Und Sie sind von der Richmond City Police, nehme ich an.«

Er murmelte seinen Namen und sah schweigend zu, wie ich mehrere Kugeln aus einem seiner Mordfälle entfernte. Ich übergab sie ihm, und er verließ den Raum ohne ein »Auf Wiedersehen« oder ein »Nett, Sie kennen gelernt zu haben« – und damit waren die Fronten geklärt: Er lehnte mich aufgrund meines Geschlechts ab, und im Gegenzug strafte ich ihn als »vernagelten Macho« mit Verachtung. Doch in Wahrheit hatte er mich total eingeschüchtert.

Es war schwer für mich, mir jetzt vorzustellen, dass ich ihn jemals als bedrohlich empfunden hatte. Er sah alt und verbraucht aus, das Hemd spannte sich über seinem Bauch, das von grauen Strähnen durchzogene Haar war zerzaust, die Stirn zerfurcht von Falten, die von ständiger Anspannung und Verdruss herrührten. Ich legte ihm leicht die Hand auf die Schulter. »Guten Morgen.«

»Was ist in der Tüte?«, fragte er, ohne die Augen zu öffnen.

»Ich dachte, Sie schliefen«, antwortete ich überrascht.

Er setzte sich auf und gähnte.

Ich ließ mich neben ihm nieder und öffnete die Tüte. Sie enthielt zwei Styroporbecher mit Kaffee und Quark-Bagels, die ich zu Hause in der Mikrowelle aufgewärmt hatte, bevor ich in die Dunkelheit hinausging. »Sie haben sicher nicht gefrühstückt.« Ich reichte ihm eine Serviette.

»Die sehen ja aus wie richtige Bagels«, staunte er.

»Sind es auch.«

»Ich dachte, Sie sagten, das Flugzeug starte um sechs.«

»Halb sieben – und das habe ich bestimmt auch gesagt. Aber wenn Sie mich falsch verstanden haben, dann sitzen Sie ja schon eine ganze Weile hier.«

»Allerdings.«

»Das tut mir Leid.«

»Haben Sie die Tickets?«

»In der Handtasche.«

Manchmal hörten wir uns an wie ein altes Ehepaar.

»Wenn Sie mich fragen – ich bezweifle stark, dass Ihre Idee den Preis wert ist. Ich würde ihn nicht bezahlen – auch wenn ich das Geld hätte. Aber ich möchte nicht, dass Sie sich ruinieren, Doc: Ich würde mich bedeutend besser fühlen, wenn Sie wenigstens *versuchen* würden, die Reisekosten erstattet zu bekommen.«

»*Ich* würde mich dadurch nicht besser fühlen«, antwortete ich. Wir hatten schon viele ähnliche Gespräche geführt. »Ich werde keine Abrechnung einreichen und Sie ebenso wenig. Eine Abrechnung einreichen heißt eine Papierspur hinterlassen. Und außerdem«, ich trank einen Schluck Kaffee, »kann ich es mir leisten.«

»Wenn ich mir dadurch sechshundert Bucks sparen könnte, würde ich eine Papierspur von hier bis zum Mond in Kauf nehmen.«

»Unsinn. Ich kenne Sie besser.«

»Unsinn ist richtig: Die Sache ist idiotisch.« Er schüttete mehrere Tütchen Zucker in seinen Kaffee. »Ich glaube, Ihre geliebte Abby *Turncoat* hat Sie mit ihrer Spinnerei angesteckt.«

Andere Passagiere fanden sich ein, und ich beobachtete fasziniert, wie Marino es schaffte, die geltende Ordnung außer Kraft zu setzen. Er hatte sich in der Nichtraucherzone niedergelassen und anschließend aus der Raucherabteilung einen Standaschenbecher geholt und neben seinen Stuhl gestellt. Dies wirkte als Aufforderung für andere Raucher, sich zu uns zu gesellen – und sie holten sich ihrerseits Aschenbecher herüber. Schließlich befanden sich kaum noch Aschenbecher in der Raucherzone, und niemand wusste so recht, wo er sich hinsetzen sollte.

Marino flog noch weniger gern als ich. In Charlotte stiegen wir in eine Propeller-Pendelmaschine um, die mir unangenehm deutlich werden ließ, wie wenig uns von der Luft draußen trennte. Dank meines Jobs kannte ich den Anblick von kilometerweit verstreuten Wrack- und Leichenteilen nur zu gut. Es gab weder Toilette noch Getränkeservice, und als die Motoren angeworfen wurden, schüttelte sich das Flugzeug wie in Krämpfen. Eine Weile genoss ich die seltene Vergünstigung, die Piloten bei ihrer angeregten Unterhaltung beobachten zu können und sie sich räkeln und gähnen zu sehen – bis eine Stewardess den Vorhang mit einem Ruck schloss. Wir gerieten in Turbulenzen, Berge tauchten geisterhaft aus dem Nebel auf und versanken wieder. Als die Maschine das zweite Mal abrupt an Höhe verlor und mein Magen in meinen Hals katapultiert wurde, umklammerte Marino seine Armlehnen so krampfhaft, dass die Fingerknöchel weiß hervortraten.

»Grundgütiger!«, murmelte er. Ich bedauerte, ihm Frühstück mitgebracht zu haben: Er sah aus, als müsse er sich jeden Moment übergeben. »Wenn dieser Seelenverkäufer in einem Stück unten ankommt, nehm ich einen Drink – und es ist mir scheißegal, wie früh es noch ist.«

»Und ich spendier ihn«, sagte der Mann, der vor uns saß und sich zu uns umgedreht hatte.

Marino starrte wie gebannt auf ein Phänomen im Gang. Von der Metallleiste am Rand des Teppichs stieg Dampf auf. So etwas hatte ich noch auf keinem Flug erlebt. Marino wollte die Stewardess mit einem lauten »Was zum Teufel ...« darauf aufmerksam machen, doch sie ignorierte ihn.

»Das nächste Mal tu ich Ihnen Phenobarbital in den Kaffee«, grinste ich.

»Wenn Sie sich das nächste Mal entschließen, irgendeine verrückte Zigeunerin aufzusuchen, die in der hintersten Provinz haust, rechnen Sie nicht wieder mit meiner Begleitung«, knurrte er mich an.

Eine halbe Stunde kreisten wir, von Windböen gebeutelt, über Spartanburg. Dichter Nebel hinderte uns an der Landung, und ich begann mich tatsächlich mit dem Gedanken zu befassen, dass unser Leben ein unverhofftes Ende finden könnte. Ich dachte an meine Mutter. Und an Lucy – meine Nichte. Ich hätte Weihnachten nach Hause fahren sollen, aber ich war nicht in der Stimmung gewesen, mich nach Mark ausfragen zu lassen.

»Ich habe zu tun, Mutter. Ich kann im Augenblick wirklich nicht weg.«

»Aber es ist Weihnachten, Kay.«

Ich konnte mich nicht erinnern, wann ich meine Mutter das letzte Mal hatte weinen sehen – aber ich wusste immer, wann ihr danach zumute war: Ihre Stimme veränderte sich dann, und die Abstände zwischen den Worten wurden merklich größer.

»Lucy wird sehr enttäuscht sein.« Veränderte Stimme, große Abstände zwischen den Worten. Sehr große.

Ich schickte Lucy einen großzügigen Scheck und rief sie am Weihnachtsmorgen an. Sie vermisste mich schrecklich – aber ich glaube, ich vermisste sie noch mehr.

Plötzlich rissen die Wolken auf, und die Sonne schien in die Fenster. Spontan fielen alle Passagiere – ich eingeschlossen – in einen Applaus für Gott und die Piloten. Wir feierten unser Überleben, indem wir uns kreuz und quer über den Gang unterhielten, als seien wir seit Jahren miteinander befreundet.

»Vielleicht hat Hexe Hilda ihre schützende Hand über uns gehalten«, spöttelte Marino. Sein Gesicht war schweißbedeckt.

»Vielleicht«, nickte ich und atmete tief durch, als das Fahrwerk den Boden berührte.

»Vergessen Sie nicht, sich in meinem Namen bei ihr zu bedanken.«

»Das können Sie selbst tun, Marino.«

»Mmm«, brummte er. Inzwischen ging es ihm sichtlich besser.

»Sie scheint sehr nett zu sein. Vielleicht schaffen Sie es ja dieses eine Mal, Ihre Engstirnigkeit ein wenig zu lockern.«

»Mmm«, brummte er wieder.

Als ich mir Hilda Ozimeks Telefonnummer vom Sekretariat des Directors geholt und sie angerufen hatte, erwartete ich eine gerissene und misstrauische Person, die für jede Aussage die Hand aufhielt. Stattdessen machte sie einen bescheidenen und freundlichen Eindruck und erwies sich als erstaunlich gutgläubig: Sie stellte keine Fragen und verlangte keinen Beweis für meine Identität. Nur einmal klang sie beunruhigt: Als sie sagte, sie könne uns nicht vom Flughafen abholen.

Da ich diesen Ausflug finanzierte und mir danach war, chauffiert zu werden, überließ ich Marino die Auswahl des Leihwagens. Wie ein Sechzehnjähriger auf seiner ersten Probefahrt in Richtung Männlichkeit entschied er sich für einen brandneuen Thunderbird – schwarz, mit Sonnendach, Radiorekorder, elektrischen Fensterhebern und Lederschalensitzen. Auf der Fahrt öffnete er das Schiebedach und drehte zum Ausgleich die Heizung voll auf.

Ich erzählte ihm weitere Details, die ich in Washington von Abby erfahren hatte – angefangen mit der Spielkarte.

»Ich weiß nun, dass die Leichen von Deborah Harvey und Fred

Cheney bewegt wurden«, sagte ich. »Und ich glaube, jetzt begreife ich, weshalb.«
»Ich nicht.«
»Wir beide kamen auf den Rastplatz, ehe jemand den Jeep durchsuchte«, begann ich. »Und wir haben keinen Herzbuben gesehen, weder auf dem Armaturenbrett noch auf einem der Sitze oder sonst wo im Wagen.«
»Er kann ja im Handschuhfach gelegen haben. Vielleicht haben die Cops ihn da gefunden, nachdem die Hunde mit Schnüffeln fertig waren. Falls die Kartengeschichte überhaupt stimmt«, fügte er hinzu und schaltete den Tempomat ein. »Ich jedenfalls weiß davon nichts.«
»Nehmen wir einfach mal an, dass sie stimmt.«
»Ich höre.«
»Zuerst dachte ich, Wesley könnte sie an sich genommen haben – aber dann fiel mir ein, dass er ja erst nach uns eintraf. Später wurde der Jeep von der Polizei durchsucht – und entweder stand Wesley daneben, oder er rief zumindest anschließend Morrell an, um sich über das Ergebnis informieren zu lassen. Falls keine Karte da war – und ich wage darauf zu wetten –, muss das Wesley einiges zu denken gegeben haben: Entweder hatte Deborahs und Freds Verschwinden nichts mit den anderen Fällen zu tun – oder die Karte läge, falls die beiden tot wären, diesmal vielleicht bei den Leichen.«
»Und Sie meinen, dass sie deshalb vor Ihrer Ankunft gefilzt wurden – um die Karte zu finden?«
»Das scheint mir eine plausible Erklärung. Benton und die Polizei wissen, dass sie Leichen nicht anfassen dürfen, bevor der Medical Examiner sie sich angesehen hat – aber Wesley wollte nicht riskieren, dass der Herzbube mir in die Hände fiele. Oder Ihnen.«
»So ein Quatsch! Er hätte uns doch sagen können, dass wir es für uns behalten sollen, statt eigenmächtig herumzufummeln«, gab Marino zu bedenken. »Und wie hätte er die Karte unbemerkt an sich nehmen sollen? Es wimmelte da draußen doch von Cops – die hätten sich sicher gewundert, wenn er darauf bestanden hätte, die Leichen unbeobachtet von ihnen zu durchsuchen.«

»Vielleicht dachte er, Polizisten ließen sich leichter zum Schweigen verpflichten. Wenn ich bei Deborah oder Fred eine Spielkarte gefunden hätte, wäre das in meinem Bericht erschienen. Staatsanwälte, meine Mitarbeiter, Familien, Versicherungsgesellschaften – alle möglichen Leute sehen meine Protokolle.«

»Okay, okay.« Marino wurde ungeduldig. »Aber was sollte das ausmachen? Warum diese Geheimnistuerei?«

»Ich weiß es nicht – aber wenn Abbys Verdacht stimmt, dann muss es für jemanden ungeheuer wichtig sein, dass die Sache mit dem Herzbuben nicht bekannt wird.«

»Seien Sie mir nicht böse, Doc – aber ich habe schon immer den Eindruck gehabt, dass Abby Turnbull einen Knall hat.«

»Ich habe nie festgestellt, dass sie gelogen hätte.«

»Das kann ich nicht beurteilen – aber meiner Meinung nach kann man ihr nicht trauen.«

»Der Detective aus Gloucester erwähnte Spielkarten in einem Bericht, den ich gelesen habe.«

»Vielleicht ist die gute Abby dadurch darauf gekommen und hat sich daran festgebissen. Und jetzt stellt sie wüste Vermutungen an. Hofft auf die große Sensation, die ihr Ruhm und Ehre bringt.«

»Wenn ich mich recht erinnere, haben Sie auch einmal gesagt, dass möglicherweise jemand gedeckt werde«, sagte ich.

»Kann sein – aber ich mache keinen Drei-Manegen-Zirkus daraus.«

»Ich gebe ja zu, dass Abby im Moment einen ziemlich chaotischen Eindruck macht. Sie hat Angst, und sie ist aufgebracht – aber was ihren Charakter angeht, kann ich Ihnen nicht zustimmen.«

»Hören Sie«, sagte er. »Sie kommt nach Richmond und tut, als läge ihr nichts ferner, als Sie auszuhorchen – und als Nächstes lesen Sie in der *New York Times*, dass sie ein Buch über die Fälle schreibt. O ja – sie hat wirklich einen edlen Charakter, Doc!«

Ich lehnte mich zurück, schloss die Augen und lauschte der Countrymusic, die aus dem Radio drang. Die Sonne schien warm auf meinen Schoß – und plötzlich überfiel mich die Nachwirkung des frühen Aufstehens: Ich döste ein. Als ich wieder auftauchte,

holperte der Wagen mitten im Niemandsland eine ungepflasterte Straße entlang.
»Willkommen in der Weltstadt Six Mile«, verkündete Marino mit einer ausgreifenden Geste.
»Wo ist hier eine Stadt?« Nirgends ein Laden. Keine Tankstelle. Die Blue Ridge Mountains schwammen in weiter Ferne im Dunst. Hin und wieder sahen wir ärmliche Häuser, die so weit auseinander lagen, dass man eine Kanone hätte abfeuern können, ohne dass der Nachbar es hörte.
Hilda Ozimek – Hellseherin für das FBI, Orakel für den Geheimdienst – lebte in einem winzigen weißen Holzhäuschen mit weiß gestrichenen Autoreifen davor, in denen im Frühling wahrscheinlich Stiefmütterchen und Tulpen blühten. Verdorrte Maisstängel lehnten an der Veranda. In der Auffahrt rostete ein Chevrolet mit vier platten Reifen vor sich hin. Ein räudiger Hund begann zu bellen – hässlich wie die Sünde und so groß, dass ich mir ernsthaft überlegte, ob ich es wagen sollte, auszusteigen. Dann trottete er, die rechte Vorderpfote schonend, zum Haus, als sich knarzend die Fliegentür öffnete und eine Frau, von der Sonne geblendet, zu uns herüberspähte. »Sei still, Tooty.« Sie tätschelte dem Ungeheuer den Nacken. »Und jetzt geh brav nach hinten.« Das Tier wedelte mit dem Schwanz und humpelte gehorsam in den Garten.
»Guten Morgen«, sagte Marino, als er mit schweren Schritten die Verandatreppe hinaufstieg.
Er hatte offenbar beschlossen, zumindest höflich zu sein. Ich atmete auf.
»Es ist ein schöner Morgen«, antwortete Hilda Ozimek.
Sie musste mindestens sechzig sein und sah aus wie eine Farmersfrau. Schwarze Polyesterhosen spannten sich über ausladenden Hüften, die beige Jacke war bis zum Hals zugeknöpft, und sie trug dicke Stricksocken und Pantoffeln. Der Blick ihrer hellblauen Augen war so klar wie der Winterhimmel, das Haar unter einem roten Tuch verborgen. In ihrem Mund fehlten mehrere Zähne. Ich bezweifelte stark, dass Hilda Ozimek je in einen Spiegel schaute oder sich um ihren Körper Gedanken machte – es sei

denn, sie wurde durch eine Krankheit auf ihn aufmerksam gemacht.

Wir wurden in ein kleines Wohnzimmer geführt, das mit altmodischen Möbeln voll gestopft war. An den Wänden Regale voller Bücher, die nach keinem erkennbaren System geordnet waren. Religion, Psychologie, Biografien und Geschichte – alles wild durcheinander. Und dazwischen entdeckte ich zu meinem Erstaunen eine beachtliche Anzahl von Romanen meiner Lieblingsautoren: Alice Walker, Pat Conroy und Keri Hulme. Die einzigen Hinweise auf die übersinnlichen Neigungen unserer Gastgeberin gaben mehrere Bücher von Edgar Cayce und rund ein halbes Dutzend Kristallkugeln, die auf Tischen und Borden lagen.

Marino und ich setzten uns auf das Sofa neben dem Kerosinofen, und Hilda Ozimek nahm uns gegenüber in einem Polstersessel Platz. Das Sonnenlicht schien durch die schräg gestellten Lamellen der Jalousie und zeichnete weiße Striche auf ihr Gesicht.

»Ich hoffe, Sie hatten keine Schwierigkeiten herzufinden«, sagte sie besorgt. »Es tut mir Leid, dass ich Sie nicht abholen konnte – aber ich fahre nicht mehr.«

»Ihre Wegbeschreibung war ausgezeichnet«, beruhigte ich sie. »Wir hatten keine Probleme.«

»Nehmen Sie mir die Frage nicht übel«, wandte Marino sich an sie. »Aber wie kommen Sie hier zurecht? Ich habe nirgends in erreichbarer Nähe einen Laden gesehen.«

»Es kommen viele Leute her, damit ich ihnen die Karten lege – oder nur so zum Reden. Irgendwie kriege ich immer, was ich brauche. Oder ich kann mit jemandem mitfahren.«

Im Nebenzimmer klingelte das Telefon – und wurde augenblicklich von einem Anrufbeantworter zum Schweigen gebracht.

»Also – was kann ich für Sie tun?«, fragte Hilda.

»Ich habe Fotos mitgebracht«, antwortete Marino. »Doc sagte, Sie wollten sie sehen. Aber vorher möchte ich noch was klären. Ich will Sie auf keinen Fall kränken, Miss Ozimek – aber ich habe nie viel vom Gedankenlesen gehalten. Vielleicht können Sie mir zu einem besseren Verständnis verhelfen.«

Es war ungewöhnlich für Marino, so offen zu sprechen – und ohne den leisesten aggressiven Unterton –, und ich warf ihm einen verblüfften Blick zu: Er musterte Hilda mit der Naivität eines Kindes. Auf seinem Gesicht mischten sich Neugier und Nachdenklichkeit.

»Lassen Sie mich zuerst sagen, dass ich keine Gedankenleserin bin«, stellte sie richtig, ohne im Mindesten gekränkt zu sein.

»Und auch mit dem Etikett ›Hellseherin‹ bin ich nicht glücklich – aber mangels eines besseren lasse ich mich so bezeichnen. Wir alle haben diese Fähigkeit. Der sechste Sinn sitzt in einem Teil des Gehirns, den die meisten Menschen brachliegen lassen. Ich erkläre ihn als gesteigerte Intuition. Ich empfange Schwingungen von Menschen und äußere die Eindrücke, die sie mir vermitteln.«

»Und das haben Sie auch getan, als Sie bei Pat Harvey waren?«

Sie nickte. »Sie führte mich in Debbies Zimmer, zeigte mir Fotografien von ihr und fuhr mit mir zu dem Rastplatz, auf dem der Jeep gefunden wurde.«

»Und welche Eindrücke haben Sie gewonnen?«

Sie starrte ins Leere und dachte angestrengt nach. Schließlich sagte sie: »Ich kann mich nicht an alle erinnern. Das passiert mir oft – auch, wenn ich die Karten lege: Später kommen die Leute wieder her und sprechen mich auf etwas an, das ich ihnen gesagt habe, und ich weiß es erst wieder, wenn ich daran erinnert werde.«

»Aber etwas wissen Sie doch sicher noch.«

»Als sie mir Debbies Foto zeigte, wusste ich sofort, dass das Mädchen tot war.«

»Und wie war es mit ihrem Freund?«

»Ich sah sein Bild in der Zeitung und wusste, dass er tot war. Ich wusste, dass beide tot waren.«

»Sie haben also Berichte in der Zeitung gelesen«, folgerte Marino deutlich enttäuscht.

»Nein«, erwiderte Hilda. »Ich lese keine Zeitungen. Ich sah das Bild des Jungen, weil Mrs. Harvey es für mich ausgeschnitten hatte. Sie besaß kein richtiges Foto von ihm – nur von ihrer Tochter, wissen Sie.«

»Und woher wussten Sie, dass die beiden tot waren?«

»Ich fühlte es, als ich die Bilder berührte.«
Marino beugte sich vor und zog seine Brieftasche aus der Gesäßtasche. »Wenn ich Ihnen ein Foto von jemandem zeige – können Sie dann dasselbe tun? Mir Ihre Eindrücke vermitteln?«
»Ich werde es versuchen.«
Er reichte ihr einen Schnappschuss hinüber.
Sie schloss die Augen und fuhr in langsam kreisender Bewegung mit den Fingerspitzen über die Fotografie. »Ich spüre Schuldgefühle – aber ich kann nicht sagen, ob diese Frau sie hatte, als das Bild gemacht wurde, oder ob sie sie jetzt hat. Konflikt. Schuldgefühl. Sprunghaftigkeit. In einer Minute fasst sie einen Entschluss, in der Nächsten stößt sie ihn wieder um. Es geht hin und her.«
Marino räusperte sich. »Ist sie am Leben?«
»Ich fühle, dass sie lebt«, antwortete Hilda, die immer noch über das Foto strich. »Und ich fühle ein Krankenhaus. Etwas Medizinisches. Und Sorge. Ich weiß nicht, ob *sie* krank ist oder ein naher Angehöriger, aber es ist etwas Medizinisches beteiligt – oder wird sich bald ergeben.«
»Noch was?«, fragte Marino gepresst.
Sie rieb weiter sanft über das Bild. »Ein großer Konflikt«, wiederholte sie. »Als wäre etwas vergangen, aber es macht ihr Schwierigkeiten, sich davon zu lösen. Kummer. Und doch glaubt sie, keine Wahl zu haben. Das ist alles.« Sie öffnete die Augen und sah Marino an.
Sein Gesicht war gerötet, und Schweiß glänzte auf seiner Stirn. Schweigend steckte er das Foto wieder ein, öffnete seinen Aktenkoffer und holte einen kleinen Kassettenrekorder und einen großen Umschlag heraus, der Szenenfotos enthielt – beginnend mit dem Holzweg und endend mit der Lichtung, auf der die Leichen von Deborah Harvey und Fred Cheney gefunden worden waren.
Hilda breitete sie auf dem Couchtisch aus, schloss erneut die Augen und begann mit den Fingerspitzen über jede Aufnahme zu fahren. Lange Zeit sagte sie kein Wort. Währenddessen klingelte im Nebenzimmer immer wieder das Telefon. Sie schien es nicht wahrzunehmen, jedes Mal schaltete sich der Anrufbeantworter

ein. Ich kam zu dem Schluss, dass ihre Dienste gefragter waren als die jedes Arztes.

»Ich spüre Furcht«, begann sie plötzlich. Sie sprach sehr schnell. »Ich weiß nicht, ob sie von dem Zeitpunkt herrührt, als die Fotos gemacht wurden, oder ob sich jemand vorher an diesen Orten gefürchtet hat – aber es ist eindeutig Furcht.« Die Augen immer noch geschlossen, nickte sie heftig. »Ich bekomme das bei jedem dieser Bilder herüber. Große Furcht.« Wie eine Blinde tastete sie über die Fotos und las darin etwas, das für sie so greifbar zu sein schien wie die Gesichtszüge einer Person.

»Hier spüre ich Tod«, fuhr sie fort, als sie drei verschiedene Fotos berührte. »Ganz stark.« Es waren Aufnahmen vom Fundort der Leichen. »Aber hier nicht.« Ihre Finger glitten über Fotos von dem Holzweg und einem Abschnitt des Waldes, den ich durchquert hatte, als ich im Regen zu der Lichtung gelotst wurde.

Wieder warf ich einen Blick zu Marino: Er saß vorgebeugt, die Ellbogen auf die Knie gestützt und die Hände ineinander verschränkt, und fixierte Hilda fasziniert. Bis jetzt hatte sie uns noch nichts Sensationelles erzählt. Marino und ich hatten keinen Augenblick angenommen, dass Deborah und Fred auf dem Weg umgebracht worden wären, sondern stets die Lichtung als Tatort angesehen.

»Da ist ein Mann!«, sagte Hilda unvermittelt. »Hellhäutig. Nicht sehr groß. Aber auch nicht klein. Mittelgroß und schlank. Aber nicht mager. Ich weiß nicht, wer es ist – aber da ich nichts Starkes spüre, nehme ich an, dass es jemand war, der sich mit ihnen getroffen hat. Ich spüre Freundlichkeit. Gelächter. Es ist, als sei er sehr nett zu den beiden gewesen. Ich fühle, dass sie irgendwann mit ihm gelacht haben. Und ihm vertrauten.«

»Sehen Sie noch etwas von ihm?«, fragte Marino heiser. »Vielleicht sein Gesicht?«

Sie rieb wieder über die Fotos. »Ich sehe etwas Dunkles. Es ist möglich, dass er einen dunklen Bart hat – oder etwas Dunkles einen Teil seines Gesichts verdeckt. Vielleicht trägt er dunkle Kleider. Ich fühle ganz eindeutig eine Verbindung mit dem Pärchen und dem Ort, an dem die Aufnahmen gemacht wurden.« Sie öffnete die Augen und starrte an die Decke. »Die erste Begegnung war freundlich. Nichts, was die beiden geängstigt hätte. Aber dann kommt die Furcht – ganz stark, an dieser Stelle im Wald.«

»Was noch?«

Marino war so angespannt, dass seine Halsvenen wie Stricke hervortraten. Wenn er sich noch zwei Zentimeter weiter vorbeugte, würde er vom Sofa fallen.

»Zwei Dinge«, sagte sie. »Sie sind vielleicht nicht wichtig, aber ich spüre sie. Schwingungen von einem anderen Ort, der nicht auf diesen Bildern ist – in Verbindung mit dem Mädchen. Vielleicht ist sie irgendwohin mitgenommen worden oder hingegangen. Dieser Ort könnte ganz in der Nähe sein. Vielleicht auch nicht. Ich bekomme den Eindruck von Enge, von Dingen, die nach ihr greifen. Panik, Lärm, Bewegung. Nichts Positives. Und dann ist da etwas, das jemand verloren hat. Etwas Metallenes, das mit Krieg zu tun hat. Aber es geht nichts Böses davon aus – das Objekt selbst ist ungefährlich.«

»Und wer hat dieses Metalldings verloren?« Marino konnte kaum sprechen.

»Die Person ist am Leben. Ich sehe kein Bild, aber ich fühle, dass es ein Mann ist. Er weiß, dass er es verloren hat, aber er macht sich keine ernsthaften Sorgen deswegen – aber es ist, als denke er hin und wieder daran.«

Sie verfiel in Schweigen. Wieder läutete das Telefon.

»Haben Sie etwas davon Pat Harvey gegenüber erwähnt?«, fragte ich.

»Als sie sich an mich wandte, waren die Leichen noch nicht gefunden«, erwiderte Hilda. »Ich hatte diese Fotos nicht zur Verfügung.«

»Dann hatten Sie also keinen der Eindrücke, die Sie uns jetzt geschildert haben?«

Sie dachte nach. »Wir fuhren zu dem Rastplatz, und sie führte mich zu der Stelle, an der der Jeep abgestellt worden war. Ich stand eine ganze Weile dort. Ich erinnere mich, dass ich ein Messer sah.«

Marino setzte sich kerzengerade hin. »Ein Messer?«
»Ja – ich sah ein Messer. Nicht ganz deutlich, aber es war auf jeden Fall ein Messer.«
»Was für eine Art Messer?«, fragte er, und ich erinnerte mich daran, wie er Gail, der Hundehalterin, sein Schweizermesser gegeben hatte, weil sie die Tür des Jeeps aufmachen musste.
»Ein langes Messer«, sagte Hilda. »Wie ein Jagdmesser – oder ein Soldatenmesser. Der Griff war irgendwie besonders. Schwarz und aus einer Art Gummi. Die Klinge bringe ich mit dem Durchschneiden von harten Dingen in Verbindung, vielleicht Holz.«
»Ich bin nicht sicher, ob ich Sie richtig verstanden habe«, sagte ich, obwohl ich mir sehr gut vorstellen konnte, was sie meinte. Aber ich wollte sie nicht beeinflussen.
»Mit Zähnen. Wie eine Säge. Ich glaube, sie hatte einen Sägeschliff«, antwortete sie.
»Und das kam Ihnen in den Sinn, als Sie auf dem Rastplatz standen?« Marino sah sie ungläubig an.
»Ich spürte nichts Furchterregendes«, erzählte sie weiter, »aber ich sah das Messer – und ich wusste, dass das Pärchen nicht in dem Jeep gesessen hatte, als er auf dem Rastplatz abgestellt wurde. Ich fühlte die Gegenwart der beiden nicht. Sie sind niemals dort gewesen.« Wieder schloss sie die Augen und runzelte die Stirn. »Ich erinnere mich, dass ich Nervosität fühlte. Jemand war nervös und in Eile. Ich sah Dunkelheit – als wäre es Nacht. Dann ging jemand. Schnell. Ich konnte nicht sehen, wer es war.«
»Können Sie es *jetzt*?«, fragte ich.
»Nein. Ich kann ihn nicht sehen.«
»Ihn?«
»Ich glaube, ich hatte den Eindruck, es sei ein Mann.«
»Und das alles haben Sie Pat Harvey gesagt, als Sie mit ihr auf dem Rastplatz waren?«, wollte Marino wissen.
»Einiges davon, ja. Ich kann mich nicht an alles erinnern, was ich sagte.«
»Ich muss ein paar Schritte gehen«, murmelte Marino und stand auf.

Hilda schien weder überrascht noch betroffen, als er hinausging und die Fliegentür hinter sich zufallen ließ.
»Hilda«, wandte ich mich an sie. »Als Sie mit Mrs. Harvey zusammen waren, haben Sie da auch von ihr etwas gespürt? Hatten Sie zum Beispiel den Eindruck, dass sie etwas darüber wusste, was mit ihrer Tochter geschehen war?«
»Ich fühlte ein starkes Schuldbewusstsein – als halte sie sich für verantwortlich. Aber das ist nicht erstaunlich: Wenn ich es mit jemandem zu tun habe, dessen Angehöriger verschwunden oder ermordet worden ist, sind immer Schuldgefühle da. Ungewöhnlich war ihre Aura.«
»Ihre Aura?« Ich wusste, was eine Aura im medizinischen Sinne war – ein Erregungszustand, der einem epileptischen Anfall vorausgehen kann –, aber ich glaubte nicht, dass Hilda davon sprach.
»Auren sind für die meisten Menschen unsichtbar«, erklärte sie. »Ich sehe sie farbig – als einen Schein, der eine Person umgibt. Mrs. Harveys Aura war grau.«
»Und was bedeutet das?«
»Grau ist weder tot noch lebendig. Ich verbinde es mit Krankheit – mit jemandem, der krank an Leib, Geist oder Seele ist. Als ziehe etwas die Farbe aus seinem Leben.«
»Wenn man ihre emotionale Verfassung zum damaligen Zeitpunkt bedenkt, klingt das einleuchtend«, meinte ich.
»Das ist richtig – aber ich erinnere mich, dass es mir Unbehagen bereitete. Ich spürte, dass sie irgendwie in Gefahr sein könnte. Ihre Schwingungen waren nicht gut, nicht positiv, nicht gesund. Ich fühlte, dass sie drauf und dran war, sich einer Gefahr auszuliefern oder sich durch ihr eigenes Handeln Schaden zuzufügen.«
»Haben Sie früher auch schon mal eine graue Aura gesehen?«, fragte ich.
»Nicht oft.«
Ich konnte nicht widerstehen: »Welche Farbe hat meine?«
»Gelb – mit ein bisschen Braun drin.«
»Das ist merkwürdig.« Ich war überrascht. »Ich trage niemals diese Farben. Ich glaube sogar, dass ich überhaupt nichts Gelbes

oder Braunes in meinem Haus habe. Aber ich liebe Sonnenschein und Schokolade.«

Sie lächelte. »Ihre Aura hat nichts damit zu tun, was Sie gerne mögen. Gelb kann durchgeistigt bedeuten – und Braun verbinde ich mit gesundem Menschenverstand. Jemand mit einer braunen Aura steht mit beiden Füßen auf dem Boden der Wirklichkeit. Ihre Aura zeigt eine interessante Mischung – jedenfalls so, wie ich sie für Sie auslege. Die Farben bedeuten für jeden Menschen etwas anderes.«

»Und was sehen Sie bei Marino?«

»Einen dünnen roten Rand«, antwortete sie. »Rot bedeutet häufig Zorn. Ich würde meinen, er hat zu wenig Rot.«

»Ist das Ihr Ernst?« Das Letzte, was Marino meiner Meinung nach brauchte, war mehr Zorn.

»Wenn jemand keine Kraft hat, dann sage ich ihm, er brauche mehr Rot in seinem Leben: Es gibt ihm Energie, befähigt ihn, sein Leben zu meistern, seine Sorgen zu bewältigen. Rot kann sehr positiv sein, wenn es richtig eingesetzt wird. Aber ich spüre, dass er Angst vor seinen Gefühlen hat – und diese Furcht schwächt ihn.«

»Hilda – haben Sie auch Fotos von den anderen Pärchen gesehen?«

Sie nickte zustimmend. »Mrs. Harvey hat sie mir gezeigt – aus der Zeitung.«

»Und – haben Sie sie berührt? ›Gelesen‹?«

»Ja.«

»Was spürten Sie?«

»Tod«, sagte sie. »Alle diese jungen Leute waren tot.«

»Und was ist mit dem hellhäutigen Mann, der vielleicht einen dunklen Bart hat oder dessen Gesicht teilweise durch etwas Dunkles verdeckt ist?«

Sie dachte nach. »Ich erinnere mich, dass ich Freundlichkeit spürte. Das erste Zusammentreffen war nicht beängstigend. Keiner der jungen Menschen hatte am Anfang Angst. Das war mein Eindruck.«

»Ich möchte Sie jetzt etwas über eine Spielkarte fragen«, sagte ich. »Sie erwähnten, dass Sie Leuten die Karten legen. Benutzen Sie dazu normale Spielkarten?«

»Das ist unterschiedlich.«
»Und wie funktioniert es?«
»Ich bitte die betreffende Person abzuheben, nehme dann die Karten nacheinander auf und sage, welche Eindrücke ich bekomme.«
»Wenn Sie einen Herzbuben aufheben – hat der eine besondere Bedeutung?«
»Das hängt von dem Menschen ab, mit dem ich es zu tun habe – welche Schwingungen ich von ihm auffange. Wissen Sie: Man kann zu völlig unterschiedlichen Schlüssen kommen. Aber allgemein gesehen ist der Herzbube gleichbedeutend mit dem Ritter der Kelche beim Tarot.«
»Eine gute Karte oder eine schlechte?«
»Das kommt darauf an, in welcher Beziehung sie zu der jeweiligen Person steht«, erklärte sie. »Beim Tarot sind Kelche Liebes- und Gefühlskarten – so wie Schwerter und Pentagramme Geschäfts- und Geldkarten sind. Im herkömmlichen Kartenspiel ist der Herzbube eine Liebes- und Gefühlskarte. Sie kann sehr gut sein. Oder sehr schlecht – wenn die Liebe vergangen ist oder sich in Rachegelüste oder Hass verwandelt hat.«
»Wie unterscheidet sich der Herzbube von der Herzzehn oder vom Herzkönig?«
»Der Bube ist eine Bildkarte. Er kann das Symbol für einen Soldaten sein – oder einen Mann, der sich so sieht. Es könnte auch jemand sein, der auf dem Schlachtfeld der Geschäftswelt kämpft. Oder ein Leistungssportler. Der König ist ebenfalls eine Bildkarte. Er repräsentiert jedoch eher eine Führungspersönlichkeit – oder jemanden, der sich so sieht: einen Vater, einen Chef –, etwas in dieser Richtung. Bei den Herzkarten wirkt das Gefühlsmoment dem Geschäfts- und Geldmoment entgegen.«
Wieder klingelte das Telefon.
Eine ganze Weile saß Hilda in sich gekehrt da – dann sagte sie plötzlich: »Glauben Sie nicht alles, was Sie hören, Dr. Scarpetta.«
Ich sah sie verblüfft an. »Wie meinen Sie das?«
»Etwas, das Ihnen sehr wichtig ist, verursacht Kummer und

Schmerz. Es hat mit einer Person zu tun – mit einer Freundin, vielleicht auch einer romantischen Beziehung. Es könnte auch ein Familienmitglied sein – ich weiß es nicht. Auf jeden Fall ein Mensch, der eine große Rolle in Ihrem Leben spielt. Doch Sie hören vieles und bilden sich vielleicht auch vieles ein. Die Dinge sind oft nicht so, wie sie scheinen.«

Mark!, dachte ich. Ich musste mehr erfahren: »Handelt es sich um jemanden, der derzeit in meinem Leben ist – jemanden, mit dem ich häufig zusammentreffe?«

Sie dachte nach. »Da ich Verwirrung spüre und viel Unbekanntes, denke ich, dass es niemand ist, dem Sie augenblicklich nahe stehen. Ich fühle eine Distanz – nicht notwendigerweise geografisch. Eine Entfernung, die es Ihnen schwer macht, zu vertrauen. Mein Rat ist, die Dinge auf sich beruhen zu lassen, in dieser Angelegenheit im Moment nichts zu unternehmen. Es wird eine Lösung kommen. Ich kann Ihnen nicht sagen, wann – aber inzwischen sollten Sie sich entspannen und nicht auf die Verwirrung hören oder impulsiv handeln.

Und da ist noch etwas: Schauen Sie über das hinaus, was direkt vor Ihnen liegt. Ich weiß nicht, was es ist, aber es gibt etwas Wichtiges, das in der Vergangenheit geschehen ist. Es wird Ihnen einfallen und Sie zur Wahrheit führen – aber Sie werden die Bedeutung nicht erkennen, wenn Sie sich nicht öffnen. Lassen Sie sich von Ihrem Vertrauen führen.«

Wann würde ich begreifen, was sie mir da gesagt hatte?

Auf einmal wurde mir bewusst, dass Marino schon eine halbe Ewigkeit draußen war. Ich stand auf, um nach ihm zu sehen. Meine Knie zitterten.

Marino trank zwei Bourbon mit Wasser auf dem Flughafen von Charlotte – und noch einen, als wir in der Luft waren. Auf dem ganzen Rückflug sprach er kaum ein Wort. Als wir in Richmond zu unseren Wagen gingen, ergriff ich die Initiative: »Wir müssen reden«, sagte ich und kramte meine Autoschlüssel heraus.

»Nicht heute.«

»Es ist schon fast fünf«, ignorierte ich seine Ablehnung. »Kommen Sie doch mit zu mir. Ich koche uns was.«
Er blinzelte. Lag das am Wind – oder hatte er Tränen in den Augen? Was war mit ihm los?
»Sind Sie sauer auf mich, Marino?«
»Nein, Doc – ich möchte bloß allein sein.«
Also doch Tränen. »Ich glaube nicht, dass Ihnen das jetzt gut täte«, meinte ich.
Er schloss den obersten Knopf seines Mantels, murmelte »Bis dann« und stapfte davon.
Ich fuhr nach Hause. Auch ich war aufgewühlt und musste mich regelrecht zwingen, etwas so Profanes zu tun wie kochen: Es würde mir helfen, mich wieder in den Griff zu bekommen. Ich schnitt Zwiebelwürfel und hatte sie gerade in eine Pfanne mit heißem Olivenöl gegeben, als es klingelte. Der Blick durch den Spion zeigte mir zu meiner Verblüffung, dass Marino draußen stand.
»Ich hatte das da in der Tasche.« Er hielt mir das entwertete Flugticket und Papierkram von der Mietwagenfirma hin. »Ich dachte, Sie brauchen die Sachen vielleicht für Ihre Steuererklärung oder so.«
»Danke.« Ich wusste, dass er nicht deshalb gekommen war: Selbstverständlich war ihm klar, dass ich diese Unterlagen nicht benötigte. »Ich bin gerade dabei, Abendessen zu machen. Kommen Sie doch rein.«
»Viel Zeit habe ich nicht.« Er sah mir nicht in die Augen. »Ich muss noch einiges erledigen.«
Er folgte mir in die Küche und setzte sich an den Tisch, während ich Paprikaschoten in dünne Streifen schnitt und zu den Zwiebeln tat.
»Sie wissen, wo der Bourbon steht«, sagte ich, während ich die Gemüsemischung umrührte.
Er stand auf und ging zur Bar.
»Wenn Sie schon dabei sind, machen Sie mir doch bitte einen Scotch mit Soda.«

Er antwortete nicht, aber als er zurückkam, stellte er mir ein Glas neben den Herd und lehnte sich an den Fleischerblock. Ich schüttete die Paprika-Zwiebel-Mischung zu den Tomaten, die in einem flachen Topf schmurgelten, und gab Würstchenscheiben in die frei gewordene Pfanne.
»Leider habe ich keinen zweiten Gang zu bieten«, sagte ich.
»Scheint mir bei der Portion auch nicht nötig.«
»Milchlamm in Weißwein, Kalbsbrust oder Schweinebraten wären perfekt.« Ich füllte einen Topf mit Wasser und stellte ihn auf den Herd. »Mein Lamm ist sensationell – aber dafür muss ich Ihnen einen Gutschein geben.«
»Vielleicht sollten Sie aufhören, Leichen aufzuschneiden, und ein Restaurant eröffnen.«
»Ich nehme an, das sollte ein Kompliment sein.«
»Na klar.« Er zündete sich eine Zigarette an. »Und wie heißt das Ganze?«, fragte er mit einem Nicken in Richtung Herd.
»Ich nenne es gelbe und grüne Bandnudeln mit Paprikaschoten und Würstchen.« Ich gab die Wurstscheiben in die Soße. »Aber wenn ich Sie beeindrucken wollte, würde ich es ›Le Papardelle del Cantunzein‹ nennen.«
»Machen Sie sich keine Mühe – ich bin auch so sehr beeindruckt.«
»Marino.« Ich warf ihm einen Blick zu. »Was ist heute Vormittag passiert?«
Er antwortete mit einer Gegenfrage: »Haben Sie irgendjemandem erzählt, dass Vessey Ihnen sagte, der Schnitt an Deborahs Finger stamme von einer Klinge mit Sägeschliff?«
»Bis jetzt nur Ihnen.«
»Es ist mir ein Rätsel, wie Hilda Ozimek den Rastplatz, zu dem Pat Harvey sie mitnahm, mit einem Jagdmesser mit Sägeschliff in Verbindung bringen konnte.«
»Ich kann es auch nicht begreifen«, stimmte ich zu und schüttete die Nudeln ins kochende Wasser. »Aber wie heißt es so schön: Es gibt mehr Dinge zwischen Himmel und Erde …«
Eine Weile hingen wir unseren Gedanken nach. Ich rieb Parmesan, und als die Nudeln gar waren, holte ich die Schüssel aus dem Back-

rohr, wo ich sie vorgewärmt hatte, füllte die abgeseihten Nudeln hinein und goss die Soße darüber.

»Ich habe Artischockenherzen im Kühlschrank«, fiel mir ein, als wir uns hingesetzt hatten. »Aber keinen Salat. Doch eingefrorenes Brot ist da.«

»Brauch ich alles nicht«, sagte er mit vollem Mund. »Es schmeckt großartig. Wirklich.«

Ich hatte erst ein paar Bissen gegessen, als sein Teller bereits leer war und er sich ein zweites Mal bediente. Er aß mit einem Heißhunger, als habe er eine Woche gehungert. Wahrscheinlich kam das der Wahrheit ziemlich nahe. Er erinnerte mich an ein verlassenes Kind: Er war schlampig, ja sogar schmuddelig gekleidet, das Haar ungepflegt – sein ganzes Ich bettelte um Liebe und Fürsorge, was mich ebenso abstieß wie bekümmerte. Wie konnte ein erwachsener, intelligenter Mann zulassen, dass er verwahrloste wie ein Haus, in dem niemand mehr wohnte? Etwas lag offensichtlich entschieden im Argen.

Ich stand auf, holte eine Flasche Rotwein aus dem Weinregal und goss ein. »Wessen Foto haben Sie Hilda gezeigt? Eines von Ihrer Frau?«

Er lehnte sich zurück und wandte den Blick ab.

»Mir ist aufgefallen, dass Sie seit einiger Zeit völlig verändert sind«, bohrte ich sanft, aber beharrlich weiter.

»Was sie sagte, traf mich wie ein Schlag«, antwortete er.

»Was Hilda sagte?«

»Ja.«

»Möchten Sie darüber sprechen?«

»Ich habe noch mit niemandem darüber gesprochen.« Er griff nach seinem Weinglas. Seine Züge waren angespannt, und in seinen Augen stand Schmerz. »Sie ist letzten November nach New Jersey zurückgegangen.«

»Ich glaube, Sie haben mir nicht einmal gesagt, wie sie heißt.«

»Na, das nenne ich eine mitfühlende Reaktion«, murmelte er sarkastisch.

»Sie ist berechtigt: Sie sind sehr verschlossen.«

»War ich schon immer – aber mein Job hat es noch verstärkt. Ich bin es seit jeher gewohnt, dass die Kollegen bei mir über ihre Ehefrauen oder Freundinnen oder Kinder jammern. Sie weinen sich an meiner Schulter aus, als sei ich ihr großer Bruder. Aber als ich selbst mal einem Burschen mein Herz ausschüttete, war die Geschichte gleich im ganzen Police Department rum. Und so habe ich vor langer Zeit gelernt, den Mund zu halten.«
Er zog seine Brieftasche heraus. »Sie heißt Doris.« Er reichte mir den Schnappschuss herüber, den er Hilda Ozimek gezeigt hatte. Doris hatte ein nettes Gesicht und einen gemütlich runden Körper. Sie stand stocksteif da – fein gemacht für den Kirchenbesuch –, und ihre Miene drückte eine Mischung von Schüchternheit und Trotz aus. Ich hatte sie schon hundertmal gesehen – die Welt war voller Frauen wie Doris: Sie waren die süßen jungen Dinger, die auf der Veranda in der Schaukel saßen und von der Liebe träumten, wenn sie in die samtige Nacht starrten, der die Sterne und die Düfte des Sommers einen betörenden Zauber verliehen. In ihren Gesichtern spiegelten sich die Menschen, die ihr Leben bestimmten. Sie gewannen ihre Bedeutung durch die Dienste, die sie leisteten, und überlebten, indem sie ihre Erwartungen Stück für Stück aufgaben. Doch eines Tages erwachten sie – und versuchten für sich zu retten, was noch zu retten war.
»In diesem Juni wären wir dreißig Jahre verheiratet«, sagte Marino, als ich ihm das Foto zurückgab. »Plötzlich war sie nicht mehr glücklich. Beklagte sich, ich arbeite zu viel, sei nie da. Sie kenne mich überhaupt nicht. Ich war wie vor den Kopf geschlagen: Schließlich ist unser Leben schon lange so. Aber dann kam ich drauf, was dahinter steckte.«
»Und was war das?«
»Es fing letzten Sommer an, als ihre Mutter den Schlaganfall hatte. Doris fuhr hin, um sich um sie zu kümmern. Sie blieb fast einen Monat dort. Holte ihre Mutter aus dem Krankenhaus, brachte sie in einem Pflegeheim unter und regelte alles Nötige. Und als sie zurückkam, war sie total verändert – als sei sie nicht mehr dieselbe Frau.«

»Was, glauben Sie, ist passiert?«

»Ich weiß, dass sie da oben einen Kerl kennen gelernt hat – einen Witwer. Er ist Immobilienmakler. Half Doris dabei, das Haus ihrer Mutter zu verkaufen. Sie erwähnte ihn ein paarmal – so ganz nebenher. Aber es ging was vor: Spätabends klingelte das Telefon, und wenn ich dranging, wurde aufgelegt. Doris lief dem Briefträger entgegen, um die Post vor mir zu sehen. Und dann, im November, packte sie Knall auf Fall ihre Sachen und sagte, sie müsse weg – ihre Mutter brauche sie.«

»War sie seitdem wieder einmal hier?«

Er schüttelte den Kopf. »Sie ruft ab und zu an. Sie will die Scheidung.«

»Es tut mir so Leid, Marino.«

»Ihre Mutter ist in dem Heim gut versorgt – ich bin sicher, dass sie ihr nur als Vorwand dient. Wenn sie anruft, ist sie genau, wie Hilda Ozimek gesagt hat: Es geht hin und her. Einmal schuldbewusst und dann wieder völlig wurschtig.«

»Das muss sehr schmerzlich für Sie sein.«

Er warf seine Serviette auf den Tisch. »Sie kann tun, was sie will. Zum Teufel mit ihr!«

Ich wusste, dass er es nicht so meinte. Er war verzweifelt, und ich litt mit ihm – gleichzeitig aber konnte ich nicht umhin, auch Mitleid mit seiner Frau zu empfinden: Es war bestimmt nicht einfach, mit Marino zu leben. »Möchten Sie, dass sie zurückkommt?«

»Ich war länger mit ihr zusammen, als ich auf der Welt war, ehe ich sie kennen lernte. Aber blicken wir der Wahrheit ins Gesicht, Doc.« Er sah mich an, und der Kummer in seinen Augen schnitt mir ins Herz. »Mein Leben ist eine Zumutung. Immer muss man jeden Cent zweimal umdrehen. Mitten in der Nacht werde ich aus dem Bett geholt. Man macht Urlaubspläne, und dann kommt was dazwischen, und Doris packt die Koffer wieder aus und wartet zu Hause auf mich. Wie an dem Labour-Day-Wochenende, als das Harvey-Mädchen und ihr Freund verschwanden. Das brachte das Fass zum Überlaufen.«

»Lieben Sie Doris?«

»Sie glaubt nicht, dass ich es tue.«
»Sie sollten ihr zeigen, dass Sie sie lieben, aber Sie sollten nicht so tun, als kämen Sie allein nicht zurecht.«
Er schaute mich verdutzt an. »Ich verstehe nicht.«
Das hatte ich erwartet. »Sorgen Sie für sich selbst«, sagte ich. »Erwarten Sie nicht von ihr, dass sie das tut. Vielleicht bewirkt schon das allein eine Veränderung.«
»Ich verdiene zu wenig – da liegt der Hund begraben«, meinte er bitter.
»Ich wette, das macht Ihrer Frau die wenigsten Probleme: Sie möchte sich wichtig und geliebt fühlen.«
»Er hat ein großes Haus und einen nagelneuen Straßenkreuzer mit Ledersitzen – dagegen kann ich nur anstinken, wenn Sie mir einen Mietwagen bezahlen.«
Jetzt begriff ich, weshalb er sich für die Fahrt zu Hilda den Thunderbird ausgesucht hatte.
»Voriges Jahr hat er Urlaub auf Hawaii gemacht.« Ich merkte, dass er immer wütender wurde.
»Doris hat den größten Teil ihres Lebens mit Ihnen verbracht: Sie hat sich dafür entschieden und nicht für Reisen nach Hawaii.«
»Hawaii ist eine ganz miese Touristenfalle«, konstatierte er geringschätzig und zündete sich eine Zigarette an. »Ich fahre lieber nach Buggs Island zum Angeln.«
»Ist Ihnen schon mal der Gedanke gekommen, dass Doris es leid sein könnte, Ihre Mutter zu sein?«
»Sie ist nicht meine Mutter!«, schnappte er.
»Warum sehen Sie dann, seit sie weg ist, so aus, als brauchten Sie dringend eine?«
»Weil ich keine Zeit habe, Knöpfe anzunähen, zu kochen, sauber zu machen und den ganzen Kram.«
»Ich glaube, Sie werden mir Recht geben, wenn ich sage, dass ich ebenfalls ziemlich eingespannt bin – aber ich finde trotzdem Zeit für diesen ›Kram‹.«
»Sie haben immerhin eine Putzfrau – und außerdem verdienen Sie wahrscheinlich hunderttausend im Jahr.«

»Ich würde mich auch nicht vernachlässigen, wenn ich nur zehntausend verdiente«, antwortete ich. »Und zwar, weil ich es meiner Selbstachtung schuldig bin – und weil ich nicht will, dass jemand *für* mich sorgt: Ich möchte, dass jemand sich um mich sorgt – das ist ein großer Unterschied.«
»Wenn Sie so schlau sind, Doc – warum sind Sie dann geschieden? Und warum ist Ihr Freund Mark in Colorado, und Sie sitzen hier? Sieht nicht so aus, als seien Sie zur Autorin eines Ratgebers für Beziehungen geeignet.«
Ich spürte, wie mir die Röte ins Gesicht stieg. »Tony sorgte sich nicht wirklich um mich – und als ich das herausfand, verließ ich ihn. Und was Mark betrifft, der hat Probleme mit Bindungen.«
»Und Sie nicht?« Marino starrte mich fast feindselig an.
Ich antwortete nicht.
»Weshalb sind Sie nicht mit ihm in den Westen gegangen? Möglicherweise liegt Ihnen ja mehr dran, Chief zu sein.«
»Wir hatten Schwierigkeiten miteinander, und zum Teil war das sicherlich meine Schuld. Mark war wütend und ging in den Westen ... vielleicht, um seine Unabhängigkeit zu dokumentieren, vielleicht aber auch, weil er es nicht mehr mit mir aushielt«, sagte ich, zornig darüber, dass meine Stimme zitterte. »Ich hätte wegen meines Jobs nicht mitgehen können – aber es stand auch nie zur Debatte.«
Marino sah mich beschämt an. »Tut mir Leid – das wusste ich nicht.«
Ich schwieg.
»Sieht so aus, als säßen wir im selben Boot«, sagte er versöhnlich.
»In gewisser Weise«, gab ich zu – doch ich wollte mir nicht eingestehen, in welcher. »Aber ich vernachlässige mich nicht. Falls Mark je zurückkommen sollte, wird er mich nicht in einem desolaten Zustand vorfinden – weder privat noch beruflich. Verstehen Sie: Ich liebe ihn. Aber ich komme auch ohne ihn zurecht. Vielleicht sollten Sie Ihre Einstellung Doris gegenüber auch in diese Richtung ändern.«
»Kann schon sein.« Er schien wieder Mut zu fassen. »Es wäre einen Versuch wert. Jetzt hätt' ich nichts gegen einen Kaffee.«

»Wenn Sie ihn machen ...«
Er sah mich fassungslos an. »Was?«
»Lektion eins: Kaffee kochen. Kommen Sie mit.«
Während ich ihn in die technische Wunderwelt einer Kaffeemaschine einführte, deren Bedienung einen IQ von höchstens fünfzig erforderte, resümierte er die Erlebnisse des Tages.
»Etwas in mir wehrt sich dagegen, Hilda ernst zu nehmen«, sagte er. »Aber ich muss zugeben, dass sie mich ins Grübeln gebracht hat.«
»In welcher Hinsicht?«
»Deborah hatte ein Neun-Millimeter-Geschoss im Rücken. Was ist aus der Patronenhülse geworden? Ist doch unwahrscheinlich, dass unser Großer Unbekannter sich die Zeit nahm, sie zu suchen. Das bringt mich auf den Gedanken, dass Morrell und die anderen möglicherweise nicht an der richtigen Stelle geschaut haben. Hilda sah ›einen anderen Ort‹ – und etwas, das jemand verloren hatte: etwas ›Metallenes, das mit Krieg zu tun hat‹. Das könnte doch eine Patronenhülse sein.«
»Sie sagte auch, das Objekt sei nicht gefährlich.«
»Eine leere Hülse ist ja auch völlig harmlos. Die Kugel ist gefährlich – aber auch nur, wenn sie abgefeuert wird.«
»Die Fotos, die sie gesehen hat, wurden im Herbst gemacht«, fuhr ich fort. »Wenn wir davon ausgehen, dass der Täter die Patronenhülse in der Mordnacht liegen ließ, ist doch wohl anzunehmen, dass er sie inzwischen längst geholt hat.«
»Hilda hat doch gesagt, die Person, die das Metallstück verloren habe, denke ab und zu daran – warum sollte der Mörder das tun, wenn er es hat verschwinden lassen?«
Belustigt registrierte ich, dass Marino die Aussagen der Hellseherin offensichtlich viel ernster nahm, als er sich eingestehen wollte.
»Da ist was dran«, nickte ich. Die ersten Kaffeetropfen liefen durch.
»Ich finde, wir sollten noch mal rausfahren und uns ein bisschen umsehen. Was meinen Sie dazu?«
»Die Idee ist mir auch gerade gekommen«, sagte ich.

8

Im Licht des sonnigen Nachmittags wirkte der Wald nicht so unheilschwanger – bis Marino und ich uns der Lichtung näherten: Noch immer hing schwach der süßliche Geruch verwesenden Fleisches in der Luft. Kiefernzweige und Blätter waren beiseite geräumt und durch das Sieben der Erde kleine Hügel entstanden. Es würde einiger Zeit und schwerer Regenfälle bedürfen, bis hier nichts mehr an die Morde erinnerte.

Marino hatte einen Metalldetektor dabei und ich einen Rechen. Er zog seine Zigaretten aus der Tasche und schaute sich um. »Es hat sicher keinen Sinn, hier zu suchen – die Lichtung ist hinreichend abgegrast«, meinte er.

»Der Weg hierher ist bestimmt auch gründlich untersucht worden«, sagte ich mit einem Blick auf den Trampelpfad, auf dem wir gekommen waren.

»Nicht unbedingt«, widersprach er. »Als die beiden jungen Leute letztes Jahr hierher gebracht wurden, existierte er noch nicht.«

Erst jetzt erinnerte ich mich daran, wie unwegsam das Gelände bei meinem ersten Besuch gewesen war. Der Pfad war erst durch das ständige Hin und Her der Polizei und anderer an der Untersuchung Beteiligter entstanden.

Marino ließ den Blick über die Bäume wandern und fügte hinzu: »Wir wissen noch nicht einmal, wo sie geparkt haben, Doc – aber es bietet sich die Annahme an, dass sie den Wagen auf dem Holzweg abstellten und so ziemlich denselben Weg nahmen wie wir. Es hängt davon ab, ob der Killer tatsächlich auf diese Lichtung zusteuerte.«

»Ich habe das Gefühl, er wusste genau, wohin er wollte«, antwortete ich. »Es ist doch schwer vorstellbar, dass er rein zufällig in den Holzweg einbog und schließlich hier landete, nachdem er mit den beiden ziellos durch den Wald geirrt war.«

Achselzuckend schaltete Marino den Metalldetektor ein. »Kann nicht schaden, nachzusehen.«
Wir begannen am Rand der Lichtung und arbeiteten uns langsam den Weg entlang, wobei wir einen Teil des Unterholzes und der Blätter auf beiden Seiten in die Überprüfung einbezogen. Fast zwei Stunden lang hatten wir jede Öffnung zwischen den Bäumen und im Unterholz untersucht, durch die möglicherweise Menschen gekommen sein konnten, bevor unsere Bemühungen bei dem ersten Hochfrequenzton des Metalldetektors mit einer alten Bierdose und bei dem zweiten mit einem rostigen Flaschenöffner belohnt wurden. Der dritte Alarm erfolgte erst, als wir den Waldrand erreichten: Diesmal war der Grund die Patronenhülse eines Gewehrs. Das ehemals leuchtende Rot war im Laufe von Jahren verblasst.
Ich lehnte mich auf meinen Rechen und schaute niedergeschlagen den Pfad hinunter. Hilda hatte etwas von einem anderen Ort gesagt, an dem der Mörder mit Deborah gewesen sein könnte – und sie hatte die Möglichkeit offen gelassen, dass dieser Ort ganz in der Nähe wäre. Ich rief mir die Lichtung mit den Leichen in Erinnerung. Zuerst hatte ich gedacht, dass Deborah, falls sie sich losgerissen hatte, dies vielleicht auf dem Weg zur Lichtung getan haben könnte – aber wenn die Neun-Millimeter-Hülse noch an Ort und Stelle lag, dann war es woanders passiert.
»Spielen wir's mal durch«, schlug ich vor.
»Okay – ich höre.« Marino wischte sich mit dem Mantelärmel über die feuchte Stirn.
»Wenn Sie der Mörder wären und hätten zwei Menschen entführt und dann gezwungen, mit Ihnen in den Wald zu gehen – wen würden Sie zuerst töten?«
»Der Junge dürfte das größere Risiko darstellen«, antwortete er ohne Zögern. »Also würde ich erst ihn erledigen und mir das Mädchen für später aufheben.«
Wie konnte jemand zwei Gefangene bei Dunkelheit durch einen dichten Wald treiben? Hatte der Mann eine Taschenlampe dabei – oder kannte er die Gegend so gut, dass er sich auch mit verbunde-

nen Augen zurechtgefunden hätte? Ich formulierte diese Fragen laut.

»Das hat mich auch beschäftigt«, eröffnete er mir. »Und ich habe eine Theorie: Wahrscheinlich hat er ihnen die Hände auf dem Rücken gefesselt. An seiner Stelle hätte ich das Mädchen von hinten festgehalten und vor mir hergeschoben und ihr den Lauf meiner Waffe in die Rippen gebohrt. Damit hätte ich die Garantie gehabt, dass ihr Freund keine Zicken machte: Eine falsche Bewegung – und peng!, wäre seine Freundin erledigt. Und was die Taschenlampe betrifft: Man darf wohl davon ausgehen, dass er eine hatte: Irgendwie muss er sich ja orientiert haben.«

»Wie konnte er gleichzeitig eine Waffe, eine Taschenlampe und das Mädchen festhalten?«, fragte ich.

»Kein Problem. Soll ich's Ihnen zeigen?«

»Nicht unbedingt.« Ich wich zurück, als er die Hand ausstreckte.

»Ich wollte nur Ihren Rechen borgen, Doc – seien Sie doch nicht so schreckhaft.«

Er gab mir den Metalldetektor und ich ihm den Rechen.

»Deborah ist der Rechen – okay? Ich lege den linken Arm um ihren Hals, in der linken Hand halte ich die Taschenlampe. So.« Er demonstrierte es. »In der rechten Hand habe ich die Waffe, die ich ihr gegen die Rippen drücke. Ganz einfach. Und Fred geht voraus.« Marino hielt inne und dachte nach. »Sehr schnell sind sie auf diese Weise allerdings nicht vorangekommen«, sagte er dann.

»Vor allem, wenn die beiden jungen Leute barfuß waren«, ergänzte ich.

»Richtig – und ich glaube, das waren sie. Wenn sie hierher laufen mussten, konnte er ihnen nicht die Füße zusammenbinden. Aber wenn er ihnen Schuhe und Strümpfe abnahm, zwang er sie, sich langsam zu bewegen. Vielleicht hat er nach dem Mord die Sachen als Souvenirs behalten.«

»Möglich.« Deborahs Handtasche fiel mir ein. »Wenn Deborahs Hände auf dem Rücken gefesselt waren – wie kam dann ihre Tasche hierher? Sie hat keinen Schulterriemen und auch keine Schlaufe für den Gürtel – im Übrigen trug Deborah keinen Gürtel.

Und weshalb sollte jemand, den man mit Waffengewalt in den Wald verschleppt, seine Handtasche mitnehmen?«

»Eine gute Frage. Das hat mich von Anfang an irritiert.«

»Machen wir weiter«, forderte ich ihn auf.

Als wir wieder bei der Lichtung ankamen, war die Sonne hinter Wolken verschwunden und ein kalter Wind aufgekommen, der den Eindruck entstehen ließ, dass die Temperatur innerhalb von Sekunden um zehn Grad gesunken sei. Meine durchgeschwitzten Kleider unter dem Mantel wurden kalt, die Muskeln in meinen Unterarmen schmerzten vom Rechen. Am Rand der Lichtung, der dem Pfad gegenüberlag, begann ein Dickicht, von dem ich annahm, dass es sogar Jägern zu undurchdringlich wäre. Die Polizei war mit Schaufeln und Sieben etwa drei Meter weit vorgedrungen – und dann auf ein Gewirr von Ranken wilder Erbsen gestoßen: Kudzu. Die Bäume, die das Schlinggewächs überwuchert hatte, sahen aus wie Dinosaurier, die sich aus einem grünen Meer erhoben. Jede Pflanze hier wurde langsam stranguliert.

»Grundgütiger«, stöhnte Marino, als ich mit dem Rechen darauf zusteuerte. »Das ist nicht Ihr Ernst!«

»Wir gehen nicht weit«, versprach ich.

Brauchten wir auch nicht: Nach wenigen Schritten piepste der Metalldetektor. Der Ton wurde höher und schriller, als Marino das Gerät über ein Areal schwenkte, das weniger als fünf Meter von der Fundstelle der Leichen entfernt lag. Ich stellte fest, dass das Durchrechen von Kudzu noch schwieriger war als das Kämmen verfilzter Haare, und ging nach kurzer Zeit auf Hände und Knie hinunter, riss die Ranken weg und tastete über den Boden, bis meine durch OP-Handschuhe geschützten Finger etwas Hartes, Kaltes fühlten. Aber: Ich hatte wieder eine Niete gezogen. »Heben Sie ihn für die Mautstation auf«, empfahl ich Marino und warf ihm enttäuscht den verdreckten Vierteldollar zu.

Doch ein Stück weiter piepste der Detektor erneut – und diesmal hatte ich den Hauptgewinn erwischt: Als ich die Kudzuranken beiseite zerrte, sah ich rostfreien Stahl schimmern – eine Patronenhülse, die glänzte wie poliertes Silber. Vorsichtig nahm ich sie zwischen die Finger, um keine etwaigen Spuren zu verwischen. Marino beugte sich herunter und hielt mir einen offenen Plastikbeutel hin.

»Neun Millimeter, Federal«, las er mir durch die Hülle vor. »Nicht zu fassen!«

»Er stand ungefähr hier, als er auf sie schoss«, murmelte ich. Es schauderte mich, als ich mich daran erinnerte, dass Hilda gesagt hatte, sie sähe Enge und etwas, das nach Deborah greife. Kudzu!

»Wenn der Schuss aus geringer Entfernung kam«, überlegte Marino laut, »dann ist sie nicht weit von hier zusammengebrochen.«

Ich drang noch etwas tiefer in die Wildnis vor, und er folgte mir mit dem Metalldetektor. »Wie zum Teufel hat er gesehen, wo er hinschoss, Marino?«, fragte ich. »Können Sie sich diesen Ort bei Dunkelheit vorstellen?«

»Wir haben ihn doch mit einer Taschenlampe ausgestattet, wissen Sie noch?«

»Eine Hypothese, an die ich eine weitere knüpfe: Wenn Deborah sich losriss, dürfte ihm die Lampe aus der Hand gefallen sein.«

»Der Mond schien«, bot er als Ausweichlösung an.

»Aber er war nicht voll.«

»Stockfinster war es jedenfalls nicht.«

In der Nacht auf Samstag, den einunddreißigsten August, in der das Pärchen verschwand, hatte die Temperatur bei zwanzig Grad gelegen, der Mond war drei Viertel voll und der Himmel klar. Schön und gut – aber weshalb hatte der Mörder seine Opfer überhaupt in den Wald getrieben, wo er ständig gewärtig sein musste, dass es ihnen gelänge, zu entkommen? Warum hatte er sie nicht auf dem Holzweg getötet, ins Unterholz gezerrt und war verschwunden? Wieso hatte er sie hierher gebracht?

Die Vorgehensweise entsprach den anderen Fällen: Alle Pärchen waren in abgelegenen Waldstücken gefunden worden.

Mit einem unbehaglichen Blick auf das Kudzugestrüpp sagte Marino: »Bloß gut, dass jetzt keine Jahreszeit für Schlangen ist.«

»Sie können einen wirklich aufbauen«, antwortete ich.

»Wollen Sie weitermachen?«, fragte er in einem Ton, der verriet, dass er keinerlei Interesse daran hatte, auch nur noch einen Zentimeter des gespenstischen Gewirrs zu erforschen.

»Nein – für heute reicht's mir.« So schnell ich konnte, watete ich aus dem Rankendickicht: Vielleicht trieb sich hier ja irgendwo eine Schlange herum, die nichts gegen Kälte hatte! Ich spürte Panik in mir aufsteigen.

Als wir zum Wagen zurückgingen, war der Wald schon voll unheimlicher Schatten. Jedes Mal, wenn ein Zweig unter Marinos Füßen knackte, machte mein Herz einen Satz. Eichhörnchen, die an Baumstämmen hinaufhuschten, und Vögel, die von Ästen aufflogen, verursachten Geräusche, die in meinen Ohren dröhnten.

»Ich gebe das Ding gleich morgen früh im Labor ab«, sagte Marino, als wir den Holzweg erreichten. »Dann muss ich zum Gericht. Großartiges Programm für einen dienstfreien Tag.«

»In welchem Fall?«

»In dem Fall, bei dem Bubba seinen Freund Bubba erschoss und der einzige Tatzeuge ein dritter Schwachkopf namens Bubba war.«

»Sie machen Witze!«

»Nee.« Er schloss die Fahrertür auf. »Ich bin so wenig komisch wie eine abgesägte Schrotflinte.« Wir stiegen ein, und er murmelte: »Ich fange an, meinen Job zu hassen, Doc. Ich schwöre es – ich meine es ernst.«

»Im Augenblick hassen Sie alles und jeden, Marino«, antwortete ich.

»Das stimmt nicht.« Er lachte tatsächlich. »Sie mag ich!«

Am letzten Januartag bescherte mir die Post eine Mitteilung von Pat Harvey. Kurz und sachlich kündigte sie an, dass sie, falls ihr die Autopsie- und Toxikologieberichte ihrer Tochter nicht bis Ende der kommenden Woche vorlägen, einen Gerichtsbeschluss erwirken würde. Eine Kopie des Schreibens war an meinen Boss gegangen – den Commissioner of Health and Human Services, dessen Sekretärin mich nicht ganz eine Stunde später telefonisch in sein Büro beorderte.

Mehrere Obduktionen erwarteten mich, doch es half nichts: Ich verließ das Haus und ging den kurzen Weg zur Main Street Station, die jahrelang leer gestanden hatte und dann zu einem kurzlebigen Einkaufszentrum umfunktioniert worden war, bevor der Staat sie gekauft hatte. In gewisser Weise war der historische Bau mit seinem Glockenturm und dem roten Ziegeldach wieder ein Bahnhof geworden – eine Haltestelle für Staatsbedienstete, die gezwungen waren, sich hier aufzuhalten, solange das Madison Building von Asbest befreit und renoviert wurde.

Der Gouverneur hatte Dr. Paul Sessions vor zwei Jahren zum Commissioner ernannt. Persönliche Zusammenkünfte zwischen dem Boss und mir waren eine Seltenheit, doch ich empfand sie stets als angenehm. Ich hatte das ungute Gefühl, dass es heute anders sein könnte: Seine Sekretärin hatte einen merkwürdigen Unterton mitschwingen lassen – als wisse sie, dass es mir an den Kragen gehen würde.

Der Commissioner residierte in einer Zimmerflucht im ersten Stock, zu dem man über eine Marmortreppe gelangte, die von den Reisenden, die hier hinauf- und hinuntergeeilt waren, in längst vergangener Zeit abgetreten worden war. Die Räumlichkeiten, die der Commissioner mit Beschlag belegte, hatten früher einen Sportartikelladen und eine Boutique beherbergt, in der farbenprächtige Drachen und Luftsäcke verkauft wurden. Wände waren eingerissen, Schaufenster zugemauert, die Büros mit Holz verkleidet, mit Teppich ausgelegt und hübsch möbliert worden. Dr. Sessions hatte hinlänglich Erfahrung mit dem schleppenden Fortgang staatlicher Baumaßnahmen und sein Ausweichquartier daher so eingerichtet, als rechne er damit, für immer hier zu bleiben. Seine Sekretärin begrüßte mich mit einem mitfühlenden Lächeln, das mein Unbehagen noch steigerte. Dann griff sie zum Telefon und kündigte mich an. Gleich darauf öffnete sich die schwere Eichentür gegenüber von ihrem Schreibtisch, und Dr. Sessions bat mich herein.

Sein braunes Haar wurde allmählich schütter, die große Brille schien sein schmales Gesicht zu erdrücken, der Brustkorb war eingefallen und der Körper so mager, dass er nur selten das Jackett auszog und auch im Sommer immer langärmelige Hemden trug, weil er ständig fror. Sein linker Arm, den er sich vor einigen Monaten bei einem Marathonlauf an der Westküste gebrochen hatte, als ihn ein Kleiderbügel zu Fall brachte, dem die Läufer vor ihm ausgewichen waren, war immer noch genagelt. Der Commissioner war der einzige Teilnehmer, der den Lauf nicht beendet hatte und trotzdem in die Zeitung kam.

Dr. Sessions setzte sich hinter seinen Schreibtisch und sah mich mit ungewohnt strengem Blick an. Vor ihm lag Pat Harveys Brief. Er tippte mit dem Zeigefinger darauf. »Ich nehme an, Sie haben das schon gesehen.«

»Ja«, nickte ich, »Mrs. Harveys Interesse an den Ergebnissen der Untersuchung ihrer Tochter ist durchaus verständlich.«

»Deborahs Leiche wurde vor nunmehr elf Tagen gefunden. Soll ich aus Ihrer mangelnden Mitteilungsbereitschaft schließen, dass Sie noch immer nicht wissen, was ihren und Fred Cheneys Tod verursacht hat?«

»Woran *sie* gestorben ist, weiß ich – *seine* Todesursache ist noch ungeklärt.«

Er sah mich verdutzt an. »Dr. Scarpetta – würden Sie die Freundlichkeit haben, mir zu erklären, weshalb diese Informationen den Harveys und Fred Cheneys Vater bisher vorenthalten wurden?«

»Meine Erklärung ist einfach«, erwiderte ich. »Die Fälle sind noch in der Schwebe – es werden weitere Tests durchgeführt. Und das FBI hat mich ersucht, niemandem etwas mitzuteilen.«

»Ich verstehe.« Er starrte die Wand an, als befände sich dort ein Fenster, durch das er hinausschauen könne.

»Wenn Sie mich anweisen, meine Berichte rauszugeben, werde ich das tun, Dr. Sessions. Um die Wahrheit zu sagen – ich wäre erleichtert, wenn Sie mir befehlen würden, Pat Harveys Forderung zu entsprechen.«

»Warum?« Er kannte die Antwort, doch er wollte sie von mir hören.

»Weil Mrs. Harvey und ihr Mann ein Recht darauf haben, zu erfahren, was mit ihrer Tochter geschehen ist«, sagte ich. »Und Bruce

Cheney hat ein Recht zu erfahren, was oder was nicht wir über seinen Sohn wissen. Die Warterei ist nervenaufreibend für sie.«

»Haben Sie mit Mrs. Harvey gesprochen?«

»Nicht kürzlich.«

»Haben Sie mit ihr gesprochen, seit die Leichen gefunden wurden, Dr. Scarpetta?« Er sah mich durchdringend an.

»Ich rief sie an, als die Identität feststand – aber seitdem hatten wir keinen Kontakt mehr.«

»Hat sie versucht, Sie zu erreichen?«

»Das hat sie.«

»Und Sie haben sich geweigert, mit ihr zu sprechen?«

»Ich habe Ihnen bereits dargelegt, weshalb ich nicht mit ihr spreche«, erwiderte ich. »Ich kann ihr ja schlecht eröffnen, dass das FBI mich aufgefordert hat, ihr keine Informationen zu geben.«

»Dann haben Sie die Anordnung des FBI niemandem gegenüber erwähnt?«

»Nur Ihnen gegenüber – gerade eben.«

Er lehnte sich zurück und schlug die Beine übereinander. »Das weiß ich zu schätzen. Bewahren Sie weiterhin Stillschweigen darüber – vor allem bei Reportern.«

»Ich tue mein Bestes, Reportern aus dem Weg zu gehen.«

»Heute früh bekam ich einen Anruf von der *Washington Post.*«

»Wer war es?«

Er begann die Zettel durchzusehen, die er auf einen Silbernagel gespießt hatte. Mein Unbehagen wuchs von Sekunde zu Sekunde. Ich wollte nicht glauben, dass Abby hinter meinem Rücken und über meinen Kopf hinweg agierte.

»Ein Bursche namens Clifford Ring.« Er hob den Blick. »Er hat schon öfter hier angerufen – ich bin nicht der Einzige, dem er Informationen zu entlocken versuchte. Er hat meine Sekretärin ausgefragt und andere Mitarbeiter meines Büros – inklusive meines Stellvertreters und des Secretary of Human Resources. Anscheinend hat er zunächst bei Ihnen angerufen und sich dann an die Verwaltung gewandt, da, wie er sich ausdrückte, der Medical Examiner sich verleugnen lasse.«

»Ich weiß nicht, ob ein Mr. Ring unter den Reportern war, die ich abwimmeln ließ.«
»Nun – er vertritt die Ansicht, dass eine Verschleierung inszeniert wird, eine Verschwörung besteht. Aus der Art seiner Fragen ist zu entnehmen, dass er über Informationen verfügt, die diese Theorie untermauern.«
Merkwürdig, dachte ich: Das klingt nicht so, als habe die *Post* die Nachforschungen in diesem Fall eingestellt, wie Abby mir so erbost berichtet hatte.
»Er hat den Eindruck«, fuhr der Commissioner fort, »dass Ihr Büro mauert und demnach an der so genannten Verschwörung beteiligt ist.«
»Ich teile seinen Eindruck.« Ich hatte Mühe, meinen Zorn zu unterdrücken. »Und damit sitze ich zwischen zwei Stühlen. Ich habe die Wahl, entweder Pat Harvey vor den Kopf zu stoßen oder das Justizministerium – und ich würde es offen gestanden vorziehen, Mrs. Harveys Forderung zu entsprechen. Irgendwann muss ich sie ohnehin informieren. Sie hat Anspruch darauf. Und ich bin nicht verpflichtet, vor dem FBI zu kuschen.«
»Es liegt absolut nicht in meinem Interesse, mich mit dem Justizministerium anzulegen«, sagte Dr. Sessions.
Er brauchte nicht näher auszuführen, weshalb: Ein wesentlicher Teil seines Budgets stammte aus Bundeszuschüssen, von denen einige bis in mein Büro durchsickerten – als Subvention für die Datensammlung, die von verschiedenen Unfallverhütungs- und Verkehrssicherheitsämtern in Anspruch genommen wurde. Das Justizministerium wusste sich durchzusetzen: Wenn wir uns gegen die Bundesbehörde stellten, konnten wir unseren Kopf darauf wetten, dass uns das Leben schwer gemacht würde – falls man uns den Hahn nicht gänzlich zudrehte. Das Letzte, was der Commissioner wollte, war, über jeden Bleistift und Block Rechenschaft ablegen zu müssen, die von dem Zuschuss gekauft wurden. Man würde uns jeden Cent nachrechnen und uns in einer Papierflut ersäufen.
Dr. Sessions streckte den heilen Arm aus, nahm den Brief auf und

starrte nachdenklich darauf hinunter. Dann sagte er: »Ich fürchte, wir haben keine andere Möglichkeit, als Mrs. Harvey ihre Drohung wahr machen zu lassen.«
»Wenn sie einen Gerichtsbeschluss erwirkt, muss ich ihr geben, was sie verlangt.«
»Das ist mir klar – aber in dem Fall kann das FBI uns nicht dafür verantwortlich machen. Das ist der Vorteil. Der Nachteil wird in negativer Publicity bestehen«, dachte er laut. »Ganz sicher wird es kein gutes Licht auf das Department of Health and Human Services werfen, wenn bekannt wird, dass wir von einem Richter gezwungen wurden, Mrs. Harvey auszuhändigen, worauf sie ein gesetzlich verankertes Recht hat. Und den Verdacht unseres Freundes Ring kann es nur erhärten.«
Der Normalbürger weiß nicht, dass der Medical Examiner zum Department of Health and Human Services gehört. *Ich* war diejenige, auf die ein schlechtes Licht fallen würde: In guter Bürokratenmanier warf der Commissioner *mich* den Wölfen zum Fraß vor – dann hatte ich dem Justizministerium gegenüber den schwarzen Peter und nicht er.
»Natürlich«, fuhr er fort, »wird man Mrs. Harvey unangemessene Härte und Amtsmissbrauch vorwerfen. Vielleicht blufft sie ja nur.«
»Das bezweifle ich entschieden.«
»Wir werden sehen.« Er stand auf, um mich zur Tür zu bringen.
»Ich werde Mrs. Harvey schreiben und ihr mitteilen, dass Sie und ich uns unterhalten haben.«
Nach der Seite wollte er sich also auch absichern: Er würde es so hinstellen, als habe er alles versucht, um mich zu veranlassen, ihr das Gewünschte zu schicken, jedoch nichts erreichen können.
Er lächelte an mir vorbei. »Lassen Sie es mich wissen, wenn Sie Hilfe brauchen.«
Das war der schiere Hohn! Was mich betraf, hätte er auch *zwei* gebrochene Arme haben können: Er würde keinen Finger für mich rühren!
Als ich ins Büro zurückkam, fragte ich in der Telefonzentrale und

bei Rose nach, ob ihnen ein Reporter der *Post* namens Clifford Ring ein Begriff sei. Nachdem sie ihre Notizen und ihre Gedächtnisse durchforstet hatten, kamen sie zu dem Ergebnis, dass kein Clifford Ring angerufen habe. Wie konnte er mich beschuldigen zu mauern, wenn er nie versucht hatte, mich zu erreichen? Die Geschichte wurde immer seltsamer.

»Ach, übrigens«, hielt Rose mich auf, als ich zum Lift gehen wollte. »Linda hat Sie gesucht. Sie sagte, sie brauche Sie dringend.«

Linda war Schusswaffenexpertin. Marino muss die Patronenhülse gebracht haben, dachte ich. Ausgezeichnet.

Das Labor befand sich im zweiten Stock und hätte jederzeit als Laden für Gebrauchtwaffen durchgehen können. Handfeuerwaffen, Gewehre, Schrotflinten und Maschinenpistolen füllten die Regale. In braunes Papier eingeschlagene Beweisstücke türmten sich brusthoch auf dem Boden. Ich kam gerade zu dem Schluss, dass alle bei Tisch seien, als ich durch eine Tür das gedämpfte Geräusch eines Schusses hörte: An das Labor grenzte ein kleiner Raum, in dem Waffen getestet wurden – durch Schüsse in einen wassergefüllten Tank aus galvanisiertem Stahl.

Zwei Schüsse später kam Linda heraus, eine Achtunddreißiger Special in der einen und die abgefeuerten Patronen und leeren Hülsen in der anderen Hand. Sie war sehr schlank und weiblich, mit langen braunen Haaren, hohen Backenknochen und weit auseinander stehenden haselnussbraunen Augen. Ein Laborkittel schützte den fließenden schwarzen Rock und die blassgelbe Seidenbluse, die eine kleine goldene Kragennadel zierte. Hätte ich ihren Beruf erraten sollen – beispielsweise, während ich neben ihr im Flugzeug saß –, so hätte ich auf Dozentin für Lyrik oder Galeristin getippt.

»Schlechte Nachrichten, Kay.« Sie legte den Revolver und die gebrauchte Munition auf ihren Schreibtisch.

»Hoffentlich nicht bezüglich der Patronenhülse, die Marino gebracht hat.«

»Ich fürchte, doch. Kommen Sie her.« Sie trat zum Vergleichsmik-

roskop. »Hier.« Sie bot mir ihren Stuhl an. »Das Bild sagt mehr als tausend Worte.«
Ich setzte mich, schaute durch das Okular und justierte die Schärfe. »Das verstehe ich nicht«, murmelte ich nach einem Blick auf die glänzende Patronenhülse: Am Innenrand waren die Initialen »J. M.« eingeritzt! »Ich dachte, das wäre die, die Marino Ihnen gegeben hat.«
»Ist sie ja. Er brachte sie so vor einer Stunde. Ich fragte, ob er die Buchstaben eingeritzt habe, und er verneinte. Ich hatte auch nicht ernsthaft angenommen, dass er es getan hätte, denn seine Initialen sind schließlich ›P. M.‹ und nicht ›J. M.‹ – und außerdem ist er zu gewissenhaft, um so was zu machen.«
Manche Detectives versahen Patronenhülsen ebenso mit ihren Initialen wie manche Medical Examiners Kugeln, die sie aus Leichen entfernten – eine Unart, die die Leute vom Schusswaffenlabor ihnen erfolglos abzugewöhnen versuchten. Das Gravieren ist riskant, weil die Gefahr besteht, dass man aus Versehen etwas verkratzt, das zur Identifizierung dienen kann. Marino wusste das. Ebenso wie ich beschriftete er grundsätzlich den Plastikbeutel, der das Beweismittel enthielt, und ließ den Inhalt unangetastet.
»Soll das heißen, dass die Initialen sich bereits auf der Hülse befanden, als Marino sie herbrachte?«
»So ist es.«
J. M.? Jay Morrell!, dachte ich verwirrt. Wie konnte eine Patronenhülse, die in der Nähe der Lichtung gefunden wurde, seine Initialen aufweisen?
»Ich frage mich«, überlegte Linda laut, »ob einer der Beamten am Tatort aus irgendeinem Grund diese Hülse in seiner Tasche hatte und sie verlor, ohne es zu bemerken. Er könnte ja ein Loch in der Tasche gehabt haben.«
»Das erscheint mir wenig glaubhaft.«
»Nun gut, ich habe noch eine zweite Theorie; aber sie wird Ihnen nicht gefallen – mir gefällt sie auch nicht sonderlich: Es könnte sich um eine wiederverwendete Hülse handeln.«

»Wer um alles in der Welt würde eine Patronenhülse wiederverwenden, die als Beweisstück markiert ist?«

»Kommt gar nicht so selten vor, Kay – aber das haben Sie nicht von mir, okay?«

Ich sah sie mit großen Augen an.

»Die Anzahl der Waffen und die Menge der Munition und Patronenhülsen, die von der Polizei sichergestellt und an die Gerichte übergeben werden, sind astronomisch groß und viel Geld wert. Die Leute werden immer knickeriger – auch Richter. Sie kassieren das Zeug und behalten es entweder oder verkaufen es an Waffenhändler oder Sammler. Ich denke, diese Patronenhülse wurde irgendwann von einem Polizisten gefunden und bei Gericht als Beweisstück vorgelegt – und wiederverwendet. Es ist gut möglich, dass derjenige, der die Patrone abfeuerte, keine Ahnung hatte, dass die Hülse gekennzeichnet war.«

»Wir können nicht beweisen, dass diese Hülse zu der Kugel gehört, die ich in Deborahs Wirbelsäule fand, solange wir die Waffe nicht haben«, sagte ich. »Wir können nicht einmal mit Sicherheit sagen, dass sie zu einem Hydra-Shok-Geschoss gehört. Alles, was wir wissen, sind das Kaliber und der Hersteller: neun Millimeter, Federal.«

»Das stimmt. Aber Federal hat das Patent für Hydra-Shok-Munition – schon seit Ende der achtziger. Falls dieser Hinweis was wert ist.«

»Verkauft Federal Hydra-Shok-Patronen zum Wiederladen?«, fragte ich.

»Das ist das Problem: Nein. Nur die Hülsen sind auf dem Markt erhältlich. Aber das heißt nicht, dass jemand sich nicht auf anderem Wege Patronen beschaffen könnte: Durch Diebstahl in der Fabrik oder einen Kontaktmann, der dort arbeitet. Ich bekäme sie zum Beispiel auch – wenn ich behaupten würde, ich brauchte sie für ein spezielles Projekt. Möglichkeiten gibt es viele.« Sie holte eine Dose Cola light aus ihrem Schreibtisch und setzte hinzu: »Mich überrascht kaum noch was.«

»Weiß Marino, was Sie festgestellt haben?«

»Ich habe ihn angerufen.«
»Danke, Linda«, sagte ich und stand auf. In meinem Kopf nahm eine Theorie Gestalt an, die sich grundlegend von der ihren unterschied, jedoch unglücklicherweise sehr viel wahrscheinlicher war. Schon der bloße Gedanke machte mich wütend.
Im Laufschritt kehrte ich in mein Büro zurück, riss den Hörer von der Gabel und wählte Marinos Piepser an.
Er rief mich fast umgehend zurück. »Dieses Miststück!«, sagte er statt einer Begrüßung.
»Wer? Linda?«, fragte ich verblüfft.
»Morrell! Dieses verlogene Arschloch! Ich habe gerade mit ihm telefoniert. Er sagte, er habe keine Ahnung, wovon ich redete – bis ich ihm auf den Kopf zu sagte, dass er Beweisstücke unterschlage oder wiederverwende, und ihn verdächtigte, Waffen und Munition zu stehlen. Als ich ihm drohte, eine Untersuchung gegen ihn anzuleiern, hat er gesungen.«
»Er hat die Hülse gekennzeichnet und absichtlich dort gelassen, nicht wahr?«
»Genau. Die Hülse, die wir suchten, ist schon letzte Woche gefunden worden. Der Saukerl platziert das getürkte Beweisstück und jammert mir die Ohren voll, dass er nur getan habe, was das FBI ihm befahl.«
»Und wo ist die echte Hülse?« Das Blut pochte in meinen Schläfen.
»Die hat das Labor vom FBI. Sie und Ihr sehr Ergebener verbrachten den Nachmittag umsonst im Wald! Und wissen Sie was, Doc? Die ganze gottverdammte Zeit über wurden wir beobachtet! Das Areal wird überwacht. Bloß gut, dass sich keiner von uns in die Büsche geschlagen hat, um zu pinkeln, was?«
»Haben Sie schon mit Wesley gesprochen?«
»Fällt mir nicht im Traum ein! Der kann mir gestohlen bleiben!« Er knallte den Hörer auf.

9

Das Globe and Laurel hatte etwas Tröstliches für mich. Der schlichte, schnörkellose Ziegelbau beherbergte ein Restaurant der besonderen Art. Er stand in Triangle – nahe der Marinebasis. Auf dem Grasstreifen vor dem Haus war niemals auch nur ein Hälmchen Unkraut zu sehen, die Kornelkirschen waren sorgfältig gestutzt, und auf dem gepflegten Parkplatz stand jeder Wagen innerhalb der vorgesehenen Markierung.

»Semper Fidelis« stand über der Tür, und beim Eintreten empfing einen die »Creme« der Immertreuen: Polizeichefs, Viersternegeneräle, Verteidigungsminister, Directors von FBI und CIA – die Fotografien waren mir so vertraut, dass mir die streng lächelnden Männer darauf wie alte Freunde erschienen.

Major Jim Yancey, dessen bronzierte Kampfstiefel aus dem Vietnamkrieg gegenüber der Bar auf dem Klavier standen, kam über den rot-weiß karierten Schottenteppich auf mich zu, um mich zu begrüßen. Er schüttelte mir freudig die Hand. »Ich hatte schon befürchtet, das Essen habe Ihnen letztes Mal nicht geschmeckt, weil Sie so lange nicht hier waren.«

Der Rollkragenpullover und die Cordhose konnten nicht über den ursprünglichen Beruf des Majors hinwegtäuschen: Er war so militärisch wie eine Uniformmütze, hielt sich kerzengerade, an seinem Körper saß kein Gramm überflüssigen Fettes, das weiße Haar war rasenkurz geschoren. Obwohl er schon im Pensionsalter war, wirkte er, als könne er jederzeit wieder ins Feld ziehen, und ich konnte mir gut vorstellen, wie er mit einem Jeep über unwegsames Gelände holperte oder im Dschungel Bohnen aus einer Büchse löffelte, während der Monsunregen auf ihn herunterprasselte.

»Ich habe bei Ihnen noch nie schlecht gegessen – das wissen Sie genau«, antwortete ich herzlich.

»Sie wollen sicher zu Benton«, sagte er. »Er sitzt im Fuchsbau hinten.«
»Danke, Jim – ich kenne den Weg. Es ist schön, Sie wiederzusehen.«
Er zwinkerte mir zu und kehrte an die Bar zurück.
Mark hatte mich in Major Yanceys Restaurant mitgenommen – damals, als ich jedes zweite Wochenende nach Quantico fuhr, um ihn zu besuchen. Auf dem Weg durch den Speiseraum, dessen Decke mit Polizeimarken verziert war und an dessen Wänden in Vitrinen Erinnerungsstücke ausgestellt waren, zupfte Wehmut an meinem Herzen. Ich konnte noch die Tische bezeichnen, an denen Mark und ich gesessen hatten, und es kam mir merkwürdig vor, jetzt Fremde dort sitzen zu sehen, die ihrerseits für sie wichtige Gespräche führten. Seit fast einem Jahr war ich nicht mehr hier gewesen.
Benton Wesley erwartete mich in einem gemütlichen kleinen Nebenraum mit roten Vorhängen an den Fenstern. Er hatte einen Drink vor sich stehen und lächelte nicht, als er mich förmlich begrüßte.
Ein Ober im Smoking kam, um meine Bestellung entgegenzunehmen.
Bentons Augen waren so undurchdringlich wie eine Tresortür, und ich erwiderte seinen Blick entsprechend. Er hatte den Gong zur ersten Runde geschlagen. Es versprach ein harter Kampf zu werden.
»Ich bin sehr bestürzt darüber, dass zwischen uns ein Kommunikationsproblem besteht, Kay«, begann er.
»Sie sprechen mir aus der Seele«, erwiderte ich trocken. »Auch ich bin sehr bestürzt über unser Kommunikationsproblem. Hört das ›Büro‹ mein Telefon ab und überwacht mich vielleicht auch anderweitig? Ich hoffe, die Fotos von Marino und mir sind wenigstens gut geworden.«
Wesley antwortete ruhig: »*Sie* stehen nicht unter Beobachtung – aber das Waldgebiet.«
»Wäre ich darüber informiert worden, so hätte ich es Sie wissen lassen können, dass Marino und ich noch mal dorthin wollten.«

»Ich bin nicht auf die Idee gekommen, dass Sie dort auftauchen könnten.«
»Ich sehe mir die Schauplätze routinemäßig immer noch einmal an«, erklärte ich. »Sie haben lange genug mit mir zu tun, um das zu wissen.«
»Mein Fehler. Aber es wäre mir lieb, wenn Sie sich in Zukunft von dem Gelände fern halten würden.«
»Das kann ich Ihnen sogar versprechen: Ein weiterer Ausflug in den Wald wäre völlig witzlos – ich würde wieder nur getürkte Beweisstücke finden, die auf Ihre Veranlassung deponiert wurden.«
»Kay.« Seine Stimme wurde weicher. »Ich versuche nicht, Ihnen Knüppel zwischen die Beine zu werfen.«
»Tatsächlich nicht? Jedenfalls sorgen Sie dafür, dass ich mich zum Narren mache!«
»Als wir beschlossen, eine Rund-um-die-Uhr-Überwachung zu organisieren, wollten wir nicht, dass etwas durchsickerte – und je weniger Leute wussten, was wir vorhatten, umso geringer war diese Gefahr.«
»Sie nehmen also an, dass der Mörder zum Tatort zurückkommt?«
»Es ist eine Möglichkeit.«
»Haben Sie diese Möglichkeit bei den übrigen Fällen ebenfalls erwogen?«
»Diesmal liegt die Sache anders.«
»Inwiefern?«
»Weil der Täter ein Beweisstück zurückgelassen hat – und es weiß.«
»Wenn er sich Sorgen wegen der Patronenhülse machte, hätte er sie doch schon vor Monaten holen können.«
»Vielleicht war ihm die Tragweite seiner Nachlässigkeit anfangs nicht klar.«
»Ich glaube nicht, dass der Mann, mit dem wir es zu tun haben, ein Schwachkopf ist.«
Der Ober brachte meinen Scotch mit Soda.
»Jedenfalls ist es einen Versuch wert. Und wir werden etwas tun, womit wir hoffen, ihn verunsichern zu können. Ich erzähle Ihnen

das jetzt, damit Sie mir nicht wieder den Vorwurf machen, ich schlösse Sie aus. Wir haben vor, in den Nachrichten Meldungen zu bringen, die darauf hindeuten, dass sich bei der Untersuchung der Leichen etwas herausgestellt hat, das uns zu der Vermutung veranlasst, dass an der Fundstelle wichtige Beweise zu finden wären. Andeutungen, Dementis, ›kein Kommentar‹ seitens der Polizei – alles in der Absicht, ihn glauben zu machen, dass wir, was immer es sein mag, bisher nicht gefunden haben. Der Mörder weiß, dass er die Patronenhülse liegen gelassen hat. Wenn er nervös genug wird und sie suchen kommt, werden wir ihn dabei filmen und festnehmen.«

»Die Patronenhülse ist wertlos, solange Sie die Waffe nicht haben. Warum sollte er das Risiko eingehen, am Tatort aufzutauchen, wenn ihm der Eindruck vermittelt wird, dass Polizei dort herumschnüffelt?«, fragte ich.

»Wenn seine Angst groß genug ist, wird er es wagen. Vielleicht fürchtet er, noch weitere verräterische Spuren hinterlassen zu haben: Offenbar verlor er in der Nacht damals die Kontrolle über die Situation – sonst hätte er nicht auf Deborah geschossen. Woher soll er wissen, nach was genau wir suchen, Kay? Er weiß nicht, in welchem Zustand die Leichen waren, als wir sie fanden. Wir wissen nicht, was er den jungen Leuten alles angetan hat, und er weiß nicht, was Sie bei der Autopsie alles festgestellt haben. Vielleicht geht er nicht gleich nach der ersten Meldung in den Wald – aber vielleicht eine oder zwei Wochen später, wenn sich alles beruhigt zu haben scheint.«

»Ich bezweifle, dass diese Rechnung aufgehen wird«, sagte ich.

»Jedenfalls können wir damit nichts verlieren. Der Mörder hat ein Beweisstück zurückgelassen – es wäre sträflich, nichts daraus zu machen.«

Die Tür war zu einladend, um nicht hindurchzugehen. »Haben Sie auch etwas aus den Beweisstücken gemacht, die in den anderen Fällen gefunden wurden, Benton? Soviel ich weiß, wurde in jedem der Wagen ein Herzbube gefunden. Ein Detail, das Sie mit allen Mitteln geheim halten wollen.«

Ich musste wieder einmal bewundern, wie eisern er sich in der Gewalt hatte: Er zuckte nicht mit der Wimper. »Woher wissen Sie davon?«
»Also stimmt die Geschichte.«
»Ja.«
»Und – haben Sie im Harvey-Cheney-Fall auch eine Spielkarte gefunden?«
Wesley gab dem Ober ein Zeichen und griff nach der Speisekarte. »Das Filet Mignon ist sehr empfehlenswert«, sagte er. »Und die Lammkoteletts.«
Mein Herz klopfte so heftig, dass meine Stimme atemlos klang, als ich meine Bestellung aufgab. Verzweifelt suchte ich nach einer Möglichkeit, zu Wesley durchzudringen. »Sie haben meine Frage nicht beantwortet.«
»Ich sehe nicht, welche Bedeutung dieses Detail für Ihre Arbeit haben könnte«, sagte er.
»Die Polizei ließ sich Stunden Zeit, bevor sie mich anrief. Die Leichen waren bewegt und ihre Kleidung durchsucht worden, als ich eintraf. Sie enthalten mir Informationen vor. Sie haben mich ersucht, die Fälle so lange wie möglich zu verschleppen. Inzwischen droht Pat Harvey mit einem Gerichtsbeschluss, weil ich meine Untersuchungsergebnisse nicht rausgebe.« Ich hielt inne. Er sah mich ungerührt an.
»Und dann«, fuhr ich beißend fort, »kehre ich noch einmal an den Fundort zurück, ohne zu wissen, dass er unter Beobachtung steht und das ›Beweisstück‹, das ich fand, dort deponiert worden war. Ich komme mir vor wie ein Handlanger – ohne allerdings zu wissen, wobei. Dieser Zustand ist unerträglich.«
Er antwortete nicht.
»Sie wollen mich kaltstellen, nicht wahr?«
»Sie irren sich«, widersprach er.
»Dann ist es jemand anderer.«
Er schwieg.
»Wenn ein Herzbube in dem Jeep oder bei den Leichen gefunden wurde, ist das durchaus wichtig für mich: Es würde beweisen, dass

die Morde an allen fünf Paaren zusammenhängen – und wenn in Virginia nachweislich ein Serienmörder frei herumläuft, dann will ich das wissen!«

Seine »Antwort« bestand in einer Frage, die mich bis ins Mark traf: »Wie viel haben Sie Abby Turnbull erzählt?«

Ich konnte nur hoffen, dass er mir nicht anmerkte, welchen Tumult er in meinem Innern ausgelöst hatte. »Ich habe ihr gar nichts erzählt«, erwiderte ich.

»Sie haben sie gesehen, Kay – ich bin sicher, Sie werden das nicht abstreiten.«

»Das haben Sie von Mark – und ich bin sicher, dass Sie das nicht abstreiten werden.«

»Falls Sie Mark erzählt haben sollten, dass Sie in Richmond und Washington mit ihr zusammen waren – mir hat er diese Information nicht weitergegeben. Welche Veranlassung hätte er auch dazu haben sollen?«

Ich starrte ihn an. Woher wusste Wesley von meinem Treffen mit Abby in Washington? Ließ er sie tatsächlich beschatten? »Als Abby mich in Richmond besuchte«, sagte ich, »rief Mark an, und ich erwähnte, dass Abby da sei. Wollen Sie behaupten, er hätte Ihnen das nicht gesagt?«

»Hat er nicht.«

»Wie haben Sie es dann erfahren?«

»Es gibt einige Dinge, die ich Ihnen nicht offen legen kann. Sie müssen mir einfach vertrauen.«

Der Ober brachte unsere Salate, und wir aßen schweigend. Erst als das Hauptgericht vor uns stand, begann Wesley wieder zu sprechen.

»Ich stehe unter großem Druck«, erklärte er.

»Das ist nicht schwer zu erkennen. Sie sehen erschöpft aus. Völlig erledigt.«

»Vielen Dank für die ermutigende Diagnose, Doc«, sagte er sarkastisch.

»Sie haben sich auch in anderer Hinsicht verändert«, hakte ich nach.

»Das bilden Sie sich ein.«

»Früher waren Sie nicht so zugeknöpft.«

»So komme ich Ihnen nur vor, weil Sie mir dauernd Fragen stellen, die ich nicht beantworten kann – ebenso wie Marino. Und dadurch fühle ich mich noch mehr unter Druck. Verstehen Sie das?«

»Ich versuche es.«

»Ich kann Ihnen nicht alles sagen – können Sie sich nicht damit abfinden?«

»Nein. Ich habe Informationen, die Sie brauchen – Sie haben Informationen, die ich brauche. Ich werde Ihnen meine nicht geben, wenn Sie mir Ihre nicht geben.«

Zu meiner Überraschung lachte er.

»Glauben Sie, wir könnten unter diesen Umständen ins Geschäft kommen?«

»Es sieht so aus, als hätte ich keine Wahl.«

»Haben Sie auch nicht«, nickte ich.

»Also schön. Ja – wir fanden einen Herzbuben im Harvey-Cheney-Fall. Ja – ich ließ die Leichen untersuchen, bevor Sie auf der Bildfläche erschienen. Und ja – ich weiß, dass das nicht korrekt war. Aber Sie wissen nicht, weshalb die Spielkarten so wichtig sind oder welche Probleme es auslösen könnte, wenn etwas davon durchsickerte. Wenn es in die Zeitung käme, zum Beispiel. Ich kann jetzt nicht näher darauf eingehen.«

»Wo war die Karte?«, fragte ich.

»In Deborah Harveys Handtasche. Als ein paar Cops mir halfen, die Leiche umzudrehen, fanden wir darunter die Tasche.«

»In den anderen Fällen lag die Karte offen im Wagen.«

»Richtig – das ist eine Abweichung. Warum lag die Karte nicht im Jeep? Eine weitere Abweichung ist die Tatsache, dass die ersten vier Karten von der Firma Bicycle stammten – diese war ein anderes Fabrikat. Und dann ist da noch die Sache mit den Fasern.«

»Was für Fasern?« Die meisten Fasern, die ich gefunden hatte, gehörten zu den Kleidern der Opfer – und die wenigen, die ich nicht zuordnen konnte, hatten keine Verbindung zu den anderen Fällen hergestellt.

»Außer bei Deborahs Jeep wurden vom Fahrersitz jedes verlassenen Wagens weiße Baumwollfasern sichergestellt.«
»Das ist mir neu.« Ich wurde schon wieder wütend.
»Die Analyse wurde in unseren Labors durchgeführt«, erklärte er.
»Und wie lautet die Auswertung?«
»Da keine der Leichen weiße Baumwolle trug, kann man davon ausgehen, dass die Fasern vom Mörder zurückgelassen wurden – und daraus folgt, dass er mit den Autos der Opfer gefahren ist. Aber das hatten wir ja von vornherein angenommen. Also muss man sich mit seiner Kleidung befassen – und eine Möglichkeit ist, dass er eine Uniform trug. Weiße Hosen. Doch auf dem Fahrersitz von Deborah Harveys Jeep wurden wie gesagt keine weißen Baumwollfasern gefunden.«
»Und was *fanden* Sie in dem Jeep?«
»Nichts, was darauf hindeutete, dass unser Mann drinsaß. Das Wageninnere war makellos sauber.« Er schnitt ein Stück von seinem Steak ab. »Der Modus Operandi ist in diesem Fall verschieden genug, um mir Sorgen zu machen.«
»Sie denken immer noch, es könnte ein politisches Motiv hinter Deborahs Ermordung stecken?«
Er nickte. »Es könnte sein, dass der Mord an Deborah und ihrem Freund absichtlich ähnlich wie die anderen Morde ausgeführt wurde.«
»Wenn dieser Fall nichts mit den anderen zu tun hat«, sagte ich skeptisch, »woher wusste der Mörder dann von den Spielkarten? Bis vor kurzem wusste nicht mal ich davon, Benton. Es stand nichts darüber in den Zeitungen.«
»Vielleicht indirekt durch Mrs. Harvey.«
Ich schaute ihn verständnislos an.
»Sie hat von den Karten erfahren.«
Abby!, dachte ich. Ich hätte zu wetten gewagt, dass Mrs. Harvey diese Information von Abby hatte – und dass Wesley das wusste.
»Und wie lange weiß sie es schon?«, fragte ich.
»Kann ich nicht genau sagen. Als der Jeep ihrer Tochter entdeckt wurde, fragte sie mich, ob wir eine Spielkarte gefunden hätten –

und nach dem Fund der Leichen rief sie mich an und stellte mir die gleiche Frage.«

»Das verstehe ich nicht. Wie kann sie schon letzten Herbst darüber Bescheid gewusst haben? Das würde ja bedeuten, dass sie sich bereits über die anderen Fälle informierte, bevor ihre Tochter und Fred verschwanden.«

»Sie interessierte sich für die Fälle«, bestätigte Wesley, »lange bevor sie einen persönlichen Grund dazu hatte.«

»Und weshalb?«

»Sie haben doch auch einige der Theorien gehört«, sagte er. »Überdosen. Eine neue synthetische Droge. Jugendliche, die im Wald eine Party feiern und auf der Strecke bleiben. Oder ein Dealer, den es antörnt, an einem abgelegenen Ort schlechten Stoff zu verkaufen und den Pärchen beim Sterben zuzusehen.«

»All diese Versionen werden durch nichts bestätigt. Die Drogentests erbrachten bei den ersten acht Leichen durchweg negative Ergebnisse«, gab ich zu bedenken.

»Ich erinnere mich, das gelesen zu haben«, sagte er nachdenklich. »Aber das muss ja nicht unbedingt heißen, dass nicht doch Rauschgift im Spiel war. Die Leichen waren zum großen Teil skelettiert – da hatten Sie doch nicht mehr viel Testmaterial zur Verfügung.«

»Es war noch etwas Muskelgewebe vorhanden – das genügte für die Untersuchungen. Kein Kokain, kein Heroin. Zumindest ihre Metaboliten hätten wir finden müssen. Bezüglich synthetischer Drogen haben wir auf Analogien zu PCP und Amphetaminen getestet.«

»Und was ist mit China White?« Das war ein derzeit sehr beliebtes synthetisches Rauschgift. »Soviel ich weiß, ist es sehr stark und ungeheuer schwer nachzuweisen.«

»Das stimmt: Weniger als ein Milligramm kann tödlich sein – und diese Konzentration ist zu gering, um es ohne spezielle Methoden wie RIA festzustellen.« Als ich seinen fragenden Blick sah, erklärte ich: »Radioimmunoassay – ein Vorgang, der auf bestimmten Drogen-Antikörper-Reaktionen beruht. Im Unterschied zu herkömmlichen Verfahren kann man mittels RIA auch winzige Drogenmengen aufspüren, und wir setzen es ein, wenn wir nach China White, LSD oder THC suchen.«

»Von denen Sie keines gefunden haben.«

»Richtig.«

»Und wie steht's mit Alkohol?«

»Der stellt bei so stark verwesten Leichen ein Problem dar. Einige der Tests hatten ein negatives Resultat, andere ergaben einen Spiegel von weniger als 0,05 – möglicherweise eine Auswirkung der Verwesung. Mit anderen Worten: nicht aufschlussreich.«

»Waren die Ergebnisse bei Harvey und Cheney ebenso?«

»Keine Spur von Drogen – bis jetzt. Weshalb war Pat Harvey an den früheren Fällen interessiert?«

»Ich möchte nicht den Eindruck erwecken, als seien sie ihr besonders wichtig gewesen. Sie muss in der Zeit, als sie noch US-Staatsanwältin war, Insider-Informationen bekommen haben und stellte daraufhin einige Fragen. Rein berufliches Interesse, Kay: Ich denke, wenn sich herausgestellt hätte, dass die Tode der Pärchen auf Rauschgift zurückzuführen waren – entweder in Form von Überdosen oder durch Morde im Drogenmilieu –, wollte sie diese Information für ihren Anti-Drogen-Feldzug benutzen.«

Das würde erklären, warum Mrs. Harvey, als ich damals zu ihr kam, nachdem man den Jeep gefunden hatte, so gut unterrichtet gewesen war. Und ich hatte mich gewundert, woher sie das Material so schnell bekommen hatte: Zweifellos lag aufgrund ihrer früheren Nachforschungen eine entsprechende Akte in ihrem Schreibtisch.

»Als ihre Untersuchungen nichts in dieser Richtung ergaben«, fuhr Wesley fort, »ließ sie die Sache wohl auf sich beruhen – bis Deborah und Fred verschwanden. Dann erinnerte sie sich natürlich wieder daran.«

»Wäre es nicht bittere Ironie gewesen, wenn sich erwiesen hätte, dass die Tochter der Drogen-Zarin an Drogen starb?«

»Glauben Sie nur nicht, dass dieser Gedanke ihr nicht gekommen sei«, erwiderte Wesley.

Das brachte mich wieder auf das leidige Thema: »Sie hat Anspruch auf die Autopsie-Ergebnisse, Benton. Ich kann die Fälle nicht ewig hinziehen.«

Er signalisierte dem Ober mit einem Nicken, dass er Kaffee bringen solle. »Sie müssen noch mehr Zeit für mich rausschinden, Kay.«

»Wegen Ihrer geplanten Irreführungstaktik?«

»Es darf nichts dazwischenkommen. Wenn Mrs. Harvey etwas von Ihnen erführe, bräche die Hölle los. Glauben Sie mir – ich weiß besser als Sie, wie sie reagieren würde: Sie wäre wie der Blitz bei den Medien und dadurch alles verdorben, was wir uns ausgedacht haben, um den Mörder aus dem Bau zu locken.«

»Und was ist, wenn sie einen Gerichtsbeschluss erwirkt?«

»Den kriegt sie nicht von heute auf morgen. Ziehen Sie die Sache noch ein bisschen hin. Bitte!«

»Kommen wir auf den Herzbuben zurück: Sie haben mir noch nicht erklärt, wie ein bezahlter Killer von den Spielkarten erfahren haben kann.«

»Pat Harvey recherchiert nicht allein«, antwortete Wesley. »Sie hat Hilfskräfte, einen Stab von Mitarbeitern. Sie spricht mit einer Menge Leute – unter anderem auch mit dem berühmten ›Mann von der Straße‹. Es kommt ganz darauf an, wem sie was erzählt hat – oder wer sie vernichten will, vorausgesetzt, das ist der Fall, was ich damit nicht sagen will.«

»Ein bezahlter Mord, der so wie die anderen hingedreht wurde«, überlegte ich laut. »Nur machte der Mörder einen Fehler – weil seine Informationen unvollständig waren: Er wusste nicht, dass er die Spielkarte hätte in den Wagen legen sollen – er ließ sie bei Deborahs Leiche. In ihrer Handtasche. Vielleicht jemand, der von einer der Wohltätigkeitsorganisationen angeheuert wurde, gegen die Pat Harvey zu Felde zieht?«

»Alles ist möglich.« Er rührte nachdenklich in seinem Kaffee. »Fest steht, dass es für die Kreise, an die wir denken, kein Problem ist, einen Killer anzuheuern. Mrs. Harvey ist schwer angeschlagen. Das Hearing ist im Augenblick nicht ihr vordringliches Anliegen.«

»Verständlich. Das wird dem Justizministerium sehr recht sein.«
»Das ist richtig.« Er hob den Blick. »Was sie vorhat, wird uns nicht helfen. Natürlich ist es wünschenswert, ACTMAD und andere Organisationen dieser Art aus dem Verkehr zu ziehen – aber in dieser Form unbefriedigend: Wir wollen die Schuldigen vor Gericht stellen. In der Vergangenheit gab es einige Differenzen zwischen Mrs. Harvey und der DEA, dem FBI und auch dem CIA.«
»Und jetzt?«
»Jetzt arbeitet ausgerechnet das FBI an der Aufklärung der Ermordung ihrer Tochter! Sie ist unkooperativ, misstrauisch bis zur Paranoia, versucht uns zu umgehen, die Sache selbst in die Hand zu nehmen.« Er seufzte. »Sie ist ein echtes Problem, Kay.«
»Wahrscheinlich sagt sie dasselbe über das ›Büro‹.«
Er lächelte schief. »Ganz bestimmt.«
Ich wollte unsere geistige Pokerpartie fortsetzen, um festzustellen, ob ich noch etwas aus ihm herausholen könnte – also warf ich ihm ein Zuckerstück hin: »Es scheint, als habe Deborah sich gewehrt und dabei eine Verletzung am linken Zeigefinger davongetragen. Sie sieht aus, als sei sie dadurch entstanden, dass jemand mit einem Sägemesser zuhackte.«
Er beugte sich vor. »Wo am Zeigefinger?«
»Hier.« Ich streckte die Hand aus und deutete auf die Stelle.
»Interessant. Ungewöhnlich.«
»Ja. Schwer zu rekonstruieren, wie es dazu kam.«
»Also wissen wir wenigstens, dass er mit einem Messer bewaffnet war. Das verstärkt meinen Verdacht, dass da draußen im Wald nicht alles so lief, wie der Kerl es sich vorgestellt hatte. Es passierte etwas, das er nicht erwartet hatte. Vielleicht wollte er die Schusswaffe ursprünglich nur als Einschüchterungsmittel benutzen und die beiden mit dem Messer umbringen. Möglicherweise, indem er ihnen die Kehlen durchschnitt. Doch dann ging etwas schief. Deborah riss sich los, und er schoss sie in den Rücken. Vielleicht schnitt er ihr ja anschließend die Kehle durch.«
»Und legte die Leichen dann so hin wie die anderen«, führte ich

seine Überlegung weiter. »Arm in Arm, mit dem Gesicht nach unten und voll angezogen.«

Er starrte schweigend auf einen Punkt über meinem Kopf.

Ich dachte an die Zigarettenstummel, die an jedem Tatort gelegen hatten. Ich dachte an die Parallelen. Die Tatsache, dass die letzte Karte von einem anderen Hersteller stammte und an einem anderen Platz deponiert worden war, bewies nicht, dass der Mörder nicht derselbe gewesen war. Killer sind keine Maschinen. Ihre Rituale oder Gewohnheiten sind keine exakte Wissenschaft, nicht in Stein gemeißelt. Nichts, was Wesley mir gesagt hatte – einschließlich der weißen Baumwollfasern, die in Deborahs Jeep fehlten –, genügte mir, um die Theorie zu entkräften, dass der Mord an ihr und Fred mit den übrigen Fällen in Zusammenhang stand.

Im Augenblick fühlte ich mich so unsicher wie bei meinen Besuchen in Quantico, als ich nie wusste, ob die Waffen scharf oder mit Platzpatronen geladen waren, ob sich an Bord der Hubschrauber Marines mit einem Auftrag befanden oder FBI-Agenten auf Manöver oder ob die Gebäude in der fiktiven Stadt Hogan's Alley echt waren oder nur Hollywood-Fassaden.

Es hatte keinen Sinn, Wesley weiter zu bedrängen: Er würde mir nichts mehr sagen.

Er schaute auf seine Uhr. »Es ist schon spät«, sagte er. »Sie haben eine lange Rückfahrt vor sich.«

Einen letzten Punkt musste ich doch noch ansprechen. »Ich möchte nicht, dass unsere gute Beziehung an dieser Geschichte kaputtgeht, Benton.«

»Das versteht sich doch von selbst.«

»Was zwischen Mark und mir passierte ...«

»Das spielt keine Rolle«, unterbrach er mich energisch, aber nicht unfreundlich.

»Er war Ihr bester Freund.«

»Ich hoffe, das ist er immer noch.«

»Geben Sie mir die Schuld daran, dass er Quantico verließ und nach Colorado ging?«

»Ich weiß, weshalb er ging«, antwortete er. »Es tut mir Leid, dass

er nicht mehr da ist. Denn er war ein großer Gewinn für die Academy.«
Mit dieser ausweichenden Entgegnung schloss er das Thema ab.

Die Montagsnachrichten brachten keine der mir von Wesley angekündigten Falschinformationen für den Mörder. Entweder hatte das »Büro« seine Meinung geändert, oder die Sache war verschoben worden, weil Pat Harvey an diesem Tag eine Pressekonferenz gab.
In der Mittagssendung stellte sie sich in ihrem Washingtoner Büro den Kameras. Zur Wirkungsverstärkung hatte sie Bruce Cheney, Freds Vater, neben sich sitzen. Sie sah erschreckend aus: Obwohl man im Fernsehen immer dicker wirkt, war zu erkennen, dass sie stark abgenommen hatte, und selbst das reichlich aufgetragene Make-up konnte die dunklen Ringe unter ihren Augen nicht überdecken.
»Wann begannen die Drohungen – und welcher Art waren sie, Mrs. Harvey?«, fragte ein Reporter.
»Die erste kam, kurz nachdem ich begonnen hatte, einige Wohltätigkeitsorganisationen zu überprüfen – vor etwas mehr als einem Jahr.« Der Klang ihrer Stimme erinnerte mich daran, dass Hilda Ozimek ihre Aura als grau beschrieben hatte. »Der Brief war an mein Haus in Richmond geschickt worden. Ich werde Ihnen nicht den Wortlaut wiedergeben, aber die Drohung war gegen meine Familie gerichtet.«
»Und Sie glauben, sie hing mit Ihren Nachforschungen in Bezug auf ACTMAD und ähnliche Institutionen zusammen?«
»Das steht außer Frage. Es folgten weitere Drohungen – die letzte, zwei Monate bevor meine Tochter und Fred Cheney verschwanden.«
Bruce Cheneys blasses Gesicht füllte den Bildschirm aus. Geblendet blinzelte er in die Scheinwerfer.
»Mrs. Harvey ...«
»Mrs. Harvey ...«
Die Reporter fielen einander ins Wort. Und plötzlich hatte Pat

Harveys Stimme eine erstaunliche Kraft: Resolut brachte sie die Journalisten zum Schweigen. Die Kamera richtete sich wieder auf sie. »Das FBI war über die Situation im Bilde, und es vertrat die Ansicht, dass alle Drohbriefe aus ein und derselben Quelle stammten«, sagte sie.

»Mrs. Harvey ...«

»Mrs. Harvey«, setzte sich eine Reporterin lautstark durch. »Es ist kein Geheimnis, dass Sie und das Justizministerium unterschiedliche Ziele verfolgen – dass Ihre Recherchen hinsichtlich der Wohltätigkeitsorganisationen zu einer Kontroverse geführt haben. Halten Sie es für möglich, dass sich das negativ auf das Engagement des FBI bei der Aufklärung des Mordes an Ihrer Tochter auswirken könnte?«

»Ich bin sogar davon überzeugt.«

»Sie bezichtigen also das Justizministerium der Inkompetenz?«

»Ich bezichtige das Justizministerium der *Verschwörung*.«

Atemlos beugte ich mich vor, als das Stimmengewirr zum Tumult anschwoll. Das ist ihr Ende, dachte ich, fassungslos auf den Bildschirm starrend. Aber es kam noch schlimmer. Entsetzen erfasste mich, als Pat Harvey mit eisigem Blick jedem, der an der Untersuchung der Morde beteiligt war, das Schwert in den Leib rammte – einschließlich meiner Person. Sie ließ keinen und nichts aus – auch nicht die Informationen über den Herzbuben! Es war eine maßlose Untertreibung von Wesley gewesen, sie als »unkooperativ« und »ein Problem« zu bezeichnen. Zorn und Gram hatten diese Frau völlig unberechenbar gemacht. Wie betäubt hörte ich zu, wie sie die Polizei, das FBI und das Büro des Medical Examiners einer gemeinschaftlichen Verschleierung beschuldigte. »Sie halten die Wahrheit über die Morde geheim«, sagte sie. »Ein Vorgehen, das ausschließlich ihren eigenen Interessen dient und zur gewissenlosen Opferung von Menschenleben führt.«

»Was für ein Haufen Scheiße«, murmelte Fieldings, mein Stellvertreter, der neben mir in der kleinen Bibliothek unseres Büros saß.

»Welche Morde meinen Sie?«, fragte ein Reporter. »Die an Ihrer

Tochter und deren Freund – oder beziehen Sie sich auch auf die vier anderen Paare?«

»Auf alle«, antwortete Pat Harvey. »Ich beziehe mich auf all die jungen Männer und Frauen, die wie Tiere gejagt und ermordet wurden.«

»Und was wird verschleiert?«

»Die Identität oder Identitäten des oder der Verantwortlichen. Das Justizministerium hat nichts unternommen, um den Morden Einhalt zu gebieten. Die Gründe dafür sind politischer Natur. Eine gewisse Bundesbehörde schützt ihre Interessen.«

»Könnten Sie das bitte spezifizieren?«, rief eine Stimme.

»Wenn meine Nachforschungen abgeschlossen sind, werde ich alles enthüllen.«

»Wollen Sie sagen, dass der Mord an Deborah und ihrem Freund …«

»Sein Name ist Fred!« Bruce Cheney hatte das geschrien – und sofort schwenkte die Kamera auf ihn.

Plötzlich war es sehr still.

»Fred. Sein Name ist Frederick Wilson Cheney.« Seine Stimme zitterte. »Er ist nicht nur ›Deborahs Freund‹! Er ist tot – auch ihn hat man ermordet! Meinen Sohn!« Er senkte den Kopf, um seine Tränen zu verbergen.

Ich schaltete den Fernseher aus: Es war mir unmöglich, dieses Horrorspektakel länger mit anzusehen.

Rose, die an der Tür gestanden und ebenfalls zugesehen hatte, schaute mich besorgt an.

Fieldings stand auf, streckte sich und zog den Tunnelgürtel seines OP-Kittels zu. »Sie hat gerade vor den Augen der ganzen verdammten Welt politischen Selbstmord begangen«, sagte er auf dem Weg nach draußen.

Ich goss mir Kaffee ein und ließ Pat Harveys Aussagen Revue passieren.

»Wie Tiere gejagt und ermordet …«

Ich hatte das Gefühl, dass diese Worte nicht zufällig gewählt waren.

Eine Bundesbehörde schützt ihre Interessen.
Jagd.
Der Herzbube entspricht dem Ritter der Kelche, hatte Hilda Ozimek gesagt. Er kann für einen Soldaten stehen.
Ein Ritter. Ein Soldat.
Jagd.

Die Zeitpunkte der Morde waren sorgfältig berechnet.
Bruce Phillips und Judy Roberts verschwanden im Juni. Ihre Leichen wurden Mitte August gefunden – zu Beginn der Jagdzeit. Jim Freeman und Bonnie Smyth verschwanden im Juli. Ihre Leichen wurden am ersten Tag der Jagdzeit für Wachteln und Fasane gefunden.
Ben Andersen und Carolyn Bennett verschwanden im März. Ihre Leichen wurden im November während der Jagdzeit für Rotwild gefunden.
Susan Wilcox und Mark Martin verschwanden Ende Februar. Ihre Leichen wurden Mitte Mai gefunden – während der ersten Jagdzeit für Truthähne.
Deborah Harvey und Fred Cheney verschwanden am Labour-Day-Wochenende und wurden Monate später gefunden, als es in den Wäldern von Jägern wimmelte, die Kaninchen, Eichhörnchen, Füchse, Fasane und Waschbären jagten.
Ich war bisher nie auf den Gedanken gekommen, dass dahinter Methode stecken könne, denn die meisten der stark verwesten oder skelettierten Leichen, die auf meinen Tisch kommen, werden von Jägern gefunden: Wenn jemand im Wald tot umfällt oder dort abgeladen wird, ist es am wahrscheinlichsten, dass ein Jäger über die Überreste stolpert. Doch jetzt gewann ich den Eindruck, dass das Wann und Wo mit Bedacht gewählt war.
Der Mörder wollte, dass seine Opfer gefunden würden – aber nicht unmittelbar nach der Tat. Also brachte er sie außerhalb der Jagdzeiten um, da er wusste, dass aller Wahrscheinlichkeit nach die Leichen erst gefunden würden, wenn die Jäger wieder durch die Wälder streiften. Inzwischen wären die Leichen weitgehend ver-

west und damit die Gewebeteile verschwunden, die Verletzungen aufwiesen – und wenn eine Vergewaltigung stattgefunden hatte, wäre die Samenflüssigkeit bis dahin nicht mehr nachzuweisen. Alle möglicherweise aufschlussreichen Hinweise hätte der Wind verweht oder der Regen weggewaschen. Vielleicht legte er sogar speziell Wert darauf, dass die Leichen von Jägern gefunden würden, da er sich selbst als eine Art Jäger sah. Als den größten aller Jäger.

Jäger jagen Tiere, überlegte ich, als ich mich am folgenden Nachmittag an meinen Schreibtisch setzte. Partisanen, militärische Sonderbeauftragte und Söldner jagen Menschen.

Innerhalb des Fünfzig-Meilen-Radius, in dem die Paare verschwunden und tot aufgefunden worden waren, lagen Fort Eustics, Langley Field und noch eine ganze Anzahl weiterer militärischer Anlagen, einschließlich West Point vom CIA, das unter dem Deckmantel einer Militärbasis namens Camp Peary operierte.

»Die Farm«, wie Camp Peary in Spionageromanen und Dokumentationen über Geheimdienste genannt wurde, war der Ort, an dem Offiziere für paramilitärische Aufgaben ausgebildet wurden wie Infiltration, Exfiltration, Sprengstoffgebrauch, nächtliche Fallschirmabsprünge und andere Geheimkommandos.

Abby bog falsch ab und landete am Tor von Camp Peary – und zwei Tage später erhielt sie Besuch von FBI-Agenten. Die Feds waren regelrecht paranoid – und ich glaubte zu wissen, weshalb.

Die Lektüre der Berichte über Pat Harveys Pressekonferenz bestärkte mich in meiner Vermutung.

Die Autorenzeile des Artikels in der *Post* wies Clifford Ring als Verfasser aus – den Reporter, der den Commissioner und andere Beamte des Department of Health and Human Services angesprochen hatte. Mich erwähnte er nur am Rande – im Rahmen der Ausführungen, dass Mrs. Harvey ihre Stellung dazu missbrauche, alle mit den Ermittlungen befassten Organe einzuschüchtern und zu bedrohen, um so zu erreichen, dass ihr die Ergebnisse der Untersuchung ihrer Tochter ausgehändigt würden. Das genügte, um mich zu der Überlegung zu veranlassen, ob vielleicht

Mr. Ring Benton Wesleys Medienmann war – das Sprachrohr des FBI.

Was mich beunruhigte, war die Tendenz, die sämtliche Berichte gemeinsam hatten. Ich hatte damit gerechnet, dass Pat Harveys Auftritt als größte Enthüllungssensation des Monats präsentiert würde – stattdessen wurde er zur erbarmungslosen Verurteilung einer Frau benutzt, die einige noch vor kurzem für die mögliche künftige Vizepräsidentin gehalten hatten. Ich betrachtete Pat Harveys Aussagen auf der Pressekonferenz als höchst unklug und mehr als voreilig – aber ich fand es merkwürdig, dass keiner der Journalisten auch nur den Versuch gemacht hatte, eine Bestätigung ihrer Anschuldigungen zu finden. Die Reporter schienen diesmal nicht gewillt, sich bei Regierungsbeamten die üblichen Ausflüchte zu beschaffen, die sie sonst mit so viel Genuss interpretierten.

Das einzige Angriffsziel der Medien war Mrs. Harvey – und ihr wurde keine Gnade gewährt. Die Überschrift eines Artikels lautete »Slaughtergate?«. Sie wurde lächerlich gemacht – nicht nur mit Worten, sondern auch in Karikaturen. Eine der meistrespektierten Persönlichkeiten des Landes wurde als Hysterikerin abqualifiziert, deren »Informationsquellen« eine Hellseherin aus South Carolina einschlössen. Selbst ihre engsten Verbündeten distanzierten sich von ihr, und ihre Feinde machten sie auf subtile Weise fertig, indem sie ihre Attacken mit Mitleid tarnten. »Im Licht des schrecklichen Verlustes gesehen, den sie erlitten hat, ist ihr Verhalten verständlich«, sagte ein Demokrat und fügte scheinheilig hinzu: »Ich halte es für angebracht, darüber hinwegzusehen. Betrachten wir ihre Anschuldigungen als die Reaktion einer zutiefst erschütterten Seele.« Ein anderer meinte: »Pat Harvey ist ein tragisches Beispiel für eine Selbstzerstörung, die durch ein privates Problem hervorgerufen wurde, das zu schwerwiegend war, um von ihr bewältigt zu werden.«

Ich spannte Deborahs Autopsiebericht in die Schreibmaschine, löschte in den Rubriken »Todesart« und »Todesursache« die Bemerkung »unklar« und tippte »Mord« und »Verbluten infolge einer Schusswunde im Lendenwirbelbereich und vermutlicher Schnittverletzungen« hin. Dann legte ich den Totenschein und das CME-1-Protokoll dazu und machte mich auf den Weg zum Fotokopierer.

Mit einem Begleitbrief, in dem ich meine Ergebnisse erläuterte und mich für die Verspätung entschuldigte, die ich mit dem langen Warten auf die Resultate der toxikologischen Tests (die noch nicht endgültig seien) begründete, steckte ich die Kopien in einen Umschlag und machte ihn postfertig. So viel konnte ich für Benton tun: Pat Harvey würde nicht von mir erfahren, dass Wesley mich hatte überreden wollen, die Fälle auf unbestimmte Zeit zu verschleppen und ihr die Ergebnisse der Untersuchung ihrer Tochter vorzuenthalten.

Die Harveys würden alles bekommen: Meine Erkenntnisse im Groben und Mikroskopischen, die Information, dass die bisherigen toxikologischen Tests negativ verlaufen waren, die Fakten des Einschusses in Deborahs Wirbelsäule und der Verletzung an ihrem Zeigefinger und schließlich die detaillierte Beschreibung ihrer Kleidung – oder dessen, was davon noch übrig gewesen war. Die Cops hatten ihre Ohrringe, ihre Uhr und den Freundschaftsring gefunden, den sie an ihrem letzten Geburtstag von Fred bekommen hatte.

Anschließend stellte ich Kopien von Fred Cheneys Untersuchungsberichten zusammen: Ich würde sie seinem Vater schicken, obwohl ich ihm nicht mehr sagen konnte, als dass sein Sohn ermordet worden sei, ich jedoch nicht wisse, auf welche Weise.

Dann griff ich zum Telefonhörer und wählte Benton Wesleys Büronummer. Vergeblich. Ich versuchte es bei ihm zu Hause.

»Ich gebe die Unterlagen raus«, eröffnete ich ihm, als ich ihn an der Strippe hatte. »Ich wollte Ihnen fairerweise Bescheid sagen.«

Schweigen.

Dann sagte er: »Kay – haben Sie die Pressekonferenz gesehen?«

»Ja.«

»Und haben Sie auch die heutigen Zeitungen gelesen?«

»Ich habe die Pressekonferenz gesehen und sämtliche Zeitungen gelesen. Es ist mir durchaus klar, dass Pat Harvey sich in den Fuß geschossen hat.«

»Ich fürchte, sie hat sich in den Kopf geschossen.«

»Aber nicht ohne Hilfe.«

Nach einer langen Pause fragte Wesley: »Was meinen Sie damit?«

»Es wird mir ein Vergnügen sein, Ihnen das im Detail zu erklären. Heute Abend. Von Angesicht zu Angesicht.«

»Hier?« Er klang alarmiert.

»Ja.«

»Ah – das ist keine gute Idee. Heute Abend passt es mir gar nicht.«

»Darauf kann ich leider keine Rücksicht nehmen.«

»Kay – Sie verstehen nicht. Vertrauen Sie mir ...«

»Nein, Benton«, schnitt ich ihm das Wort ab. »Diesmal nicht.«

10

Die dunklen Silhouetten der Bäume schüttelten sich im Wind, und das fahle Licht des Mondes verlieh der Landschaft etwas geisterhaft Unwirkliches. Die Straßen waren nur spärlich beschildert, und selbst in den Ortschaften gab es kaum Straßenbeleuchtung. Schließlich hielt ich bei einem Laden, vor dem zwei Tanksäulen standen, schaltete das Licht ein und studierte die Richtungshinweise, die ich mir notiert hatte.

Hoffnungslos.

Der Laden war geschlossen, aber neben der Tür hing ein öffentlicher Fernsprecher. Ich ließ die Scheinwerfer an und den Motor laufen, stieg aus und wählte Wesleys Nummer. Seine Frau nahm den Hörer ab.

»Da haben Sie sich aber gründlich verfahren«, sagte Connie, nachdem ich ihr so gut wie möglich beschrieben hatte, wo ich mich befand.

»Na, großartig«, seufzte ich.

»Es ist nicht mehr weit zu uns – aber der Weg ist schwierig zu erklären.« Sie überlegte einen Augenblick. »Ich glaube, es wird am besten sein, wenn Sie bleiben, wo Sie sind, Kay. Setzen Sie sich in Ihren Wagen, und verriegeln Sie die Türen. Wir kommen Sie holen – dann können Sie hinter uns herfahren. In fünfzehn Minuten, okay?«

Ich parkte näher an der Straße, drehte das Radio an und wartete. Die Minuten zogen sich wie Stunden. Ich schien allein auf der Welt zu sein. Meine Scheinwerfer beleuchteten einen weißen Zaun, der eine gefrorene Weide umgrenzte. Der Mond hing verschwommen im nächtlichen Dunst. Nervös ließ ich meine Blicke umherwandern.

Deborah Harvey und Fred Cheney kamen mir in den Sinn. Wie

mochten sie und die anderen Pärchen sich gefühlt haben, als sie barfuß und gefesselt in den Wald getrieben wurden? Sie mussten gewusst haben, dass sie sterben würden – und entsetzliche Angst davor gehabt haben, was ihr Entführer ihnen vorher noch antun würde. Ich dachte an meine Nichte Lucy, an meine Mutter, meine Schwester, meine Freunde. Nicht auszudenken, wenn einem von ihnen etwas so Grauenvolles geschähe!
Scheinwerfer bohrten sich durch die Dunkelheit und kamen rasch näher. Ein Wagen, den ich nicht kannte, hielt vor meinem an. Panik stieg in mir hoch – doch als ich sah, wer ausstieg, schoss Adrenalin durch meine Adern wie ein Stromstoß. Ich kurbelte das Fenster herunter und starrte ihn sprachlos an: Mark James!
»Hallo, Kay«, begrüßte er mich.
Wesley hatte mir gesagt, es passe ihm heute Abend nicht – jetzt verstand ich, weshalb: Mark war bei ihm. Vielleicht hatte Connie ihn gebeten, mich abzuholen – vielleicht hatte er sich auch selbst erboten. Ich wagte nicht, mir vorzustellen, wie ich reagiert hätte, wenn ich ahnungslos ins Wohnzimmer der Wesleys gekommen wäre und ihn dort vorgefunden hätte.
»Von hier zu Bentons Haus führt ein wahres Labyrinth«, sagte er. »Ich schlage vor, du lässt deinen Wagen hier stehen, und ich fahre dich später wieder her – sonst verirrst du dich auf der Rückfahrt womöglich noch mal.«
Ohne ein Wort parkte ich wieder vor dem Laden und stieg zu Mark um.
»Wie geht es dir?«, fragte er.
»Gut.«
»Und deiner Familie? Wie geht's Lucy?«
Sie fragte immer noch nach ihm – und bekam ständig ausweichende Antworten. »Gut«, antwortete ich wieder.
Als ich sein Profil betrachtete, das mir so vertraut war, und die kräftigen Hände auf dem Steuer, die so berauschend zärtlich sein konnten, zog sich mein Herz zusammen. Ich liebte und hasste ihn gleichzeitig.

»Mit deinem Job alles okay?«
»Bitte lass diese konventionelle Höflichkeit, Mark.«
»Soll ich lieber so unfreundlich sein wie du?«
»Ich bin nicht unfreundlich«, erwiderte ich patzig.
»Was zum Teufel möchtest du denn von mir hören?«
Ich schwieg.
Er drehte das Radio an. »Es ist mir klar, dass du dich überrumpelt fühlen musst. Es war Wesleys Vorschlag, dass ich dich abholen sollte.«
»Wie feinfühlig von ihm«, sagte ich sarkastisch.
»Deine Ironie ist völlig unangebracht: Nachdem es ihm nicht gelungen war, dich von deinem Besuch abzuhalten, fand er, dies sei eine Gelegenheit, dass wir uns wenigstens allein begrüßen könnten.« Als er in die Zufahrt zu Wesleys Haus einbog, meinte er: »Ich sollte dich wohl vorwarnen. Benton ist nicht gerade blendender Laune.«
»Ich ebenso wenig«, erwiderte ich frostig.
Wesley saß im Wohnzimmer am Kamin. Ein offener Aktenkoffer lehnte an einem Bein seines Sessels, auf dem Couchtisch standen Drinks. Er machte sich nicht die Mühe aufzustehen, als ich hereinkam, sondern beschränkte sich auf ein knappes Begrüßungsnicken. Connie bot mir einen Platz auf dem Sofa an. Ich setzte mich an das eine Ende, Mark ließ sich in der anderen Ecke nieder. Connie ging, um Kaffee für mich zu holen, und ich eröffnete das Gespräch: »Mark – ich wusste nicht, dass du auch mit dieser Sache zu tun hast.«
»Habe ich nicht. Ich war einige Tage in Quantico und bleibe heute über Nacht bei Benton und Connie, bevor ich morgen nach Denver zurückfliege. Ich bin nicht an der Untersuchung beteiligt.«
»Aber die Fälle sind dir bekannt.« Ich fragte mich, worüber sie vor meinem Eintreffen gesprochen haben mochten und was Wesley wohl über mich gesagt hatte.
»Ja, die Fälle sind ihm bekannt«, antwortete Wesley statt seiner.
»Dann frage ich euch beide: Hat das ›Büro‹ Mrs. Harvey auf dem Gewissen oder der CIA?«

Benton verzog keine Miene. »Was veranlasst Sie zu der Annahme, es seien Außenstehende für ihr Verhalten verantwortlich?«

»Ganz offensichtlich lag jemand daran, Pat Harveys Glaubwürdigkeit zu zerstören – und die Presse hat diese Aufgabe mit Bravour erledigt.«

»Nicht einmal der Präsident hat so viel Einfluss auf die Medien. Nicht in diesem Land.«

»Bitte beleidigen Sie meine Intelligenz nicht, Benton.«

»Lassen Sie es mich so formulieren: Was sie tat, war vorauszusehen.« Er beugte sich vor und griff nach seinem Glas.

»Und Sie haben ein bisschen nachgeholfen, nicht wahr?«

»Es war ihr freier Entschluss.«

»Lassen Sie doch diese Albernheiten, Benton. Fest steht, dass dafür gesorgt wurde, dass ihre Anschuldigungen als Wahnvorstellungen dargestellt wurden. Wer hat die Reporter, die Politiker und ihre ehemaligen Verbündeten entsprechend ›motiviert‹? Wer hat verraten, dass sie eine Hellseherin konsultierte? Waren Sie das?«

»Nein.«

»Pat Harvey ließ Hilda Ozimek letzten September zu sich kommen«, fuhr ich fort, »und erst jetzt wird es in den Zeitungen erwähnt. Das bedeutet, dass die Presse bisher nichts davon wusste. Sie haben mir erzählt, dass das FBI und der Geheimdienst Hilda Ozimek bei verschiedenen Gelegenheiten zu Rate gezogen haben – sicher hat Mrs. Harvey so von ihr erfahren. Vielleicht sogar von Ihnen selbst.«

Connie brachte meinen Kaffee und verschwand sofort wieder.

Ich spürte Marks Blick auf meinem Gesicht wie eine Berührung, fühlte seine Anspannung. Wesley starrte unverwandt ins Feuer.

»Ich will jetzt alles wissen«, forderte ich zornig. »Und wenn Sie *mir* in dieser Hinsicht nicht entgegenkommen, sehe ich mich außerstande, weiterhin *Ihnen* entgegenzukommen.«

Jetzt sah Wesley mich an. »Was soll das heißen, Kay?«

»Wenn es wieder passiert – wenn noch ein Pärchen stirbt –, kann es sein, dass ich mich der Presse gegenüber aufgeschlossener zeige als bisher.«

»Kay!« Das war Mark. »Du willst doch bestimmt nicht enden wie Mrs. Harvey!«

»Was für eine aufschlussreiche Bemerkung! Ich glaube, sie hat Recht: Es wird tatsächlich etwas verschleiert.«

»Sie haben die Berichte für sie schon abgeschickt, nehme ich an«, sagte Wesley.

»So ist es. Ich bin nicht bereit, in dieser Farce noch länger mitzuspielen.«

»Das war ein Fehler.«

»Der Fehler war, sie ihr nicht schon früher zu schicken.«

»Enthält das Material auch eine nähere Bezeichnung der Kugel, die Sie aus Deborahs Leiche entfernten – die Angabe, dass es sich um eine Neun Millimeter Hydra-Shok handelt?«

»Kaliber und Hersteller stehen im Bericht des Waffenlabors«, erwiderte ich kühl. »Ich habe ebenso wenig diesen wie Polizeiberichte beigelegt, denn beides stammt nicht aus meinem Zuständigkeitsbereich – aber es interessiert mich, weshalb Sie wegen dieses Details so besorgt sind.«

Als Wesley beharrlich schwieg, wandte Mark sich an ihn: »Benton – so geht es nicht weiter.«

Wesley starrte mit steinernem Gesicht vor sich hin.

»Ich finde, sie muss es wissen«, insistierte Mark, ohne mich dabei anzusehen.

»Ich denke, ich weiß es bereits«, versetzte ich. »Ich glaube, es besteht die Befürchtung, dass der Mörder ein Agent ist – vielleicht einer aus Camp Peary.«

Der Wind heulte ums Haus. Wesley stand auf, legte Holz nach, rückte es mit dem Feuerhaken zurecht und fegte die Asche vor dem Kamin zusammen. Er ließ sich reichlich Zeit. Dann setzte er sich wieder und trank einen Schluck, bevor er fragte: »Wie sind Sie zu diesem Schluss gekommen?«

»Das ist doch egal.«

»Hat es Ihnen jemand gesagt?«

»Nein – nicht direkt. Wie lange haben Sie diesen Verdacht schon, Benton?«

Nach einem kurzen Zögern antwortete er: »Es ist besser für Sie, wenn Sie die Einzelheiten nicht kennen. Wirklich. Es wäre nur eine Belastung für Sie. Eine sehr schwerwiegende.«

»Ich bin bereits schwerwiegend belastet – und ich habe es satt, von einer Fehlinformation in die nächste zu stolpern.«

»Ich brauche Ihre Zusage, dass alles, was Sie hier hören, absolut unter uns bleibt.«

»Sie kennen mich zu gut, um sich deswegen Sorgen zu machen.«

»Camp Peary hat sich schon kurz nach dem ersten Fall eingeschaltet.«

»Weil die Leichen in der Nähe gefunden wurden?«

Wesley sah Mark an: »Ich überlasse dir die Erklärung.«

Ich wandte mich dem Mann zu, der einmal mein Bett geteilt und meine Träume beherrscht hatte. Er trug marineblaue Cordhosen und ein rot-weiß gestreiftes Hemd, das ich kannte. Er war schlank und drahtig wie eh und je, und die grünen Augen hatten nichts von ihrer Leuchtkraft verloren – und noch immer unterstrich er seine Worte mit beredten Gesten.

»Das war ein Grund«, beantwortete er meine Frage. »Es überrascht dich sicher nicht, dass der CIA über die meisten Vorgänge in der Umgebung seines Ausbildungsgeländes unterrichtet ist. Sie wissen mehr, als man sich vorstellen kann – und Örtlichkeiten und Bürger werden routinemäßig ins Training einbezogen.«

»In welche Art von Training?«

»Überwachung, zum Beispiel. Agenten, die in Camp Peary ›zur Schule gehen‹, benutzen oft Zivilpersonen als Versuchskaninchen – in Restaurants, Bars, Einkaufszentren. Sie verfolgen Leute per Auto, zu Fuß, fotografieren sie und so weiter. Natürlich bemerken die Betreffenden nichts davon – niemandem wird ein Schaden zugefügt. Allerdings wären die fraglichen ›Objekte‹ wahrscheinlich nicht gerade begeistert, wenn sie wüssten, dass sie beschattet oder fotografiert werden.«

»Wahrscheinlich nicht«, stimmte ich zu.

»Diese Manöver«, fuhr er fort, »schließen auch ›Trockentraining‹ in anderer Hinsicht ein: Ein Agent gibt beispielsweise vor, eine

Panne zu haben, hält einen Autofahrer an, bittet ihn um Hilfe und versucht, sein Vertrauen zu gewinnen. Er tritt als Gesetzeshüter auf, als Abschleppwagenfahrer – alles Mögliche. Diese Übungen werden für Übersee-Einsätze durchgeführt – damit die Agenten lernen, wie man andere ausspioniert und es verhindert, selbst bespitzelt zu werden.«

»Und auf diese Weise könnte sich auch jemand an die Pärchen herangemacht haben – ist es das, worauf du hinauswillst?«

»Genau«, bestätigte Wesley an seiner Stelle. »Jemand in Camp Peary begann sich Sorgen zu machen. Wir wurden gebeten, die Augen offen zu halten. Als das zweite Paar verschwand und die Umstände dem ersten Fall entsprachen, geriet der CIA in Panik. Sie sind ohnehin ein paranoider Haufen, und das Letzte, was sie brauchten, wäre die Entdeckung, dass einer der Agenten aus Camp Peary ›trainiert‹, wie man Menschen *umbringt*.«

»Der CIA hat doch offiziell nie zugegeben, dass Camp Peary sein Haupttrainingslager ist«, warf ich ein.

»Aber jeder weiß es«, erwiderte Mark und sah mir in die Augen. »Trotzdem wollen sie sich weiter bedeckt halten.«

»Und das ist noch ein Grund mehr, weshalb sie vermeiden wollen, dass die Morde mit Camp Peary in Verbindung gebracht werden«, folgerte ich. Was Mark wohl empfand? Vielleicht gar nichts. Der Gedanke schmerzte.

»Das und eine Reihe anderer Punkte«, sagte Wesley. »Eine solche Publicity wäre verheerend. Wann haben Sie das letzte Mal etwas Positives über den CIA gelesen? Imelda Marcos wurde des Diebstahls und Betruges angeklagt – und ihre Verteidigung behauptete, dass jede der Transaktionen des Ehepaares Marcos mit Wissen und Unterstützung des CIA getätigt wurde ...«

Er wäre nicht so angespannt, würde nicht meinen Blick meiden, wenn er nichts empfände.

»... und dann kam heraus, dass Noriega auf der Lohnliste des CIA stand. Vor nicht allzu langer Zeit wurde bekannt, dass der CIA-Schutz für einen syrischen Drogenschmuggler es ermöglicht hatte, dass eine Bombe an Bord einer PanAm 747 gebracht wurde, die dann über Schottland explodierte und zweihundertsiebzig Menschen das Leben kostete. Ganz zu schweigen von der veröffentlichten Behauptung, der CIA finanziere gewisse Drogenkriege in Asien, um die dortigen Regierungen zu destabilisieren.«

»Wenn sich herausstellte«, Mark ließ mich keine Sekunde aus den Augen, »dass die Pärchen von einem in Camp Peary stationierten Agenten ermordet wurden, kannst du dir die Reaktion der Öffentlichkeit sicher auch lebhaft vorstellen.«

»Allerdings.« Ich hatte Mühe, mich auf das Gespräch zu konzentrieren. »Aber wie kommt der CIA überhaupt auf die Idee, dass die Verbrechen von einem seiner Leute begangen wurden? Welche Beweise gibt es denn?«

»Die Tatumstände sprechen dafür«, erklärte Mark. »Die zurückgelassene Spielkarte. Die Ähnlichkeit des Modus Operandi mit den Aktionen, die auf der ›Farm‹ und in den Straßen der umliegenden Ortschaften und Städte geprobt werden. Zum Beispiel erinnern die Waldstücke, in denen die Pärchen gefunden wurden, an die ›Mordzonen‹ auf dem Camp-Gelände, wo Agenten die Handhabung von Granaten und automatischen Waffen üben, wobei sie auch mit Nachtsichtgeräten arbeiten, die es ihnen gestatten, sich bei Dunkelheit im Wald zurechtzufinden. Sie lernen auch, wie man jemanden entwaffnet, verstümmelt und mit bloßen Händen umbringt.«

»Als bei all den Paaren keine Todesursache zu erkennen war«, sagte Wesley, »musste man sich fragen, ob sie vielleicht ohne Waffenanwendung getötet wurden – etwa durch Strangulieren. Wenn man jedoch davon ausgeht, dass ihnen die Kehle durchschnitten wurde, entspricht das wiederum dem Vorgehen von Guerillakämpfern, bei denen es darauf ankommt, einen Feind schnell und lautlos unschädlich zu machen.«

»Aber auf Deborah Harvey wurde geschossen«, wandte ich ein.

»Mit einer automatischen oder halbautomatischen Waffe«, nickte Wesley. »Entweder mit einer Pistole oder etwas Ähnlichem wie einer Uzi. Die ungewöhnliche Munition assoziiert man mit Polizeibeamten, Söldnern – mit Leuten, deren Ziele Menschen sind.

Explosionsgeschosse oder Hydra-Shoks bringt man nicht mit der Jagd auf Tiere in Verbindung.« Und nach einer kleinen Pause fügte er hinzu: »Ich denke, jetzt verstehen Sie, weshalb wir nicht wollen, dass Mrs. Harvey erfährt, mit welcher Art Waffe und Munition auf ihre Tochter geschossen wurde.«

»Was ist mit den Drohbriefen, die sie bei der Pressekonferenz erwähnte?«

»Die gab es tatsächlich«, antwortete Wesley. »Kurz nachdem sie zum National Drug Policy Director ernannt worden war, schickte ihr jemand Briefe, in denen sie und ihre Familie bedroht wurden. Das ist allerdings früher auch schon vorgekommen. Wir haben keine Ahnung, wer hinter den neuen Drohungen stecken könnte – aber wir glauben nicht, dass sie mit Deborahs Ermordung in Zusammenhang stehen.«

»Und wen meinte sie, als sie eine Bundesbehörde bezichtigte, ›ihre Interessen zu schützen‹?«, fragte ich. »Bezog sie sich damit auf den CIA? Weiß sie, was ich heute hier erfahren habe?«

»Dieser Punkt erfüllt mich mit Besorgnis«, gab Wesley zu. »Ihre Äußerung machte nicht den Eindruck, als sei sie ein Schuss ins Blaue. Vielleicht hat sie wirklich den CIA gemeint – vielleicht auch nicht. Tatsache ist, dass sie über ein phantastisches Informationsnetz verfügt. Sie hat Zugang zu CIA-Material – vorausgesetzt, es hängt mit Drogenhandel zusammen. Noch beunruhigender ist, dass sie mit einem ehemaligen UN-Botschafter befreundet ist, der dem President's Foreign Intelligence Advisory Board angehört. Die Mitglieder können jederzeit Topsecret-Material aus jedem beliebigen Gebiet anfordern. Wenn dem Board bekannt ist, was vorgeht, besteht durchaus die Möglichkeit, dass Mrs. Harvey es auch weiß.«

»Also wird sie im Martha-Mitchell-Stil erledigt«, konstatierte ich. »Man stellt sie als unzurechnungsfähig hin, damit niemand sie ernst nimmt, wenn sie ihre angekündigte Enthüllung startet.«

Wesley fuhr mit dem Daumen am Rand seines Glases entlang. »Es ist ein Jammer – aber sie war nicht unter Kontrolle zu halten. Unkooperativ. Und die Ironie ist, dass wir aus gutem Grund ebenso daran interessiert sind wie sie, den Mörder ihrer Tochter zu finden – ja, vielleicht sogar noch mehr. Wir tun alles, was in unserer Macht steht, haben alles Erdenkliche mobilisiert, um den Täter zu entlarven.«

»Was Sie mir heute Abend erzählen, steht aber in krassem Gegensatz zu Ihrer früher geäußerten Vermutung, Deborah Harvey und Fred Cheney seien die Opfer eines bezahlten Killers geworden, Benton«, sagte ich ärgerlich. »Oder haben Sie mich da in die Irre geführt, um die wahren Befürchtungen des ›Büros‹ zu vernebeln?«

»Davon kann keine Rede sein. Ich weiß nicht, ob der Mörder ein bezahlter Killer war«, erwiderte er frostig. »Es ist nach wie vor alles offen. Die Morde können einen politischen Hintergrund haben, wie ich schon sagte – sie können aber auch das Werk eines CIA-Agenten sein, der durchgedreht hat, das heißt, sie könnten miteinander zusammenhängen, es könnten Serienmorde sein.«

»In dem Fall wäre es doch möglich, dass Deborah Harvey und Fred Cheney Opfer einer Eskalation wurden«, meinte Mark. »Pat Harvey war oft im Fernsehen – vor allem im letzten Jahr. Wenn wir einen CIA-Agenten in Betracht ziehen, der Töten ›trainiert‹, kann er sich entschlossen haben, sich die Tochter einer vom Präsidenten eingesetzten Persönlichkeit zu greifen – und Fred Cheney musste nur dran glauben, weil er mit ihr zusammen war.«

»Um den Nervenkitzel zu steigern«, nickte Wesley. »Die Art, in der die Morde ausgeführt wurden, erinnert an Hinrichtungen, wie sie im Mittleren Osten und Mittelamerika praktiziert werden.«

»Soviel ich weiß, ist der CIA angewiesen, sich aus derartigen Aktionen herauszuhalten – zumindest seit der Ford-Ära«, sagte ich. »Es sind ihm jegliche Unternehmungen untersagt, die ein ausländisches Staatsoberhaupt in Lebensgefahr bringen könnten.«

»Das ist richtig«, stimmte Mark zu. »Der CIA darf nichts dergleichen tun. Die amerikanischen Soldaten durften im Vietnamkrieg keine Zivilisten töten – und Cops dürfen gegenüber Verdächtigen oder Gefangenen keine Repressalien anwenden. Alles schön und gut – aber wenn es von der Theorie zur Praxis geht, geraten die

Dinge manchmal außer Kontrolle, und dann werden Vorschriften verletzt.«

Ich musste an Abby Turnbull denken. Wie viel von dem, was ich gerade erfahren hatte, wusste sie bereits? Hatte Mrs. Harvey ihr etwas anvertraut? War dies das wahre Thema des Buches, das Abby schrieb? Dann wunderte es mich nicht, dass sie annahm, abgehört und beschattet zu werden. Der CIA, das FBI und sogar das President's Foreign Intelligence Advisory Board hatten allen Grund, sich wegen ihres Buches Sorgen zu machen – und sie hatte allen Grund, sich verfolgt zu fühlen. Es war gut möglich, dass sie sich tatsächlich in Gefahr gebracht hatte.

Der Wind hatte sich gelegt, und leichter Nebel hing über den Baumwipfeln, als Wesley die Haustür hinter uns schloss. Meine innere Aufgewühltheit bildete einen krassen Gegensatz zu der stillen Nacht.

Ich sprach erst wieder, als wir Wesleys Wohnviertel hinter uns gelassen hatten. »Was mit Pat Harvey geschieht, ist ungeheuerlich. Sie verliert ihre Tochter, und jetzt werden ihre Karriere und ihr Ruf vernichtet.«

»Benton hat nichts damit zu tun, dass der Presse Informationen zugespielt wurden – und auch nichts mit der ›Vernichtung‹ von Pat Harvey, wie du es formulierst.«

»Es geht nicht darum, wie ich es formuliere, Mark.«

»Ich bin ja nur auf deine Bemerkung eingegangen.«

»Du weißt, was gespielt wird – gaukle mir nicht den Ahnungslosen vor.«

»Benton hat für sie getan, was er konnte – aber sie führt Krieg gegen das Justizministerium: Für sie ist er nur ein weiterer Bundesbeamter, der ihr übel will.«

»An ihrer Stelle würde ich wahrscheinlich ebenso empfinden.«

»Da ich dich kenne, halte ich das für *sehr* wahrscheinlich.«

»Was soll das heißen?«, fragte ich aufgebracht.

»Gar nichts.«

Minutenlang schwiegen wir. Die Spannung stieg. Ich wusste nicht genau, wo wir uns befanden, aber wir mussten kurz vor dem Ziel sein. Gleich darauf bog Mark zu dem Laden ab und hielt neben meinem Mercedes.

»Es tut mir Leid, dass wir uns nicht unter erfreulicheren Umständen wiedergesehen haben«, sagte er. Als ich nicht antwortete, fuhr er fort: »Aber es tut mir nicht Leid, dich gesehen zu haben.«

»Gute Nacht, Mark.« Ich wollte aussteigen.

»Nicht, Kay!« Er legte die Hand auf meinen Arm.

Ich blieb stocksteif sitzen. »Was willst du?«

»Mit dir reden. Bitte!«

»Wenn dir daran liegt, mit mir zu reden – warum hast du es dann nicht schon längst getan?« Ich zog meinen Arm weg. »Ich habe seit Monaten nichts von dir gehört.«

»Den Vorwurf kann ich dir zurückgeben, Kay. Nachdem ich dich im September angerufen hatte, gab es kein Lebenszeichen von dir.«

»Weil ich wusste, was du sagen würdest – und ich wollte es nicht hören.«

»Entschuldige – ich vergaß, dass du die Gabe hast, meine Gedanken zu lesen«, sagte er sarkastisch. Er legte die Hände aufs Lenkrad und starrte geradeaus.

»Du wolltest mir mitteilen, dass es keine Chance für eine Versöhnung gebe, dass es vorbei sei – und ich hatte keine Lust, dir Gelegenheit zu geben, in Worte zu fassen, was ich als gegeben ansah.«

»Denk, was du willst.«

»Es geht nicht darum, was ich denken *will*.« Ich hasste ihn dafür, dass es ihm immer wieder gelang, mich um meine Beherrschung zu bringen.

»Hör zu.« Er atmete tief durch. »Siehst du eine Möglichkeit, Frieden zu schließen? Die Vergangenheit zu vergessen?«

»Keine.«

»Na, fabelhaft. Ich danke dir, dass du so vernünftig bist. Nun – ich habe es zumindest versucht.«

»Versucht?«, echote ich höhnisch. »Wie lange ist es her, dass du fortgingst? Was zum Teufel hast du versucht, Mark? Ich weiß nicht, wie du auf die Idee kommst, wir könnten die Vergangenheit vergessen. Wie stellst du dir das denn vor? Sollen wir so tun, als sei nie etwas zwischen uns gewesen? Ich weigere mich, eine solche Schmierenkomödie zu spielen.«

»So hatte ich es doch gar nicht gemeint, Kay: Ich frage dich, ob wir nicht die Kräche, die Wut und die Dinge vergessen könnten, die wir uns an den Kopf geworfen haben.«

Ich erinnerte mich nur noch dunkel daran, was wir uns alles an den Kopf geworfen hatten und warum unsere Beziehung gescheitert war. Wir stritten, ohne recht zu wissen, worüber eigentlich – bis das Ziel die gegenseitigen Kränkungen wurden, statt der Differenzen, die sie verursacht hatten.

»Damals im September«, sagte er weich, »wollte ich dir keineswegs mitteilen, dass ich keine Chance für eine Versöhnung sähe. Wenn du die Wahrheit wissen willst: Als ich deine Nummer wählte, hatte ich Angst, *dich* das sagen zu hören – und als du danach nicht zurückriefst, zog ich meine Schlüsse daraus.«

»Das ist nicht dein Ernst!«

»Allerdings.«

»Nach dem, was du getan hattest, waren diese Schlüsse für dich wohl nahe liegend.«

»Nach dem, was *ich* getan hatte?« Er starrte mich ungläubig an. »Und wie steht es mit dem, was *du* getan hast?«

»Ich habe gar nichts getan – ich war es nur müde, Konzessionen zu machen. Du hast dich nie ernsthaft bemüht, in Richmond Fuß zu fassen. Alle paar Tage hattest du eine neue Idee und erwartetest von mir, dass ich mich entwurzelte und dir blindlings folgte. Sosehr ich dich auch liebe – ich kann mich nicht aufgeben, und das habe ich auch nie von *dir* verlangt.«

»Doch, das hast du! Selbst wenn ich mich nach Richmond hätte versetzen lassen können – ich wollte es nicht!«

»Na schön, jetzt hast du ja, was du wolltest.«

»Kay, das ist unfair – du hast genauso Schuld.«

»Ich bin nicht diejenige, die weggegangen ist.« Meine Augen füllten sich mit Tränen. »Oh Mist!«, murmelte ich.

Er zog sein Taschentuch heraus und legte es mir sanft auf den Schoß.
Ich betupfte meine Augen, rückte näher zur Tür und lehnte den Kopf ans Fenster. Verdammte Heulerei!
»Es tut mir Leid«, sagte Mark.
»Das ändert überhaupt nichts.«
»Bitte weine nicht.«
»Ich weine, solange es mir passt«, erwiderte ich mit lächerlichem Trotz.
»Es tut mir wirklich Leid«, wiederholte er. Diesmal war es nur ein Flüstern.
Ich dachte, er würde mich berühren, aber er tat es nicht. Er drehte sich weg. »Ich wünschte, *du* wärst gegangen – dann hättest *du* den schwarzen Peter.«
Ich antwortete nicht. Ich traute meiner Stimme nicht.
»Hast du verstanden?«
»Es ist schwer, dich zu verstehen, wenn du in die andere Richtung sprichst.«
Er wandte sich mir zu. Ich schaute stur geradeaus. »Kay, sieh mich an!« Zögernd gehorchte ich.
»Warum, glaubst du, bin ich hier?«, fragte er. »Ich versuche, wieder in Quantico unterzukommen – aber es ist schwierig: Die miese Wirtschaftslage hat zu einer Kürzung des Budgets geführt – und das ›Büro‹ bekommt das empfindlich zu spüren. Doch es ist noch aus anderen Gründen problematisch.«
»Soll das heißen, dass du beruflich unzufrieden bist?«
»Es soll heißen, dass ich einen Fehler gemacht habe.«
»Es tut mir Leid, wenn deine Übersiedlung nach Denver beruflich nicht das gebracht hat, was du dir davon versprochen hattest.«
»Ich spreche nicht nur davon – und das weißt du auch.«
»Wie sollte ich?« Ich war entschlossen, ihn zu zwingen, es auszusprechen.
»Es geht um uns. Seit ich weg bin, fehlt mir etwas.« Seine Augen leuchteten in der Dunkelheit. Es war fast unheimlich. »Wie war die Zeit für dich?«, fragte er.

»Ich denke, wir haben beide viele Fehler gemacht«, wich ich aus. »Ich würde gerne ein paar wieder gutmachen, Kay – ich möchte nicht, dass es so endet mit uns. Das will ich schon lange, aber ich wusste nicht, wie ich es dir sagen sollte. Ich hatte Angst, du würdest mich abblitzen lassen, hättest vielleicht eine neue Beziehung …«
Ich sagte ihm nicht, dass ich die gleichen Gedanken gehabt und ihre Bestätigung gefürchtet hatte.
Er griff nach meiner Hand, und diesmal brachte ich nicht die Willensstärke auf, sie wegzuziehen.
»Ich habe versucht herauszufinden, warum es mit uns schief ging«, fuhr er fort. »Wahrscheinlich liegt es daran, dass wir beide Sturköpfe sind. Ich wollte meinen Kopf durchsetzen und du deinen. Ich weiß nicht, wie dein Leben aussieht, seit ich weg bin – aber ich wage zu wetten, dass es dir nicht gerade berauschend geht.«
»Ganz schön eingebildet von dir, darauf zu wetten.«
Er lächelte. »Ich versuche nur, dem Bild gerecht zu werden, das du von mir hast. Eine der letzten Beschimpfungen lautete ›eingebildeter Bastard‹.«
»War das, bevor oder nachdem ich dich einen Mistkerl nannte?«
»Davor, glaube ich.«
»Soviel ich mich erinnere, hattest du ebenfalls eine Reihe charmanter Bezeichnungen für mich – aber meintest du nicht vorhin, wir sollten vergessen, was wir damals gesagt haben?«
»Ja – ich finde, das sollten wir. Umso mehr nach deinem ›sosehr ich dich auch liebe‹.«
»Wie bitte?«
»*Liebe!* Präsens! Versuch nicht, dich rauszureden – ich habe mich nicht verhört!«
Er presste meine Hand an seine Wange, und seine Lippen glitten über meine Finger. »Ich habe mich bemüht, nicht mehr an dich zu denken. Ich habe es nicht geschafft.« Sein Gesicht war dicht vor dem meinen. Sein Blick bat mich, ihm das Gleiche zu sagen. Ich tat es.

Ich streichelte sein Gesicht und er meines, und dann küssten wir die Stellen, die unsere Finger berührt hatten, bis unsere Lippen sich fanden. Die Welt um uns versank – bis plötzlich helles Licht durch die Windschutzscheibe fiel und pulsierende rote Blitze durch die Dunkelheit zuckten: Ein Streifenwagen hielt vor uns.

In panischer Hast brachten wir unsere Kleidung in Ordnung. Der Fahrer stieg aus und kam, mit Taschenlampe und tragbarem Funkgerät bewaffnet, auf uns zu.

Mark öffnete sein Fenster.

»Alles in Ordnung?« Der Polizist leuchtete ins Wageninnere. Mit unbewegtem Gesicht ließ er den Blick über den Schauplatz unserer Leidenschaft gleiten. Seine rechte Wange war auffällig ausgebeult.

»Alles bestens«, versicherte ich, während ich mit dem linken Fuß verstohlen nach meinem linken Schuh angelte.

Der Beamte trat zurück und spuckte einen Strahl Tabaksaft aus.

»Wir haben uns unterhalten«, erklärte Mark.

Der gute Mann wusste sehr genau, welcher Art diese »Unterhaltung« gewesen war. »Wenn Sie die Absicht haben, Ihre *Unterhaltung* fortzusetzen, sollten Sie sich dafür einen anderen Ort suchen«, meinte er. »Wissen Sie – es ist ganz schön riskant, nachts hier im Auto zu sitzen. Es hat da mehrere Vorfälle gegeben. Wenn Sie nicht aus dieser Gegend sind, haben Sie ja vielleicht nichts davon gehört, dass 'n paar Pärchen verschwunden sind.«

»Sie haben völlig Recht«, sagte Mark. »Wir fahren. Und vielen Dank.«

Der Beamte nickte, spuckte erneut aus, ging zu seinem Wagen und fuhr davon.

»Mein Gott!«, murmelte Mark.

»Sag es nicht!«, bat ich. »Lass uns ganz schnell vergessen, wie idiotisch wir uns benommen haben!«

»Siehst du, wie verdammt einfach es ist?« Er sagte es doch! »Zwei Menschen sitzen in einem Auto, und ein Wagen hält an. Meine Waffe liegt im Handschuhfach. Ich dachte gar nicht an sie – bis der

Beamte sich zum Fenster herunterbeugte. Aber da wäre es schon zu spät gewesen.«

»Hör auf, Mark! Bitte!«

Zu meiner Überraschung lachte er.

»Es ist nicht komisch!«

»Deine Bluse ist schief zugeknöpft«, japste er.

»Verdammt!«

»Sie können nur zu Gott beten, dass er Sie nicht erkannt hat, Dr. Scarpetta.«

»Vielen Dank für Ihre aufmunternden Worte, Mr. FBI. Und jetzt fahre ich nach Hause.« Ich öffnete die Tür. »Für heute hast du mich in genug Schwierigkeiten gebracht.«

»He, he: Du hast angefangen!«

»Ganz sicher nicht!«

Er wurde wieder Ernst. »Kay – was wird aus uns? Ich meine – ich fliege morgen nach Denver zurück. Ich weiß nicht, ob ich etwas in Quantico erreichen kann – oder ob ich es überhaupt ernsthaft versuchen soll.«

»Diese Entscheidung kann ich dir nicht abnehmen.«

»Aber wie stehst du zu einem Versuch?«

»Wir müssen uns ausführlich unterhalten, Mark.«

Er schaltete die Scheinwerfer ein und schnallte sich an. »Was ist mit dir?«, hakte er nach. »Siehst du eine Chance für uns? Es gehören zwei zu einem Versuch.«

»Seltsam, das ausgerechnet aus deinem Mund zu hören.«

»Kay – bitte nicht! Nicht schon wieder!«

»Ich muss nachdenken.« Ich zog meine Autoschlüssel aus der Tasche. Plötzlich fühlte ich mich zum Umfallen erschöpft.

»Keine Spielchen, Kay.«

»Keine Spielchen.« Ich legte die Hand an seine Wange.

Wir küssten uns ein letztes Mal. Einerseits hätte ich gern die ganze Nacht weitergeküsst – andererseits wollte ich nichts als weg. Unsere Leidenschaft hatte dazu geführt, dass wir immer nur für Augenblicke lebten, die sich nie zu einem gemeinsamen Leben summierten.

»Ich ruf dich an«, versprach er.
Ich öffnete die Wagentür.
»Hör auf Benton«, sagte er. »Du kannst ihm trauen. Die Sache, in die du da hineingeraten bist, ist ausgesprochen übel.«
Ich stieg aus.
»Ich wünschte, du würdest dich da raushalten.«
»Das ist nicht meine Art, wie du weißt.«

Mark meldete sich am folgenden Abend und zwei Abende später wieder. Als er das dritte Mal anrief – am zehnten Februar –, veranlasste mich das, was er sagte, mir die neueste Ausgabe der *Newsweek* zu besorgen.
Vom Titelblatt starrten Pat Harveys glanzlose Augen auf Amerika. Die Schlagzeile lautete »Der Mord an der Tochter der Drogen-Zarin«, und der »Exklusivbericht« im Heftinnern käute die Pressekonferenz wieder, Pat Harveys Anschuldigungen bezüglich einer Verschwörung und die Fälle der anderen Teenager, die zunächst verschwunden und dann verwest in den Wäldern Virginias gefunden worden waren. Ich hatte es abgelehnt, mich für die Story interviewen zu lassen, doch irgendjemand hatte ein Archivfoto von mir ausgegraben, auf dem ich zu sehen war, als ich die Stufen zum John-Marshall-Gerichtsgebäude hinaufstieg. »Chief Medical Examiner gibt unter Androhung eines Gerichtsbeschlusses Untersuchungsergebnisse heraus«, stand darunter.
»Das kann mich nicht erschüttern, Mark«, sagte ich, als ich ihn zurückrief. »Passt zum herrschenden Trend.«
Selbst als meine Mutter mich spät an diesem Abend anrief, blieb ich gelassen – das änderte sich erst, als ich mit meiner Nichte sprach: Lucy hatte seit jeher ein Talent, mich aufzuregen.
Sie hatte ungeduldig darauf gewartet, endlich ans Telefon zu dürfen. »Wieso bist du in Schwierigkeiten?«, fragte sie.
»Ich bin nicht in Schwierigkeiten.«
»Aber in der Story steht, dass dich jemand bedroht hat.«
»So dramatisch war das nicht. Es ist zu kompliziert zu erklären, Lucy.«

»Ich finde es unheimlich aufregend«, schwenkte sie um. »Morgen nehme ich das Magazin in unsere Schule mit und zeige es allen.«
Na, großartig, dachte ich.
»Mrs. Barrows«, fuhr sie fort und bezog sich damit auf ihre Klassenlehrerin, »hat übrigens gefragt, ob du im April zu unserem Berufsberatungstag kommen könntest.«
Ich hatte Lucy seit einem Jahr nicht gesehen. Es fiel mir schwer zu begreifen, dass sie schon im zweiten High-School-Jahr war, und obwohl ich wusste, dass sie Kontaktlinsen trug und bereits den Führerschein hatte, sah ich sie immer noch als kleines Pummelchen vor mir, das darauf bestand, von mir ins Bett gebracht zu werden – ein Enfant terrible, das aus einem geheimnisvollen Grund schon seine Liebe für mich entdeckt hatte, bevor es krabbeln konnte. Ich würde nie vergessen, wie ich an dem Weihnachten nach ihrer Geburt nach Miami flog und eine Woche bei meiner Schwester blieb. Lucy verbrachte jede wache Minute damit, mich zu beobachten. Ihre leuchtenden Augen verfolgten jede meiner Bewegungen wie zwei Suchscheinwerfer.
Sie strahlte, wenn ich sie wickelte, und schrie, sobald ich das Zimmer verließ.
»Möchtest du im Sommer eine Woche herkommen?«, fragte ich.
Lucy zögerte und sagte dann enttäuscht: »Das heißt wohl, dass aus April nichts wird.«
»Wir werden sehen – okay?«
»Ich weiß nicht, ob ich es im Sommer einrichten kann.« Die geschraubte Ausdrucksweise passte so gar nicht zu dem kindlich trotzigen Ton. »Ich habe einen Job – und da kann ich wahrscheinlich nicht weg.«
»Du hast einen Job? Das ist ja toll!«
»Ja – in einem Computergeschäft. Ich spare für ein Auto. Ich will einen Sportwagen. Ein Cabrio. Die alten gibt's manchmal ganz billig.«
»Diese Dinger sind Todesfallen!«, entsetzte ich mich. »Bitte lass die Finger davon. Komm nach Richmond – dann suchen wir zusammen ein ordentliches Fahrzeug für dich.«

Sie hatte mir eine Grube gegraben – wie üblich –, und ich war hineingefallen – wie üblich. Sie war eine Expertin auf dem Gebiet der Manipulation, und es bedurfte keines Psychiaters, um den Grund dafür herauszufinden: Lucy litt unter mangelnder Zuwendung seitens ihrer Mutter, meiner Schwester.
»Du bist eine intelligente junge Lady«, änderte ich meine Taktik. »Du wirst sicher die richtige Entscheidung treffen. Aber wenn du mich im Sommer einbauen könntest, fände ich das schön. Wir könnten irgendwohin fahren. Ans Meer oder in die Berge – wie du willst. Oder wie wär's mit England? Da warst du doch noch nie.«
»Meinst du das ernst?«, fragte sie misstrauisch.
»Und ob. Ich war seit Jahren nicht mehr dort«, erwärmte ich mich für die Idee. »Ich finde, es ist an der Zeit, dass du Oxford und Cambridge siehst – und die Londoner Museen. Wenn du magst, arrangiere ich eine Führung durch Scotland Yard – und wenn du schon im Juni wegkämst, könnten wir vielleicht Karten für Wimbledon bekommen.«
Schweigen.
Dann sagte sie fröhlich: »Ich habe dich nur aufgezogen, Tante Kay: In Wirklichkeit will ich gar keinen Sportwagen.«

Am nächsten Morgen warteten keine Autopsien auf mich, und so ließ ich mich an meinem Schreibtisch nieder, um die Papierberge endlich einmal zu reduzieren. Schließlich hatte ich auch noch andere Todesfälle zu bearbeiten. Aber ich konnte mich nicht konzentrieren. Immer wieder wanderten meine Gedanken zu den Pärchen zurück – und ich wurde das Gefühl nicht los, dass ich etwas Wichtiges übersah. Etwas, das ich direkt vor der Nase hatte.
Es musste mit Deborah Harveys Ermordung zu tun haben. Sie war Sportlerin gewesen, eine Leichtathletin mit hervorragender Körperbeherrschung. Vielleicht nicht so kräftig wie Fred, doch dafür sicher schneller und beweglicher. Ich vermutete, dass der Mörder ihre Fähigkeiten unterschätzt und deshalb im Wald vorübergehend die Kontrolle über sie verloren hatte. Als ich blicklos auf die Unterlagen hinunterstarrte, die ich mir eigentlich hatte ansehen

wollen, kamen mir wieder Marks Worte in den Sinn: Er hatte von »Mordzonen« gesprochen, davon, dass Agenten in Camp Peary dort den Umgang mit automatischen Waffen und Granaten lernten und gegebenenfalls mit Nachtsichtgeräten ausgestattet wurden, um einander bei Dunkelheit im Wald stellen zu können. Ich begann ein Szenario zu entwickeln.

Der Mörder hatte ein grausames Spiel mit Deborah und Fred vor. Auf dem Holzweg befahl er ihnen, Schuhe und Strümpfe auszuziehen, und fesselte ihnen die Hände auf dem Rücken. Er trug eine Nachtsichtbrille, die das Mondlicht verstärkte und es ihm ermöglichte, leidlich gut zu sehen, als er die beiden in den Wald trieb, wo er sie nacheinander umbringen wollte.

Ich glaubte, dass Marino Recht hatte: Bestimmt war Fred das erste Opfer gewesen. Vielleicht hatte der Killer ihm befohlen, loszurennen, ihm angeblich eine Chance zur Flucht gegeben – und während der Junge in wilder Panik vorwärts stolperte, folgte der Mann ihm mit dem Messer in der Hand, packte ihn schließlich von hinten, hakte ihm den Arm unter das Kinn, riss den Kopf zurück und schnitt ihm die Kehle durch. Diese oft geübte Aktion verlief schnell und lautlos. Wenn die Leichen eine Zeit lang nicht gefunden würden, könnte der Medical Examiner die Todesursache nicht mehr feststellen, da das entsprechende Gewebe verwest wäre.

Ich spann das Szenario weiter. Vielleicht befriedigte es die sadistische Neigung des Killers, Deborah mit ansehen zu lassen, wie er ihren Freund umbrachte. Ich hielt es für denkbar, dass er ihr vorher die Knöchel zusammenband, um sie am Weglaufen zu hindern, jedoch nicht mit ihrer Gelenkigkeit rechnete. Es war möglich, dass es ihr, während er mit Fred beschäftigt war, gelang, ihre Hände nach vorn zu bringen, indem sie ihre Arme unter den Beinen durchzog. Dann hätte sie die Fußfesseln lösen und sich verteidigen können.

Ich hielt die Hände vor mich, als seien sie gefesselt. Hätte Deborah die Finger verschränkt und wäre damit auf den Killer losgegangen, und hätte er instinktiv reagiert und schützend die Hände hochgerissen, in deren einer er das Messer hielt, mit dem er gerade Fred getötet hatte, wäre die Hackwunde an Deborahs Finger erklärbar. Sie rannte los, und der Mörder schoss sie in den Rücken, um sie aufzuhalten.

Hatte es sich tatsächlich so abgespielt? Wie sollte ich das wissen? Das Szenario war vor meinem inneren Auge abgelaufen wie ein Film – aber ich musste zugeben, dass das Drehbuch einige Schwächen aufwies. Wenn der Mord an Deborah von einem bezahlten Killer oder einem psychopathischen Agenten begangen worden war, der sie als Opfer auswählte, weil sie Pat Harveys Tochter war – hätte der Täter dann nicht gewusst, dass das Mädchen eine Leichtathletin von olympischem Format war? Hätte er ihre ungewöhnliche Schnelligkeit und Gelenkigkeit nicht einkalkuliert? Entsprach der Schuss *in den Rücken* der Vorgehensweise eines eiskalten Profikillers?

In den Rücken geschossen.

Als Hilda Ozimek die Fotos der toten Teenager mit den Fingerspitzen berührte, hatte sie jedes Mal Furcht gespürt – aber bisher war mir nie der Gedanke gekommen, dass sich der Mörder vielleicht ebenfalls gefürchtet hatte. Jemanden in den Rücken zu schießen ist feige. Als Deborah ihrem Angreifer Widerstand leistete, geriet er in Panik. Je länger ich darüber nachdachte, umso überzeugter wurde ich, dass Wesley sich in Bezug auf den Charakter des Täters irrte. Gefesselte, barfüßige Jugendliche in den Wald zu treiben, wenn man selbst mit dem Gelände vertraut und möglicherweise mit einem Nachtsichtgerät ausgerüstet und bewaffnet ist, kommt der »Heldentat« gleich, Fische in einem Fass zu erschießen. Es ist zu einfach. Keine Handlungsweise, die ich von einem Mann erwartete, der auf gefährliche Aktionen gedrillt war.

Und dann war da noch die Sache mit der Waffe.

Wenn ich CIA-Agent wäre und auf Menschenjagd – was für eine würde ich wählen? Eine Uzi? Vielleicht – aber wahrscheinlicher eine Pistole: Etwas, das seinen Zweck erfüllte – nicht mehr und nicht weniger. Und ich würde gängige Munition verwenden – Hohlspitzenpatronen, beispielsweise. Auf keinen Fall etwas so Ungewöhnliches wie Explosionsgeschosse oder Hydra-Shoks.

Die Munition.
Denk nach, Kay! Ich konnte mich nicht erinnern, jemals vorher Hydra-Shok-Kugeln aus einer Leiche entfernt zu haben.
Sie waren ursprünglich zum Gebrauch für Gesetzeshüter entwickelt worden. Sie haben beim Einschlag eine größere Ausdehnung als alle anderen Patronen, die aus einem Fünf-Zentimeter-Lauf abgefeuert werden. Wenn das Bleiprojektil in den Körper eindringt, biegen sich die Wundränder nach außen wie die Blütenblätter einer sich öffnenden Blume. Es gibt nur einen schwachen Rückstoß, was eine schnelle Schussfolge ermöglicht. Diese Kugeln treten nur selten wieder aus dem Körper aus und haben verheerende Auswirkungen auf Gewebe und Organe.
Unser Killer hatte sich für diese Spezialmunition entschieden – und für eine entsprechende Waffe. Beides stärkte möglicherweise sein Selbstbewusstsein, vermittelte ihm ein Gefühl von Macht und Bedeutung.
Ich nahm den Telefonhörer ab und teilte Linda mit, was ich brauchte.
»Kommen Sie rauf«, sagte sie.
Als ich das Waffenlabor betrat, saß sie am Computer-Terminal.
»Keine Fälle bisher in diesem Jahr – außer Deborah Harvey natürlich.« Sie ließ den Cursor den Bildschirm hinunterlaufen. »Einer im letzten Jahr – und einer im Jahr davor. Sonst nichts von Federal. Aber zweimal wurden Scorpions verwendet.«
»Scorpions?«
»Eine frühere Version«, erklärte sie. »Zehn Jahre bevor Federal das Patent kaufte, stellte die Hydra-Shok-Corporation im Grunde dasselbe Geschoss her. Spezielle Achtunddreißiger Scorpions und Dreifünfundsiebziger Copperhead.« Sie drückte auf mehrere Tasten und ließ ausdrucken, was sie gefunden hatte. »Vor acht Jahren gab es einen Fall, bei dem Achtunddreißiger Scorpions benutzt wurden – aber nicht, um auf einen Menschen zu schießen.«
Die Ausdrucke prüfend schaute ich sie verblüfft an. »Worauf denn dann?«

»Auf einen Hund. Es wurde ... hier hab ich's ... drei Mal auf ihn geschossen.«

»Im Zusammenhang mit einem Mord, einem Selbstmord oder einem Raubüberfall?«

»Kann ich aus meinem Material nicht ersehen«, bedauerte Linda. »Hieraus geht nur hervor, dass aus einem toten Hund drei Scorpion-Geschosse entfernt wurden.« Sie riss den Ausdruck ab und gab ihn mir.

In Ausnahmefällen obduzierte OCME auch Tiere. Manchmal schickten Wildhüter uns Rehe, die außerhalb der Jagdzeit geschossen worden waren – und wenn ein Haustier bei einem Verbrechen erschossen oder tot neben seinem Besitzer gefunden wurde, untersuchten wir es, entfernten gegebenenfalls Kugeln oder testeten auf Gift oder Betäubungsmittel. Aber wir stellten in solchen Fällen keine Totenscheine aus und schrieben auch keine Autopsieprotokolle. Es war unwahrscheinlich, dass ich Angaben über diesen Hund finden würde, der vor acht Jahren erschossen worden war.

Dann fiel mir etwas ein.

»Sie machen Witze«, sagte Marino, als ich ihm mein Anliegen mitteilte.

»Können Sie der Sache ganz unauffällig nachgehen? Ich möchte auf keinen Fall, dass jemand seine Antenne ausfährt. Es kann ja sein, dass nichts dahinter steckt – aber der Hund ist in der Nähe von West Point erschossen worden, und das finde ich doch recht interessant: Die Leichen des zweiten Pärchens wurden in der Gegend gefunden.«

»Na schön – ich werde sehn, was ich tun kann.« Sehr begeistert klang er nicht.

Am nächsten Morgen erschien Marino, als ich gerade meine Arbeit an einem Vierzehnjährigen beendete, der am vorangegangenen Nachmittag aus einem Lastwagen geworfen worden war.

»Ich will doch nicht hoffen, dass *Sie* so riechen!« Marino trat näher heran und schnüffelte.

»Der Junge hatte eine Flasche Aftershave in der Hosentasche. Sie

zerbrach, als er auf der Straße aufschlug. Der Geruch, der Ihnen so gefällt, kommt von da drüben.« Ich nickte in Richtung Abfalleimer.
»Brut?« Er schnüffelte noch einmal.
»Kann sein«, erwiderte ich.
»Doris hat mir immer Brut gekauft. Eines Tages stieg sie auf Obsession um – können Sie sich das vorstellen?«
»Was haben Sie herausgefunden?«, fragte ich, ohne meine Arbeit zu unterbrechen.
»Der Hund hieß Dammit – das ist kein Witz«, berichtete er. »Gehörte so einem komischen Kauz – einem Mr. Joyce.«
»Haben Sie feststellen können, warum das Tier hierher gebracht wurde?«
»Hing mit keinem Fall zusammen. Wahrscheinlich hat jemand dem Alten einen Gefallen getan.«
»Der staatliche Veterinär muss in Urlaub gewesen sein«, überlegte ich laut.
Gegenüber von unserem Gebäude lag das Department of Animal Health. Es besaß eine Leichenhalle, in der Autopsien von Tieren durchgeführt wurden. Normalerweise kamen Kadaver zum staatlichen Tierarzt – aber wenn er mal nicht greifbar war, sprangen wir ein. Im Laufe der Jahre hatte ich gefolterte Hunde, verstümmelte Katzen, eine sexuell missbrauchte Stute und ein vergiftetes Huhn auf dem Tisch gehabt, das im Briefkasten eines Richters gelegen hatte. Die Menschen gingen mit Tieren ebenso grausam um wie miteinander.
»Ein Kollege von mir sagt, Mr. Joyce wohne immer noch in derselben Hütte«, fuhr Marino fort. »Er hat kein Telefon. Ich dachte, ich fahr mal rüber und hör mir seine Geschichte an. Haben Sie Lust mitzukommen?«
Ich setzte eine neue Klinge in mein Skalpell ein und dachte an meinen überquellenden Schreibtisch, die Protokolle, die ich diktieren, und die Anrufe, die ich erwidern, und andere, die ich von mir aus tätigen musste.
»Okay«, sagte ich.

Er stand da, als warte er auf etwas.
Ich schaute auf. Marino hatte sich die Haare schneiden lassen. Er trug Khakihosen, die von Hosenträgern gehalten wurden, und ein Tweedjackett, das nagelneu aussah. Seine Krawatte war fleckenlos, ebenso das blassgelbe Hemd. Sogar die Schuhe waren geputzt!
»Sie sehen fabelhaft aus«, lobte ich ihn wie eine stolze Mutter.
»Muss wohl so sein«, grinste er errötend. »Rose hat hinter mir hergepfiffen, als ich zum Lift ging. War irgendwie ulkig. Ist schon Jahre her, dass mir eine Frau nachgepfiffen hat – abgesehen von Sugar. Aber Sugar zählt nicht.«
»Sugar?«
»Lungert immer an der Ecke Adam und Church rum. Ist auch als Mad Dog Mama bekannt. Ich fand sie eines Tages in einem Hausgang – bis zur Bewusstlosigkeit betrunken. Ich stolperte regelrecht über sie. Dann machte ich den Fehler, sie zu sich zu bringen. Den ganzen Weg zum Revier wehrte sie sich wie eine Wildkatze und beschimpfte mich. Aber wenn sie mich jetzt aus zwei Blocks Entfernung sieht, pfeift sie und hebt ihren Rock.«
»Alle Achtung!«

11

Dammits Rasse war unklar – allerdings konnte man sehen, dass er von all seinen Vorfahren die schlimmsten genetischen Merkmale mitbekommen hatte.

»Er war noch ganz jung, als ich ihn bekam«, erzählte Mr. Joyce, als ich ihm das Polaroidfoto zurückgab. »Ein Streuner, wissen Sie. Erschien eines Tages an meiner Hintertür. Er tat mir Leid, und ich gab ihm was zu fressen – und danach wurde ich ihn nicht mehr los.«

Wir saßen an Mr. Joyces Küchentisch. Sonnenlicht schien schwach durch das staubige Fenster über dem rostfleckigen Spülbecken, der Wasserhahn tropfte unablässig. Seit wir vor einer Viertelstunde gekommen waren, hatte der alte Mann kein nettes Wort über seinen ermordeten Hund gesagt, und doch sah ich Wärme in seinen Augen, wenn er von ihm sprach, und ich konnte mir durchaus vorstellen, dass die rauen Hände, die den Kaffeebecher umfassten, zu Zärtlichkeiten fähig wären.

»Wie kam er zu seinem Namen?«, fragte Marino.

»Das ergab sich so. Ich brüllte ihn immer an, wissen Sie. Dammit, halt's Maul! Komm her, Dammit! Dammit – wenn du nicht aufhörst zu japsen, binde ich dir die Schnauze mit Draht zu!« Er lächelte verlegen. »Und irgendwann dachte er dann, das wäre sein Name – und von da an rief ich ihn so.«

Mr. Joyce war bis zu seiner Pensionierung Fahrdienstleiter bei einer Zementfabrik gewesen. Sein Haus lag wie ein Denkmal ländlicher Armut inmitten von Farmland. Ich vermutete, dass der ursprüngliche Besitzer ein Pachtbauer gewesen war, denn auf beiden Seiten erstreckten sich brachliegende Felder, von denen Mr. Joyce erzählte, sie würden mit Mais bebaut, der im Sommer übermannshoch sei.

Es war auch Sommer gewesen – eine schwülheiße Julinacht –, als man Bonnie Smyth und Jim Freeman gezwungen hatte, diese einsame, unbefestigte Straße entlangzufahren. Dann war es November geworden, und ich war über ebendiese Straße gefahren, den Kofferraum voll mit zusammengefalteten Plastikplanen, Tragbahren und Leichensäcken: Weniger als drei Kilometer östlich von Mr. Joyces Haus lag das dichte Waldgebiet, in dem man vor mehr als zwei Jahren die Leichen der beiden jungen Leute gefunden hatte.

»Erzählen Sie, was mit Dammit passierte«, forderte Marino sein Gegenüber auf und zündete sich eine Zigarette an.

»Es war an einem Wochenende«, erzählte der alte Mann, »Mitte August. Ich hatte alle Fenster offen und saß im Wohnzimmer vor dem Fernseher. Es gab ›Dallas‹. Das kam damals immer freitagabends um neun.«

»Dann wurde zwischen neun und zehn auf Ihren Hund geschossen«, folgerte Marino.

»Nehme ich an: Wenn es früher passiert wäre, hätte er es sicher nicht mehr bis nach Hause geschafft, denn das hätte bedeutet, dass er einen langen Heimweg gehabt hätte. Ich sitze also beim Fernsehen, und da höre ich ihn plötzlich an der Tür kratzen und winseln. Ich dachte mir gleich, dass er verletzt wäre, dass er vielleicht eine Rauferei mit einer Katze gehabt hätte – bis ich ihn sah.« Er holte ein Päckchen Tabak hervor und begann sich mit geübten, ruhigen Händen eine Zigarette zu drehen.

»Was taten Sie dann?«, fragte Marino.

»Ich packte ihn in meinen Wagen und fuhr zu Dr. Whiteside. Der wohnt ungefähr acht Kilometer nordwestlich.«

»Ein Tierarzt?«, erkundigte ich mich.

Mr. Joyce schüttelte den Kopf. »Nein, Ma'am – ich kannte gar keinen Tierarzt. Der Doc hat meine Frau behandelt – bis sie starb. Ein wirklich netter Bursche. Ich wusste nicht, zu wem ich sonst gehen sollte. Natürlich war es zu spät: Als ich den Hund in die Praxis trug, konnte er nichts mehr für ihn tun. Er sagte, ich solle die Polizei anrufen, es wäre im Moment keine Jagdzeit – außer auf Krähen – und nachts wäre bestimmt niemand unterwegs, um Krä-

hen zu schießen. Ich tat, was er sagte: Ich ging zur Polizei – Telefon hab ich ja keins.«
»Haben Sie einen Verdacht, wer auf Ihren Hund geschossen haben könnte?«, fragte ich.
»Ich habe mir damals alles Mögliche überlegt. Dammit jagte oft Leute und Autos, biss in die Reifen, und ich dachte, da hätte vielleicht einer losgeballert. Als der Hund dann untersucht worden war, sagte man mir, dass die Kugeln aus einem Revolver stammten – und da dachte ich, dass Dammit vielleicht ein Polizeiauto gejagt und der Fahrer ihn sich vorgenommen hätte.«
»Ist an dem Abend damals ein Polizeiwagen vorbeigefahren?«
»Weiß ich nicht – ich hab ja nicht draußen gestanden. Aber wer immer Dammit erwischt hat, muss ein Ende weg gewesen sein – sonst hätte ich die Schüsse gehört.«
»Vielleicht nicht – wenn Sie den Fernseher laut gestellt hatten«, gab Marino zu bedenken.
»Ich hätte sie auf alle Fälle gehört. Es ist ziemlich ruhig hier draußen – vor allem spätabends. Wenn man eine Weile hier wohnt, fällt einem jedes ungewohnte Geräusch auf – auch wenn der Fernseher laut ist und alle Fenster fest zu sind.«
»Haben Sie an jenem Abend vielleicht einen Wagen vorbeifahren *gehört?*«
Mr. Joyce dachte nach. »Das hat mich die Polizei auch gefragt. Ja – einer ist vorbeigefahren: Kurz bevor Dammit an der Tür kratzte. Der Cop, der das Protokoll aufnahm, meinte, dass da drin der Schütze saß.« Er starrte aus dem Fenster. »Vermutlich irgend so ein Halbstarker.«
Im Wohnzimmer schlug eine Uhr, dann herrschte Stille – bis auf den Wasserhahn, der mit seinem Tropfen die Sekunden anzeigte. Mr. Joyce hatte kein Telefon. Es gab nur wenige Nachbarn, und die wohnten in ziemlicher Entfernung. Ich fragte mich, ob er wohl Kinder hatte. Wie es schien, hatte er sich nach Dammit keinen Hund mehr angeschafft – und auch kein anderes Haustier. »Der alte Dammit war wirklich kein Prachtexemplar«, sagte er plötzlich. »Aber irgendwie hab ich mich an ihn gewöhnt. Der Postbote

kriegte jedes Mal einen Nervenzusammenbruch. Ich stand am Wohnzimmerfenster und lachte so, dass mir die Tränen übers Gesicht liefen: Da saß diese halbe Portion im Wagen und hatte eine Todesangst, auszusteigen – und Dammit rannte immerzu um das Postauto rum und schnappte in die Luft. Ich ließ ihn erst mal eine oder zwei Minuten toben, bevor ich ihn rief, und dann ging ich raus. Ich musste nur den Finger ausstrecken, und sofort war Ruhe.« Mr. Joyce atmete tief durch. Die Zigarette lag vergessen im Aschenbecher. »Es gibt schon viel Gemeinheit auf der Welt.«

»Da haben Sie Recht«, stimmte Marino ihm zu. »Sogar in einer hübschen, friedlichen Gegend wie der hier. Es ist so um zweieinhalb Jahre her, dass ich das letzte Mal hier war – ein paar Tage vor Thanksgiving, als ein Pärchen im Wald gefunden worden war. Wissen Sie das noch?«

»Na klar«, nickte der alte Mann. »Ich habe noch nie so einen Trubel erlebt. Ich war grade beim Feuerholzholen, als plötzlich Polizeiautos mit blinkenden Lichtleisten vorbeidonnerten. Es müssen mindestens ein Dutzend gewesen sein – und dahinter fuhren Ambulanzen.« Er schaute Marino nachdenklich an. »Ich glaube nicht, dass ich Sie da draußen gesehen habe.« Dann wandte er sich mir zu. »Sie waren auch da, stimmt's?«

»War ich.«

»Wusst' ich's doch!«, triumphierte er. »Ich hab mir die ganze Zeit überlegt, wo ich Sie schon gesehn haben könnte.«

»Sind Sie zum Wald rausgefahren, wo die Leichen waren?«, fragte Marino beiläufig.

»Die vielen Polizeiwagen hatten mich neugierig gemacht. Da hinten wohnt keiner – da ist bloß Wald –, und ich dachte, wenn ein Jäger erschossen worden wäre, hätten sie nicht so einen Wirbel veranstaltet. Also stieg ich in meinen Karren und fuhr die Straße runter. Weit kam ich nicht – war alles abgesperrt. Ich fragte einen Beamten, der bei seinem Wagen stand, was denn los wäre, und er sagte, Jäger hätten ein paar Leichen gefunden. Und dann fragte er mich, ob ich in der Nähe wohne, und ich sagte ja. Und kurz danach kam ein Detective zu mir und stellte lauter Fragen.«

»Erinnern Sie sich noch an seinen Namen?«, wollte Marino wissen.
»Nein.«
»Und was für Fragen stellte er?«
»Hauptsächlich wollte er wissen, ob ich jemand in der Nähe gesehen hätte – vor allem um die Zeit rum, als das Pärchen verschwunden war – und ob ich fremde Autos bemerkt hätte. All so was.«
»Und – hatten Sie etwas gesehen? Oder jemanden?«
»Als er weg war, dachte ich darüber nach, und dann fiel mir was ein, und ich hab auch später immer mal wieder dran gedacht«, sagte Mr. Joyce. »In der Nacht, als das Pärchen wohl hier rausgebracht und dann getötet wurde, hab ich nichts gehört, was mir ungewöhnlich vorgekommen wäre. Manchmal geh ich früh ins Bett – vielleicht hab ich da schon geschlafen. Aber zwei Wochen *davor* war mir was aufgefallen – und als Anfang des Jahres dieses andere Pärchen gefunden wurde …«
»Deborah Harvey und Fred Cheney?«, fragte ich.
»Das Mädchen mit der berühmten Mutter.«
Marino nickte.
»Also – diese Morde erinnerten mich an die Leichen, die sie hier gefunden hatten«, fuhr Mr. Joyce fort, »und da fiel's mir wieder ein. Sie haben bestimmt meinen Briefkasten draußen an der Straße gesehen, als Sie kamen. Eine oder zwei Wochen bevor das Mädchen und der Junge damals hier draußen umgebracht wurden, war ich übel dran. Ich hatte Grippe, musste mich unentwegt übergeben und fühlte mich wie durch einen Wolf gedreht. Zwei Tage lag ich im Bett und hatte nicht mal genug Kraft, um rauszugehn und die Post zu holen. An dem Abend, den ich meine, war ich endlich wieder auf den Beinen. Ich machte mir einen Teller Suppe, und die blieb tatsächlich drin. Und dann ging ich zum Briefkasten. Muss so neun, zehn Uhr gewesen sein. Und als ich zum Haus zurückgehe, da höre ich das Auto. Ich drehe mich um und gucke. Es fuhr ohne Licht.«
»In welcher Richtung?«, fragte Marino.
»Da lang.« Mr. Joyce deutete nach Westen. »Er kam also vom Wald

her und war auf dem Weg zum Highway. Muss ja nichts heißen, aber es kam mir irgendwie komisch vor. Erst dachte ich, es wären vielleicht Jugendliche, die zum Schmusen dahinter gefahren waren – oder zum Trinken. Aber warum hätten die ohne Licht fahren sollen?«

»Haben Sie den Wagen gut sehen können?« Ich sah ihn gespannt an.

»Er war mittelgroß. Schwarz, dunkelblau oder dunkelrot, würde ich sagen.«

»Alt oder neu?«

»Ob er nagelneu war, weiß ich nicht – aber er hatte keine altmodische Form. Und es war kein ausländischer.«

»Woher wissen Sie das?«

»Das erkenne ich am Motorgeräusch«, erklärte er. »Die ausländischen hören sich ganz anders an. Der Motor rasselt, ist lauter – ich weiß nicht, wie ich es beschreiben soll, aber ich kann es genau unterscheiden. Wie vorhin, als Sie kamen: Da wusste ich gleich, dass es ein amerikanischer Wagen war – wahrscheinlich ein Ford oder ein Chevy. Der Wagen, der ohne Licht vorbeifuhr, lief ganz leise. Sah für mich aus wie einer von diesen neuen Thunderbirds, aber das kann ich nicht beschwören. Vielleicht war's auch ein Cougar.«

»Also ein Sportwagen«, fasste Marino zusammen.

»Kommt drauf an, wie Sie es sehen«, sagte Mr. Joyce. »Für mich ist eine Corvette ein Sportwagen – einen Thunderbird oder einen Cougar finde ich elegant.«

»Haben Sie sehen können, wie viele Personen drinsaßen?«, fragte ich.

Er schüttelte den Kopf. »Keine Ahnung. Es war ja schon ziemlich finster, und ich hab auch nicht so genau hingeschaut.«

Marino zog einen Block aus der Tasche und blätterte ihn durch. »Mr. Joyce«, sagte er, als er die gesuchte Stelle gefunden hatte, »Jim Freeman und Bonnie Smyth – das Pärchen aus dem Wald dahinter – verschwanden am neunundzwanzigsten Juli abends. Das war ein Samstag. Sind Sie sicher, dass Sie den Wagen vor diesem Datum gesehen haben – nicht danach?«

»So sicher, wie ich hier sitze. Ich weiß es genau, weil ich davor doch krank war. Es erwischte mich in der zweiten Juliwoche – und *das* weiß ich, weil meine Frau am dreizehnten Geburtstag hatte, und da gehe ich immer auf den Friedhof und lege ihr Blumen aufs Grab, und als ich damals nach Hause kam, fing ich an, mich komisch zu fühlen. Und am nächsten Tag konnte ich dann gar nicht mehr aufstehen.« Er überlegte. »Muss also der fünfzehnte oder sechzehnte gewesen sein, als ich den Wagen sah.«

Marino stand auf und setzte seine Sonnenbrille auf, bereit zum Aufbruch.

Mr. Joyce, der einen wachen Verstand hatte, fragte ihn: »Sie glauben, dass die Ermordung der Pärchen mit den Schüssen auf meinen Hund zusammenhängt, stimmt's?«

»Möglich wär's. Am besten erzählen Sie niemandem von unserer Unterhaltung.«

»Ich werde keinem einen Ton davon sagen.« Er brachte uns zur Tür. »Kommen Sie doch mal wieder vorbei. Im Juli sind die Tomaten reif. Ich habe einen kleinen Garten hinter dem Haus – und die besten Tomaten von Virginia. Aber Sie können mich gern auch schon vorher besuchen. Ich bin immer hier.« Er blieb auf der Veranda stehen und winkte uns nach.

Auf der Rückfahrt zum Highway meinte Marino: »Der Wagen, den er zwei Wochen vor dem Verschwinden des Pärchens sah, könnte wichtig sein.«

»Denke ich auch.«

»Aber was den Hund betrifft, da habe ich meine Zweifel: Wäre er Wochen oder sogar Monate vor dem Verschwinden von Jim und Bonnie erschossen worden, könnte es tatsächlich einen Zusammenhang geben – aber der arme Dammit wurde, gut fünf Jahre bevor das mit den Pärchenmorden anfing, getötet.«

Wieder schoss mir der Ausdruck »Mordzonen« durch den Kopf. »Marino – haben Sie schon mal die Möglichkeit in Betracht gezogen, dass dem Mörder der Tatort wichtiger sein könnte als die Wahl der Opfer?«

Er warf mir einen fragenden Blick zu.

»Der Betreffende hat vielleicht lange nach dem richtigen Ort gesucht«, fuhr ich fort. »Und erst nachdem er ihn gefunden hatte, machte er sich auf die Jagd nach Beute. Meiner Ansicht nach ist der Ort das Entscheidende – und der Zeitpunkt. Mr. Joyces Hund wurde Mitte August erschossen – in der heißesten Zeit des Jahres und außerhalb der Jagdzeit. Alle Paare sind außerhalb der Jagdzeiten umgebracht worden, und jedes Mal wurden die Leichen Wochen oder Monate später gefunden – während einer Jagdzeit. Von Jägern. Dahinter steckt Methode.«

»Wollen Sie sagen, der Täter hat hier draußen den Wald ausgekundschaftet, um einen geeigneten Tatort zu finden, und der Hund kam ihm dabei in die Quere?« Er schaute stirnrunzelnd zu mir herüber.

»Ich denke nur laut.«

»Ich will Sie ja nicht beleidigen – aber die Idee halte ich für hirnrissig. Außer der Killer hat Jahre damit verbracht, sich seine Taten auszumalen, bevor er endlich zuschlug.«

»Ich vermute, dass er eine äußerst lebhafte Phantasie hat.«

»Vielleicht sollten Sie auf Profiling umsatteln – Sie hören sich ja schon an wie Benton.«

»Und Sie hören sich an, als hätten Sie Benton abgeschrieben.«

»Nee – ich bin bloß im Moment nicht in der Stimmung, mich mit ihm abzugeben.«

»Er ist noch immer Ihr VICAP-Partner, Marino. Sie und ich sind nicht die Einzigen, die unter Druck stehen. Seien Sie nicht zu streng mit ihm.«

»Ich hoffe, Ihre Ratschläge sind kostenlos«, grinste er.

»Sind sie – und das ist ein Glück für Sie, denn Sie brauchen jede Menge davon.«

»Wollen Sie irgendwo was essen?«

»Keine Zeit – ich muss zum Sport.«

»Grundgütiger! Wahrscheinlich werden Sie mir als Nächstes *dazu* raten.«

Wir lachten beide.

Obwohl ich alles getan hatte, außer rote Ampeln zu überfahren, um pünktlich zu sein, kam ich zu spät zum Tennisunterricht. Einer meiner Schnürsenkel riss, ich hatte das Racket nicht gut im Griff, und auf der Galerie wurde ein mexikanischer Abend veranstaltet, was bedeutete, dass es da oben von Leuten wimmelte, die sich zu ihren Margaritas und Tacos zur Unterhaltung an meinen kläglichen Bemühungen weideten. Nachdem ich hintereinander fünf Rückhandbälle weit ins Aus befördert hatte, ging ich dazu über, die Knie zu beugen und den Schwung zu verringern. Die nächsten drei Bälle gingen ins Netz. Die Volleys waren bejammernswert, die Overheads unsäglich. Je mehr ich mich bemühte, umso schlechter wurde ich.

»Sie holen zu früh aus und treffen zu spät.« Billy kam auf meine Seite herüber. »Zu weit ausgeholt, zu wenig durchgezogen – schon ist es passiert.«

»Ich trage mich mit dem Gedanken, auf Bridge umzusteigen«, sagte ich wütend.

»Sie halten den Schlägerkopf zu offen. Holen Sie frühzeitig aus, stehen Sie seitlich zum Ball, gehen Sie in den Ball hinein, und schlagen Sie ihn vor sich. Und halten Sie ihn so lange wie möglich am Schläger.«

Er stellte sich neben mich auf die Grundlinie und schlug zur Demonstration mehrere Bälle übers Netz, während ich ihm neidvoll zusah. Billy hatte Muskeln wie die Gestalten von Michelangelo, seine Bewegungen waren fließend koordiniert, und er konnte einem Ball genau den richtigen Spin geben, damit er entweder über den Kopf des Gegners wegsprang oder vor dessen Füßen tot liegen blieb. Ich fragte mich, ob Spitzensportler wie er eine Vorstellung davon hatten, wie wir armen Dilettanten uns neben ihnen fühlen.

»Das Hauptproblem sitzt in Ihrem Kopf, Dr. Scarpetta«, erklärte er mir. »Sie kommen auf den Platz und wollen Martina sein – dabei wäre es viel besser für Sie, Sie selbst zu sein.«

»Ich weiß sehr wohl, dass ich nicht Martina sein kann«, murmelte ich.

»Seien Sie nicht so verbissen darauf aus, Punkte zu machen – Sie sollten lieber daran arbeiten, keine abzugeben. Spielen Sie mit Bedacht – halten Sie den Ball im Spiel, bis Ihr Gegner einen Fehler macht oder Ihnen Gelegenheit gibt, ihn auszuspielen. So läuft das. Club-Matches werden nicht gewonnen – sie werden verloren. Mancher schlägt Sie nicht, weil er mehr Punkte macht als Sie, sondern weil Sie mehr Punkte abgeben als er.« Er sah mich nachdenklich an. »Ich wette, bei Ihrer Arbeit sind Sie nicht so ungeduldig – da bringen Sie bestimmt jeden Ball zurück, und das den ganzen Tag lang.«

Dessen war ich mir nicht so sicher. Billys Vortrag bewirkte das Gegenteil von dem, was er beabsichtigt hatte: Er lenkte mich vom Tennis ab.

Spielen Sie mit Bedacht. Später, als ich mich in der Badewanne entspannte, dachte ich noch lange darüber nach. Auch unser Großer Unbekannter spielte offenbar mit Bedacht – doch alle Verbrecher machen Fehler. Das Problem liegt darin, die Fehler zu erkennen, ihre Bedeutung zu sehen und zu unterscheiden, was Absicht ist und was ein Versehen.

Wie verhielt sich das mit den Zigarettenstummeln, die an jedem Fundort gelegen hatten? War das auf eine Unachtsamkeit des Täters zurückzuführen? Sicher nicht – sonst hätte er nicht Fabrikat und Markennamen entfernt. Auch der Herzbube war absichtlich in die Wagen gelegt und nicht etwa dort vergessen worden. Keine der Karten hatte Fingerabdrücke aufgewiesen. Vielleicht hatte er mit ihnen unsere Überlegungen in eine bestimmte Richtung lenken wollen.

Der Schuss auf Deborah war eindeutig als Fehler zu werten.

Was für ein Mensch war dieser Mörder? Man konnte wohl davon ausgehen, dass hier nicht ein gesetzestreuer Bürger plötzlich zum Serienkiller geworden war. Welche Untaten mochte er zuvor schon begangen haben? Eine davon war vielleicht die Ermordung des armen Dammit vor acht Jahren gewesen.

Nach der Personalbesprechung am folgenden Morgen bat ich Margaret, unsere Computerspezialistin, mir alle Morde auszudrucken, die sich in den letzten zehn Jahren in einem Umkreis von achtzig Kilometern von Camp Peary ereignet hatten. Ich suchte nicht ausdrücklich nach einem Doppelmord – aber genau den fand ich. Aktenzeichen C0104233 und C0104234. Die Morde waren lange vor meiner Übersiedlung nach Virginia begangen worden und mir unbekannt.

Ich ging in mein Büro und las die Berichte mit wachsender Aufregung. Jill Harrington und Elizabeth Mott waren im September vor acht Jahren umgebracht worden – einen Monat nach Mr. Joyces Hund! Beide Frauen waren Anfang zwanzig, als sie am Freitagabend, dem vierzehnten, verschwanden. Am nächsten Morgen fand man ihre Leichen auf einem Friedhof. Erst am darauf folgenden Tag entdeckte man Elizabeths Volkswagen: Er stand auf einem Motelparkplatz nahe der Route 60 in Lightfoot bei Williamsburg. Ich begann die Autopsieprotokolle zu studieren. Elizabeth Mott war einmal in den Nacken geschossen worden, hatte eine Stichwunde in der Brust und eine durchschnittene Kehle. Sie war voll bekleidet, nichts deutete auf eine Vergewaltigung hin, die Kugel wurde nicht gefunden, die Gelenke wiesen Fesselmale auf. Es gab keinen Hinweis darauf, dass sie sich gewehrt hätte.

Jills Bericht erzählte eine andere Geschichte: Sie hatte Schnitte an beiden Unterarmen und Händen, Blutergüsse und Verletzungen im Gesicht und am Kopf, die von Schlägen mit einer Pistole herrühren konnten, und ihre Bluse war zerrissen. Offenbar hatte sie verbissen gekämpft, bis sie schließlich nach elf Messerstichen starb.

Den Zeitungsartikeln zufolge, die den Unterlagen beigefügt waren, waren die jungen Frauen zuletzt im Anchor Bar and Grill in Williamsburg gesehen worden, wo sie bis gegen zehn Uhr abends saßen. Es wurde angenommen, dass sie hier auf ihren Mörder trafen, mit ihm weggingen und ihm zu dem Motel nachfuhren, vor dem später Elizabeths Wagen gefunden wurde. Irgendwann – vielleicht dort auf dem Parkplatz – hatte er sie dann gezwungen, mit ihm zu dem Friedhof zu fahren, wo er sie umbrachte.

Vieles an dieser Version der James City County Police leuchtete mir nicht ein. Man hatte auf dem Rücksitz des Volkswagens Blut gefunden, dessen Blutgruppe zu keiner der beiden Frauen passte. Wenn es Blut vom Täter war – wie war es dazu gekommen? Hatte er im Fond mit einem der Mädchen gekämpft? Wenn ja, warum war dann nicht auch Blut von ihr da? Wenn beide Frauen vorn saßen und er allein hinten – wie war er dann verletzt worden? Auch die Annahme, er könne sich während des Kampfes mit Jill auf dem Friedhof selbst mit seinem Messer verletzt haben, ergab wenig Sinn. Nach dem Mord an den beiden Frauen hätte er ihren Wagen vom Friedhof zurück zum Motel fahren, sein Blut also auf dem Fahrersitz sein müssen, statt auf dem Rücksitz. Und noch eine andere Frage beschäftigte mich: Warum hatte der Mörder seine Opfer nicht im Motel umgebracht? Was hatten sie überhaupt dort getan? Es waren keine Spermaspuren bei den Frauen gefunden worden. Bedeutete das, dass sie keinen Geschlechtsverkehr mit dem Mann gehabt oder dass sie sich anschließend gewaschen hatten? War dort eine Menage à trois gelaufen? Nun – nach all den Jahren in meinem Job gab es nicht mehr viel Menschliches, das mir fremd war.

Ich rief Margaret an. »Ich brauche noch etwas anderes«, eröffnete ich ihr. »Eine Liste aller drogenpositiven Morde, die von Detective Montana aus James City County bearbeitet wurden. Wenn möglich, gleich.«

»Kommt sofort.« Ich hörte ihre Finger über die Tastatur huschen und legte auf.

Wie sich herausstellte, waren es sechs Fälle. Elizabeth Mott und Jill Harrington standen auf der Liste, weil ihr Bluttest Alkohol erwiesen hatte. Die Promille lagen bei beiden unter 0,5. Bei Jill waren zusätzlich Chlordiazepoxide und Clinidium gefunden worden – Bestandteile von Librax.

Ich wählte die Nummer der James City County Police Detective Division und fragte nach Montana, worauf man mir mitteilte, er sei jetzt Captain bei den Internal Affairs, und mich weiterverband. Ich nahm mir vor, äußerst vorsichtig zu sein: Wenn er begriffe, dass ich vermutete, der Mord an den beiden Frauen könne mit dem

Tod der fünf Pärchen zusammenhängen, würde er sich möglicherweise abschotten, statt zu reden.

»Montana«, kam eine tiefe Stimme aus dem Hörer.

»Hier spricht Dr. Scarpetta«, sagte ich.

»Hallo, Doc – wie geht's? Es sieht ja so aus, als würde in Richmond nach wie vor fröhlich geschossen.«

»Besser scheint es nicht zu werden«, stimmte ich zu. »Ich sitze gerade an einer Zusammenfassung drogenpositiver Morde«, erklärte ich, »und wollte Sie fragen, ob Sie mir etwas über einige Ihrer alten Fälle sagen können, die mir im Computer unterkamen.«

»Schießen Sie los. Aber wenn es sich um weit zurückliegende Sachen handelt, kann es sein, dass ich ein paar Details inzwischen vergessen habe.«

»Ich interessiere mich für die Tatumstände. Die meisten Morde fanden vor meiner Übersiedlung nach Richmond statt.«

»O ja – zu Doc Cagneys Zeit. Das war eine Type!« Montana lachte. »Manchmal popelte er ohne Handschuhe in Leichen herum. Nichts konnte ihn aus der Ruhe bringen – ausgenommen Kinder. Die untersuchte er sehr ungern.«

Ich gab ihm wieder, was auf dem Computerausdruck stand, und die Fakten, die Montana beisteuerte, brachten nichts Außergewöhnliches. Unmäßiger Alkoholgenuss und häusliche Probleme hatten dazu geführt, dass ein Mann seine Frau erschoss – die »Smith & Wesson-Scheidung«, wie die Polizei es schnoddrig nannte. Ein volltrunkener Mann war nach einer betrügerischen Pokerpartie von mehreren Mitspielern erschlagen worden. Ein Vater mit einem Alkoholspiegel von 0,3 war von seinem Sohn erschossen worden, und so ging es weiter. Jill und Elizabeth hob ich mir bis zum Schluss auf.

»An die Geschichte erinnere ich mich gut«, sagte Montana. »Merkwürdig war das. Ich hätte nie gedacht, dass die sich von einem Kerl abschleppen lassen würden. Beide hatten einen Collegeabschluss und gute Jobs, waren gescheit und attraktiv. Der Bursche, der sich an sie ranmachte, muss ein ganz raffinierter Hund gewesen sein. Ich vermute, es war ein Durchreisender.«

»Weshalb?«
»Weil wir sonst bestimmt irgendwann einen Verdächtigen gefunden hätten. Er ist ein Serienmörder, denke ich: Macht Frauen an und bringt sie dann um. Vielleicht einer, der viel unterwegs ist, der in den verschiedensten Städten zuschlägt und dann wieder weiterreist.«
»Wurden sie auch beraubt?«
»Sah nicht so aus. Zuerst dachte ich ja, es steckten vielleicht Drogen dahinter – dass die Mädchen für eine kleine Party mit dem Typen in das Motel fuhren oder ihn dort aufsuchten, um Stoff zu kaufen. Aber ich habe keinen Hinweis darauf gefunden, dass sie schnupften oder an der Nadel hingen.«
»Im toxikologischen Protokoll steht, dass bei Jill außer Alkohol auch noch Librax gefunden wurde«, sagte ich. »Wissen Sie Näheres darüber?«
Er dachte nach. »Nein«, antwortete er schließlich. »Da klingelt nichts bei mir.«
Ich dankte ihm und verabschiedete mich.
Librax ist ein Mehrzweck-Therapeutikum, das sowohl zur Muskelentkrampfung als auch gegen Nervosität und Spannungszustände eingesetzt wird. Vielleicht hatte Jill unter Rückenschmerzen gelitten, infolge eines Haltungsfehlers oder einer Sportverletzung – vielleicht aber auch psychosomatische Beschwerden wie Magen-Darm-Krämpfe gehabt.
Mein nächstes Ziel war, ihren Arzt zu finden. Ich rief einen meiner Kollegen in Williamsburg an und bat ihn, mir die Gelben Seiten mit den Apotheken zu faxen. Dann wählte ich Marinos Piepser-Nummer.
»Haben Sie Freunde bei der Polizei in Washington, auf die Sie sich verlassen können?«, fragte ich, als er zurückrief.
»Freunde ist zu viel gesagt – aber ich kenne ein paar Burschen da. Warum fragen Sie?«
»Ich muss unbedingt mit Abby Turnbull sprechen – aber ich glaube nicht, dass es eine gute Idee wäre, sie zu Hause anzurufen.«
»Weil Sie fürchten, dass es jemand mitkriegt?«

»Genau.«
»Wenn Sie mich fragen, glaube ich nicht, dass es eine gute Idee ist, *überhaupt* mit ihr zu reden.«
»Ich kenne Ihre Einstellung – aber sie ändert meine Meinung nicht. Können Sie einen Ihrer Freunde zu ihrer Wohnung schicken?«
»Ich hoffe, Sie vergessen nicht, dass ich Sie gewarnt habe. Aber okay – ich werde mich darum kümmern.«
»Er soll ihr nur ausrichten, dass ich dringend auf ihren Anruf warte.« Ich gab ihm die Adresse.
Inzwischen waren die Gelben Seiten gekommen, und Rose legte sie mir auf den Schreibtisch. Den restlichen Nachmittag verbrachte ich damit, sämtliche Apotheken anzurufen, bei denen Jill Harrington Kundin gewesen sein konnte. Schließlich wurde ich fündig.
»Kam sie häufig?«, fragte ich.
»Ja – und Elizabeth Mott ebenfalls. Sie wohnten beide hier in der Nähe. Nette junge Dinger. Ich war richtig geschockt, als das damals passierte.«
»Wohnten sie zusammen?«
»Da muss ich nachsehen.« Eine Pause folgte. »Offenbar nicht: Sie hatten unterschiedliche Telefonnummern. Aber die Adresse war gleich: Old Towne. Ein hübscher Apartment-Komplex, etwa drei Kilometer von hier. Ist hauptsächlich von Studenten bewohnt.«
Er gab mir Jills Medikationsgeschichte durch: Über einen Zeitraum von drei Jahren hatte sie Rezepte für verschiedene Antibiotika gebracht, für Hustensaft und andere Arzneimittel, die allgemein bei Grippe, Angina und Blasenentzündung verschrieben werden. Einen Monat vor ihrer Ermordung hatte sie sich Septra geholt, das sie aber kurz vor ihrem Tod nicht mehr genommen haben konnte, denn man hatte weder Trimethoprim noch Sulphomethoxazol in ihrem Blut gefunden.
»Haben Sie je Librax an sie abgegeben?«, erkundigte ich mich.
Er schaute nach. »Nein, Ma'am. Davon steht hier nichts.«
»Vielleicht lautete das Rezept ja auf den Namen ihrer Freundin.«

»Nein – auch Elizabeth Mott hat nie Librax von uns bekommen.«
»Gingen die beiden noch in andere Apotheken?«, fragte ich.
»Da kann ich Ihnen nicht weiterhelfen – das weiß ich nicht.«
Er gab mir die Nummern nahe gelegener Apotheken.
Die meisten davon hatte ich bereits vorher angerufen – und die Anfragen bei den restlichen ergaben, dass keine der jungen Frauen jemals ein Rezept für Librax oder ein anderes Medikament dort vorgelegt hatte. Das Librax an sich war mir nicht wichtig – mich beschäftigte das Rätsel, wer es verschrieben hatte und warum.

12

Abby Turnbull war Polizeireporterin in Richmond gewesen, als Elizabeth Mott und Jill Harrington ermordet wurden. Ich vermutete, dass sie sich nicht nur an die Fälle erinnerte, sondern wahrscheinlich mehr darüber wusste als der damalige Detective Montana.

Am nächsten Morgen rief sie von einem öffentlichen Telefon aus an und gab eine Nummer durch, unter der ich sie in den folgenden fünfzehn Minuten erreichen könne: Sie bestand darauf, dass ich sie von einem »sicheren Ort« zurückriefe.

»Stimmt was nicht?«, fragte Rose, als ich meine OP-Handschuhe abstreifte.

»Keine Ahnung.« Ich zog meinen grünen Kittel aus.

Der einzige »sichere Ort«, der mir auf Anhieb einfiel, war der öffentliche Fernsprecher, der neben der Tür unserer Cafeteria hing. Ich hastete durch die Gänge. Hoffentlich kam ich nicht zu spät!

»Was ist los?«, fragte Abby, ohne sich mit einer Begrüßung aufzuhalten. »Bei mir war ein Cop, der behauptete, du habest ihn geschickt.«

»Das stimmt«, bestätigte ich. »Aufgrund deiner Vermutungen fand ich es angeraten, nicht bei dir zu Hause anzurufen. Bist du okay?«

»Hast du den ganzen Wirbel nur veranstaltet, um mich das zu fragen?« Sie klang enttäuscht.

»Unter anderem. Wir müssen uns unterhalten.«

Ein langes Schweigen folgte. Dann sagte sie: »Ich bin am Samstag in Williamsburg. Treffen wir uns bei Trellis zum Dinner? Um sieben?«

Ich fragte nicht, was sie in Williamsburg zu tun habe – ich war nicht sicher, dass ich es hören wollte.

Als ich am Samstag auf dem Merchant's Square parkte, stellte ich fest, dass die Atmosphäre sich wohltuend auf meine Nerven auswirkte. Ich ging durch die eisige Winterluft zu einem Imbissstand, kaufte mir einen Apfelmost, und der Druck, unter dem ich seit der Untersuchung des Mordes an Deborah Harvey und Fred Cheney stand, wurde zum ersten Mal leichter.
Obwohl keine Touristensaison war, wimmelte es von Menschen, die in den liebevoll restaurierten Geschäften einkauften oder in Kaleschen vorbeifuhren, die von Kutschern mit Kniebundhosen und Dreispitzen gelenkt wurden. Mark und ich hatten oft davon gesprochen, mal ein Wochenende in Williamsburg zu verbringen: Wir würden im Historic District eine der Remisen aus dem neunzehnten Jahrhundert mieten, im Schein der Gaslaternen die kopfsteingepflasterten Bürgersteige entlangschlendern, in einem der Gasthäuser essen und danach am Kaminfeuer Wein trinken, bevor wir eng umschlungen einschliefen.
Natürlich war es nie dazu gekommen: Die Geschichte unserer Beziehung enthielt mehr Pläne als Erinnerungen. Würde es je anders werden zwischen uns? Kürzlich hatte er es mir am Telefon versprochen, doch das hatte er früher schon getan – und ich auch. Und er war immer noch in Denver – und ich war immer noch hier.
Im Silversmith's-Laden kaufte ich eine hübsche Kette und eine Ananas aus Sterlingsilber: Lucy würde ein verspätetes Valentinstag-Geschenk von ihrer nachlässigen Tante bekommen. Der Besuch im Apothecary Shop bescherte mir Seifen für mein Gästebad, wohlriechende Rasiercreme für Fielding und Marino und Parfüm für Bertha und Rose. Um fünf vor sieben betrat ich das Trellis und hielt Ausschau nach Abby. Als sie eine halbe Stunde später kam, erwartete ich sie bereits sehr ungeduldig an einem Tisch, der im Schatten einer hohen Topfpflanze stand.
»Tut mir Leid.« Sie streifte ihren Mantel ab. »Ich bin aufgehalten worden.«
Sie sah krank und gestresst aus. Nervös schössen ihre Blicke hin und her. Es war viel Betrieb im Trellis, aber nicht laut: Die Gäste

unterhielten sich im behaglichen Schein der Kerzen unwillkürlich mit gedämpften Stimmen.
Abby vermittelte den Eindruck, als befürchte sie, verfolgt worden zu sein. »Bist du schon den ganzen Tag in Williamsburg?«, fragte ich.
Sie nickte.
»Ich darf dich wahrscheinlich nicht fragen, was du hier gemacht hast.«
»Recherchiert«, lautete die knappe Antwort.
»Nicht in der Nähe von Camp Peary, hoffe ich.« Ich fing ihren Blick ein und hielt ihn fest.
Sie verstand. »Du weißt also Bescheid.«
Eine Kellnerin kam und nahm Abbys Bestellung entgegen.
»Wie bist du dahinter gekommen?« Abby zündete sich eine Zigarette an.
»Gegenfrage: Wie bist *du* dahinter gekommen?«
»Das kann ich dir nicht sagen, Kay.«
Natürlich konnte sie das nicht – aber ich wusste auch so, woher sie ihr Wissen hatte: von Pat Harvey.
»Du hast eine Quelle«, formulierte ich vorsichtig. »Warum hat diese Quelle dich eingeweiht? Du hast deine Informationen bestimmt nicht aus reiner Gefälligkeit bekommen.«
»Richtig.«
»Warum also?«
»Weil die Wahrheit aufgedeckt werden muss.« Abby starrte ins Leere. »Und ich bin ebenfalls eine Quelle.«
»Ich verstehe: Als Gegenleistung für die Informationen gibst du weiter, was du ausgräbst.«
Sie antwortete nicht.
»Gilt das auch in Bezug auf mich?« Ich sah sie scharf an.
»Ich werde dich nicht reinlegen, Kay. Habe ich das jemals getan?«
»Nein«, erwiderte ich ernst. »Bisher nicht.«
Die Bloody Mary für Abby kam, und sie rührte gedankenverloren mit dem Stangensellerie darin herum.
»Du tanzt auf dünnem Eis«, sagte ich. »Aber das weißt du sicher

besser als sonst jemand. Ist die Sache das Risiko wert? Ist dein Buch den Preis wert, den du vielleicht bezahlen musst?« Als eine Antwort ausblieb, fügte ich seufzend hinzu: »Ich nehme an, ich kann dich nicht umstimmen, oder?«

»Bist du schon mal in was reingeraten, aus dem du nicht mehr rauskommst?«

»In genau diesem Zustand befinde ich mich zurzeit«, gestand ich.

»Mir geht es genauso.«

»Und was ist, wenn du dich irrst, Abby?«

»Ich kann mich nicht irren«, antwortete sie. »Wer immer die Morde begeht – Tatsache ist, dass das FBI und andere Bundesbehörden aufgrund verschiedener Verdachtsmomente handeln und Entscheidungen treffen, die auf diesen basieren. Wenn die Feds und die Polizei sich irren, gibt das nur ein weiteres Kapitel in meinem Buch.«

»Das klingt entsetzlich kaltschnäuzig«, stellte ich unbehaglich fest.

»Ich spreche im Moment rein beruflich, Kay. Wenn du das tust, hörst du dich auch sehr oft gefühllos an.«

Ich hatte damals, unmittelbar nachdem die Leiche ihrer Schwester gefunden worden war, mit Abby gesprochen. Wahrscheinlich hatte sie meinen dienstlichen Ton bei diesem schrecklichen Anlass ebenfalls als Kaltherzigkeit interpretiert.

»Ich brauche deine Hilfe«, sagte ich. »Vor acht Jahren wurden hier ganz in der Nähe zwei junge Frauen ermordet: Elizabeth Mott und Jill Harrington.«

Sie schaute mich neugierig an. »Du glaubst doch nicht, dass …«

»Ich weiß nicht genau, was ich glaube«, unterbrach ich sie. »Auf jeden Fall will ich die Details der Fälle zusammentragen. In meinen Unterlagen steht kaum etwas. Ich war zur Tatzeit noch nicht in Virginia. Ich bin auf dich gekommen, weil sich bei dem Material Zeitungsartikel befinden, von denen einige du geschrieben hast.«

»Ich kann mir nicht vorstellen, dass der Mord an Jill und Elizabeth mit den anderen zusammenhängt.«

»Dann erinnerst du dich also.« Ich war zutiefst erleichtert.

»Die Geschichte werde ich nie vergessen: Es passiert nicht oft, dass meine Arbeit mir Alpträume verursacht.«

»Und warum fällt es dir schwer, da einen Zusammenhang zu sehen?«, wollte ich wissen.

»Aus einer ganzen Reihe von Gründen. Es wurde kein Herzbube gefunden, der Wagen stand nicht verlassen an der Straße, sondern auf einem Motelparkplatz – und die Leichen wurden nicht Monate nach der Tat verwesend irgendwo im Wald gefunden, sondern innerhalb von Stunden. Beide Frauen waren in den Zwanzigern und keine Teenager. Und warum sollte der Mörder danach fünf Jahre Pause machen?«

»Da stimme ich dir zu«, nickte ich. »Dieser Abstand passt nicht in das Bild eines typischen Serienmörders. Und auch der Modus Operandi ist hier anders – ebenso wie die Auswahl der Opfer.«

»Warum bist du dann so daran interessiert?« Sie nippte an ihrem Drink.

»Ich suche nach Strohhalmen – und außerdem beunruhigen mich die Fälle. Es ist doch ungewöhnlich, dass zwei Menschen gleichzeitig verschleppt und umgebracht werden. Es gibt keine Anzeichen einer Vergewaltigung. Und die beiden wurden in dieser Gegend getötet – wie die Pärchen.«

»Und ein Messer und eine Schusswaffe wurden benutzt«, ergänzte Abby.

Also wusste sie über Deborahs Obduktionsbefund Bescheid.

»Es gibt einige Parallelen«, erklärte ich vage.

Sie sah mich zweifelnd an – aber nicht uninteressiert. »Was willst du wissen, Kay?«

»Alles, woran du dich erinnerst. Alles.«

Sie spielte nachdenklich mit ihrem Glas. »Elizabeth arbeitete sehr erfolgreich im Verkauf einer ortsansässigen Computerfirma«, begann sie schließlich. »Jill hatte gerade ihr Jurastudium an der William and Mary abgeschlossen und eine Anstellung in einer kleinen Kanzlei in Williamsburg bekommen. Ich habe die Version, dass die beiden mit einem schrägen Typen aus der Bar zu einem ›flotten Dreier‹ in das Motel fuhren, nie geglaubt. Keine der beiden machte einen solchen Eindruck. Außerdem befand sich Blut auf dem Rücksitz ihres Wagens. Die Blutgruppe passte weder zu Elizabeth noch zu Jill.«

Wieder einmal erstaunte mich Abbys Wissen: Irgendwie war sie an die serologischen Befunde gekommen!

»Ich nehme an, das Blut stammte von dem Täter. Es war eine Menge, Kay: Ich habe den Wagen gesehen. Es sah aus, als sei jemand schwer mit einem Messer verletzt worden. Aber wenn es tatsächlich der Mörder war – wie wäre das zu erklären? Die Polizei stellte die Theorie auf, die Frauen hätten ihn im Anchor kennen gelernt. Wenn er mit ihnen in ihrem Wagen wegfuhr – wie kam er dann nach den Morden zu seinem eigenen zurück?«

»Das hängt davon ab, wie weit es von dem Motel zu der Bar ist. Könnte er zu Fuß gegangen sein?«

»Das Motel liegt gut vier Meilen von der Anchor Bar entfernt – von der ehemaligen, genauer gesagt, denn das Lokal gibt es nicht mehr. Die Frauen wurden das letzte Mal um zehn Uhr abends in der Bar gesehen. Wenn der Täter sein Auto dort auf dem Parkplatz stehen gelassen hätte, wäre es bei seiner Rückkehr wahrscheinlich das Einzige gewesen. Ganz schön riskant: Ein Cop hätte darauf aufmerksam werden können – oder zumindest der Geschäftsführer, wenn er zusperrte.«

»Vielleicht ist er ja mit seinem eigenen Wagen zu dem Motel gefahren«, meinte ich.

»Aber wann stieg er dann in den der Mädchen? Die Annahme, dass er zusammen mit den beiden in dem Motel war und sie anschließend zwang, mit ihm zum Friedhof hinauszufahren, erschien mir von Anfang an absurd. Warum die Umstände – das Risiko? Sie hätten auf dem Parkplatz doch anfangen können zu schreien – oder sich zu wehren. Weshalb brachte er sie nicht in dem Zimmer um?«

»Hat sich denn bestätigt, dass die drei dort in einem der Zimmer waren?«

»Nein. Ich sprach mit dem Nachtportier, der an dem fraglichen Abend im Palm Leaf Dienst hatte. Es ist ein billiger Schuppen nahe der Route 60 in Lightfoot. Nicht gerade überlaufen. Also kann man davon ausgehen, dass er sich an die wenigen Gäste erinnerte. Tat er aber in unserem Fall nicht. Doch er wusste genau, dass niemand abgereist war, ohne den Schlüssel abzugeben. Wenn der Mörder die jungen Frauen nach dem Aufenthalt in dem Motel zwang, mit ihm zum Friedhof zu fahren, hatte er vorher wohl kaum Gelegenheit, den Schlüssel abzuliefern – und nach den Morden konnte er es nicht wagen, denn angesichts des Gemetzels, das er anrichtete, musste er über und über voller Blut sein.«

»Welche Theorie hattest du denn, nachdem du die Fälle recherchiert hattest?«

»Dieselbe wie heute«, antwortete sie. »Ich glaube nicht, dass die beiden in der Bar auf ihren Mörder trafen. Es muss nach dem Verlassen des Lokals gewesen sein.«

»Und wie?«

Abby runzelte die Stirn und rührte wieder nachdenklich in ihrem Drink. »Keine Ahnung. Sie waren nicht die Art Frauen, die einen Anhalter mitgenommen hätten – und schon gar nicht um diese Zeit. Dass Drogen im Spiel waren, hielt ich gleich für ausgeschlossen. Weder Jill noch Elizabeth hatten Koks, Heroin oder Ähnliches im Blut – und auch in ihren Apartments fanden sich keine Hinweise auf Rauschgift. Sie rauchten nicht und tranken nur wenig. Beide joggten regelmäßig und waren die reinsten Gesundheitsfanatikerinnen.«

»Weißt du, wohin sie an dem Abend nach dem Besuch in der Bar wollten? Hatten sie vor, direkt nach Hause zu fahren oder noch woanders Station zu machen?«

»Davon hat niemand was mitgekriegt.«

»Verließen sie die Bar allein?«

»Keiner, mit dem ich sprach, hat einen Dritten mit ihnen zusammen gesehen.«

»Vielleicht haben sie den Kerl draußen auf dem Parkplatz getroffen«, sagte ich. »Vielleicht hat er sogar in ihrem Wagen auf sie gewartet.«

»Ich kann mir nicht denken, dass sie ihn unverschlossen gelassen hätten – aber möglich wäre es schon.«
»Waren die beiden Stammgäste in der Bar?«
»Nein – sie gingen nur gelegentlich hin.«
»Und was war das für ein Lokal?«
»Bevor ich hinkam, hatte ich gehört, dass es ein beliebter Soldatentreffpunkt sei – also dachte ich, es erwarte mich ein entsprechender Bumsschuppen«, berichtete sie. »Was ich vorfand, erinnerte mich an ein englisches Pub. Richtig zivilisiert. Die Gäste unterhielten sich leise, ein paar warfen Darts. Da hätte ich mich mit einer Freundin auch wohl gefühlt. Die Polizei nahm an, dass der Mörder ein Durchreisender gewesen sei – oder ein Army-Angehöriger, der vorübergehend in der Gegend stationiert war. Auf jeden Fall gibt es keinen Anhaltspunkt dafür, dass die beiden ihn kannten.«
Aber es muss jemand gewesen sein, dem sie vertrauten, dachte ich. Zumindest zu Anfang. Hilda Ozimek hatte anfängliche »Freundlichkeit« gespürt. Ich fragte mich, was sie fühlen würde, wenn ich ihr Fotos von Jill und Elizabeth zeigte.
»Hatte Jill irgendwelche gesundheitlichen Probleme?«, fragte ich.
Sie sah mich verdutzt an. »Nicht, dass ich wüsste.«
»Woher stammte sie?«
»Irgendwoher aus Kentucky.«
»Fuhr sie oft nach Hause?«
»Soviel ich mitbekommen habe, nur in den Ferien.«
Dann war es unwahrscheinlich, dass sie sich das Librax dort hatte verschreiben lassen. »Du sagtest, sie habe gerade erst bei einer Rechtsanwaltskanzlei angefangen. Musste sie da oft unterwegs sein?«
Abby wartete, bis die Kellnerin, die unsere Salate brachte, wieder gegangen war, und sagte dann: »Glaube ich nicht. Sie hatte einen Freund, den sie von der Uni kannte – den Namen habe ich vergessen –, und der erzählte mir, sie sei während ihres dritten Studienjahres fast jede Woche nach Richmond gefahren – angeblich, weil sie Richmond sehr mochte und lieber dort eine Stellung wollte. Der

Junge traute der Geschichte aber nicht: Er nahm an, sie habe ein Verhältnis. Er sagte, sie habe sich oft seine Notizen ausgeliehen, weil sie wegen ihrer Ausflüge Vorlesungen versäumte. Und sein Verdacht verstärkte sich noch, als sie unmittelbar nach dem Studienabschluss bei einer Kanzlei hier in Williamsburg anfing. Er meinte, dass ihre Ermordung vielleicht mit ihren geheimnisvollen Reisen nach Williamsburg zusammenhänge – dass sie beispielsweise eine Beziehung mit einem verheirateten Mann gehabt und ihm gedroht hätte, seiner Frau alles zu erzählen. Vielleicht mit einem Prominenten, einem erfolgreichen Anwalt oder Richter, der sich keinen Skandal leisten konnte und Jill deshalb für immer zum Schweigen brachte. Oder jemanden damit beauftragte. Elizabeth habe möglicherweise nur dran glauben müssen, weil sie mit ihr zusammen war.«

»Und wie siehst du das?«

»Die Spur führte ins Nichts – so wie neunzig Prozent der Tipps, denen ich nachging.«

»Hatte Jill etwas mit dem Studenten?«

»Ich glaube, er hätte sich das gewünscht. Aber sie hatten nichts miteinander. Ich hatte den Eindruck, dass eben das seinen Verdacht auslöste. Er machte mir einen ziemlich selbstsicheren Eindruck. Wahrscheinlich hielt er es für die einzig mögliche Erklärung, dass Jill seinem Charme nur deshalb nicht erlag, weil sie bereits einen Liebhaber hatte.«

»Stand er je unter Verdacht?«

»Zu keinem Zeitpunkt. Er war nicht in der Stadt, als die beiden ermordet wurden – das wurde zweifelsfrei bestätigt.«

»Hast du mit einem der anderen Anwälte gesprochen, die in der Kanzlei arbeiteten?«

»Da kam ich nicht sehr weit«, gestand sie. »Du weißt ja, wie diese Typen sind. Außerdem war sie erst ein paar Monate in der Kanzlei, als sie ermordet wurde. Ich glaube nicht, dass sie viel Kontakt zu ihr hatten.«

»Klingt nicht so, als sei sie ausgesprochen extravertiert gewesen.«

»Sie wurde als charismatisch und sehr intelligent beschrieben – aber auch als sehr zurückhaltend.«

»Und Elizabeth?«
»Die war wohl aufgeschlossener. Musste sie auch sein, wenn sie im Verkauf was leisten wollte.«
Der Schein der Gaslaternen verscheuchte die Dunkelheit von den kopfsteingepflasterten Bürgersteigen, als wir gemeinsam zum Parkplatz am Merchant's Square gingen. Eine dicke Wolkenschicht verbarg den Mond, die feuchtkalte Luft kroch in die Kleider.
»Ich frage mich, was all die Pärchen wohl heute machen würden, wenn sie noch am Leben wären.« Abby hatte ihren Mantelkragen hochgestellt und die Hände in die Taschen gesteckt.
»Was, glaubst du, würde Henna tun?«, fragte ich sie vorsichtig nach ihrer Schwester.
»Wahrscheinlich wäre sie immer noch in Richmond – wahrscheinlich wären wir beide noch dort.«
»Tut es dir Leid, dass du weggezogen bist?«
»Ich weiß nicht. Seit Henna tot ist, scheine ich keine Wahl mehr zu haben – keinen eigenen Willen. Es ist, als würde ich von einer unbekannten Macht manipuliert.«
»So sehe ich das nicht. Du hast freiwillig den Job bei der *Post* angenommen, und jetzt schreibst du freiwillig ein Buch.«
»Genauso freiwillig, wie Pat Harvey ihre denkwürdige Pressekonferenz gab und all die anderen Dinge tat, die ihr so ungeheuer geschadet haben.«
»Ja – auch sie hat Entscheidungen getroffen.«
»Wenn man so was durchmacht, weiß man gar nicht, was man tut – selbst wenn man es glaubt«, sagte Abby. »Und niemand kann wirklich nachempfinden, wie einem zumute ist, wenn er nicht dasselbe erlebt hat. Du fühlst dich total isoliert. Die Leute meiden dich, weichen deinem Blick aus und sprechen nicht mit dir, weil sie nicht wissen, was sie sagen sollen. Dafür flüstern sie miteinander. ›Siehst du die da drüben? Das ist die, deren Schwester erwürgt wurde.‹ Oder: ›Das ist Pat Harvey. Ihre Tochter ist ... na, du weißt schon.‹ Es ist, als lebtest du in einem Vakuum. Du hast Angst, allein zu sein, Angst, mit anderen zusammen zu sein, Angst ein-

zuschlafen, weil dann die Träume kommen, und Angst aufzuwachen, weil die Realität noch schrecklicher ist. Wenn ich heute zurückschaue, erscheint mir alles, was ich seit Hennas Tod gemacht habe, völlig verrückt.«

»Ich finde, du hast deine Sache bemerkenswert gut gemacht«, widersprach ich ernsthaft.

»Du weißt ja nicht, was ich getan habe – was ich für Fehler gemacht habe.«

»Komm – ich fahr dich zu deinem Wagen«, sagte ich. Wir hatten den Merchant's Square erreicht.

Als ich meine Autoschlüssel herauszog, wurde irgendwo in der Dunkelheit ein Motor angelassen – und wir saßen bei verschlossenen Türen in meinem Mercedes, hatten uns bereits angeschnallt, und ich schaltete gerade die Schweinwerfer ein, als ein neuer Lincoln auf uns zukam und neben uns hielt. Das Fenster auf der Fahrerseite glitt herunter. Ich öffnete meines gerade so weit, dass ich hören konnte, was der Mann wollte. Er war jung, glatt rasiert und bemühte sich ungeschickt, einen Stadtplan zusammenzufalten.

»Entschuldigen Sie.« Ein hilfloses Lächeln. »Können Sie mir vielleicht sagen, wie ich von hier auf die Sixty Four East zurückkomme?«

Ich spürte Abbys Anspannung wachsen, während ich ihm den Weg beschrieb.

»Schau dir die Nummer an!«, drängte sie, als er losfuhr.

»E-N-T-8–8-9«, las ich im Rückspiegel.

Sie schrieb mit.

»Was ist los?«, fragte ich beunruhigt.

Auf dem Weg zur Ausfahrt hielt Abby unentwegt links und rechts Ausschau nach dem Wagen. »Hast du ihn bemerkt, als wir kamen?«

Ich überlegte. Der Parkplatz war fast leer gewesen. Aus dem Augenwinkel hatte ich in einer schlecht beleuchteten Ecke ein Auto stehen sehen. Das konnte der Lincoln gewesen sein. Ich sagte es Abby und fügte hinzu: »Aber ich nahm an, es säße niemand drin.«

»Weil die Innenbeleuchtung nicht an war.«

»Wie liest man im Dunkeln einen Stadtplan, Kay?«
»Gute Frage!«
»Er tat, als sei er fremd hier – aber wie kommt er dann zu dem Parksticker an der hinteren Stoßstange? Ich habe ihn im Außenspiegel gesehen.«
»Parksticker?« Ich sah sie verständnislos an.
»Ja – mit einem Stempel von Colonial Williamsburg. Den gleichen Sticker bekam ich vor Jahren, als das Skelett in Martin's Hundred, der archäologischen Ausgrabungsstätte, gefunden wurde. Ich schrieb eine Artikelserie darüber, war häufig dort, und der Sticker berechtigte mich, im Historic District und bei Carter's Grove zu parken.«
»Der Junge arbeitet dort und braucht eine Fahranweisung zur Sixty Four?«, murmelte ich.
»Hast du ihn genau gesehen?«, fragte sie.
»Ziemlich. Glaubst du, es war der Mann, der dir damals in Washington gefolgt ist?«
»Ich weiß nicht – könnte sein. Verdammt, Kay – diese ganze Sache macht mich noch total irre!«
»Ich finde, es reicht jetzt«, erklärte ich entschieden. »Gib mir die Zulassungsnummer – ich werde etwas unternehmen.«

Am nächsten Morgen rief mich Marino an und gab mir einen geheimnisvollen Rat: »Falls Sie die *Post* noch nicht gelesen haben, sollten Sie sich schleunigst ein Exemplar besorgen.«
»Seit wann lesen Sie die *Post?*«
»Nur wenn es sich nicht vermeiden lässt: Benton hat mich vor einer Stunde dazu veranlasst. Rufen Sie mich später an – ich bin im Büro.«
Ich fuhr durch einen Wolkenbruch zum nächsten Drugstore. Danach saß ich fast eine halbe Stunde im Auto, während die Standheizung auf vollen Touren lief, und las. Meine Empörung wuchs von Sekunde zu Sekunde. Wenn die Harveys Clifford Ring nicht verklagten, sollte ich es tun, dachte ich mehrmals.
Auf der ersten Seite stand die erste von drei Folgen über Deborah

Harvey, Fred Cheney und die anderen Pärchen. Der Artikel enthielt sämtliche mir bekannten Details – und einige, die mir neu waren.

Kurz bevor Deborah ermordet wurde, hatte sie einer Freundin ihren Verdacht anvertraut, ihr Vater sei Alkoholiker und er habe ein Verhältnis mit einer Stewardess, die halb so alt sei wie er. Offenbar hatte Deborah mehrere Telefongespräche zwischen ihrem Vater und der jungen Frau belauscht. Sie lebte in Charlotte, und dem Bericht nach war Bob Harvey an dem Abend, als Deborah und Fred verschwanden, bei ihr, und deshalb hatten ihn weder seine Frau noch die Polizei erreichen können. Ironischerweise brachte die Geschichte Deborah nicht gegen ihren Vater auf, sondern gegen ihre Mutter, die so mit ihrer Karriere beschäftigt war, dass sie keine Zeit mehr für die Familie erübrigen konnte und deshalb in den Augen ihrer Tochter die Schuld an der Untreue und dem übermäßigen Alkoholkonsum des Vaters trug. Spalte für Spalte zeichnete die Druckerschwärze das Porträt einer vom Ehrgeiz zerfressenen Frau, die es sich zur Aufgabe gemacht hatte, die Welt zu retten, und darüber ihre Familie vergaß, was deren Zerfall zur Folge hatte. Pat Harvey hatte reich geheiratet, ihr Haus in Richmond glich einem Schloss, ihre Wohnung in Washington war mit wertvollen Antiquitäten und Kunstgegenständen angefüllt – einschließlich eines Picasso und eines Remmington. Sie trug die richtigen Kleider, ging auf die richtigen Partys, besaß einen untadeligen Ruf, und ihre beruflichen Fähigkeiten und ihre Kenntnis der politischen Weltlage waren brillant.

Doch hinter dieser makellosen plutokratischen Fassade, schrieb Ring, verbarg sich eine von Erfolgszwang Getriebene, die im Arbeiterviertel von Baltimore aufgewachsen war und von ihren Kollegen als eine Frau beschrieben wurde, die ihre Minderwertigkeitskomplexe dazu anstachelten, sich immer wieder zu beweisen. Pat Harvey, fuhr er fort, sei eine »Größenwahnsinnige von nixonschem Ausmaß« und gerate außer sich, wenn man ihr drohe oder ihre Kompetenz in Frage stelle.

Was er über die Morde an den Pärchen schrieb, war von gleicher

Schonungslosigkeit: Er enthüllte die Angst von FBI und CIA, der Killer könne jemand aus Camp Peary sein, und schloss mit einem Rundumschlag gegen alle, die mit der Untersuchung zu tun hatten.

Seinen Worten nach waren der CIA und das Justizministerium an einer Verschleierung beteiligt und so paranoid, dass sie sogar die jeweils zuständigen Beamten angehalten hatten, ihre Erkenntnisse bezüglich der Morde voreinander geheim zu halten. Ein falsches Beweisstück sei an einem der Leichenfundorte deponiert worden, getürkte Informationen seien zu Reportern »durchgesickert«, und es bestehe Anlass zu dem Verdacht, dass einige Journalisten überwacht würden. Pat Harvey sei in alles eingeweiht und ihre Empörung bei der Pressekonferenz darum, gelinde gesagt, eine Unverfrorenheit gewesen. Für ihren Feldzug gegen das Justizministerium habe Mrs. Harvey geheime Informationen benutzt, um die Bundesbehörden zu verunglimpfen, mit denen sie aufgrund ihrer Nachforschungen bezüglich betrügerischer Wohltätigkeitsorganisationen wie ACTMAD in steigendem Maß Differenzen habe.

Die letzte Zutat in diesem giftigen Eintopf war ich. Ich hatte gemauert und auf Ersuchen des FBI meine Untersuchungsergebnisse zurückgehalten, bis ich durch die Androhung eines Gerichtsbeschlusses gezwungen worden war, sie an die Familien weiterzuleiten. Ich hatte mich beharrlich geweigert, mit der Presse zu sprechen. Da ich beruflich nicht in einer Position war, die mich verpflichtete, Anordnungen des FBI zu folgen, lag Rings Meinung nach der Verdacht nahe, dass private Gründe mein Verhalten bestimmten. »Laut einer Quelle aus dem unmittelbaren Umfeld des Medical Examiner«, schrieb er, »hatte Dr. Scarpetta in den vergangenen zwei Jahren eine Liebesbeziehung mit einem Special Agent des FBI, den sie häufig in Quantico besuchte, und steht auf freundschaftlichem Fuß mit dem Personal der Academy – einschließlich des Profilers Benton Wesley, der an diesen Fällen arbeitet.«

Ich fragte mich, wie viele Leser daraus wohl den Schluss zögen, dass ich nunmehr eine Affäre mit Wesley hätte.

Zusammen mit meiner Integrität und Moral wurde dann gleich auch noch meine Befähigung als forensische Pathologin in Frage gestellt. Von den zehn Opfern hätte ich nur bei einem einzigen die Todesursache feststellen können, und als ich einen Schnitt an einem von Deborahs Knochen entdeckt hätte, sei ich so unsicher über dessen Herkunft gewesen, dass ich, »die Knochen von Deborah Harvey und Fred Cheney im Kofferraum ihres Mercedes, durch Eis und Schnee nach Washington fuhr, um das Urteil eines forensischen Anthropologen im National Museum of Natural History der Smithsonian Institution einzuholen«.

Wie Pat Harvey hatte ich mich an eine Hellseherin gewandt. Ich hatte die zuständigen Beamten beschuldigt, Fred Cheneys und Deborah Harveys Leichen vor meinem Eintreffen manipuliert zu haben, und war eines Tages in den Wald zurückgekehrt, um auf eigene Faust eine Patronenhülse zu suchen, weil ich der Polizei nicht zutraute, sie zu finden. Ich hatte mich dazu verstiegen, Zeugen zu befragen – einschließlich einer Angestellten des Seven-Eleven, in dem Fred Cheney und Deborah Harvey zuletzt lebend gesehen worden waren. Ich trank gerne, hatte die Erlaubnis, meine Achtunddreißiger verdeckt zu tragen, war bei mehreren Gelegenheiten »fast getötet worden«, geschieden und »aus Miami«.

So, wie sie dastand, wirkte diese letzte Angabe wie eine Erklärung für alles zuvor über mich Berichtete.

Clifford Ring zeichnete mich als eine arrogante, schießwütige Spinnerin, die keine Ahnung von ihrem angeblichen Beruf hatte.

Abby!, dachte ich. War das einer der Fehler, die sie gemacht hatte und von denen ich nichts wusste: Hatte sie ihren Kollegen mit Informationen versorgt?

»Das erscheint mir unwahrscheinlich«, meinte Marino, als wir später Kaffee trinkend in meiner Küche saßen. »Nicht, dass ich meine Meinung über sie geändert hätte – ich denke immer noch, dass sie für eine gute Story ihre Großmutter verkaufen würde –, aber sie schreibt doch dieses Buch, diesen Bestseller, wie sie hofft. Unter diesen Umständen wäre es idiotisch von ihr, ihr Wissen mit der Konkurrenz zu teilen – umso mehr, als sie stocksauer auf die *Post* ist.«

»Einiges kann aber nur von ihr stammen«, sagte ich. Es war bitter, mir das eingestehen zu müssen. »Die Sache mit der Angestellten von dem Seven-Eleven zum Beispiel: Abby und ich waren damals gemeinsam dort. Und sie weiß von Mark.«

»Wie denn das?« Marino sah mich forschend an.

»Ich habe es ihr erzählt.«

Er schüttelte nur schweigend den Kopf.

Ich nippte lustlos an meinem Kaffee und starrte in den Regen hinaus.

Seit ich von dem Drugstore zurück war, hatte Abby zweimal versucht, mich zu erreichen. Ich hatte neben dem Anrufbeantworter gestanden und ihrer angespannten Stimme zugehört: Noch war ich nicht bereit, mit ihr zu sprechen – ich fürchtete, etwas Unüberlegtes zu sagen.

»Wie wird Mark die Geschichte aufnehmen?«, fragte Marino.

»Glücklicherweise ist er nicht namentlich erwähnt.«

Eine Welle der Furcht überschwemmte mich. Wie alle FBI-Agenten – und vor allem diejenigen, die jahrelang verdeckt ermittelt haben – hielt Mark sein Privatleben geradezu fanatisch geheim. Die Erwähnung unserer Beziehung würde ihn sicherlich aufbringen. Ich musste ihn anrufen. Nein – lieber nicht. Ich wusste nicht, was ich tun sollte.

»Einige der Informationen kamen von Morrell, vermute ich«, fuhr ich fort.

Marino schwieg.

»Und Vessey muss auch geredet haben – oder jemand anderer vom Smithsonian. Ich möchte zu gern wissen, wie Ring herausgefunden hat, dass wir bei Hilda Ozimek waren.«

Marino stellte seine Tasse ab, beugte sich vor und schaute mich durchdringend an. »Jetzt bin ich dran mit einem Ratschlag.«

Ich fühlte mich wie ein Schulkind, das zum Rektor zitiert worden ist.

»Es ist, als führe ein Zementlaster ohne Bremsen einen Hügel runter: Sie können ihn nicht stoppen, Doc – Sie können ihm nur ausweichen.«

»Würden Sie mir das bitte übersetzen?«

»Tun Sie Ihre Arbeit, und vergessen Sie den Rest. Wenn Sie gefragt werden – und ich bin sicher, dass das auf Sie zukommt –, dann sagen Sie einfach, Sie hätten nie mit Clifford Ring gesprochen, was ja tatsächlich stimmt, und dass Sie von nichts was wissen. Halten Sie sich einfach raus. Wenn Sie sich auf ein Match mit der Presse einlassen, enden Sie wie Pat Harvey: Sie werden dastehen wie eine Schwachsinnige.«

Er hatte Recht.

»Und weil ich gerade so in Fahrt bin, möchte ich Ihnen gleich auch noch dringend raten, in nächster Zeit nicht mit Abby zu reden.«

Ich nickte folgsam.

Er stand auf. »Ich muss ein paar Sachen erledigen. Wenn was dabei rauskommt, lasse ich Sie's wissen.«

Das erinnerte mich an etwas: Ich holte meine Handtasche und nahm den Zettel heraus, auf den Abby die Autonummer geschrieben hatte. »Könnten Sie die überprüfen? Sie gehört zu einem dunkelgrauen Lincoln Mark Seven.«

»Hat er Sie verfolgt?« Er steckte den Zettel ein.

»Ich weiß nicht. Der Mann hielt bei mir an und fragte nach dem Weg – aber ich glaube nicht, dass er sich wirklich verfahren hatte.«

»Wo war das?«, fragte er, als ich ihn zur Tür brachte.

»In Williamsburg. Auf einem fast leeren Parkplatz. Gegen halb elf Uhr abends – auf dem Merchant's Square. Ich stieg gerade in meinen Wagen, als irgendwo ein Motor angelassen wurde – und gleich darauf stand der Lincoln neben mir, und der Fahrer fragte mich, wie er zur Sixty Four East käme.«

»Hm«, brummte Marino. »Kann auch ein schwachköpfiger Detective gewesen sein, der einen verdeckten Einsatz hatte und sich verfranste. Andererseits wäre es auch möglich, dass der Kerl auf ein Abenteuer aus war. Mit einer gut aussehenden Frau, die spätabends allein zu ihrem Auto ging.«

Ich verriet ihm nicht, dass Abby dabei gewesen war: Ich hatte keine Lust auf eine weitere Predigt.

»Dass Detectives neue Lincolns fahren, wusste ich nicht«, sagte ich.
»Was für ein Scheißwetter!«, fluchte er, als er durch den strömenden Regen zu seinem Wagen lief.

Fieldings, mein Stellvertreter, war nie zu beschäftigt, um einen Blick auf jede Fläche zu werfen, die auch nur im Entferntesten Ähnlichkeit mit einem Spiegel hatte – Fensterscheiben, Computerbildschirme und die kugelsicheren Glaselemente, die die Halle vom Bürotrakt trennten. Als ich im Erdgeschoss aus dem Lift stieg, sah ich ihn vor der glänzenden Stahltür zur Kühlkammer stehen und sein Haar zurückstreichen.
»Wird allmählich ein bisschen lang über den Ohren«, lautete mein Kommentar.
»Und Sie werden allmählich ein bisschen grau«, grinste er.
»Aschfarben«, korrigierte ich. »Blondinen werden immer aschfarben – niemals grau.«
»Auch recht.« Er zog den Tunnelgürtel seines OP-Kittels zu. Die Ärmel spannten sich über Bizepse, die so groß waren wie Grapefruits. Fieldings konnte nicht einmal blinzeln, ohne irgendwelche Muskeln wirkungsvoll spielen zu lassen. Jedes Mal, wenn ich ihn über sein Mikroskop gebeugt sah, wurde ich an den *Denker* von Rodin erinnert.
»Jackson wurde vor etwa zwanzig Minuten freigegeben«, berichtete er über eine Vormittagsautopsie. »Das wäre also erledigt – aber für morgen steht schon wieder einer auf dem Programm: Der Bursche, den sie nach einer Schießerei übers Wochenende gerettet hatten.«
»Was haben Sie für den restlichen Nachmittag vor?«, fragte ich.
»Da fällt mir ein: Sollten Sie heute nicht in Petersburg bei Gericht erscheinen?«
»Der Angeklagte hat gestanden.«
»Er muss erfahren haben, dass Sie kommen würden.«
»In meiner Zelle, die der Staat hochtrabend als Büro bezeichnet, stapelt sich die Arbeit deckenhoch – falls Ihnen das einen Hinweis

auf meine geplante Nachmittagsbeschäftigung gibt. Aber wenn ich Ihre Frage richtig deute, werde ich wieder nicht dazu kommen, die Berge abzutragen.«

»Scharfsinnig erkannt. Ich habe ein Problem, bei dessen Lösung Sie mir hoffentlich helfen werden: Ich muss ein Rezept zurückverfolgen, das vor ungefähr acht Jahren möglicherweise in Richmond vorgelegt wurde.«

»Bei welcher Apotheke?«

»Wenn ich das wüsste, hätte ich kein Problem, mein Lieber.« Wir standen inzwischen im Lift und fuhren zum ersten Stock hinauf. »Ich habe vor, eine groß angelegte Telefonaktion zu organisieren, bei der wir alle Apotheken von Richmond anrufen.«

»Jesus, Kay – das müssen mindestens hundert sein!«

»Hundertdreiunddreißig – ich habe sie schon gezählt. Wenn wir die Nummern unter sechs von uns aufteilen, muss es doch zu schaffen sein. Machen Sie mit?«

»Natürlich«, nickte er leicht gequält.

Neben Fieldings konnte ich meinen Administrator, Rose und eine zweite Sekretärin und Margaret vom Computer für meinen Plan gewinnen. Mit den Listen der Telefonnummern versammelten wir uns im Konferenzraum. Meine Instruktionen waren klar und einfach: Diskretion. Nicht ein Wort darüber zu Familienangehörigen, Freunden oder der Polizei. »Da das Rezept mindestens acht Jahre alt und Jill verstorben ist, wird die Karteikarte sich nicht mehr bei den laufenden Unterlagen befinden – also muss man den Apotheker bitten, im Archiv nachzusehen. Wenn einer sich als unkooperativ erweist oder die Informationen nicht rausgeben will, verbinden Sie ihn zu mir weiter.«

Wir verschwanden in unseren jeweiligen Büros. Zwei Stunden später erschien Rose bei mir. Vorsichtig rieb sie ihr rechtes Ohr – es war feuerrot – und reichte mir mit einem triumphierenden Lächeln einen Telefonzettel über den Schreibtisch. »Boulevard Drugstore – Ecke Boulevard und Broad. Jill Harrington brachte zweimal ein Rezept für Librax. Ich habe auch dazugeschrieben, wann das war.«

»Wer war ihr Arzt?«
»Dr. Anna Zenner.«
Großer Gott!
Ich verbarg mühsam meine Überraschung und gratulierte ihr zu ihrem Erfolg. »Tausend Dank, Rose. Nehmen Sie sich den Rest des Tages frei.«
»Normalerweise gehe ich um halb fünf – jetzt ist es fünf.«
»Dann machen Sie morgen drei Stunden Mittagspause.« Ich hätte sie am liebsten umarmt. »Und sagen Sie den anderen Bescheid, dass sie erlöst sind.«
»War Dr. Zenner nicht bis vor kurzem Präsidentin der Richmond Academy of Medicine?«, fragte Rose, die nachdenklich an der Tür stehen geblieben war. »Ich glaube, ich habe was über sie gelesen. Ach ja – richtig: Sie ist Musikerin.«
»Sie war vorletztes Jahr Präsidentin – und sie spielt Violine beim Richmonder Symphonieorchester.«
»Dann kennen Sie sie bestimmt.« Rose sah beeindruckt aus.
Das kann man wohl sagen, dachte ich und griff zum Telefon.
Am Abend rief Dr. Zenner mich zu Hause zurück. »Ich sehe aus den Zeitungen, dass Sie in letzter Zeit ziemlich beschäftigt sind, Kay. Halten Sie das auf die Dauer durch?«
Ich fragte mich, ob sie die *Post* gelesen hatte. Die heutige Ausgabe hatte ein Interview mit Hilda Ozimek und ein Foto von ihr gebracht. »Hellseherin wusste, dass alle tot waren«, hieß es in der Bildunterschrift. Verwandte und Freunde der ermordeten Paare wurden zitiert, und eine halbseitige farbige Zeichnung machte deutlich, wo man Wagen und Leichen gefunden hatte. Camp Peary saß in der Mitte – wie eine Spinne im Netz.
»Es geht mir gut«, beantwortete ich ihre Frage. »Und es wird mir noch besser gehen, wenn Sie mir in einer bestimmten Angelegenheit helfen können.« Ich erklärte ihr mein Anliegen und fügte hinzu: »Morgen schicke ich Ihnen die Bescheinigung, die bestätigt, dass ich zur Einsicht in Jills Unterlagen berechtigt bin.« Es kam mir merkwürdig vor, auf so dienstlich-offizieller Ebene mit ihr zu verkehren.

»Können Sie mir die nicht vorbeibringen? Sagen wir, Mittwoch um sieben. Dann essen wir miteinander.«

»Es ist nicht nötig, dass Sie sich die Mühe machen zu …«

»Es ist keine Mühe, Kay«, unterbrach sie mich herzlich. »Ich möchte Sie sehr gern wiedersehen.«

13

Die pastellfarbenen Art-déco-Fassaden der Uptown erinnerten mich an Miami. Die Häuser waren rosa, gelb und in Wedgewoodblau gestrichen, die Messingtürklopfer glänzten poliert, und prachtvolle handgearbeitete Flaggen flatterten über den Eingängen – ein fröhlicher Anblick, der in krassem Gegensatz zum Wetter stand: Der Himmel war bleigrau, der Regen in Schnee übergegangen.

Der Verkehr zur Stoßzeit war grauenvoll wie immer, und ich musste zweimal um den Block fahren, bis ich einen Parkplatz fand, der in erträglicher Entfernung von meiner Lieblingsweinhandlung lag. Ich suchte vier gute Flaschen aus, zwei rot, zwei weiß. Die Standbilder der Konföderierten-Generale auf ihren steigenden Pferden, die auf den Kreisverkehrsinseln der Monument Avenue an den Bürgerkrieg erinnerten, wirkten in dem Flockengewirbel geisterhaft. Im letzten Sommer hatte ich diese Fahrt einmal pro Woche gemacht, im Herbst dann seltener und im Winter gar nicht mehr.

Annas Praxisräume waren Teil ihres Hauses, eines hübschen alten weißen Holzhauses in einer mit dunklen Kopfsteinen gepflasterten Straße, in der nach Einbruch der Dunkelheit Gaslaternen anheimelndes Licht verbreiteten. Ich klingelte, um meine Ankunft zu signalisieren, wie ich es als Patientin getan hatte, und trat dann in die Halle, von der aus man ins Wartezimmer gelangte. Ledersessel standen um einen Couchtisch, auf dem sich Zeitschriften türmten, ein Orientteppich bedeckte den Hartholzboden. Eine Kiste in der Ecke enthielt Spielzeug für die jüngeren Patienten, an dem zierlichen Schreibtisch saß zu den Sprechzeiten eine Empfangssekretärin. Außerdem gab es einen Kaffeeautomaten und einen offenen Kamin.

Am Ende eines langen Flurs lag die Küche, und der Duft, der mir entgegenwehte, erinnerte mich daran, dass ich nicht zu Mittag gegessen hatte.

»Kay – sind Sie es?« Der vertrauten Stimme mit dem starken deutschen Akzent folgten feste Schritte, als Anna mir entgegenkam. Sie wischte sich die Hände an ihrer Schürze ab und umarmte mich. »Haben Sie die Tür hinter sich abgesperrt?«

»Habe ich – aber *Sie* hätten nach Ihrem letzten Patienten absperren sollen!«

»Sie sind mein letzter Patient.«

Ich folgte ihr in die Küche. »Bringen Ihnen alle Patienten Wein mit?«

»Das würde ich nicht erlauben – und ich koche auch nicht für sie. Für Sie breche ich alle Regeln.«

»Ja.« Ich seufzte. »Wie kann ich das je wieder gutmachen?«

»Nicht mit Ihren Diensten, hoffe ich.« Sie nahm mir die Tüte ab und stellte sie auf die Arbeitsfläche.

»Ich verspreche, ich würde sehr behutsam mit Ihnen umgehen.«

»Ich wäre sehr nackt und sehr tot, und es wäre mir völlig gleichgültig, wie Sie mit mir umgingen.« Sie räumte die Tüte aus. »Wollen Sie mich betrunken machen, oder haben Sie ein Sonderangebot erwischt?«

»Ich hatte vergessen, Sie zu fragen, was Sie für uns kochen würden – und deshalb habe ich für alle Fälle Weiß- und Rotwein mitgebracht.«

»Wenn das so ist, dann fragen Sie mich bitte auch in Zukunft nicht, was ich für Sie koche. Meine Güte, Kay.« Sie las die Etiketten. »Das sind ja echte Kostbarkeiten. Möchten Sie jetzt schon ein Glas, oder ziehen Sie etwas Stärkeres vor?«

»Etwas Stärkeres wäre mir offen gestanden lieber.«

»Das Übliche?«

»Wunderbar.« Ich schaute sehnsüchtig auf den großen Topf, in dem es verheißungsvoll brodelte. »Ich hoffe, das ist das, wonach es riecht.« Anna war berühmt für ihr Chili.

»Ich kenne doch Ihren Geschmack. Ich habe die Büchse grüne Chilis und Tomaten drangetan, die Sie mir von Ihrem letzten Besuch in Miami mitgebracht haben. Ich hab sie bis heute aufgespart. Im Ofen ist Sauerteigbrot, und ich habe Krautsalat gemacht. Wie geht's der Familie?«

»Lucy findet plötzlich Interesse an Jungen und Autos, aber solange ihr Computer ihr noch wichtiger ist, sehe ich keinen Grund zur Besorgnis. Meine Schwester hat ein neues Kinderbuch geschrieben – es erscheint nächsten Monat – und noch immer keine Ahnung von dem Kind, das sie eigentlich erziehen sollte. Meine Mutter regt sich nach wie vor darüber auf, was aus Miami geworden ist, wo niemand mehr Englisch spricht, aber ansonsten geht es ihr glänzend.«

»Waren Sie Weihnachten dort?«

»Nein.«

»Hat Ihre Mutter Ihnen das verziehen?«

»Noch nicht«, gab ich zu.

»Das kann ich verstehen: Weihnachten ist ein Familienfest.«

Ich schwieg.

»Andererseits sehe ich es positiv«, sagte sie zu meiner Überraschung. »Es war Ihnen nicht danach, nach Miami zu fliegen – also taten Sie es nicht. Ich habe Ihnen ja ständig gepredigt, dass die Frauen lernen müssen, egoistisch zu sein – vielleicht haben Sie das endlich beherzigt.«

»Ich fürchte, es ist mir nie besonders schwer gefallen, egoistisch zu sein, Anna.«

»Wenn Sie es eines Tages ohne Schuldgefühle sein können, werden Sie geheilt sein.«

»Daran muss ich wohl noch eine Weile arbeiten«, meinte ich.

»Den Eindruck habe ich auch.«

Sie entkorkte eine Flasche, um den Wein eine Weile atmen zu lassen. Die Unterarme, die aus den hochgekrempelten Ärmeln ihrer weißen Baumwollbluse herausschauten, waren so fest und kräftig wie die einer jungen Frau. Ich wusste nicht, wie Anna in ihrer Jugend ausgesehen hatte, doch jetzt, mit fast siebzig, war sie mit ihren germanischen Zügen, dem kurzen weißen Haar und den hellblauen Augen eine gute Erscheinung. Sie nahm ein paar Flaschen aus einem Hängeschrank, und gleich darauf hatte ich einen Scotch mit Soda in der Hand. Für sich mixte sie einen Manhattan.

»Was hat sich alles ereignet, seit wir uns das letzte Mal gesehen haben, Kay?« Wir stellten unsere Drinks auf den Küchentisch. »Das war vor Thanksgiving, nicht wahr? Danach haben wir ja mal telefoniert. Machen Sie sich immer noch Gedanken wegen Abbys Buch?«

»Ja. Und auch wegen der Morde an den Pärchen. Und wegen Pat Harvey.«

»Ich habe die Sache in den Medien verfolgt. Übrigens, ich finde, Sie sehen gut aus. Ein bisschen müde – und ein bisschen zu dünn vielleicht.«

»Eine Frau kann nie zu dünn sein.«

Sie lachte. »Jedenfalls habe ich Sie schon in sehr viel schlechterer Verfassung erlebt. Es macht den Eindruck, als hätten Sie Ihre Probleme im Griff.«

»Mal besser, mal schlechter.«

Anna nippte an ihrem Manhattan und sah mich forschend an. »Was ist mit Mark?«

»Ich habe ihn wiedergesehen«, erzählte ich. »Und wir telefonieren ab und zu. Er ist nach wie vor hin- und hergerissen. Ich fürchte, mir geht es genauso. Wie Sie sehen, gibt es nichts Neues.«

»Sie haben ihn wiedergesehen – das ist neu.«

»Ich liebe ihn noch immer.«

»Das ist nicht neu.«

»Es ist alles so schwierig, Anna. Unerfreulich, nervenaufreibend und kränkend – aber irgendwie kommen wir nicht voneinander los.«

»Ihre Gefühle sind sehr stark – aber Sie scheuen sich beide vor einer Bindung. Außerdem haben wir es hier mit zwei ausgeprägten Dickschädeln zu tun. Und Sie haben beide Angst, dass Ihre Beziehung zu Gewohnheit abflachen könnte. Mir ist in der Zeitung aufgefallen, dass auf Mark angespielt wurde. Wie hat er darauf reagiert?«

»Ich habe es ihm nicht gesagt.«
»Er hat es sicherlich anderweitig erfahren: Entweder hat er es selbst gelesen oder von einem Kollegen gehört. Wenn er verärgert gewesen wäre, hätte er Sie bestimmt angerufen.«
Erleichterung erfüllte mich. »Ich denke schon.«
»Zumindest haben Sie wieder Kontakt zueinander. Sind Sie jetzt glücklicher?«
»Doch, das bin ich.«
»Und haben Sie Hoffnung?«
»Ich gebe uns noch eine Chance«, antwortete ich. »Aber ich weiß nicht, ob es gut gehen wird.«
»Eine Garantie gibt es niemals.«
»Das ist eine sehr traurige Wahrheit – aber ich weiß wenigstens jetzt, dass ich das Risiko eingehen will.«
»Na, das ist doch schon ein ganz beachtlicher Fortschritt«, fand Anna.
Sie stand auf und holte das Brot aus dem Ofen. Ich sah zu, wie sie Chili in Tonschalen löffelte, Krautsalat in Schüsselchen füllte und uns Wein eingoss. Dann erinnerte ich mich an die Bescheinigung, die ich mitgebracht hatte. Ich nahm sie aus der Handtasche und legte sie auf den Tisch.
Anna würdigte sie keines Blickes. »Möchten Sie die Unterlagen sehen?«, fragte sie, als sie unser Essen hinstellte. Sie setzte sich.
Ich kannte Anna gut genug, um sicher zu sein, dass sie keine Details aus den Therapiestunden darin festhielt. Angehörige meines Metiers sind gesetzlich berechtigt, medizinische Protokolle einzusehen, und diese werden gegebenenfalls auch dem Gericht vorgelegt. Menschen wie Dr. Zenner waren zu klug, um Vertrauliches schriftlich festzuhalten.
»Ich würde vorschlagen, Sie geben mir eine Übersicht über Jills Krankheitsbild«, sagte ich.
»Meine Diagnose lautete ›soziale Anpassungsstörung‹«, erklärte sie.
Ebenso vage wäre es gewesen, wenn ich Jills Todesursache mit »Herzversagen« oder »Atemstillstand« angegeben hätte: Ob je-

mand erschossen wird oder von einem Zug überrollt – diese Aussage stimmt immer. »Soziale Anpassungsstörung« war ein Schlagwort aus dem *Diagnostic and Statistical Manual of Mental Disorders.* Es genügte, um die Übernahme der Behandlungskosten seitens der Versicherung zu gewährleisten, ohne eine genauere Definition der Krankheit erforderlich zu machen.

»Die gesamte menschliche Rasse hat soziale Anpassungsstörungen«, versetzte ich.

Sie lächelte traurig.

»Ich respektiere Ihr Berufsethos«, fuhr ich fort. »Und ich habe nicht die Absicht, meine Berichte aufzuwerten, indem ich ihnen Informationen hinzufüge, die Sie als vertraulich betrachten – aber es ist wichtig für mich, alles über Jill zu erfahren, was mir Aufschluss über die Hintergründe ihrer Ermordung liefern könnte. Ob ihre Lebensweise dazu angetan war, sie in Gefahr zu bringen, beispielsweise.«

»Ich respektiere Ihr Berufsethos ebenfalls.«

»Danke. Nachdem wir einander nun unserer gegenseitigen Bewunderung für Integrität und Fairness versichert haben – könnten wir die Förmlichkeiten beiseite lassen und ein Gespräch führen?«

»Natürlich, Kay«, sagte sie sanft. »Ich erinnere mich sehr lebhaft an Jill. Sie war ein ungewöhnliches Mädchen.«

»Ungewöhnlich in welcher Hinsicht?«

»Hochintelligent und außerordentlich liebenswert. Ich freute mich immer auf die nächste Sitzung mit ihr. Wäre sie nicht eine Patientin von mir gewesen, hätte ich mich gern mit ihr angefreundet.«

»Wie lange kam sie zu Ihnen?«

»Für mehr als ein Jahr drei- bis viermal im Monat.«

»Warum zu Ihnen, Anna? Warum ging sie nicht zu einem Arzt in Williamsburg? Dort wohnte sie schließlich.«

»Ich habe eine ganze Reihe Patienten von außerhalb – manche sogar aus Philadelphia.«

»Weil sie nicht wollen, dass jemand erfährt, dass sie in therapeutischer Behandlung sind?«

Sie nickte. »Unglücklicherweise haben noch immer viele Menschen, die einen Therapeuten brauchen, Angst, das zuzugeben. Sie wären überrascht, wenn Sie wüssten, wie viele meiner Klienten durch die Hintertür kommen und gehen.«

Auch ich hatte nie jemandem von meinen »Ausflügen« zu Anna erzählt – und hätte sie sich nicht geweigert, Geld von mir zu nehmen, so hätte ich die Sitzungen bar bezahlt. Es hätte mir gerade noch gefehlt, dass jemand in der Beihilfeabteilung sich mit entsprechenden von mir eingereichten Rechnungen befasst und darüber im Department of Health and Human Services gequatscht hätte.

»Jill wollte also geheim halten, dass sie zu Ihnen kam. Das wäre eine Erklärung dafür, dass sie die Librax-Rezepte in Richmond einlöste«, überlegte ich laut.

»Bevor Sie anriefen und es mir sagten, wusste ich nicht, dass sie das getan hatte – aber es hat mich nicht überrascht.« Sie griff nach ihrem Weinglas.

Das Chili war so scharf, dass es mir die Tränen in die Augen trieb, doch es schmeckte hervorragend, und das sagte ich Anna auch. Dann eröffnete ich ihr, was sie wahrscheinlich schon vermutete: »Es besteht die Möglichkeit, dass Jill und ihre Freundin Elizabeth Mott von demselben Mann getötet wurden wie die Pärchen. Zumindest gibt es einige Parallelen, die mich beunruhigen.«

»Ich bin nicht daran interessiert, was Sie über die Fälle wissen, mit denen Sie es zu tun haben – es sei denn, Sie halten es für notwendig, mich darüber in Kenntnis zu setzen. Ich denke, es wird am besten sein, Sie stellen mir gezielte Fragen. Ich werde sie beantworten, so gut ich kann.«

»Hatte Jill, abgesehen von dem üblichen, noch einen anderen Grund, ihre therapeutische Behandlung geheim zu halten? Gab es einen dunklen Punkt in ihrem Leben?«

»Sie stammte aus einer prominenten Familie aus Kentucky, und es war ihr ungemein wichtig, von ihnen geliebt und geschätzt zu werden. Sie ging auf ihrem gesellschaftlichen Status angemessene Schulen, brachte gute Leistungen und wäre sicherlich eine erfolgreiche Anwältin geworden. Niemand wusste etwas.«

»Davon, dass sie in Behandlung war?«

»Das auch«, antwortete Anna. »Aber vor allem davon nicht, dass sie eine lesbische Beziehung hatte.«

»Mit Elizabeth?« Ich kannte die Antwort schon, bevor ich die Frage ausgesprochen hatte: Der Gedanke war mir mehrfach gekommen.

»Ja. Jill und sie freundeten sich im ersten Semester auf der Universität an – und dann wurden sie irgendwann ein Liebespaar. Die Bindung zwischen den beiden war sehr stark, aber mit Konflikten befrachtet. Jill erzählte mir, dass Elizabeth und sie bis dahin ›ganz normal‹ gewesen seien. Sie müssen wissen, dass ich Elizabeth nie kennen gelernt habe, also auch ihre Sicht nicht kenne. Jill kam zu mir, weil sie hoffte, durch eine Therapie ihre ursprünglich heterosexuellen Neigungen zurückzugewinnen. Sie wollte nicht lesbisch sein.«

»Sahen Sie eine Hoffnung dafür?«

»Ich weiß nicht, wie es sich im Laufe der Zeit entwickelt hätte«, sagte Anna. »Ich kann Ihnen nur sagen, dass die Liebe zu ihrer Freundin sehr tief ging. Aus einigen ihrer Äußerungen gewann ich den Eindruck, dass Elizabeth die Beziehung unbeschwerter sah als Jill, die sie vom Intellekt her nicht akzeptieren, vom Gefühl her aber nicht aufgeben konnte.«

»Das muss eine Qual für sie gewesen sein.«

»Je näher das Studienende rückte, umso mehr spitzte sich die Situation zu: Jill musste Entscheidungen über ihre Zukunft treffen und begann, psychosomatisch zu reagieren – mit einer spastischen Colitis. Deshalb verschrieb ich ihr Librax.«

»Hat sie jemals etwas erwähnt, das einen Hinweis auf ihren Mörder geben könnte?«

»Darüber habe ich intensiv nachgedacht, nachdem es geschehen war. Als ich es in der Zeitung las, konnte ich es zuerst gar nicht glauben. Drei Tage zuvor war Jill noch bei mir gewesen! Ich zermarterte mir mein Gedächtnis, um auf etwas zu kommen, das helfen könnte, den Täter zu fassen. Es fiel mir nichts ein.«

»Beide hielten ihr Verhältnis geheim?«

»Ja.«
»Gab es vielleicht einen jungen Mann, mit dem Jill oder Elizabeth gelegentlich ausgingen – um den Schein zu wahren?«
»Keine von beiden tat das, soweit ich weiß. Es kann also kein Eifersuchtsdrama gewesen sein – wenn Jill mir nicht etwas verheimlicht hat.« Sie schaute auf meine leere Schale. »Noch etwas Chili?«
»Danke – ich kann nicht mehr.«
Anna stand auf, um den Geschirrspüler einzuräumen. Eine Weile schwiegen wir beide. Als sie fertig war, band sie die Schürze ab und hängte sie an einen Haken im Besenschrank. Dann trugen wir unsere Gläser in ihr Arbeitszimmer.
Ich liebte diesen Raum. Bücherregale bedeckten zwei der Wände, die dritte wurde fast zur Gänze von einem Panoramafenster eingenommen, durch das Anna von ihrem übervollen Schreibtisch aus den Frühling erwachen oder Schnee auf ihren kleinen Garten fallen sehen konnte. Hier hatte ich miterlebt, wie Magnolienblüten ihre porzellanrosa Pracht entfalteten und die letzten Herbstblumen verblühten. Wir hatten über meine Familie gesprochen, über die Scheidung, über Mark, über Kummer und über den Tod. Von dem abgewetzten Ohrensessel aus, in dem ich saß, hatte ich Anna durch mein Leben geführt – so wie Jill Harrington sie durch das ihre.
»Die beiden waren also ein Liebespaar. Das verbindet sie mit den anderen Paaren und macht die Theorie einer Zufallsbekanntschaft noch unglaubwürdiger.«
»Da stimme ich Ihnen zu«, sagte Anna.
»Sie wurden zuletzt im Anchor Bar and Grill gesehen. Hat Jill dieses Lokal je erwähnt?«
»Nicht namentlich – aber sie erzählte, dass sie gelegentlich in eine Bar gingen, wo es sich gut reden ließ. Manchmal fuhren sie in abgelegene Lokale, wo keiner sie kannte. Zuweilen machten sie auch Ausflüge mit dem Auto – meist, wenn sie wieder in einer Krise steckten.«
»Angenommen, das war auch an dem bewussten Freitagabend der Fall – halten Sie es für denkbar, dass eine der beiden mit einem Mann geflirtet hat, um die andere zu verletzen?«

»Ausschließen kann ich es natürlich nicht«, antwortete Anna, »aber es würde mich sehr überraschen: Ich hatte nie den Eindruck, dass Jill und Elizabeth Spielchen miteinander trieben. Ich neige eher zu der Vermutung, dass sie intensiv diskutierten und nichts um sich herum wahrnahmen.«
»Jemand in der Nähe könnte sie belauscht haben.«
»Das riskiert man immer, wenn man in der Öffentlichkeit Privatgespräche führt – darauf habe ich Jill mehrfach hingewiesen.«
»Wenn sie solche Angst hatte, dass das Verhältnis bekannt werden könnte – weshalb ging sie dieses Risiko dann ein?«
»Jills Willenskraft war nicht sehr stark, Kay.« Anna trank einen Schluck Wein. »Wenn Elizabeth und sie allein waren, brachte sie es nicht über sich, sie zurückzuweisen. Sie sanken einander in die Arme, weinten, trösteten einander – und wieder wurde keine Entscheidung getroffen.«
Das kam mir bekannt vor: Wann immer Mark und ich eine Diskussion hatten – gleichgültig, ob bei ihm oder bei mir –, landeten wir unweigerlich im Bett. Danach ging einer von uns nach Hause, und die Probleme blieben ungelöst.
»Anna – haben Sie je die Möglichkeit erwogen, dass das Verhältnis der beiden der Grund für ihre Ermordung sein könnte?«, fragte ich.
»Nein. Meiner Ansicht nach hätte es sie sogar schützen müssen: Man sollte doch meinen, dass eine Frau, die in einer Bar auf Männerfang geht, gefährdeter sei als zwei junge Frauen, die nicht im Mindesten daran interessiert sind, die Aufmerksamkeit auf sich zu lenken.«
»Kehren wir zu ihren Lebensumständen und Gewohnheiten zurück«, bat ich.
»Sie wohnten im selben Apartmentblock, aber in verschiedenen Wohnungen – um keinen Verdacht zu erregen. Es war sehr praktisch: Sie konnten nach außen hin getrennte Wege gehen und sich spätabends in Jills Wohnung treffen: Sie zog es vor, bei sich zu Haus zu bleiben, um Fragen ihrer Familie oder von Freunden zu vermeiden, die unweigerlich gekommen wären, wenn man sie im-

mer wieder vergeblich zu erreichen versucht hätte.« Sie dachte eine Weile nach. »Jill und Elizabeth waren körperlich durchtrainiert. Sie joggten regelmäßig – aber nicht immer gemeinsam.«
»Wo?«
»In dem Park in der Nähe der Wohnanlage, wenn ich mich recht erinnere.«
»Wissen Sie von Theatern, Geschäften oder Einkaufszentren, die sie häufig besuchten?«
»Nein – tut mir Leid.«
»Was sagt Ihnen Ihre Intuition? Was hat sie Ihnen unmittelbar nach den Morden gesagt?«
»Ich ging davon aus, dass Jill und Elizabeth in der Bar eine heftige Diskussion hatten und eine Unterbrechung nicht geduldet hätten.«
»Und weiter?«
»Folgerichtig nahm ich an, dass sie ihren Mörder irgendwann nach dem Verlassen des Lokals trafen.«
»Haben Sie eine Idee, wie sich das abgespielt haben könnte?«
»Ich war von Anfang an der Meinung, dass es sich um jemanden handelte, den sie kannten – oder mit dem sie jedenfalls gut genug bekannt waren, um ihm nicht zu misstrauen. Falls sie nicht mit Waffengewalt vom Parkplatz der Bar entführt wurden oder von woanders, wo sie möglicherweise noch hinfuhren.«
»Wäre es denkbar, dass sich auf dem Parkplatz der Bar jemand an sie heranmachte und sie bat, ihn ein Stück mitzunehmen – vielleicht behauptete, er habe Ärger mit seinem Wagen ...«
Sie schüttelte bereits den Kopf. »Das passte nicht zu dem Eindruck, den ich von den beiden habe – außer, sie kannten ihn.«
»Und wenn der Täter sich als Polizist ausgab, sie vielleicht wegen einer angeblichen Verkehrskontrolle irgendwo stoppte?«
»Auf die Idee bin ich noch gar nicht gekommen. Ja – darauf würden wohl sogar Sie oder ich hereinfallen.«
Sie sah müde aus – das Gespräch hatte sie sichtlich mitgenommen. Ich fragte mich, was ich wohl an ihrer Stelle empfinden würde. Ich bedankte mich für das Abendessen und die Zeit, die sie mir gewidmet hatte, und ging.

Ich kam gerade zur Haustür herein, als das Telefon klingelte.
»Mir ist noch etwas eingefallen«, sagte Anna. »Es ist vielleicht ohne Bedeutung, aber ich wollte es Ihnen trotzdem erzählen: Jill erwähnte einmal, dass Elizabeth und sie oft Kreuzworträtsel lösten, wenn sie zusammen zu Hause waren – sonntagmorgens, zum Beispiel. Es war eine Gewohnheit, etwas, das sie gemeinsam taten.«
»Hatten sie Kreuzworträtselhefte, oder lösten sie die Rätsel in den Zeitungen?«
»Das weiß ich nicht – aber Jill las regelmäßig eine ganze Reihe von Zeitungen. Wenn sie zu früh dran war und warten musste, hatte sie meistens eine dabei. Das *Wall Street Journal*, die *Post* ...«
Ich dankte ihr noch einmal und sagte, das nächste Mal sei ich an der Reihe mit Kochen. Dann rief ich Marino an. »Vor acht Jahren wurden in James City County zwei Frauen ermordet«, begann ich ohne Einleitung. »Es besteht die Möglichkeit, dass es da eine Verbindung gibt. Kennen Sie Detective Montana?«
»Flüchtig.«
»Wir müssen uns mit ihm treffen, die Fälle noch mal durchgehen. Kann er den Mund halten?«
»Sie können Sachen fragen«, sagte Marino.

Montanas Name passte zu seinem Träger: Er war groß und grobknochig, mit einer eisgrauen Mähne und lichtblauen Augen, die in einer zerklüfteten Gesichtslandschaft leuchteten wie zwei Bergseen – aber er sprach mit dem Akzent eines geborenen Virginiers, und seine Rede war häufig mit »Ja, Ma'am« durchsetzt. Er, Marino und ich trafen uns am folgenden Nachmittag bei mir zu Hause, wo wir vor Störungen sicher sein konnten.
Montana musste damals sein jährliches Filmbudget verknipst haben – mein Küchentisch war mit Fotos übersät: Die Leichen am Fundort, der Volkswagen auf dem Parkplatz des Palm Leaf Motel, das Anchor Bar and Grill und jeder Winkel der beiden Wohnungen – einschließlich Kochnischen und Wäschekammern. Seine alte Aktentasche war zum Platzen voll mit Notizen, Karten, Interview-

abschriften, Zeichnungen, Listen von Beweisstücken, Aufzeichnungen von telefonischen Hinweisen ... Detectives, in deren Wirkungsbereich sich nur selten Morde ereigneten, hatten etwas für sich: Wenn ihnen alle heiligen Zeiten ein solcher Fall unterkam, bearbeiteten sie ihn ausgesprochen gründlich.

»Der Friedhof liegt direkt bei der Kirche.« Er schob mir ein Foto näher hin.

»Sie sieht ziemlich alt aus.« Ich bewunderte die alten Ziegel und Schindeln.

»Ist sie – und auch wieder nicht: Wurde im achtzehnten Jahrhundert gebaut und hielt sich wacker – bis ihr vor ungefähr zwanzig Jahren ein Kurzschluss übel mitspielte. Ich erinnere mich noch, wie ich den Rauch sah: Ich war auf Streife und dachte, eines der benachbarten Farmhäuser brenne. Irgendeine historisch interessierte Gesellschaft übernahm die Renovierung und ließ sie wieder genauso herrichten, wie sie gewesen war. Man kommt über diese Seitenstraße hin«, er tippte auf eine andere Fotografie, »die weniger als drei Kilometer westlich der Route Sixty verläuft und etwa sechs Kilometer westlich von der Anchor Bar, wo die beiden das letzte Mal lebend gesehen wurden.«

»Wer fand die Leichen?«, fragte Marino, dessen Blick über den Fotowust wanderte.

»Der Küster. Er kam Samstag früh, um alles für die Sonntagsmesse vorzubereiten. Als er auf den Parkplatz fuhr, sah er ungefähr sechs Meter hinter dem Friedhofstor zwei Menschen liegen, die aussahen, als schliefen sie im Gras. Wer immer die beiden umgebracht hat, scherte sich nicht darum, ob sie schnell gefunden würden.«

»Am Freitagabend war in der Kirche nichts los?«, erkundigte ich mich.

»Nein, Ma'am. Sie war abgeschlossen.«

»Ist sie zu der Zeit sonst geöffnet?«

»Gelegentlich. Manchmal treffen sich die Jugendgruppen dort, dann ist mal Chorprobe – all so was. Jedenfalls wäre es reichlich dumm, sich den Friedhof als Tatort auszusuchen, wenn man vorhätte, einen Mord zu begehen – weil man nie sicher sein kann, dass in der Kirche kein Betrieb ist: Das ist jede Woche anders – und jeden Tag. Deshalb dachte ich von Anfang an, dass der Mord sozusagen Zufall war. Es deutet nichts darauf hin, dass die Tat geplant war.«

»Der Mörder war bewaffnet«, erinnerte ich ihn. »Er hatte ein Messer und eine Handfeuerwaffe.«

»Die Welt ist voller Leute, die Messer und Schusswaffen bei sich tragen oder zumindest im Handschuhfach liegen haben«, hielt er mir entgegen.

Ich suchte die Fotos heraus, die die Leichen am Fundort zeigten, und studierte sie eingehend.

Die Frauen lagen weniger als einen Meter voneinander entfernt zwischen zwei schräg abgesunkenen, verwitterten Grabsteinen im Gras – Elizabeth mit dem Gesicht nach unten, die Beine leicht gespreizt, den linken Arm in Magenhöhe unter sich, den rechten ausgestreckt an der Seite. Sie war schlank, hatte braune Haare und war mit Jeans und einem weißen Pullover bekleidet, der im Nacken dunkle Flecken aufwies. Eine andere Aufnahme zeigte sie von vorn. Der Pulli war blutdurchtränkt, die toten Augen starrten ins Leere. Der Schnitt durch ihre Kehle war nicht tief, die Schusswunde im Nacken nicht lähmend gewesen, erinnerte ich mich im Autopsiebericht gelesen zu haben. Den Tod hatte die Stichwunde in der Brust verursacht.

Jill war regelrecht verstümmelt worden. Sie lag auf dem Rücken, ihr Gesicht war so blutverschmiert, dass ich nicht erkennen konnte, wie sie einmal ausgesehen hatte – abgesehen von einer hübschen, geraden Nase und kurzen schwarzen Haaren. Wie ihre Freundin war auch sie schlank und trug Jeans. Ihr blassgelbes Baumwollhemd war blutig, aus der Hose herausgezogen und bis zur Taille aufgerissen, wodurch man zahlreiche Verletzungen von Stichen sehen konnte, von denen einige durch den Büstenhalter gegangen waren. Unterarme und Hände wiesen tiefe Blessuren auf, der Schnitt durch die Kehle war auch hier flach und ihr wahrscheinlich erst beigebracht worden, als sie schon tot war – oder zumindest fast tot.

Aus einem Grund waren die Fotos von unschätzbarem Wert: Sie zeigten etwas, das ich keinem Zeitungsartikel oder Protokoll hatte entnehmen können, die ich bei der Sichtung meines Materials im Büro gelesen hatte.

Ich schaute zu Marino hinüber. Unsere Blicke trafen sich. Ich wandte mich an Montana: »Wo sind ihre Schuhe und Strümpfe geblieben?«

14

»Das ist eine merkwürdige Geschichte«, sagte Montana. »Sie lagen in dem Volkswagen. Können Sie sich vorstellen, dass die Mädchen barfuß in das Motel gingen – oder die Sachen beim Verlassen des Motels in der Hand trugen?«

»War es eine warme Nacht?«, fragte Marino.

»Das schon – aber man sollte doch annehmen, dass sie Strümpfe und Schuhe anzogen, bevor sie das Motel verließen – falls sie sie dort ausgezogen hatten.«

»Wir haben keinerlei Anhaltspunkte dafür, dass sie überhaupt in dem Motel waren«, erinnerte ich ihn.

»Da haben Sie Recht.«

Ob er die Serie in der *Post* gelesen hatte, in der stand, dass bei allen ermordeten Pärchen Schuhe und Strümpfe fehlten? Wenn ja, dann war ihm die Übereinstimmung mit diesem Fall offenbar noch nicht aufgefallen.

»Hatten Sie oft mit der Reporterin Abby Turnbull zu tun, als sie den Mord an Jill und Elizabeth recherchierte?«, erkundigte ich mich.

»Das kann man wohl sagen: Die Frau klebte an mir wie eine Klette. Folgte mir auf Schritt und Tritt.«

»Erinnern Sie sich, ob Sie ihr erzählt haben, dass die jungen Frauen barfuß waren? Haben Sie ihr Szenenfotos gezeigt?«

Abby hätte dieses wichtige Detail niemals vergessen. Hatte sie mich absichtlich nicht darauf hingewiesen?

»Ich habe ihr diese Fotos nicht gezeigt – und ich war auch sehr vorsichtig mit dem, was ich ihr sagte. Nein – die Sache mit den Schuhen und Strümpfen habe ich ihr gegenüber nicht erwähnt. Haben Sie die Zeitungsberichte über den Fall gelesen?«

»Einige.«

»Da war nirgends beschrieben, was die Mädchen anhatten, dass Jills Bluse zerrissen war und die Schuhe und Strümpfe fehlten.«
Also wusste Abby das nicht, dachte ich erleichtert – sie hatte es mir nicht verschwiegen.
»Auf den Autopsiefotos sah ich, dass beide Frauen Fesselmale an den Handgelenken hatten«, sagte ich. »Haben Sie die Fesseln gefunden?«
»Nein, Ma'am.«
»Also hat der Mörder sie entfernt, nachdem er die beiden umgebracht hatte.«
»Er war überhaupt sehr darauf bedacht, keine Spuren zu hinterlassen. Wir haben keine Patronenhülse gefunden, keine Waffe, nichts, womit er sie gefesselt haben könnte. Keine Samenflüssigkeit. Entweder kam es nicht zu einer Vergewaltigung, oder er traf Vorkehrungen. Beide waren voll angezogen. Was die zerrissene Bluse betrifft«, er deutete auf eine Fotografie von Jill, »das kann passiert sein, als er mit ihr kämpfte.«
»Haben Sie Knöpfe am Fundort sichergestellt?«
»Nur die von ihr: Sie lagen neben ihr im Gras.«
»Wie steht es mit Zigarettenstummeln?«
Montana blätterte mit entnervender Ruhe seine Unterlagen durch. »Keine.« Er zog einen Bericht heraus. »Aber ein Feuerzeug haben wir gefunden.«
Marino horchte auf. »Wo?«
»Etwa viereinhalb Meter von den Leichen entfernt. Wie Sie sehen, läuft um den Friedhof ein Eisenzaun. Man kommt durch dieses Tor rein.« Er zeigte uns ein anderes Foto. »Das Feuerzeug lag so anderthalb, zwei Meter dahinter. Eins von diesen schmalen, teuren Dingern aus Silber. Es funktionierte einwandfrei und sah aus wie frisch geputzt. Ich bin ziemlich sicher, dass es keiner der beiden Frauen gehörte: Sie rauchten nicht, und niemand, den ich fragte, hatte je ein Feuerzeug bei ihnen gesehen. Vielleicht ist es dem Mörder aus der Tasche gefallen – aber genauso gut kann es jemand verloren haben, der ein, zwei Tage zuvor den Friedhof besucht hat. Es gibt viele Leute, die gern auf Friedhöfen spazieren gehen – vor

allem auf so alten: Sie finden die altmodischen Grabsteine romantisch.«
»Wurde das Feuerzeug auf Fingerabdrücke untersucht?«, fragte Marino.
»Das brachte nichts: Es hatte eine geriffelte Oberfläche.« Er schaute nachdenklich vor sich hin. »Muss mindestens hundert Dollar gekostet haben.«
»Haben Sie die Knöpfe und das Feuerzeug noch?«, wollte ich wissen.
»Ist alles da – ich habe die Hoffnung nie aufgegeben, dass der Fall eines Tages doch noch aufgeklärt wird.«
Ich hoffte das bestimmt noch viel inständiger als er. Als ich die Haustür hinter ihm geschlossen hatte und zu Marino in die Küche zurückkehrte, fluchte der: »Verdammt noch mal! Es war derselbe Mistkerl! Ist doch nicht zu fassen: Der Bastard zwang sie, Schuhe und Strümpfe auszuziehen wie die anderen Pärchen, damit sie nicht schnell vorwärts kämen, wenn er sie zu dem Platz brächte, wo er sie umbringen wollte.«
»Der sicher nicht der Friedhof war«, meinte ich. »Ich glaube nicht, dass er den als Tatort vorgesehen hatte.«
»Ich auch nicht. Wahrscheinlich konnte er die beiden nicht in Schach halten – hatte sich überschätzt. Vielleicht machten sie Rabatz – daher könnte das Blut im Fond des Volkswagens kommen. Also ließ er sie so bald wie möglich anhalten, und sie landeten aus reinem Zufall bei der Kirche. Haben Sie eine Karte von Virginia da?«
»Im Arbeitszimmer.« Ich ging sie holen.
Marino breitete sie auf dem Küchentisch aus und studierte sie eine Weile aufmerksam. »Schauen Sie her«, forderte er mich schließlich auf. »Die Abzweigung von der Route Sixty zu dem Friedhof ist hier – etwa drei Kilometer vor der zu der Straße, die zu dem Waldgebiet führt, in dem Jim Freeman und Bonnie Smyth mehr als fünf Jahre später tot aufgefunden wurden. Als wir neulich zu Mr. Joyce fuhren, sind wir ganz in der Nähe der Stelle vorbeigekommen, wo die beiden Frauen getötet wurden.«
»Mein Gott!«, murmelte ich. »Ich frage mich ...«

»Ich frage mich auch«, unterbrach er mich. »Vielleicht war unser Großer Unbekannter seinerzeit tatsächlich da draußen, um einen Tatort zu finden, der ihm gefiel, und Dammit kam ihm in die Quere. Er erschießt den Hund. Einen Monat später entführt er seine ersten Opfer – Jill und Elizabeth. Er will sie zwingen, zu dem besagten Wald zu fahren, aber sie spielen nicht mit. Deshalb beendet er die Fahrt vorzeitig – oder er nennt Elizabeth vor lauter Panik die falsche Ausfahrt und stellt dann voller Entsetzen fest, dass sie nicht da gelandet sind, wo er hinwollte.«

Ich versuchte es mir vorzustellen: Elizabeth saß am Steuer, Jill neben ihr, der Mörder auf dem Rücksitz, die Waffe im Anschlag. Was hatte dazu geführt, dass er so viel Blut verlor? Hatte er sich aus Versehen selbst angeschossen? Unwahrscheinlich. Hatte er sich mit seinem Messer geschnitten? Möglich, aber ebenfalls unwahrscheinlich. Anhand von Montanas ausführlicher Fotoreportage hatte ich festgestellt, dass die Blutung mit Tropfen auf der Rückseite der Kopfstütze des Beifahrersitzes zu beginnen schien. Auch an der Rückseite der Lehne befand sich Blut – und eine regelrechte Lache auf der Fußmatte. Demnach musste der Mörder hinter dem Beifahrersitz gesessen und sich vorgebeugt haben. Blutete er aus einer Wunde am Kopf oder im Gesicht?

»Hatte er vielleicht Nasenbluten?«, offerierte ich.

»Das müsste aber ganz schön massiv gewesen sein, wenn man bedenkt, wie viel Blut da war.« Er überlegte. »Vielleicht rammte eine der Frauen ihm den Ellbogen ins Gesicht und traf seine Nase.«

»Wie hätten Sie in diesem Fall an seiner Stelle reagiert?«

»Ich hätte dafür gesorgt, dass sie es nicht noch mal tut. Vermutlich hätte ich sie nicht im Auto erschossen, aber ich hätte ihr mit meiner Waffe auf den Kopf geschlagen.«

»Vorn war aber kein Blut«, gab ich zu bedenken. »Es gibt keinerlei Hinweise darauf, dass eine der beiden im Wagen verletzt wurde.«

»Hmmm.« Er runzelte die Stirn. »Er sitzt hinten, beugt sich vor und fängt plötzlich an zu bluten. Verdammt merkwürdig.«

Ich setzte frischen Kaffee auf, und während er durchlief, stellten wir weitere Mutmaßungen an. Nach wie vor war die Ausgangsfrage offen, wie ein Einzelner zwei Menschen gleichzeitig wehrlos macht.

»Der Wagen gehörte Elizabeth«, sagte ich. »Nehmen wir also an, dass sie am Steuer saß – dann können ihre Hände zu diesem Zeitpunkt nicht gefesselt gewesen sein.«

»Aber Jills. Vielleicht hat er sie ihr auf der Fahrt zusammengebunden – sie gezwungen, sie hochzuhalten, so dass er sie vom Rücksitz aus zusammenbinden konnte.«

»Oder sie musste sich umdrehen und die Arme über die Kopfstütze strecken. Und dabei hat sie ihn dann ins Gesicht geboxt.«

»Kann sein.«

»Auf jeden Fall«, fuhr ich fort, »können wir wohl davon ausgehen, dass Jill bei der Ankunft am Friedhof bereits gefesselt und barfuß ist. Als Nächstes befiehlt er Elizabeth, Schuhe und Strümpfe auszuziehen, und fesselt sie ebenfalls. Dann treibt er die beiden vor sich her auf den Friedhof.«

»Jill hatte jede Menge Schnitte an den Unterarmen und Händen«, sagte Marino. »Könnte das heißen, dass sie versuchte, ein Messer abzuwehren, obwohl sie gefesselt war?«

»Falls ihre Hände vorn zusammengebunden waren und nicht auf dem Rücken.«

»Es wäre klüger gewesen, sie hinten zusammenzubinden.«

»Wahrscheinlich lernte der Mörder das auf die harte Tour und machte es beim nächsten Mal besser«, vermutete ich.

»Bei Elizabeth gab es keine solchen Verletzungen?«

»Nein.«

»Der Killer hat sich sie zuerst vorgenommen«, entschied Marino.

»Wie wären Sie vorgegangen?«, versetzte ich ihn wieder in die Position des Täters. »Vergessen Sie nicht: Sie mussten zwei Opfer in Schach halten.«

»Ich hätte ihnen befohlen, sich mit dem Gesicht nach unten ins Gras zu legen. Dann hätte ich Elizabeth die Waffe an den Hinterkopf gehalten, damit sie nicht auf dumme Gedanken käme, während ich mein Messer zog. Wenn sie trotzdem Zicken gemacht hätte, hätte ich geschossen – obwohl ich das eigentlich gar nicht wollte.«

»Das würde erklären, warum sie in den Nacken getroffen wurde«, dachte ich laut. »Wenn die Mündung der Waffe auf ihren Hinterkopf gedrückt wurde und sie plötzlich Widerstand leistete, kann der Lauf verrutscht sein. Das Szenario erinnert mich an Deborah – allerdings glaube ich nicht, dass sie lag, als er auf sie schoss.«

»Der Bursche steht auf Messer«, sagte Marino. »Die Schusswaffe benutzt er nur, wenn die Dinge nicht so laufen, wie er es geplant hat – und das ist, soviel wir wissen, nur zwei Mal passiert: bei Elizabeth und Deborah.«

»Was macht er nach dem Schuss auf Elizabeth?«

»Er gibt ihr den Rest und wendet sich Jill zu.«

»Sie ist offenbar auf ihn losgegangen.«

»Das kann man ihr ja wohl auch nachfühlen: Sie hat gerade mit angesehen, wie ihre Freundin ermordet wurde, und kämpft verzweifelt um ihr Leben – obwohl sie weiß, dass sie keine Chance hat. Der Selbsterhaltungstrieb hat eben nichts mit Logik zu tun.«

»Vielleicht hat sie ihn aber auch schon vorher angegriffen«, überlegte ich.

Marinos Augen verengten sich skeptisch.

»Als Jill und ihre Freundin auf den Friedhof gebracht wurden, wussten sie wahrscheinlich, dass sie sterben sollten, und vielleicht ging Jill auf ihn los, während er das Tor öffnete. Dabei könnte ihm das silberne Feuerzeug aus der Tasche gefallen sein. Es wäre auch möglich, dass Jill sich auf ihn stürzte, als er sich Elizabeth vornehmen wollte – und dabei löste sich dann der Schuss.«

»Jills Verletzungen deuten auf einen erbitterten Kampf hin«, sagte ich. »Der Mörder hat die Kontrolle über die Situation verloren, er ist wütend, und er hat Angst. Vielleicht hat er ihr mit dem Revolver auf den Kopf geschlagen, sich auf sie gehockt, ihre Bluse zerrissen und auf sie eingestochen. Schließlich schneidet er beiden die Kehle durch, setzt sich in den Volkswagen, stellt ihn auf dem Motelparkplatz ab und geht zu Fuß zu seinem Auto.«

»Er muss doch blutig gewesen sein«, meinte Marino. »Komisch, dass im Fahrerbereich kein Blut gefunden wurde.«

»In keinem der Wagen wurde im Fahrerbereich Blut gefunden.

Der Täter ist äußerst vorsichtig. Vielleicht nimmt er Sachen zum Wechseln mit, Handtücher und was weiß ich noch, wenn er sich auf den Weg zu einem Mord macht.«

Marino kramte sein Schweizermesser aus der Hosentasche – und dann fing er an, sich über einer Serviette die Nägel zu schneiden. Ich fragte mich, was Doris in all den Jahren wohl noch hatte ertragen müssen. Wahrscheinlich machte er sich nie die Mühe, den Aschenbecher auszuleeren, seinen Teller ins Spülbecken zu stellen oder seine schmutzigen Kleider in den Wäschekorb zu werfen. Ich wollte gar nicht daran denken, wie das Badezimmer aussehen mochte, nachdem er es benutzt hatte.

»Versucht Abby *Turncoat* immer noch, Sie zu erreichen?«, wechselte er das Thema, ohne aufzuschauen.

»Ich wünschte, Sie würden nicht in so abfälligem Ton von ihr sprechen.«

Er schwieg.

»In den letzten Tagen nicht mehr«, beantwortete ich seine Frage.

»Ich dachte, es würde Sie vielleicht interessieren, dass sie und Clifford Ring mehr sind als Kollegen.«

»Was meinen Sie damit?«, fragte ich unbehaglich.

»Dass nicht die Story über die Pärchen, an der Abby arbeitete, der Grund dafür war, dass sie aus ihrem Ressort entfernt wurde.«

Er hatte sich jetzt den linken Daumen vorgenommen. Fingernagelschnipsel fielen auf die Serviette. »Offenbar führte sie sich in der Redaktion so unmöglich auf, dass es keiner mehr aushielt – und bevor sie im letzten Herbst zu Ihnen nach Richmond kam, gab es den großen Knall.«

»Was ist passiert?« Ich sah ihn gespannt an.

»Soviel ich gehört habe, machte sie in der Redaktion eine Szene. Schüttete Ring eine Tasse Kaffee über die Hose, stürmte raus und sagte ihrem Chef weder, wo sie hinwollte, noch, wann sie wiederkäme. Und nach diesem Auftritt wurde sie zu den Features abgeschoben.«

»Woher haben Sie die Geschichte?«

»Von Benton.«

»Wie kann Benton Wesley wissen, was in der Redaktion der *Post* vor sich geht?«
»Habe ich ihn nicht gefragt.«
Marino hatte seine Maniküre beendet, klappte sein Messer zusammen und steckte es wieder in die Tasche. Dann nahm er die Serviette an den vier Ecken und warf sie in den Mülleimer. Na, wenigstens etwas!
»Noch was«, sagte er. »Wegen des Lincoln, für den Sie sich interessieren.«
»Ja?«
»Ist ein 1990er Mark Seven. Zugelassen auf Barry Aranoff, achtunddreißig, weiß, aus Roanoke. Arbeitet für eine Firma, die medizinische Geräte herstellt – als Vertreter. Ist viel unterwegs.«
»Sie haben mit ihm gesprochen?«
»Nein – aber mit seiner Frau. Er ist schon seit zwei Wochen nicht zu Hause gewesen.«
»Wo sollte er sein, als ich in Williamsburg den Wagen sah?«
»Sie hatte seinen Terminplan nicht genau im Kopf: Sieht so aus, als wäre er manchmal jeden Tag in einer anderen Stadt – auch außerhalb von Virginia. Sein Gebiet reicht im Norden bis nach Boston. Soweit die Gute es zusammenkriegte, war er zu der fraglichen Zeit im Raum Tidewater zugange und flog dann von Newport News nach Massachusetts.«
Ich schwieg, was Marino offenbar als Verlegenheit interpretierte – aber ich dachte nur nach.
»He – Sie haben gute Detektivarbeit geleistet! Völlig okay, die Autonummer zu notieren und überprüfen zu lassen. Sie sollten froh sein, dass die Sache sich in Wohlgefallen aufgelöst hat.«
Ich antwortete nicht.
»Nur bei der Farbe haben Sie sich geirrt«, fügte er hinzu. »Sie sagten, der Lincoln sei dunkelgrau gewesen – aber Aranoffs Wagen ist braun.«

Spät am Abend tanzten grelle Blitze hoch über sturmgeschüttelten Bäumen. Ein Gewitter tobte, wie wir es sonst nur im Sommer erleb-

ten. Ich blätterte Zeitschriften durch, während ich darauf wartete, dass Montanas Leitung frei würde. Entweder war sie gestört, oder es telefonierte tatsächlich jemand seit zwei Stunden. Nachdem Marino gegangen war, hatte ich mich plötzlich an ein Detail auf einem der Fotos erinnert und an etwas, das Anna gesagt hatte: In Jills Apartment lag neben einem Sessel ein Stapel von Schriftsätzen aus ihrer Kanzlei und auswärtigen Zeitungen – und obenauf das *New York Times Magazine*. Ich hatte mich nie mit Kreuzworträtseln befasst – meine Arbeit brachte schon genügend Rätsel mit sich –, aber ich wusste, dass das Kreuzworträtsel der *Times* so beliebt war wie Rabattmarken.
Wieder griff ich zum Hörer – und diesmal hatte ich Glück. »Haben Sie je in Betracht gezogen, ein Signal für Kommende einbauen zu lassen, das Ihnen zeigt, dass jemand Sie erreichen will?«, fragte ich mit gutmütigem Sarkasmus.
»Ich habe in Betracht gezogen, meiner Tochter einen eigenen Anschluss einrichten zu lassen.«
»Ich habe eine Frage.«
»Schießen Sie los.«
»Als Sie Jills und Elizabeths Apartments durchsuchten, haben Sie sich doch bestimmt auch die Post angesehen.«
»Ja, Ma'am. Und danach haben wir noch zwei Wochen lang registriert, was reinkam: Briefe, Abrechnungen von Kreditkarteneinkäufen und so weiter – lauter solcher Kram.«
»Welche Zeitungen hatte Jill abonniert?«
Pause.
»Entschuldigen Sie – Sie haben die Unterlagen sicher im Büro«, fiel mir ein.
»Nein, Ma'am – ich bin von Ihnen direkt nach Hause gefahren. Ich habe nur gerade versucht, mich zu erinnern. Es war ein langer Tag. Können Sie einen Augenblick warten?«
»Natürlich.«
Seiten wurden umgeblättert. »Rechnungen, Wurfsendungen … keine Zeitungen.«
Das überraschte mich. Ich erklärte ihm, dass ich in Jills Wohnzimmer Zeitungen gesehen hatte.

»Vielleicht hat sie sich die aus einem dieser Zeitungsboys geholt«, meinte er. »Beim College stehen jede Menge von den Dingern.«
Die *Washington Post*, das *Wall Street Journal*, ja, dachte ich, aber nicht die Sonntagsausgabe der *New York Times*. Höchstwahrscheinlich haben sie die an einem Kiosk gekauft, bevor sie sonntagmorgens zu Hause miteinander frühstückten. Ich dankte Montana und wünschte ihm eine Gute Nacht.
Dann machte ich meine Nachttischlampe aus, legte mich zurück und lauschte dem Regen, der auf das Dach trommelte. Ich zog die Decke bis ans Kinn. Meine Gedanken kamen ins Schwimmen.
Plötzlich sah ich Deborahs Handtasche. Vander hatte seine Untersuchungen abgeschlossen, und ich hatte mir den Bericht ein paar Tage zuvor angesehen.
»Was wollen Sie tun?«, fragte Rose mich. Seltsamerweise lag die Tasche in einer Plastikschale auf ihrem Schreibtisch, durchweicht und völlig verdreckt. »So können Sie sie der Familie doch nicht schicken.«
»Natürlich nicht.«
»Was halten Sie davon, wenn wir die Kreditkarten und die anderen Sachen rausnehmen, sauber machen und ohne die Tasche zurückgeben?« Plötzlich verzerrte sich ihr Gesicht vor Wut, sie fegte die Schale vom Schreibtisch und schrie: »Schaffen Sie das Ding hier weg! Ich kann es nicht mehr sehen!«
Unvermittelt stand ich in meiner Küche. Durch das Fenster sah ich Mark ankommen. Ich kannte den Wagen nicht, aber ich wusste, dass es seiner war. Ich kramte in meiner Handtasche nach einer Bürste und begann mir hastig die Haare zu richten. Dann lief ich zum Bad, um mir die Zähne zu putzen, doch es blieb keine Zeit mehr dafür: Es klingelte. Nur einmal.
Er nahm mich in die Arme und flüsterte meinen Namen. Es klang wie ein leiser Schmerzensschrei. Ich fragte mich, warum er hier war und nicht in Denver.
Er küsste mich und stieß die Tür mit einem Fußtritt zu. Sie fiel donnernd ins Schloss.
Meine Lider flogen auf. Donner grollte. Blitze erleuchteten das Schlafzimmer. Mein Herz klopfte wie ein Hammer.

Am nächsten Morgen führte ich zwei Autopsien durch und ging dann zu Neils Vander, dem Chef des Fingerabdrucklabors, hinauf. Er saß tief in Gedanken vor dem Automated-Fingerprint-Identification-System-Computer und starrte auf den Monitor. Ich hatte meine Kopie seines detaillierten Berichts über Deborah Harveys Handtasche mitgebracht und legte sie auf die Tastatur. »Ich muss Sie etwas fragen.«

Er hob den Kopf und sah mich an. Es schien, als kehre er aus einer anderen Welt zurück. Seine wirre, grau gesträhnte Mähne verstärkte noch den Eindruck des versponnenen Professors.

»Wie haben Sie nach all der Zeit, die die Tasche im Wald lag, etwas feststellen können? Das ist verblüffend.«

Sein Blick wanderte zum Monitor zurück. »Sie ist aus Nylon, also wasserdicht – und die Kreditkarten steckten in Plastikhüllen und waren in einem Reißverschlussfach untergebracht. Als ich sie in die Spezialflüssigkeit legte, zeigte sich eine ganze Anzahl verschmierter Abdrücke. Ich brauchte nicht einmal den Laser.«

»Ich bin wirklich beeindruckt.«

Er lächelte schwach.

»Aber es gab nichts Eindeutiges«, sagte ich.

»Nein – nichts, womit man etwas anfangen könnte.«

»Mich interessiert der Führerschein: Der hat offenbar gar nichts ergeben.«

»Nicht die kleinste Spur.«

»Total sauber?«

»Wie frisch gefallener Schnee.«

»Danke, Neils.«

Er war schon wieder weit weg – verloren in seinem Universum aus Buchstaben und Zahlen.

Ich ging in mein Büro zurück und suchte die Nummer des Seven-Eleven heraus, das Abby und ich letzten Herbst aufgesucht hatten. Man sagte mir, Ellen Jordan werde erst ab einundzwanzig Uhr da sein. Der Rest des Tages verging ohne Lunchpause mit Arbeit – doch als ich heimkam, fühlte ich mich nicht im Geringsten erschöpft.

Nach einem leichten Abendessen war ich gerade dabei, den Geschirrspüler einzuräumen, als es klingelte. Es war acht Uhr. Ich ging zur Haustür – und stand Abby Turnbull gegenüber. Sie war sehr blass, ein gehetzter Ausdruck lag in ihren Augen. Der kalte Wind, der die Bäume beutelte, riss an ihren Haaren.

»Du hast nicht auf meine Anrufe reagiert – ich hoffe, du schickst mich nicht weg.«

»Natürlich nicht, Abby.« Ich trat zur Seite, um sie hereinzulassen. Sie zog ihren Mantel erst aus, als ich sie darum bat, und als ich ihn weghängen wollte, schüttelte sie den Kopf und legte ihn auf einen Stuhl, als wolle sie mir deutlich machen, dass sie nicht vorhabe, lange zu bleiben. Sie trug verwaschene Baumwolljeans und einen grob gestrickten kastanienbraunen Pullover mit weißen Tüpfelchen. Als ich an ihr vorbei vorausging, um den Küchentisch abzuräumen, der mit Zeitungen und Arbeitsunterlagen übersät war, stieg mir schwach der Geruch von kaltem Rauch und Schweiß in die Nase.

»Etwas zu trinken?«, fragte ich. Aus einem mir selbst unverständlichen Grund war ich nicht böse auf sie.

»Ja, gern. Ganz egal, was – mir ist alles recht.« Sie holte ihre Zigaretten heraus und zündete sich eine an, während ich uns Drinks zurechtmachte. »Ich weiß nicht, wie ich anfangen soll«, sagte sie, als ich mich zu ihr setzte, und sah mich hilflos apathisch an.

Ich wartete.

»Der Bericht war unfair gegen dich – gelinde gesagt«, begann sie. »Und ich weiß, was du denken musst.«

»Was ich denke, spielt keine Rolle«, antwortete ich. »Ich möchte wissen, was in *deinem* Kopf vorgeht.«

»Da herrscht das Chaos. Ich sagte dir doch, dass ich Fehler gemacht hätte.« Ihre Stimme zitterte. »Cliff Ring war einer davon.«

Ich sah sie schweigend an.

»Er war einer der ersten Menschen, die ich nach meinem Umzug in Washington kennen lernte. Sehr erfolgreich. Aufregend. Gescheit und selbstsicher. Ich war gerade erst in eine fremde Stadt gekommen und kaute immer noch an dem schrecklichen Tod von Henna ...« Sie schaute über mich hinweg ins Leere. »Wir fingen als Freunde an – und dann ging alles viel zu schnell. Ich sah nicht, wie er war, weil ich es nicht sehen wollte …« Sie brach ab, und ich wartete, bis sie sich gefasst hatte. »Ich vertraute ihm blind, Kay«, fuhr sie schließlich fort.

»Woraus wohl zu entnehmen ist, dass die Details in seinem Bericht von dir stammen.«

»Nur indirekt.«

»Wie ist das zu verstehen?«

»Ich spreche nie über meine Arbeit«, sagte Abby. »Cliff wusste zwar, dass ich an den Pärchen-Morden dran war, aber ich habe ihm nie Einzelheiten erzählt – und er schien sich auch nicht sonderlich dafür zu interessieren.« Jetzt bebte ihre Stimme vor Zorn. »Aber er *war* daran interessiert! Sehr sogar! Er hat mich reingelegt!«

»Wenn du ihm keine Einzelheiten erzählt hast – wie ist er dann in den Besitz deiner Kenntnisse gelangt?«

»Wenn ich verreisen musste, gab ich ihm meinen Wohnungsschlüssel, damit er meine Pflanzen gießen und die Post aus dem Kasten holen konnte. Er hätte sich mühelos Kopien machen lassen können.«

Unser Gespräch im Mayflower Hotel fiel mir wieder ein: Damals hatte Abby gesagt, es habe jemand ihren Computer benutzt, und hatte das FBI oder den CIA verdächtigt, was mir beides recht unwahrscheinlich erschienen war: Ein erfahrener Agent würde doch wissen, dass dadurch Datum und Zeitangabe verändert wurden.

»Und du meinst, Cliff ist an deinen Computer gegangen?«

»Ich kann es nicht beweisen – aber ich weiß es«, antwortete sie heftig. »Und ich bin auch sicher, dass er meine Post gelesen hat, obwohl ich auch das nicht beweisen kann. Es ist ja kein Problem, Kuverts über Dampf zu öffnen und dann wieder zuzukleben.«

»Wusstest du, dass er an der Story arbeitete?«

»Ich hatte keine Ahnung davon – bis ich die Sonntagszeitung sah! Er hat sich an meinem Computer bedient und alles Übrige ausgeschlachtet, was er finden konnte, und danach wusste er natürlich, mit wem er sprechen und welche Fragen er stellen musste.«

»Und er hatte freie Bahn, denn du warst ja zu den Features abgeschoben worden und außer Gefecht, wie er meinte. Als du glaubtest, die *Post* habe die Recherche der Fälle abgebrochen, hatten sie in Wahrheit nur dich davon abgezogen.«

Abby nickte wütend. »Und die Geschichte in Cliffs Hände gelegt.«

Jetzt begriff ich, weshalb Mr. Ring keinen Versuch gemacht hatte, Kontakt mit mir aufzunehmen: Er wusste, dass Abby und ich befreundet waren, und fürchtete, wenn er an mich herangetreten wäre, hätte ich ihr davon erzählt – er wollte sie aber so lange wie möglich über sein Vorhaben im Dunkeln lassen. Also hatte er mich gemieden und umgangen ...

»Ich bin überzeugt, dass er ...« Sie räusperte sich und griff nach ihrem Glas. Ihre Hand zitterte. »Wahrscheinlich wird er einen Preis für die Serie bekommen.«

»Es tut mir Leid, Abby.«

»Ich bin ganz allein schuld – ich habe mich idiotisch benommen.«

»Das tut man oft, wenn man liebt.«

»Das Thema Liebe ist für mich gestorben! Mein Gott – das habe ich wirklich gebraucht! Dabei hatte ich von Anfang an Probleme mit ihm. Immer war ich diejenige, die Konzessionen machte, ihm eine zweite Chance gab und dann eine dritte und noch eine.«

»Wussten die Kollegen von eurer Beziehung?«

»Wir waren sehr vorsichtig«, antwortete sie ausweichend. »Bekanntlich zerreißen Journalisten sich für ihr Leben gern das Maul.«

»Aber sie haben bestimmt etwas gemerkt«, meinte ich.

»Wir waren sehr vorsichtig«, wiederholte sie.

»Spätestens nach der Kaffeegeschichte müssen sie begriffen haben, dass zwischen euch etwas lief.«

»Diesen Ausrutscher hat Cliff, wie ich ihn kenne, als Reaktion einer neidischen Kollegin erklärt.«

Arme Abby! In Wahrheit war sie nicht eifersüchtig auf seinen Erfolg gewesen, sondern auf ihre Rivalin. Ich konnte mir gut vorstellen, wie sie sich gequält hatte.

»Er ist verheiratet, nicht wahr?«

Jetzt flossen die Tränen.

Ich stand auf, um neue Drinks zu machen. Gleich würde sie mir erzählen, Cliff habe ihr versichert, er sei unglücklich mit seiner Frau und werde sich scheiden lassen, und sie habe geglaubt, dass er für sie alle Brücken hinter sich abbrechen werde. Ich stellte ihren Drink vor sie hin und drückte sanft ihre Schulter, bevor ich mich ihr wieder gegenübersetzte.

Sie erzählte mir genau das, was ich erwartet hatte. Die Story war abgenutzt – aber erfolgserprobt. Ich beschränkte mich darauf, Abby traurig anzuschauen.

»Ich verdiene dein Mitleid nicht«, schluchzte sie.

»Du hast viel größeren Kummer als ich.«

»Alle haben Kummer. Pat Harvey, die Eltern und Freunde der Pärchen. Wenn diese Morde nicht passiert wären, würde ich noch als Polizeireporterin arbeiten. Zumindest beruflich wäre ich okay. Niemand sollte die Macht haben, eine solche Zerstörung anzurichten.«

Ich erkannte, dass sie nicht mehr von Clifford Ring sprach, sondern von dem Mörder. »Du hast Recht – niemand sollte eine solche Macht haben. Und niemand wird sie haben, wenn wir es verhindern.«

»Deborah und Fred konnten es nicht verhindern. Jill, Elizabeth, Jim und Bonnie – sie alle wollten nicht ermordet werden.«

»Was hat Cliff als Nächstes vor?«, fragte ich.

»Keinen Schimmer – aber was auch immer es ist, ich bin raus aus seinem Spiel: Ich habe sämtliche Schlösser auswechseln lassen. Mit meiner ›Hilfe‹ kann er nicht mehr rechnen.«

»Und was ist mit deiner Befürchtung, dass man dein Telefon abhört und dich beschattet?«

»Die besteht nach wie vor: Cliff ist nicht der Einzige, der sich für meine Aktivitäten interessiert. Ich traue niemandem mehr.«

Ihre Augen füllten sich erneut mit Tränen. »Kay – es tut mir schrecklich Leid! Ich hatte niemals die Absicht, dir zu schaden!«

»Schluss mit den Entschuldigungen«, sagte ich sanft, aber entschieden. »Und hör auf zu weinen – meine Situation bessert sich nicht, wenn du unglücklich bist.«

Sie biss sich auf die Unterlippe und starrte in ihr Glas.

»Bist du bereit, mir zu helfen?«
Sie hob den Blick und sah mich an. »Inwiefern?«
»Erst einmal möchte ich dich fragen, welche Farbe der Lincoln hatte, den wir neulich in Williamsburg gesehen haben.«
»Dunkelgrau. Die Polster aus dunklem Leder, vermutlich schwarz.«
»Ganz meine Meinung.«
»Und?«
»Etwas stimmt da nicht.«
»Du sprichst in Rätseln.«
»Ich habe einen *Auftrag* fur dich«, eröffnete ich ihr lächelnd. »Wann willst du nach D. C. zurück? Heute Abend noch?«
»Ich weiß nicht. Ich weiß im Moment überhaupt nicht, was ich machen soll. Jedenfalls graut mir davor, wieder nach Washington zufahren.«
Sie kam mir vor wie ein Flüchtling – und in gewisser Weise war sie das auch: Clifford Ring hatte sie vertrieben. Wahrscheinlich war es gar keine schlechte Idee, wenn sie eine Weile untertauchte.
»Ich werde mir ein Zimmer in Northern Neck nehmen«, sagte sie.
»Du kannst doch eine Weile bei mir bleiben«, bot ich ihr an.
Sie schaute mich unschlüssig an und wandte dann ein: »Das wäre ein gefundenes Fressen für die Zeitungen.«
»Ich wünsche ihnen guten Appetit. Mr. Ring hat mich schon auf offenem Feuer geröstet – schlimmer kann es nicht mehr werden.«
»Immerhin bist du nicht gefeuert worden.«
»Du auch nicht, Abby – aber ich rate dir, den Bogen nicht zu überspannen. Du hast dich in der Redaktion wie ein unreifer Teenager aufgeführt, als du Cliff den Kaffee über die Hose schüttetest – mit deinem Buch kannst du erreichen, dass sie dich wieder ernst nehmen.«
»Und wie willst du *deinen* guten Ruf wiederherstellen?«
»Indem ich Resultate liefere – und dabei kannst du mir helfen.«
»Wie?«
»Ich bin Staatsangestellte und als solche zur Seriosität verdammt – du als Reporterin hast die Freiheit, zu lügen, zu betrügen, in Verkleidung aufzutreten ...«

»Schon gut, schon gut – es reicht«, unterbrach sie mich mit einem schiefen Lächeln. »Ich hole meine Sachen aus dem Auto.«

Da Abby länger bleiben würde, beschloss ich, sie in dem Zimmer unterzubringen, das Lucy bei ihren Besuchen bewohnte. Den Hartholzboden bedeckte ein iranischer Dergezine-Teppich mit leuchtendem Blumenmuster, der den Raum in einen Garten verwandelte, in dem meine Nichte entweder die Rolle einer Rosenknospe oder eines stinkenden Unkrauts spielte – je nachdem, wie sie sich benahm.

»Du hast offenbar was für Blumen übrig«, bemerkte Abby, als sie ihre Kleidertasche aufs Bett legte.

»Der Teppich ist ein bisschen zu viel für das kleine Zimmer«, gab ich zu. »Aber als ich ihn damals sah, musste ich ihn einfach haben, und er passte nirgendwo anders hin. Außerdem ist er nicht kaputtzukriegen, und da Lucy hier haust, wenn sie da ist, spielt dieser Gesichtspunkt eine nicht unwesentliche Rolle.«

»Heute doch hoffentlich nicht mehr.« Abby ging zum Schrank und öffnete ihn. »Sie ist ja schon fast erwachsen.«

»Es müssten jede Menge Kleiderbügel da drin sein.« Ich trat näher heran, um mich zu überzeugen.

»Wenn du noch welche brauchst …«

»Nein, nein – die reichen mir.«

»Das Bad ist nebenan. Dort findest du Handtücher, Zahnpasta und Seife.« Ich wollte es ihr zeigen, aber sie hatte angefangen auszupacken und hörte mir gar nicht zu. Ich setzte mich auf die Bettkante. Abby trug einen Arm voll Kostüme und Blusen zum Schrank. Metallbügel kreischten über die Metallstange. Ich sah ihr stumm zu und spürte einen Anflug von Ungeduld.

Ein paar Minuten ging das so weiter, Schubladen wurden geöffnet und zugeschoben, das Medizinschränkchen im Bad öffnete und schloss sich mit einem Klicken. Schließlich verstaute Abby die leere Kleidertasche im Schrank und schaute sich unschlüssig um. Dann nahm sie einen Roman und einen Notizblock aus ihrem Aktenkoffer und legte beides auf den Nachttisch. Voller Unbehagen beobachtete ich, wie sie eine Achtunddreißiger und eine Schachtel Patronen in die Schublade legte.

Es war Mitternacht, als ich endlich nach oben ging. Bevor ich mich hinlegte, rief ich noch einmal bei dem Seven-Eleven an. »Ellen Jordan?«
»Ja – wer spricht da?«
Ich erklärte es ihr. »Sie sagten damals, Sie hätten Deborahs Alter überprüft, weil sie Bier kaufen wollte.«
»Das stimmt.«
»Können Sie mir genau sagen, was Sie taten?«
»Ich ließ mir ihren Führerschein zeigen.« Ellen klang verwirrt.
»Hatte sie ihn in der Handtasche?«
»Ja.«
»Und sie gab ihn Ihnen?«
»Klar – sonst hätte ich ihn mir ja nicht ansehen können.«
»Steckte er in einer Plastikhülle?«
»Nein«, antwortete sie. »Er steckte nirgendwo drin. Sie gab ihn mir, ich schaute ihn an und gab ihn ihr zurück. Warum wollen Sie das wissen?«
»Ich möchte feststellen, ob Sie Deborahs Führerschein angefasst haben.«
»Hab ich doch gesagt.« Jetzt klang sie ängstlich. »Ich bekomme doch keine Schwierigkeiten deswegen, oder?«
»Nein, Ellen«, beruhigte ich sie. »Sie bekommen keinerlei Schwierigkeiten.«

15

Abbys Auftrag lautete, so viel wie möglich über Barry Aranoff in Erfahrung zu bringen, und sie machte sich gleich morgens auf den Weg nach Roanoke. Am folgenden Abend kam sie zurück – ein paar Minuten bevor Marino auf meiner Schwelle stand: Ich hatte ihn zum Essen eingeladen.

Als er Abby in der Küche sitzen sah, verengten sich seine Pupillen, und er wurde rot vor Zorn.

»Bourbon?«, fragte ich.

Als ich von der Bar zurückkam, hatte Abby sich eine Zigarette angezündet, und Marino stand am Fenster und starrte missgelaunt auf das Vogelhäuschen hinaus.

»Um diese Zeit werden Sie keine Vögel sehen können – die schlafen schon«, sagte ich.

Er antwortete nicht und drehte sich auch nicht um.

Ich deckte den Tisch und stellte den Salat hin. Erst als ich uns Chianti eingoss, bequemte sich Marino, Platz zu nehmen.

»Sie haben mir nicht gesagt, dass Sie Besuch haben!« Der personifizierte Vorwurf.

»Wenn ich es Ihnen gesagt hätte, wären Sie nicht gekommen«, erwiderte ich ebenso unfreundlich.

»Mir hat sie auch nicht gesagt, dass Besuch kommt«, erklärte Abby spitz. »Und nachdem wir jetzt festgestellt haben, wie sehr wir uns alle freuen, lasst uns das Essen genießen.«

Ich hatte aus meiner Ehe mit Tony einige Lehren gezogen – unter anderem die, mich nie spätabends oder beim Essen auf einen Streit einzulassen. Also tat ich mein Bestes, um das eisige Schweigen meiner Gäste mit leichtem Geplauder zu überbrücken. Erst beim Kaffee klärte ich Marino über die Lage der Dinge auf. »Abby wird eine Weile bei mir wohnen.«

»Das ist Ihre Sache.« Er griff nach der Zuckerdose.
»Es ist auch Ihre – wir sitzen alle drei im selben Boot.«
»Vielleicht sind Sie so gütig, mir das näher zu erklären, Doc. Aber zuerst«, wandte er sich an Abby, »will ich wissen, wo diese gemütliche Dinnerszene in Ihrem Buch stehen wird – dann muss ich nicht das ganze verdammte Ding lesen, sondern kann gleich auf der richtigen Seite nachsehen.«
»Sie können wirklich ein ungeheurer Flegel sein«, fauchte Abby.
»Ich kann auch ein ungeheures Arschloch sein – das Vergnügen, mich so zu erleben, hatten Sie bisher noch nicht.«
»Vielen Dank, dass Sie mir etwas gegeben haben, worauf ich mich freuen kann.«
Er riss einen Kugelschreiber aus seiner Brusttasche und warf ihn ihr über den Tisch zu. »Schreiben Sie lieber gleich mit – ich möchte nicht falsch zitiert werden.«
Abby starrte ihn feindselig an.
»Hört auf!«, rief ich wütend. »Alle beide!«
Sie sahen mich an.
»Ihr seid nicht besser als die anderen.«
»Als wer?«, fragte Marino verdutzt.
»Alle! Ich habe die Nase voll von Lügen, Eifersucht und Machtkämpfen. Von Freunden erwarte ich ein anderes Verhalten – und ich dachte, ihr wärt meine Freunde!« Ich stieß meinen Stuhl zurück. »Wenn es euch gut tut, einander anzugiften, dann macht nur weiter – aber ich werde mir das nicht länger anhören.«
Ohne die beiden eines weiteren Blickes zu würdigen, trug ich meinen Kaffee ins Wohnzimmer, drehte die Stereoanlage an, ließ mich in einen Sessel fallen und schloss die Augen. Musik war eine Therapie für mich. Zuletzt hatte ich Bach gehört, die Sinfonia aus der Kantate Nummer 29, mittendrin abgeschaltet. Jetzt lief sie weiter. Die Anspannung wich. In den ersten Wochen, nachdem Mark mich verlassen hatte, war ich oft nachts heruntergekommen, wenn ich nicht schlafen konnte, hatte die Kopfhörer aufgesetzt und mich mit Beethoven, Mozart oder Pachelbel umgeben.
Als Abby und Marino eine Viertelstunde später hereinkamen,

trugen sie die einfältig-zerknirschten Mienen eines Ehepaars zur Schau, das gerade einen heftigen Streit beigelegt hat.
»Wir haben uns ausgesprochen«, sagte Abby, und ich machte die Musik aus. »Ich habe alles erklärt, so gut ich konnte. Wir werden uns vertragen.«
»Freut mich zu hören.«
»Machen wir also zu dritt weiter«, meinte Marino. »Abby ist im Augenblick ja gar keine richtige Reporterin.«
Ich sah, dass diese Bemerkung sie nicht gerade begeisterte – aber sie protestierte nicht: Offenbar war sie tatsächlich entschlossen, Frieden zu halten.
»Wenn ihr Buch erscheint, ist die Sache wahrscheinlich schon vom Tisch«, fuhr er fort. »Darauf kommt es an: Dass endlich Schluss ist. Zwölf junge Leute hat der Kerl gekillt – wenn man Jill und Elizabeth zu den Pärchen dazurechnet.« Er schüttelte den Kopf. Sein Blick wurde hart. »Wer immer der Täter ist – er wird sich nicht aufs Altenteil zurückziehen. Er wird weitermachen, bis wir ihn fassen. Und in Fällen wie diesem ist das für gewöhnlich Glückssache.«
»Ich weiß nicht, ob das Glück ist – aber die Lincoln-Geschichte ist noch nicht zu Ende: Aranoff ist nicht der Mann vom Parkplatz in Williamsburg.«
»Sind Sie sicher?«
»Aranoff hat graue Haare – soweit noch vorhanden –, wiegt um hundertachtzig Pfund und ist etwa einsdreiundsiebzig groß.«
»Haben Sie ihn kennen gelernt?«
»Nein – aber seine Frau. Ich trat in Arbeitskluft auf und erzählte ihr, ich sei vom Elektrizitätswerk und müsse den Zähler ablesen. Wir kamen ins Reden. Sie bot mir eine Cola an. Wir saßen im Wohnzimmer, und ich bemerkte ein Familienfoto und fragte sie, wer der Mann darauf sei. Und so fand ich heraus, wie Aranoff aussieht: Er hat den Lincoln nicht gefahren – und er war auch nicht der Mann, der mich in Washington verfolgt hat.«
»Ich nehme nicht an, dass die Möglichkeit besteht, dass Sie sich verlesen haben«, wandte Marino sich an mich.

»Nein, das halte ich für ausgeschlossen. Aber wenn, wäre es ein unglaublicher Zufall: Ich lese an einem dunkelgrauen 1990er Mark Seven irrtümlich eine Nummer, die zu einem braunen 1990er Mark Seven gehört, der zur fraglichen Zeit im Gebiet Tidewater-Williamsburg unterwegs ist!«

»Sieht so aus, als müsste ich mich mal mit Mr. Aranoff unterhalten.«

Als Marino mich ein paar Tage später anrief, sagte er: »Ich hoffe, Sie sitzen.«

»Sie haben mit Aranoff gesprochen.«

»Bingo. Er verließ Roanoke am Montag, dem zehnten Februar, und graste Danville, Petersburg und Richmond ab. Am Freitag, dem vierzehnten, war er in der Gegend von Tidewater – und jetzt wird es interessant: Am Samstag, dem fünfzehnten – das war der Tag, an dem Sie und Abby sich in Williamsburg trafen –, wurde er in Boston erwartet. Also stellte er am Freitag, dem vierzehnten, seinen Wagen am Newport News Airport auf dem Parkplatz für Dauerparker ab, flog nach Massachusetts und war dann dort per Leihwagen unterwegs. Gestern früh kam er wieder in Newport News an, stieg in seinen Wagen und fuhr nach Hause.«

»Wollen Sie sagen, dass jemand die Nummernschilder stahl, während der Lincoln auf dem Platz für Dauerparker stand, und sie später wieder zurückbrachte?«

»Wenn Aranoff nicht lügt – und ich wüsste nicht, weshalb er das tun sollte –, dann gibt es keine andere Erklärung, Doc.«

»Ist ihm irgendetwas aufgefallen, das darauf hindeutete, dass sich jemand an den Schildern zu schaffen gemacht hatte?«

»Nein. Wir gingen in seine Garage und schauten nach: Beide waren ordnungsgemäß angebracht. Sie waren schmutzig – wie der Rest des Wagens – und verschmiert, was etwas bedeuten könnte oder auch nicht. Ich nahm keine Fingerabdrücke, denn wer immer sich die Schilder ausborgte, hatte sicherlich Handschuhe an. Daher könnten die Schmierer kommen. Es gab keine Spuren von Werkzeugen oder Gewaltanwendung.«

»Stand der Lincoln auf dem Parkplatz an einer schwer einsehbaren Stelle?«

»Aranoff sagte, er habe gerade noch so ziemlich in der Mitte einen Platz ergattert.«

»Wenn der Wagen mehrere Tage ohne Nummernschilder dort stand, hätte das doch jemandem auffallen müssen – einem Parkwächter oder einem anderen Autobesitzer«, meinte ich.

»Nicht unbedingt«, widersprach er. »Die Leute sind nicht so aufmerksam. Wenn sie ihren Wagen am Flughafen abstellen oder von einer Reise zurückkommen, haben sie nichts anderes im Sinn, als rechtzeitig ihre Maschine zu erreichen oder möglichst schnell nach Hause zu kommen. Die meisten haben auch noch Gepäck dabei und konzentrieren sich darauf, nirgends mit dem Karren anzustoßen. Aber auch wenn jemand es bemerkt hätte, wäre er sicher nicht zur Flughafensicherung gegangen, um es zu melden. Die hätten ohne den Fahrzeughalter eh nichts machen können. Die Dinger zu klauen ist kein Problem. Man geht nachts auf den Parkplatz, wenn kein Flugbetrieb mehr ist, und kann sich ungestört bedienen. Für alle Fälle kann man ja eine Aktentasche mitnehmen, in die man sie reinpackt – dann sieht es so aus, als käme man gerade zu oder von seinem Auto, falls einem doch jemand begegnet. Ich habe mir eine Theorie zurechtgelegt«, fuhr er fort. »Der Kerl, der Sie an besagtem Samstag nach dem Weg fragte, war kein FBI-Agent, Detective oder sonstiger Spürhund. Vielleicht ein Drogenhändler – könnte alles Mögliche sein. Ich denke, er hatte etwas Übles vor und tauschte deshalb die Nummernschilder aus – für den Fall, dass aus irgendeinem Grund jemand auf seinen Wagen aufmerksam würde. Ein Streifenpolizist beispielsweise.«

»Ganz schön riskant, wenn er angehalten würde, weil er bei Rot über eine Kreuzung fuhr«, sagte ich. »Dann würde die Zulassungsnummer doch zu einem anderen Besitzer führen.«

»Das ist richtig – aber er würde garantiert darauf achten, dass ihm so was nicht passiert.«

»Warum nimmt er sich keinen Mietwagen?«

»Dann könnte er auch gleich mit seinen eigenen Nummernschildern rumfahren. Jeder Cop erkennt einen Mietwagen auf Anhieb: Die Nummern beginnen in Virginia alle mit einem ›R‹ – und den Mieter ausfindig zu machen ist ein Klacks. Nein, nein – es ist schon viel klüger, die Schilder auszutauschen. Ich würde es auch so machen – sie mir nachts von einem Dauerparkplatz holen, und wenn ich sie nicht mehr brauchte, ebenfalls im Schutz der Dunkelheit zurückbringen.«

»Und wenn der Besitzer inzwischen aufgetaucht wäre und den Diebstahl bemerkt hätte?«

»Wenn der Wagen nicht mehr da wäre, würde ich die Schilder in einen Müllcontainer werfen. Wie auch immer – es kann mir nichts passieren.«

»Mein Gott, Marino: Der Mann, den Abby und ich an dem Abend in Williamsburg sahen, kann der Mörder gewesen sein!«

»Jedenfalls war es ganz sicher kein verirrter Geschäftsmann oder ein vertrottelter Detective, der euch beschatten sollte. Der Kerl war ganz bestimmt nicht koscher – aber das heißt noch lange nicht, dass er der Mörder war.«

»Der Parksticker …«

»Dem werde ich nachgehen. Mal sehen, ob ich von Colonial Williamsburg eine Liste der Leute bekomme, an die so ein Ding ausgegeben wurde.«

»Der Wagen, den Mr. Joyce ohne Licht an seinem Haus vorbeifahren sah, könnte ein Mark Seven gewesen sein«, dachte ich laut.

»Durchaus. Das Modell kam 1990 raus – im Sommer 1990 verschwanden Bonnie Smyth und Jim Freeman – und im Dunkeln kann man es leicht mit einem Thunderbird verwechseln, für den Mr. Joyce ihn hielt.«

»Wesley hat einen arbeitsreichen Tag vor sich«, murmelte ich.

»Gut, dass Sie das erwähnen«, sagte Marino. »Sonst hätte ich glatt vergessen, ihn anzurufen.«

Der März begann mit der schüchtern geflüsterten Verheißung kommender Frühlingsfreuden. Die Sonne schien mir warm auf den Rücken, als ich die Windschutzscheibe meines Mercedes putzte, während Abby Benzin in den Tank laufen ließ. Ein sanfter

Wind wehte. Die Leute wuschen ihre Autos, fuhren mit ihren Rädern, die Erde reckte und streckte sich erwachend.
Wie viele Tankstellen heutzutage hatte auch diese einen kleinen Laden dabei, und ich nahm uns zwei Becher Kaffee mit. Dann machten wir uns auf den Weg nach Williamsburg. Wir hatten die Fenster einen Spalt geöffnet, aus dem Radio klangen die Stimmen von Linda Ronstadt und Aaron Neville mit *Don't Know Much.*
»Ich habe meinen Anrufbeantworter abgehört, bevor wir wegfuhren«, sagte Abby.
»Und?«
»Fünfmal aufgelegt.«
»Cliff?«
»Ich wette drauf«, nickte sie. »Nicht, weil er mit mir reden wollte, sondern um festzustellen, ob ich zu Hause wäre. Wahrscheinlich ist er auch bei meinem Stellplatz vorbeigefahren, um nach meinem Wagen zu sehen.«
»Warum sollte er das tun, wenn er nicht daran interessiert wäre, mit dir zu sprechen?«
»Vielleicht weiß er noch nicht, dass ich meine Schlösser habe auswechseln lassen.«
»Dann müsste er dumm sein – und dafür halte ich ihn nicht. Es muss ihm doch klar sein, dass du nach dem Erscheinen seiner Serie zwei und zwei zusammengezählt hast.«
»Nein – dumm ist er nicht.« Abby starrte aus dem Seitenfenster.
Ich öffnete das Sonnendach.
»Natürlich ist ihm klar, dass ich Bescheid weiß«, sagte sie. »Dumm ist er wirklich nicht – und ein großartiger Schauspieler: Niemand merkt, dass er verrückt ist.«
»Schwer zu glauben, dass ein Verrückter es so weit bringen kann«, meinte ich.
»Das ist Washington«, antwortete sie zynisch. »Die erfolgreichsten und mächtigsten Leute leben dort, und die eine Hälfte von ihnen ist verrückt und die andere neurotisch. Und kaum einer hat Moral. Das sind die Auswirkungen der Macht. Ich verstehe nicht, dass Watergate irgendjemanden überrascht hat.«

»Und wie hat sich die Macht auf *dich* ausgewirkt?«, fragte ich.
»Ich weiß, wie sie schmeckt, aber ich war nicht lange genug in D. C., um süchtig zu werden.«
»Vielleicht ist das ein Glück für dich.«
Sie schwieg.
Ich dachte an Pat Harvey. Wie es ihr wohl ging? »Hast du mit Pat Harvey gesprochen?«
»Ja.«
»Nach der Artikelserie in der *Post?*«
Sie nickte.
»Was macht sie für einen Eindruck?«
»Ich habe mal einen Bericht von einem Mann gelesen, der im damaligen Kongo als Missionar arbeitete. Er beschrieb, wie er eines Tages auf einen Häuptling traf, der völlig normal aussah – bis er lächelte: Alle seine Zähne waren spitz zugefeilt. Er war Kannibale.« Ihre Stimme bebte vor Zorn. Ich hatte keine Ahnung, worauf sie hinauswollte. »Bevor ich neulich nach Roanoke fuhr, schaute ich bei Pat Harvey rein. Wir sprachen kurz über die Serie in der *Post*, und sie wirkte völlig normal – bis sie lächelte: Dieses Lächeln ließ mir das Blut in den Adern gefrieren.«
Ich wusste nicht, was ich dazu sagen sollte.
»Und da erkannte ich«, fuhr Abby fort, »dass Cliffs Artikel sie in den Abgrund gestürzt hatten. Deborahs Ermordung hatte sie an den Rand getrieben – die Serie versetzte ihr den letzten Stoß. Es war gespenstisch: Ich hatte das Gefühl, mit einer Toten zu sprechen.«
»Wusste sie, dass ihr Mann ein Verhältnis hatte?«
»Jedenfalls weiß sie es jetzt.«
»Glaubst du denn, dass es tatsächlich stimmt?«
»Man kann gegen Cliff sagen, was man will – aber er würde nie was schreiben, wofür er keine Beweise hat.«
Ich fragte mich, was passieren müsste, um mich in den Abgrund zu stürzen. Etwas mit Lucy oder Mark? Ein Unfall, nach dem ich meine Hände nicht mehr benutzen könnte oder blind wäre? Ich stellte mir den Zustand, lebendig und doch tot zu sein, entsetzlich vor – aber vielleicht merkte man es gar nicht, wenn es so weit war.

Kurz nach Mittag kamen wir in Old Towne an. Die Wohnanlage, in der Jill und Elizabeth gelebt hatten, bestand aus lauter gleich aussehenden Backsteinhäusern mit roten Markisen über den Eingängen, auf denen die Blocknummern standen. Winterbraune Grasflecken waren von schmalen, jetzt mit Rindenmulch bedeckten Blumenbeeten eingefasst. Es gab Grillplätze mit Picknicktischen und Schaukelgerüsten.

Wir stiegen aus und schauten zu dem Balkon hinauf, der zu Jills ehemaligem Apartment gehörte. Durch die breiten Zwischenräume des Geländers sah man zwei Liegestühle mit weißblauem Plastikgeflecht. Von einem Haken in der Decke baumelte eine Kette herab, die der Wind leicht hin- und herschwingen ließ. Wahrscheinlich war sie für eine Blumenampel gedacht. Elizabeth hatte auf der anderen Seite des Parkplatzes genau gegenüber gewohnt.

Eine Weile schwiegen Abby und ich bedrückt. Dann sagte sie: »Die beiden waren mehr als Freundinnen, stimmt's?«

»Darauf könnte ich nur mit Hörensagen antworten.«

Sie lächelte schwach. »Ich habe mir schon damals, als ich die Morde recherchierte, Gedanken darüber gemacht – aber niemand deutete etwas in dieser Richtung an.« Sie starrte vor sich hin. »Ich kann mir gut vorstellen, wie sie sich gefühlt haben.«

Ich sah sie fragend an.

»Es muss so gewesen sein wie bei Cliff und mir: Bestimmt hatten auch sie immer Angst, es könnte jemand etwas merken, und konnten ihre Liebe nie unbeschwert genießen.«

Wir setzten uns wieder in den Wagen. »Die Ironie ist«, sagte ich und ließ den Motor an, »dass die Leute sich überhaupt nicht dafür interessieren: Sie sind viel zu sehr mit sich selbst beschäftigt.«

»Ob Jill und Elizabeth das je begriffen hätten?«

»Wenn ihre Liebe eines Tages über ihre Furcht gesiegt hätte, wäre es ihnen aufgegangen.«

»Wo fahren wir jetzt hin?«, wollte Abby wissen.

»Richtung Downtown«, antwortete ich vage.

»Was für eine exakte Angabe.« Sie sah mich scharf an. »Du willst den verdammten Lincoln suchen!«

»Zumindest können wir's versuchen.«
»Und was machst du, wenn du ihn findest, Kay?«
»Dann schreibe ich die Zulassungsnummer auf und lasse feststellen, auf wen er diesmal zugelassen ist.«
Sie lachte. »Wenn du einen dunkelgrauen 1990er Mark Seven mit einem Colonial-Williamsburg-Sticker an der hinteren Stoßstange entdeckst, geb ich dir hundert Dollar.«
»Dann zücke schon mal dein Scheckbuch – wenn er hier ist, finde ich ihn.«
Und das tat ich – keine halbe Stunde später: Ich hatte beschlossen, zum »Ort des Geschehens« zurückzukehren, und als wir zum Merchant's Square kamen, stand der Lincoln dort auf dem Parkplatz – nicht weit von der Stelle entfernt, wo der Fahrer bei uns angehalten hatte.
»Großer Gott!«, flüsterte Abby. »Ich fasse es nicht!«
Der Wagen war leer und machte den Eindruck, als sei er frisch gewaschen und gewachst. Links hinten klebte ein Parksticker auf der Stoßstange. Die Zulassungsnummer lautete ITU 144. Abby schrieb sie auf.
»Das ist zu einfach, Kay – er kann es nicht sein.«
»Natürlich kann ich nicht mit Sicherheit sagen, dass es derselbe Wagen ist – aber er sieht genauso aus.«
Wir parkten etwa zwanzig Stellplätze entfernt zwischen einem Kombi und einem Pontiac so, dass wir den Mark Seven im Auge behalten konnten. Ich ließ den Blick über die Geschäftsfassaden gleiten: ein Geschenke-Shop, ein Bilderrahmengeschäft, ein Restaurant, zwischen einer Bäckerei und einem Tabakladen eine kleine Buchhandlung. »Der Austeiler« stand in altmodischen Lettern auf dem Holzschild über der Tür.
»Kreuzworträtsel!«, stieß ich hervor. Ein Schauder lief mir über den Rücken.
»Was hast du gesagt?« Abby wandte den Blick nicht von dem Lincoln.
»Jill und Elizabeth liebten Kreuzworträtsel – und sonntagmorgens holten sie sich deshalb das *New York Times Magazine.*« Ich öffnete meine Tür.

Abby legte mir die Hand auf den Arm. »Wo willst du hin?«

»Da drüben ist ein Buchladen. Vielleicht haben die beiden dort die Zeitung gekauft – und ihren Mörder kennen gelernt.«

»Was wilde Spekulationen angeht, bin ich ja ein Waisenkind gegen dich! Aber mal im Ernst: Wenn du Recht haben solltest, wäre es ein Wahnsinn, einfach da reinzumarschieren: Es ist durchaus möglich, dass er dich wiedererkennen würde.«

»›Austeiler‹ könnte sich auf Karten beziehen«, überlegte ich laut, als eine junge Frau mit schwarzen Locken die Tür zur Buchhandlung öffnete und darin verschwand. »Jemand, der Karten austeilt, teilt auch Herzbuben aus«, fügte ich hinzu.

»Er hat dich aus der Nähe gesehen, dein Bild war in der Zeitung … *Ich* werde reingehen.«

»Wir gehen beide.«

»Das ist doch verrückt!«

»Du hast Recht.« Ich hatte mich entschlossen. »Du bleibst hier – ich gehe.«

Bevor sie weiter protestieren konnte, war ich schon ausgestiegen. Sie stieg ebenfalls aus – doch sie blieb neben dem Wagen stehen, als ich mit festen Schritten auf die Buchhandlung zuging: Sie war zu vernünftig, um eine Szene zu machen.

Als ich die Hand auf die Messingklinke legte, klopfte mein Herz bis zum Hals – und als ich den Laden betrat, wurde mir schwach in den Knien.

Er stand hinter dem Tresen und schrieb lächelnd eine Quittung aus, während eine Frau mittleren Alters in einem Wildlederkostüm auf ihn einschwatzte: »… so ist das mit Geburtstagen: Man schenkt dem Ehemann ein Buch, weil man es selber lesen will …«

»Wenn Sie beide dieselben Bücher mögen, ist dagegen nichts zu sagen.« Seine Stimme war sehr weich und freundlich – eine Stimme, die Vertrauen einflößte.

Jetzt, da ich hier war, konnte ich es gar nicht erwarten, wieder gehen zu können. Am liebsten wäre ich hinausgestürzt. An einem Ende des Ladentisches lagen Stapel verschiedener Zeitungen. Auch die *New York Times* war dabei. Sollte ich eine kaufen? Nein –

dann hätte ich ihm ins Gesicht sehen müssen, und das wagte ich nicht.
Ich drehte mich auf dem Absatz um und ging.
Abby saß rauchend im Wagen.
»Ein Mensch, der hier arbeitet, muss den Weg zur Sixty Four kennen«, sagte ich und ließ den Motor an.
Sie verstand. »Willst du Marino gleich anrufen oder erst von zu Haus aus?«
»Gleich.« Ich fand einen öffentlichen Fernsprecher und erfuhr, Marino sei unterwegs. Ich hinterließ ihm die Nachricht »ITU 144. Rufen Sie mich an.«
Abby bombardierte mich mit Fragen. Danach verfielen wir in Schweigen. Mein Magen revoltierte, und ich spielte verschiedentlich mit dem Gedanken anzuhalten, weil ich fürchtete, mich übergeben zu müssen.
Abby musterte mich. Ich spürte ihre Besorgnis. »Du bist weiß wie ein Laken, Kay!«
»Es geht mir gut.«
»Soll ich lieber fahren?«
»Nein, nein – es geht mir gut. Wirklich.«
Als wir zu Hause ankamen, ging ich sofort in mein Schlafzimmer hinauf. Meine Hände zitterten, als ich zum Hörer griff und die Nummer wählte. Nach dem zweiten Klingeln schaltete sich Marks Anrufbeantworter ein. Eigentlich wollte ich gleich wieder auflegen, doch die Stimme zog mich in ihren Bann.
»Es tut mir Leid, ich bin augenblicklich nicht da …« Als der Piepston in mein Ohr schrillte, zögerte ich kurz und legte dann langsam auf. Als ich aufschaute, sah ich Abby in der Tür stehen. An ihrem Gesichtsausdruck erkannte ich, dass sie wusste, was ich gerade getan hatte. Meine Augen füllten sich mit Tränen.
Sie setzte sich neben mich auf die Bettkante. »Warum hast du ihm keine Nachricht hinterlassen?«
»Woher weißt du, wen ich angerufen habe?«, fragte ich mit mühsam gefestigter Stimme.
»Weil ich das kenne: Wenn ich mich über irgendwas aufrege, rufe

ich bei Cliff an – auch jetzt noch, nach allem, was er mir angetan hat.«
»Und dann?«
»Dann tue ich das Gleiche wie du.«
»Das ist gut.«
Sie musterte mich eingehend. »Was hast du gefühlt, als du in die Buchhandlung gingst und den Kerl sahst?«
»Ich weiß nicht genau.«
»Wie konntest du dich so in Gefahr bringen?«
»Das fragst ausgerechnet du?«
Sie lächelte. »Du hast Recht. Ich verstehe dich: Menschen wie wir können nicht anders – wir werden von irgendeiner geheimnisvollen Macht angetrieben, vorwärts gepeitscht ...«
Ich brachte es nicht über mich, ihr meine Angst zu gestehen. Wenn Mark den Hörer abgenommen hätte – ich wusste nicht, ob ich sie ihm hätte eingestehen können.
Abby starrte ins Leere, und ihre Stimme schien von weither zu kommen, als sie fragte: »Du hast so viel mit dem Tod zu tun – denkst du jemals an deinen eigenen?«
»Ich möchte wissen, warum Marino sich nicht meldet.« Ich griff erneut zum Telefon.

16

Die Tage vergingen. Ich wartete voller Spannung und Unruhe. Seit ich ihm von meinem Besuch in der Buchhandlung erzählt hatte, hatte ich nichts mehr von Marino gehört – und auch von niemand anderem. Mit jeder Stunde, die verging, wurde die Funkstille lauter und unheildrohender.

Als ich am ersten Tag des Frühlings aus dem Konferenzraum kam, wo mich zwei Anwälte drei Stunden lang aufgehalten hatten, teilte Rose mir mit, dass ich am Telefon verlangt werde.

»Kay? Hier ist Benton.«

»Guten Tag.« Adrenalin rauschte durch meine Adern.

»Können Sie morgen nach Quantico kommen?«

Ich zog meinen Terminkalender zu Rate. Rose hatte eine Besprechung eingetragen, doch die konnte ich verschieben. »Wann?«

»Um zehn, wenn Ihnen das passt. Marino wird auch da sein.«

»Worum geht es?«

»Ich habe jetzt keine Zeit – bis morgen dann.«

Als ich das Büro verließ, war die Sonne schon untergegangen und die Luft kalt. Beim Einbiegen in meine Zufahrt sah ich Licht im Haus: Abby war da. In den letzten Wochen hatten wir uns wie ein Paar benommen, das in Scheidung lebt: Wir gingen beide unserer Wege, sprachen kaum ein Wort miteinander und sahen uns nur selten. Abby kaufte grundsätzlich nicht ein, klebte aber ab und an einen Fünfzigdollarschein an den Kühlschrank, der für das Wenige, das sie aß, mehr als ausreichte. Wenn der Scotch zur Neige ging, fand ich einen Zwanzigdollarschein unter der Flasche. Ein paar Tage zuvor hatte ich auf einer leeren Waschpulverschachtel fünf Dollar entdeckt. Es war wie beim Ostereiersuchen.

Als ich die Haustür aufsperrte, stand plötzlich Abby vor mir – so unvermittelt, dass ich zusammenfuhr.

»Tut mir Leid«, sagte sie. »Ich wollte dich nicht erschrecken. Ich hörte dich kommen und wollte dir aufmachen.«
Meine Reaktion war wirklich albern – aber seit Abby bei mir wohnte, wurde ich zusehends nervöser. Ich führte das darauf zurück, dass ich mich in meiner Privatsphäre gestört fühlte.
»Soll ich dir einen Drink machen?« Sie sah müde aus.
»Das wäre schön.« Ich knöpfte meinen Mantel auf. Mein Blick wanderte zur offenen Wohnzimmertür. Auf dem Couchtisch sah ich zwischen einem überquellenden Aschenbecher und einem halb vollen Weinglas ein paar kleine Notizblöcke, wie sie Journalisten benutzen.
Ich zog Mantel und Handschuhe aus und ging in die Küche, um den Anrufbeantworter abzuhören. Meine Mutter hatte versucht, mich zu erreichen. Wenn ich genau um zwanzig Uhr eine bestimmte Nummer anriefe, würde ich möglicherweise in einem Preisausschreiben gewinnen. Marino hatte auf Band gesprochen, wann er mich am nächsten Morgen abholen würde. Mark vermisste mich.
»Ich muss morgen nach Quantico«, eröffnete ich Abby, als ich ins Wohnzimmer kam.
Sie deutete auf meinen Drink, der auf dem Couchtisch stand.
»Marino und ich treffen uns mit Benton«, fuhr ich fort.
Sie griff nach ihren Zigaretten.
»Ich weiß nicht, worum es geht«, setzte ich hinzu. »Vielleicht weißt du es ja.«
»Wie sollte ich?«
»Du bist nicht oft hier gewesen – ich habe keine Ahnung, was du gemacht hast.«
»Ich habe auch keine Ahnung, was du gemacht hast.«
»Nichts Bemerkenswertes. Was möchtest du wissen?«, fragte ich leichthin, um die Spannung zu lockern.
»Ich frage nicht – ich akzeptiere deine Verschlossenheit, was deine Arbeit angeht.«
Das war ein Wink mit dem Zaunpfahl: Ich sollte ihre ebenfalls akzeptieren. »Abby – du machst in letzter Zeit einen so abwesenden Eindruck.«

»Ich bin beschäftigt – nimm es nicht persönlich«, sagte sie mit einem bittenden Unterton.
Natürlich hatte sie viel im Kopf – ihr Buch und die Überlegung, wie ihr weiteres Leben aussehen sollte –, aber ich hatte sie noch nie so in sich gekehrt erlebt. »Ich mache mir Sorgen um dich – das ist alles.«
»Du musst das verstehen, Kay: Wenn ich an einer Sache dran bin, werde ich davon aufgefressen. Ich kann an nichts anderes denken.« Und nach einer kurzen Pause fügte sie hinzu: »Ich glaube, du hast Recht: Das Buch ist wirklich eine Chance für mich, wieder ernst genommen zu werden.«
»Und wie ich dich kenne, wird es ein Bestseller.«
»Vielleicht – aber ich bin nicht die Einzige, die sich dieses Thema vorgenommen hat: Mein Agent hat Gerüchte über andere Verträge gehört. Wenn ich als Erste rauskommen will, muss ich mich beeilen.«
»Wegen deines Buches mache ich mir keine Sorgen – aber deinetwegen.«
»Ich sorge mich auch um dich, Kay. Ich bin dir unendlich dankbar dafür, dass ich hier wohnen darf – aber du bist mich bald los, das verspreche ich dir.«
»Du kannst bleiben, solange du willst.«
Sie nahm ihre Notizen und ihr Glas. »Ich muss in Kürze anfangen zu schreiben – aber das kann ich nur in meinen eigenen vier Wänden und mit meinem Computer.«
»Dann recherchierst du also immer noch.«
»Ja – und ich finde viele Dinge, die ich gar nicht gesucht habe«, lautete die rätselhafte Antwort. Ohne weitere Erklärung verließ sie das Zimmer.

Kurz vor der Ausfahrt nach Quantico kam der Verkehrsstrom plötzlich zum Stehen. Offenbar hatte es irgendwo weiter nördlich von uns einen Unfall gegeben. Jedenfalls ging es keinen Meter weiter. Marino schaltete das Blaulicht ein, scherte nach rechts aus, und dann holperten wir gut hundert Meter das Bankett entlang.

Steine polterten gegen den Wagenboden und ließen mich um die Ölwanne bangen.

Während der vergangenen zwei Stunden hatte Marino mir einen Bericht über seine häuslichen Fortschritte gegeben. Ich war nicht recht bei der Sache, weil ich mich fragte, was Wesley uns wohl zu sagen haben mochte, und mir außerdem Gedanken um Abby machte.

»Ich wusste ja nie, dass Jalousetten so schwer sauber zu kriegen sind«, klagte er, als wir an den Baracken des Marine Corps und einem Schießplatz vorbeifuhren. »Ich sprühe sie also mit Putzmittel ein – und dann brauche ich eine geschlagene Minute pro Lamelle, und das ganze Zimmer liegt voller Haushaltspapierfetzen. Schließlich kommt mir eine Idee: Ich nehme die verdammten Dinger einfach ab und packe sie in die Badewanne, lasse heißes Wasser reinlaufen und schütte Waschpulver dazu. Es funktionierte wie ein Zauber.«

»Na, großartig«, murmelte ich.

»Zurzeit bin ich dabei, die Tapete in der Küche runterzureißen. Sie war schon im Haus, als wir es kauften. Doris hat sie nie leiden können.«

»Entscheidend ist, ob Sie sie leiden können – Sie sind derjenige, der dort wohnt.«

»Ich habe nie weiter darüber nachgedacht«, gestand er. »Aber wenn Doris sie scheußlich fand, hatte sie vermutlich Recht. Wir haben oft davon gesprochen, den Wohnwagen zu verkaufen und von dem Geld einen Swimmingpool in den Garten zu stellen. Das werde ich als Nächstes in Angriff nehmen. Sollte fertig sein bis zum Sommer.«

»Marino – seien Sie vorsichtig«, mahnte ich sanft. »Tun Sie nur, was Sie wirklich für sich wollen.«

Er antwortete nicht.

»Hängen Sie Ihre Zukunft nicht an einer Hoffnung auf, die sich vielleicht nicht erfüllt.«

»Was ich mache, kann auf keinen Fall schaden«, meinte er nach einer langen Pause. »Auch wenn sie nicht zurückkommt – es kann kein Fehler sein, wenn alles hübsch aussieht.«

»Sie müssen mir Ihr Haus einmal vorführen«, sagte ich.
»Stimmt – Sie kennen es ja gar nicht: Immer hänge ich bloß bei Ihnen rum.«
Wir waren am Ziel. Er parkte, und wir stiegen aus. Die FBI National Academy war noch weiter über die Grenzen des US Marine Corps hinausgewuchert, seit ich das letzte Mal hier gewesen war. Das Hauptgebäude mit dem Springbrunnen und den Flaggen davor war in ein Verwaltungsgebäude umfunktioniert und das Zentrum der Aktivität in einen neuen Ziegelbau nebenan verlegt worden. Daneben war ein Klotz entstanden, der wie ein weiteres Wohnheim aussah. In der Ferne krachte Artilleriefeuer. Es klang wie Silvesterraketen.
Marino gab seine Achtunddreißiger am Empfang ab. Wir trugen uns in die Liste ein und klipsten uns die Besucherausweise an. Auf dem Weg stellte ich fest, wie gut er sich auf dem Gelände auskannte: Die Abkürzungen, die er benutzte, waren mir sämtlich unbekannt und führten unter anderem über eine Laderampe und durch eine Küche. Als wir schließlich aus der Hintertür eines Geschenkeshops traten, den Marino durchquert hatte, ohne nach rechts und links zu schauen oder Notiz von der jungen Angestellten zu nehmen, die mit einem Arm voll T-Shirts und entgeistertem Gesicht in der Mitte des Ladens stehen geblieben war und den Mund zum Protest geöffnet hatte, bogen wir um eine Ecke und betraten den Boardroom, wo Wesley an einem Fenstertisch auf uns wartete.
Er kam sofort zur Sache.
Der Besitzer des »Austeiler« hieß Steven Spurrier. Benton beschrieb ihn als »vierunddreißig, Weißer, schwarze Haare, braune Augen, eins achtzig groß, zweiundsiebzig Kilo schwer«. Der Mann war bisher weder festgenommen noch verhört worden, stand jedoch unter Überwachung – und was seitdem beobachtet worden war, konnte man nicht gerade als alltäglich bezeichnen.
Mehrmals hatte er sein einstöckiges Haus zu später Stunde verlassen und war zu zwei Bars und einem Rastplatz gefahren. Er war nie lange an dem jeweiligen Ort geblieben. Er war immer allein gewesen. In der vorangegangenen Woche hatte er ein junges

Pärchen angesprochen, das aus einer Bar namens Tom-Toms kam. Allem Anschein nach hatte er auch sie nach dem Weg gefragt. Das war alles – die beiden waren in ihren Wagen gestiegen und weggefahren. Spurrier war zu seinem Lincoln gegangen und gemächlich nach Hause gefahren. Seine Nummernschilder waren unangetastet geblieben.

»Das Problem besteht darin, ihm etwas nachzuweisen. Wir müssen jetzt eng zusammenarbeiten.« Wesley sah mich durch seine randlose Brille streng an. Wir haben eine Patronenhülse in unserem Labor – Sie haben die Kugel aus Deborah Harveys Wirbelsäule in Richmond ...

»Ich habe die Kugel nicht«, unterbrach ich ihn. »Das Forensic Science Bureau hat sie. Ich nehme an, sie haben dort bereits mit der DNS-Analyse des Blutes aus Elizabeth Motts Wagen begonnen.«

»Es wird noch ein, zwei Wochen dauern, bis das Ergebnis vollständig vorliegt.«

Ich nickte. Das DNS-Labor wandte fünf polymorphe Methoden an, von denen jede etwa eine Woche in Anspruch nahm. Deshalb hatte ich Wesley schon vor einiger Zeit schriftlich den Vorschlag gemacht, sich das blutige Gewebe bei Montana zu besorgen und sofort mit der Analyse zu beginnen.

»Ohne eine Blutprobe des Verdächtigen sind die DNS-Tests keinen Pfifferling wert«, erinnerte Marino uns.

»Die kriegen wir schon«, antwortete Wesley ruhig.

»Wir könnten Spurrier doch hoppnehmen und uns erklären lassen, wieso er seinerzeit mit Aranoffs Nummernschildern durch die Gegend fuhr.«

»Schön wär's – aber wir können nicht beweisen, dass er das getan hat: Da stünde Wort gegen Wort.«

»Wir brauchen nur einen Richter, der einen Haftbefehl unterschreibt – und dann fangen wir an zu graben. Vielleicht finden wir zwölf Paar Schuhe«, sagte Marino. »Vielleicht auch eine Uzi, Hydra-Shoks – wer weiß?«

»Immer mit der Ruhe – eins nach dem anderen«, beruhigte ihn Wesley.

Er stand auf, um sich noch einen Kaffee zu holen, und Marino nahm unsere Tassen und folgte ihm. Zu dieser frühen Stunde war der Boardroom fast menschenleer. Ich ließ den Blick durch den Raum wandern und versuchte mir vorzustellen, wie es hier spätabends zugehen mochte. Agenten im Training leben wie Mönche. Damenbesuche, Alkohol und Zigaretten sind in den Wohnheimen nicht gestattet – die Zimmer kann man nicht abschließen –, aber im Boardroom werden Wein und Bier ausgeschenkt. Streitigkeiten, Tratsch – alles spielte sich hier ab. Ich erinnerte mich, dass Mark mir einmal erzählt hatte, wie er eines Abends eine allgemeine Rauferei ausgelöst hatte, als ein FBI-Agent aus lauter Übereifer ein paar DEA-Veteranen »festnehmen« wollte, die an einem der Tische saßen. Tische waren umgeworfen worden, Biergläser und Popcorn durch die Luft geflogen.

Die beiden Männer kamen zurück. Wesley stellte seine Tasse hin, streifte sein perlgraues Jackett ab und hängte es ordentlich über die Rückenlehne seines Stuhls. Sein weißes Hemd war fast faltenfrei, die pfauenblaue Krawatte zierten winzige Lilien, und er trug pfauenblaue Hosenträger. Marino bildete einen krassen Kontrast zu seinem Modejournal-Gegenüber. Mit seinem dicken Bauch hätte er selbst den elegantesten Anzug wie einen Sack aussehen lassen – doch man musste seinen guten Willen anerkennen: Neuerdings bemühte er sich wirklich um ein gepflegtes Äußeres.

Wesley notierte sich etwas, Marino blätterte eine Akte durch – sie schienen mich völlig vergessen zu haben. »Was wissen Sie über Spurriers Vergangenheit?«, fragte ich.

Benton blickte auf. »Keine Vorstrafen. Er ist nie festgenommen worden, hat in den letzten zehn Jahren nicht einmal einen Strafzettel wegen Geschwindigkeitsüberschreitung bekommen. Den Lincoln hat er im Februar 1990 bei einem Händler in Virginia Beach gekauft, einen Sechsundachtziger Town Car in Zahlung gegeben und den Rest bar bezahlt.«

»Der muss ja Kohle haben«, sagte Marino. »Fährt teure Schlitten, wohnt in einem tollen Haus ... Schwer zu glauben, dass seine kleine Buchhandlung so viel abwirft.«

»Tut sie auch nicht«, antwortete Benton. »Laut seiner Einkommensteuererklärung vom letzten Jahr hat er weniger als dreißigtausend eingenommen. Aber er hat über eine halbe Million Vermögen, ein Börsenkonto, ein Haus am Meer und Aktien.«

»Mannomann!« Marino schüttelte den Kopf.

»Gibt es irgendwelche Angehörige, die er unterstützen muss?«, fragte ich.

»Nein«, erwiderte Wesley. »Er war nie verheiratet, die Eltern sind tot. Der Vater war ein sehr erfolgreicher Makler in Northern Neck. Er starb, als Steven Anfang zwanzig war. Ich vermute, daher stammt das Geld.«

»Was ist mit der Mutter?«

»Sie starb etwa ein Jahr nach ihrem Mann – an Krebs. Steven war ein Nachzügler: Bei seiner Geburt war sie schon zweiundvierzig. Er hat einen Bruder namens Gordon. Er ist fünfzehn Jahre älter, lebt in Texas, ist verheiratet und hat vier Kinder.«

Wesley zog seine Aufzeichnungen zu Rate. Spurrier war in Gloucester geboren worden, hatte die Universität von Virginia besucht, war mit einem Bakkalaureat in Englisch abgegangen.

Danach trat er in die Navy ein, wo er nur vier Monate blieb. Die folgenden elf Monate arbeitete er in einer Druckerei, wo seine Hauptaufgabe darin bestand, die Maschinen zu warten.

»Ich würde gern mehr über seine Zeit bei der Navy erfahren«, hakte Marino nach.

»Da gibt es nicht viel«, erklärte Wesley. »Nach seiner Einstellung wurde er zur Grundausbildung nach San Diego geschickt. Er wählte als Hauptfach Journalismus und wurde der Defense Information School in Fort Benjamin, Indianapolis, zugeteilt. Später kommandierte man ihn zum Dienst beim Supreme Allied Commander ab.« Wesley blickte von seinen Notizen auf. »Etwa einen Monat später starb sein Vater, und Steven wurde dienstentlassen, um sich in Gloucester um seine Mutter kümmern zu können, die bereits an Krebs litt.«

»Warum tat der Bruder das denn nicht?«, wollte Marino wissen.

»Der konnte offenbar aus beruflichen und familiären Gründen

nicht aus Texas weg.« Benton sah uns beide an. »Vielleicht gab es aber auch andere Gründe. Stevens Verhältnis zu seinen Eltern interessiert mich sehr – aber ich habe beschlossen, mich mit den diesbezüglichen Nachforschungen noch eine Weile zu gedulden.«
»Und warum?«
»Es ist zu riskant, zum gegenwärtigen Zeitpunkt an den Bruder heranzutreten: Ich möchte unter keinen Umständen, dass er Steven anruft und ihm davon erzählt! Außerdem habe ich ohnehin nicht viel Hoffnung, dass er mit uns kooperieren würde: In Fällen wie diesem halten Familienmitglieder meist zusammen wie Pech und Schwefel – selbst wenn sie sich ansonsten nicht vertragen.«
»Aber Sie haben mit anderen Leuten gesprochen«, sagte Marino.
»Mit einigen – von der Navy, der UVA und seinem früheren Arbeitgeber in der Druckerei.«
»Und was wussten die über den Kerl zu berichten?«
»Er ist ein Einzelgänger. Kein engagierter Journalist – las lieber, als Interviews zu machen oder Storys zu schreiben. Die Druckerei kam ihm da sehr gelegen: Wenn wenig los war, verzog er sich irgendwohin und steckte die Nase in ein Buch – oder er wienerte die Pressen. Das tat er mit wahrer Begeisterung. Manchmal vergingen Tage, ohne dass er mit jemandem ein Wort sprach. Sein Chef beschrieb ihn als ›eigenartig‹.«
»Hat er Beispiele dafür gebracht?«
»Mehrere. Eine Frau, die bei der Druckerei angestellt war, schnitt sich eines Morgens mit einem Papierschneider eine Fingerspitze ab, und Steven bekam einen Wutanfall, weil sie ein Maschinenteil voll blutete, das er gerade geputzt hatte. Auch seine Reaktion auf den Tod der Mutter war anormal: Steven saß mit einem Buch in der Kantine, als der Anruf vom Krankenhaus kam. Nach dem Gespräch kehrte er, ohne eine Gefühlsregung zu zeigen, zu seinem Stuhl zurück und las weiter.«
»Ein wirklich warmherziger Bursche«, sagte Marino.
»Dieses Adjektiv ist niemandem zu ihm eingefallen.«
»Und was unternahm er nach dem Tod seiner Mutter?«, fragte ich.
»Nun – ich nehme an, Steven bekam sein Erbe ausbezahlt. Er zog

nach Williamsburg und eröffnete den ›Austeiler‹ am Merchant's Square. Das war vor neun Jahren.«

»Ein Jahr bevor Jill Harrington und Elizabeth Mott ermordet wurden«, murmelte ich.

Wesley nickte. »Er war damals schon in der Gegend – und er ist es während all der Morde gewesen. Urlaub machte er nie – aber vor sieben Jahren sperrte er für fünf Monate zu. Wir wissen weder, weshalb, noch, wo er in dieser Zeit war.«

»Er schmeißt den Laden allein?«, erkundigte sich Marino.

»Ja – es ist ja keine große Sache. Montags hat er geschlossen. Wenn keine Kunden da sind, sitzt er hinter dem Tresen und liest. Nach Geschäftsschluss schaltet er den Anrufbeantworter ein: Wenn jemand ein bestimmtes Buch sucht oder möchte, dass Spurrier sich um einen vergriffenen Titel bemüht, kann er seinen Wunsch auf Band sprechen.«

»Es ist doch seltsam, dass ein solcher Eigenbrötler ein Geschäft eröffnet, das ihn zu ständigem Umgang mit Menschen zwingt«, fand ich.

»Im Gegenteil«, widersprach Benton. »So kann er die Leute beobachten, ohne in privaten Kontakt mit ihnen treten zu müssen. Viele Studenten der William-and-Mary-Universität sind Stammkunden bei ihm – hauptsächlich, weil er neben populärer Belletristik und Sachbüchern ausgefallene antiquarische Bücher führt. Er bietet auch eine große Auswahl an Spionageromanen und Militärmagazinen an, die Kundschaft von den nahe gelegenen Army-Basen bringen. Wenn er der Killer ist, dann dürften die jungen Leute, die in seinen Laden kommen, ihn gleichzeitig faszinieren und Minderwertigkeitskomplexe, Frustration und Hass in ihm wecken, weil sie all das verkörpern, was ihm versagt ist.«

»Ich würde gern wissen, ob man sich bei der Navy über ihn lustig gemacht hat«, warf ich ein.

»Soviel ich gehört habe, war das der Fall – wenigstens bis zu einem gewissen Grad. Die ihm gleich Gestellten betrachteten ihn als Schwächling, als Verlierer, seine Vorgesetzten charakterisierten ihn als arrogant und indifferent. Allerdings gab es nie ein disziplinäres Problem mit ihm. Spurrier hatte keinen Erfolg bei Frauen. Er blieb für sich – teils, weil er es so wollte, teils, weil sich niemand für ihn interessierte.«

»Vielleicht hatte er bei der Navy das Gefühl, ein richtiger Mann zu sein«, meinte Marino. »Und dann stirbt sein Vater, und Spurrier muss sich um seine kranke Mutter kümmern. Aus seiner Sicht hat man ihn um die Verwirklichung seines Lebenstraums gebracht.«

»Das ist gut möglich«, stimmte Wesley zu. »Auf jeden Fall gibt unser Mörder anderen die Schuld für seine Probleme. Er übernimmt keine Eigenverantwortung, hat den Eindruck, sein Leben werde von außen kontrolliert – und deshalb wurde das Bestreben, Macht über andere zu gewinnen, zu einer Besessenheit bei ihm.«

»Sieht so aus, als führe er einen Rachefeldzug«, sagte Marino.

»Der Killer steht unter dem Zwang, seine Überlegenheit demonstrieren zu müssen«, fuhr Wesley fort. »Wenn militärische Aspekte in seinen Phantasien eine Rolle spielen – und ich bin überzeugt, dass es so ist –, dann sieht er sich als den perfekten Soldaten: Er tötet, ohne gefasst zu werden, er überlistet den Feind, spielt mit ihm und gewinnt. Es ist durchaus denkbar, dass er seinen Modus Operandi darauf ausgerichtet hat, den Verdacht zu erwecken, der Täter sei ein Berufssoldat – oder sogar jemand aus Camp Peary.«

»Das ist *seine* Irreführungskampagne«, dachte ich laut.

»Er kann das Militär nicht zerstören«, fügte Wesley hinzu. »Aber er kann versuchen, dessen Image zu schädigen.«

»Und die ganze Zeit über lacht er sich ins Fäustchen«, brummte Marino.

»Ich glaube, die Aktivitäten des Mörders sind das Produkt gewalttätiger und sexualisierter Phantasien, die er aufgrund seiner sozialen Isolation schon sehr früh entwickelt hat – er ist davon überzeugt, in einer ungerechten Welt zu leben, und diese Phantasien bieten ihm eine Fluchtmöglichkeit. In ihnen kann er seine Gefühle ausleben und andere Menschen beherrschen – sein und bekommen, was er will. Er hat Macht über Leben und Tod. In seiner Macht steht es, zu verletzen oder zu töten.«

»Ein Jammer, dass er sich nicht auf seine Phantasien beschränkt hat«, meinte Marino. »Dann wären zwölf junge Leute heute noch am Leben.«

»Das konnte er auf Dauer nicht«, erklärte Benton. »Wenn das Denken eines Menschen von gewalttätigem, aggressivem Verhalten beherrscht wird, dann beginnt er irgendwann, es auszuleben. Gewalttätigkeit bietet Nährstoff für weitere gewalttätige Gedanken, und weitere gewalttätige Gedanken bieten Nährstoff für weitere Gewalttaten. Nach einer Weile ist das Morden für ihn ein ganz selbstverständlicher Teil seines Lebens, und er sieht nichts Unrechtes darin. Ich hatte schon mit Serienmördern zu tun, die mir voller Überzeugung erklärten, sie täten eben das, woran alle anderen nur dächten.«

»Was für eine makabre Rechtfertigung«, sagte ich. Und dann berichtete ich Benton und Marino von meiner Theorie über Deborahs Handtasche: »Ich halte es für möglich, dass der Täter wusste, wer Deborah war. Vielleicht nicht von vornherein – aber später.«

»Bitte erklären Sie das.« Wesley und Marino sahen mich gespannt an.

»Hat einer von Ihnen den Bericht über die Fingerabdrücke gelesen?«

»Ja – ich«, antwortete Marino.

»Wie Sie wissen, fand Vander, als er den Inhalt der Handtasche untersuchte, Spuren auf den Kreditkarten, aber nicht das Geringste auf dem Führerschein.«

»Und?«, fragte Marino.

»Die Sachen waren gut erhalten, weil die Tasche aus Nylon war und damit wasserdicht – und Kreditkarten und Führerschein steckten in einem Reißverschlussfach und waren so doppelt gegen die Elemente wie gegen die Körperflüssigkeiten geschützt. Hätte Vander gar nichts gefunden, läge die Sache anders – aber ich finde es interessant, dass ausgerechnet der Führerschein völlig sauber ist, denn wir wissen, dass Deborah ihn vorzeigen musste, als sie in dem Seven-Eleven Bier kaufen wollte. Also hatte sie ihn in der Hand – und Ellen Jordan, die Angestellte, ebenfalls. Und das brachte mich auf die Idee, dass der Mörder ihn vielleicht auch anfasste und hinterher abwischte.«

»Warum sollte er?«, wollte Marino wissen.

»Vielleicht sagte Deborah ihm, wer sie war, als er bei ihnen im Wagen saß und sie mit der Waffe bedrohte«, antwortete ich.

»Gar nicht schlecht«, meinte Wesley anerkennend.

»Deborah mag ja ein bescheidenes Mädchen gewesen sein – aber sie war sich der Prominenz und Macht ihrer Mutter durchaus bewusst«, fuhr ich fort. »Es könnte doch sein, dass sie den Mörder mit ihrer Eröffnung einzuschüchtern und sogar in die Flucht zu schlagen hoffte, weil er befürchten musste, mit allen Hunden gehetzt zu werden, wenn er ihnen etwas antäte. Sicherlich wäre er erschrocken und hätte einen Beweis für ihre Identität verlangt, ihr die Handtasche entrissen und den Führerschein herausgenommen.«

»Aber warum nahm er die Handtasche mit in den Wald?«, fragte Marino. »Und warum steckte er den Herzbuben rein?«

»Ich denke, im ersten Schrecken wollte er ganz auf die Spielkarte verzichten, damit der Eindruck entstünde, dass das Verschwinden von Deborah und Fred nicht auf sein Konto gehe – aber dann trieb seine Eitelkeit ihn doch dazu, seine ›Visitenkarte‹ zurückzulassen, aber diesmal bei der Leiche. So konnte er die Polizei zunächst in die Irre führen und dann verblüffen – ein zusätzlicher Triumph.«

»Klingt gut. Was meinen Sie?« Marino sah Wesley an.

»Ich meine, dass wir wohl nie erfahren werden, was genau passiert ist – aber es würde mich nicht überraschen, wenn Deborah genau das getan hätte, was Kay sagt. Fest steht, dass der Täter die beiden nicht freilassen konnte – gleichgültig, was sie ihm erzählt oder womit sie gedroht haben mochten –, denn sie hätten ihn ja identifizieren können. Also zog er seinen Plan durch – mit einer kleinen Änderung. Ja«, er wandte sich mir zu, »so könnte es gewesen sein. Vielleicht deponierte er die Karte bei Deborah, um seine Verachtung für das, was sie repräsentierte, auszudrücken.«

»Als ›Ätsch!‹ sozusagen«, meinte Marino.

»Genau.«

Steven Spurrier wurde am folgenden Freitag verhaftet; zwei FBI-Agenten und ein Detective der örtlichen Polizei, die ihn den ganzen Tag verfolgt hatten, ertappten ihn, als er sich auf dem Dauerparkplatz des Newport News Airport an einem fremden Wagen zu schaffen machte.

Als Marinos Anruf mich vor Morgengrauen aus dem Schlaf riss, war mein erster Gedanke, dass wieder ein Pärchen verschwunden sei. Es dauerte ein paar Sekunden, bis ich begriff, was er mir erzählte.

»Sie haben ihn erwischt, als er wieder mal Nummernschilder abmontierte«, berichtete er. »Die Anklage lautet auf leichten Diebstahl. Mehr konnten sie ihm nicht anhängen – aber zumindest haben wir jetzt die Möglichkeit, ihn durch den Wolf zu drehen.«

»War es wieder ein Lincoln?«, fragte ich.

»Ein Einundneunziger. Silbergrau. Der Kerl wartet jetzt in einer Zelle darauf, dem Richter vorgeführt zu werden. Wegen einer solchen Lappalie können sie ihn nicht lange dabehalten. Natürlich werden sie die Sache so lange wie möglich hinziehen – aber er wird schnell wieder draußen sein.«

»Wie steht es mit einem Durchsuchungsbefehl?«

»In seinem Haus wimmelt es nur so von Cops und Feds. Sie stellen die Bude auf den Kopf.«

»Sie fahren auch hin, nehme ich an.«

»Ja. Ich sag Ihnen dann, was sich ergeben hat.«

An Schlaf war nicht mehr zu denken. Ich zog meinen Morgenmantel an, ging hinunter und machte Licht bei Abby.

»Ich bin es nur«, beruhigte ich sie, als sie auffuhr.

Sie stöhnte und legte die Hände über die Augen. Ich erzählte ihr, was geschehen war, dann gingen wir in die Küche, und ich setzte Kaffee auf.

»Ich würde ein Vermögen dafür geben, bei der Durchsuchung dabei sein zu können. Leider habe ich keins.«

»Es würde dir nichts nützen«, lächelte ich.

Sie war so aufgeregt, dass sie wie ein Tiger im Käfig unaufhörlich hin und her lief. Es hätte mich nicht überrascht, wenn sie im

Schlafanzug aus dem Haus gestürmt wäre, um wenigstens von fern zu beobachten, was sich bei Spurrier tat – doch sie blieb den ganzen Tag zu Hause und legte einen ungewöhnlichen Arbeitseifer an den Tag: Sie machte ihr Zimmer sauber, half mir in der Küche und fegte sogar die Terrasse. Sie wollte wissen, was die Polizei gefunden hatte, und hielt sich in meiner Nähe, da sie wusste, dass ich eine der Ersten sein würde, die es erführen.

Marino kam vorbei, als wir gerade nach dem Abendessen den Geschirrspüler einräumten. Ich sah ihm an, dass er keine guten Neuigkeiten brachte.

»Erst sage ich euch mal, was wir nicht gefunden haben«, begann er. »Wir haben nicht die winzigste Kleinigkeit gefunden, die eine Jury davon überzeugen könnte, dass Spurrier jemals auch nur eine Stubenfliege getötet hat. Keine Messer außer den üblichen in der Küche. Keine Schusswaffen oder Munition. Keine Souvenirs wie Schuhe, Schmuck, Haarlocken oder was immer, das den Opfern gehört haben könnte.«

»Ist die Buchhandlung auch durchsucht worden?«, fragte ich.

»Das kann man wohl sagen.«

»Und sein Wagen?«

»Nichts.«

»Dann sagen Sie uns jetzt, was Sie gefunden haben«, bat ich niedergeschlagen.

»Genügend Abartiges, um mich zu überzeugen, dass er unser Mann ist, Doc. Der Bursche ist wirklich kein Sonntagsschüler. Steht auf harte Pornos. Brutalitäten. Und außerdem hat er Bücher über das Militär und speziell den CIA – und ganze Ordner mit Zeitungsartikeln über den CIA. Alles sortiert und beschriftet. Der Kerl ist ordentlicher als eine alte Bibliothekarin.«

»Haben Sie auch Zeitungsausschnitte über die Morde gefunden?«, wollte Abby wissen.

»Haben wir – inklusive aller Berichte über Jill Harrington und Elizabeth Mott. Wir fanden auch eine ganze Reihe Kataloge von Versandhäusern, bei denen man diesen Überlebenstrainingkram bestellen kann – alles, vom kugelsicheren Auto bis zu Bombendetektoren und Nachtsichtgeräten. Das FBI wird feststellen, was er im Lauf der Jahre dort geordert hat. Spurriers Klamotten sind auch nicht uninteressant: Er hat mindestens ein halbes Dutzend Aufwärmanzüge aus Nylon in seiner Schlafzimmerkommode – alle schwarz oder marineblau und noch nie getragen. Und er hat die Etiketten rausgetrennt – wahrscheinlich um die Rückverfolgung zu erschweren, wenn er sie nach einem Mord wegwirft.«

»Nylon gibt fasermäßig nicht viel her«, sagte ich.

»Richtig. Lassen Sie mich überlegen, was noch da war.« Er nahm einen Schluck aus seinem Glas. »O ja: Zwei Kartons mit OP-Handschuhen und diesen Plastik-Schuhüberzügen, die Sie in der Leichenhalle tragen.«

»Booties?«

»Genau! Die benutzen Sie doch, damit Sie kein Blut an die Schuhe kriegen, stimmt's? Und raten Sie mal, was wir noch gefunden haben: Spielkarten! Vier Spiele – original verpackt.«

»Ein offenes, bei dem der Herzbube fehlte, wäre mir lieber.«

»Damit kann ich nicht dienen – aber das wundert mich nicht: Sicher nimmt er jeweils den Herzbuben raus und schmeißt das restliche Spiel weg.«

»Alle von demselben Hersteller?«

»Nein – verschiedene Fabrikate.«

Abby saß angespannt wie eine Feder auf ihrem Stuhl, die Hände im Schoß verkrampft.

»Ich verstehe nicht, dass Sie keine Waffe gefunden haben«, sagte ich.

»Der Kerl ist gerissen, Doc – und vorsichtig.«

»Nicht vorsichtig genug. Er hatte die Zeitungsartikel über die Morde, die Handschuhe und das andere Zeug im Haus. Und er wurde erwischt, als er Nummernschilder abschrauben wollte. Letzteres legt die Vermutung nahe, dass er vorhatte, wieder zuzuschlagen.«

»Er hatte auch Nummernschilder geklaut, als er Sie nach dem Weg fragte«, gab Marino zu bedenken. »Und an dem Wochenende ist kein Pärchen verschwunden, soweit wir wissen.«

»Sie haben Recht«, nickte ich. »Und er trug auch keinen Aufwärmanzug.«
»Den zieht er vielleicht erst unmittelbar vor der Tat an«, überlegte Marino. »Hat ihn vielleicht in einer Sporttasche im Kofferraum.«
»Haben Sie eine gefunden?«, fragte Abby.
»Nein.«
»Wenn Sie mit Ihrer Vermutung richtig liegen, dann ist da wahrscheinlich auch sein Messer, die Schusswaffe, die Nachtsichtbrille und alles andere drin, was er für seine Vorhaben braucht.«
»Wir geben die Suche nicht auf.«
»Wo ist Spurrier jetzt?«, erkundigte ich mich.
»Als ich ging, saß er in seiner Küche und trank Kaffee. Der Kerl ist unglaublich: Wir reißen praktisch das Haus um ihn herum ein, und er schwitzt nicht mal. Als er wegen der Aufwärmanzüge, der Handschuhe, der Kartenspiele und so weiter befragt wurde, sagte er, er werde nur in Gegenwart seines Anwalts mit uns sprechen. Dann nahm er einen Schluck Kaffee, zündete sich eine Zigarette an und schaute durch uns hindurch. Ach ja – das hätte ich fast vergessen: Er raucht.«
»Welche Marke?«, wollte ich wissen.
»Dunhill. Wahrscheinlich kauft er die in dem vornehmen Tabakladen neben seiner Buchhandlung. Und er benutzt ein teures Feuerzeug.«
»Deshalb hat er wohl das Papier von den Stummeln entfernt, die er an den Fundorten liegen ließ: Dunhills sind sehr auffällig.«
»Ich weiß«, sagte Marino. »Sie haben ein Goldband um den Filter.«
»Werden Sie ihm irgendwas nachweisen können?«
»O ja!« Er lächelte zufrieden. »Wir haben eine Trumpfkarte, die seinen Herzbuben sticht. Wenn nicht für alle, so können wir ihn wenigstens für die Morde an Elizabeth Mott und Jill Harrington rösten: Die DNS-Analyse wird ihm das Genick brechen. Ich wünschte, die verdammten Tests würden nicht so lange dauern.«
Nachdem ich Marino zur Tür gebracht hatte, kehrte ich zu Abby in die Küche zurück. »Was meinst du?«, fragte ich sie. »Es sind alles nur Indizien.«

»Bislang ja. Und Spurrier ist reich – er wird sich den besten Verteidiger nehmen, der für Geld zu haben ist. Ich kann dir genau sagen, wie es ablaufen wird: Der Anwalt wird behaupten, sein Mandant sei ein Opfer der Willkür, da die Cops und Feds endlich einen Täter präsentieren mussten – und dann wird er Pat Harveys Anschuldigungen ausschlachten.«

»Abby ...«

»Vielleicht ist der Mörder tatsächlich jemand aus Camp Peary.«

»Das ist doch nicht dein Ernst!«, protestierte ich.

»Vielleicht wissen die Feds längst, wer er ist, und haben sich seiner bereits angenommen – in aller Stille. Das würde erklären, warum seit Deborah und Fred keine weiteren Paare verschwanden. Und jetzt muss jemand her, durch den die Sache endgültig aus der Welt geschafft und die Öffentlichkeit beruhigt wird ...«

Ich lehnte mich zurück und schloss die Augen, während sie unaufhörlich weiterredete.

»Ohne Frage ist Spurrier nicht astrein, sonst würde er sich keine Nummernschilder ›ausleihen‹ – aber deswegen muss er nicht unser Killer sein. Er könnte ebenso gut im Drogengeschäft mitmischen. Vielleicht klaut er auch Katzen für Versuchslabors – oder es verschafft ihm einfach nur sexuelle Befriedigung, mit gestohlenen Nummernschilder rumzufahren. Er ist abartig genug, um in das Bild des Mörders zu passen – aber die Welt ist voller Perverslinge, die ihr Leben lang niemanden umbringen. Vielleicht ist das ganze Zeug in seinem Haus auch deponiert worden ...«

»Bitte hör auf«, bat ich, doch sie war nicht zu bremsen.

»Es passt alles so verdammt gut: die Aufwärmanzüge, die Handschuhe, Pornografie und Zeitungsausschnitte ... Aber warum wurden keine Schusswaffe und keine Munition gefunden? Spurrier hatte keine Ahnung, dass er überwacht wurde – die Polizei erwischte ihn kalt. Ich sage dir, warum die Sachen nicht gefunden wurden: Die Waffe, mit der die Kugel abgefeuert wurde, die du aus Deborah Harveys Wirbelsäule entferntest, war das Einzige, was die Feds ihm nicht unterschieben konnten, weil sie sie nicht hatten!«

»Du hast Recht – das konnten sie nicht.« Ich stand auf und begann die Arbeitsflächen abzuwischen – es war mir unmöglich, länger stillzusitzen.
»Und – gibt dir das nicht zu denken?«, fragte sie aggressiv.
Es hatte früher schon Behauptungen gegeben, dass die Polizei oder Bundesagenten jemandem Beweisstücke untergeschoben hätten, um ihn zu »überführen« – die American Civil Liberties Union hatte wahrscheinlich Aktenschränke voll derartiger Beschuldigungen.
»Du hörst mir nicht zu«, beschwerte sich Abby. Sie stand auf und kam zum Spülbecken, wo ich gerade den Wischlappen auswrang.
»Kay?«
Ich wandte mich ihr zu.
»Du möchtest die einfache Lösung«, warf sie mir vor.
»Ich wollte immer einfache Lösungen – aber die gibt es fast nie.«
»Du willst die einfache Lösung«, wiederholte sie. »Du lehnst es ab, dich mit dem Gedanken zu befassen, dass Leute, denen du vertraust, es fertig bringen könnten, einen Unschuldigen auf den elektrischen Stuhl zu schicken, um ihren eigenen Arsch zu retten.«
»Ganz richtig: Ich lehne es tatsächlich ab, mich mit diesem Gedanken zu befassen – jedenfalls, solange es keine Beweise dafür gibt. Und Marino war in Spurriers Haus – er würde bei einer solchen Schweinerei nie mitmachen.«
Abby setzte sich wieder hin. »Stimmt, er war dort – aber nicht als Erster. Als er ankam, kann schon alles so arrangiert gewesen sein, wie er es sehen sollte.«

17

Der Erste, dem ich am Montagmorgen im Büro begegnete, war Fieldings. Ich war über den Hof hereingekommen, und er trug bereits Arbeitskleidung und wartete auf den Lift. Als mein Blick auf seine blauen Booties fiel, erinnerte ich mich wieder daran, was die Polizei in Steven Spurriers Haus gefunden hatte. Unseren medizinischen Bedarf deckten staatliche Firmen – aber es gab in jedem Staat zahlreiche Geschäfte, in denen man Booties und OP-Handschuhe kaufen konnte. Man musste kein Arzt sein, um an solche Dinge zu kommen – ebenso wenig, wie man Polizist sein musste, um an eine Uniform, eine Dienstmarke oder eine Waffe zu kommen.

»Ich hoffe, Sie sind ausgeschlafen«, sagte Fieldings, als der Aufzug kam.

Wir traten hinein.

»Nur zu: Was haben wir Schönes auf Lager?«

»Sechs Herrschaften. Allesamt Mordopfer.«

»Na wunderbar«, seufzte ich.

»Tja – der ›Messer-und-Knarre-Club‹ hatte ein geschäftiges Wochenende: vier Schießereien, zwei Messerstechereien.«

Wir stiegen im ersten Stock aus, und ich hatte bereits meine Kostümjacke ausgezogen und war dabei, die Ärmel meiner Bluse hochzukrempeln, als ich mein Zimmer betrat. Marino saß auf dem Besucherstuhl, seinen Aktenkoffer auf dem Schoß und eine Zigarette im Mundwinkel. Ich nahm an, dass eines der Mordopfer sein »Baby« wäre – bis er mir zwei Laborberichte gab.

»Ich dachte, Sie würden das vielleicht gern sehen.«

Über dem einen Bericht stand der Name Steven Spurrier. Das serologische Labor hatte die Untersuchung seines Blutes bereits abgeschlossen. Der zweite Bericht war acht Jahre alt und enthielt die Ergebnisse der Tests, denen das Blut aus Elizabeths Volkswagen unterzogen worden war.

»Es wird noch eine Weile dauern, bis die DNS-Resultate kommen«, bedauerte Marino. »Aber das hier ist doch auch schon was.«

Ich setzte mich an meinen Schreibtisch und schaute die Unterlagen durch. Das Blut aus dem Volkswagen gehörte zur Gruppe null, und die weiteren Differenzierungen ergaben eine Kombination, die auf etwa acht Prozent der Bevölkerung zutraf. Die Testmethoden waren vor acht Jahren noch nicht so ausgereift und umfangreich gewesen wie heutzutage, doch die gewonnenen Erkenntnisse stimmten mit denen überein, die die Untersuchungen von Spurriers Blut geliefert hatten. Auch er hatte Blutgruppe null, die Untergruppen waren grundlegend gleich, doch da auf mehr Enzyme getestet worden war, hatten die zusätzlichen Ergebnisse die Kombination auf etwa ein Prozent Häufigkeit reduziert. »Das genügt nicht für eine Mordanklage«, sagte ich zu Marino. »Dazu gehört mehr als die Tatsache, dass sein Bluttyp ihn einer Gruppe von Tausenden zuordnet.«

»Ein verdammter Jammer, dass die Tests von damals nicht mehr hergeben!«

»Seinerzeit hat man noch nicht auf so viele Enzyme getestet«, antwortete ich.

»Vielleicht kann man das ja nachholen.« Er sah mich hoffnungsvoll an. »Wenn das Blut dann auch auf ein Prozent Häufigkeit reduziert wäre ...«

»Es ist zu alt«, fiel ich ihm ins Wort. »Nach so vielen Jahren haben die Enzyme degeneriert, und damit würden die Resultate heute ungenauer ausfallen als die damaligen. Wir haben keine andere Wahl, als die DNS-Ergebnisse abzuwarten. Und außerdem«, fügte ich hinzu, »wissen Sie so gut wie ich, dass Spurrier, selbst wenn Sie ihn jetzt festnehmen könnten, sofort wieder auf Kaution frei wäre. Ich hoffe, er steht noch unter Beobachtung.«

»Er wird mit Adleraugen bewacht – und Sie können darauf wetten, dass er das weiß. Das Gute daran ist, dass es ihm unter diesen Umständen kaum gelingen wird, noch jemanden umzubringen – das

Schlechte ist, dass er Zeit und Gelegenheit hat, alle Beweisstücke beiseite zu schaffen, die wir möglicherweise übersehen haben. Die Mordwaffen, beispielsweise.«

»Und die von uns angenommene Sporttasche.«

»Wir haben sie nicht gefunden – dabei haben wir alles getan, außer, die Fußbodenbretter rauszureißen.«

»Vielleicht hätten Sie das tun sollen.«

»Ja – vielleicht.«

Ich versuchte mir vorzustellen, wo Spurrier eine Sporttasche versteckt haben konnte – und dann fiel es mir ein. Ich verstand nicht, weshalb ich nicht schon früher darauf gekommen war. »Wie ist Spurrier gebaut?«

»Er ist nicht sehr groß, aber er sieht ziemlich kräftig aus – und drahtig.«

»Dann trainiert er wahrscheinlich«, meinte ich.

»Gut möglich. Warum?«

»Wenn er das in einem Verein wie dem YMCA oder einem Fitnessclub tut, dann hat er dort wahrscheinlich ein Spind. Ich zum Beispiel habe eines im Westwood Club, wo ich Tennis spiele. Wenn ich etwas verstecken wollte, wäre dort ein guter Platz.

Niemand würde etwas dabei finden, wenn ich den Club mit einer Sporttasche verließe oder sie in meinem Spind einschlösse.«

»Eine interessante Idee – ich werde mich mal in der Richtung umhören.« Er zündete sich noch eine Zigarette an und öffnete seinen Aktenkoffer. »Ich habe Fotos von seiner Luxusbleibe da – wenn Sie die sehen wollen …«

Ich warf einen Blick auf die Uhr an der Wand. »Ich habe volles Haus unten«, antwortete ich. »Wir müssen schnell machen.«

Er reichte mir einen dicken braunen Umschlag herüber. Die Aufnahmen waren der Reihenfolge nach geordnet und begannen mit einer Außenansicht des von Kornelkirschen gesäumten, im Kolonialstil gebauten Hauses, zu dessen schwarzer Tür ein Plattenweg führte. Links befand sich eine gepflasterte Zufahrt zu der ans Haus gebauten Garage.

Das nächste Foto zeigte das Wohnzimmer. Auf dem kahlen Holzfußboden stand ein graues Ledersofa vor einem gläsernen Couchtisch, in dessen Mitte aus einem Korallenbrocken eine bizarre Pflanze aus Messingdraht wuchs. Ein Exemplar des *Smithsonian* lag bündig mit zwei Tischkanten, auf der Zeitschrift eine Fernbedienung, die, wie ich vermutete, zu dem Fernsehprojektor gehörte, der wie ein Raumschiff unter der weiß getünchten Decke schwebte. Ein über zwei Meter breiter Bildschirm bildete die Rückwand der schlichten Bar über dem Bücherregal, in dem ordentlich beschriftete Videokassetten und Dutzende von Büchern standen, deren Titel ich nicht erkennen konnte. Rechts neben dem Regal eine komplizierte elektronische Anlage.

»Der Kerl hat sein eigenes Kino«, sagte Marino. »Rundum-Sound und Lautsprecher in jedem Zimmer. Der Kram hat wahrscheinlich mehr gekostet als Ihr Mercedes – und unser Freund hat diesen Aufwand nicht etwa getrieben, um sich behaglich zurückzulehnen und Musicalmelodien zu lauschen oder sich Familienserien anzusehen. Die Kassetten da im Regal«, er beugte sich vor und deutete darauf, »enthalten lauter Kriegsfilme – das Brutalste vom Brutalen. Und auf dem Bord darüber haben wir die Leckerbissen: Die Cover sehen aus wie die von ganz gewöhnlichen Kinohits – aber wenn man eine der Kassetten in den Rekorder schiebt, erlebt man eine Überraschung: *Am goldenen See* zum Beispiel hätte einen weit weniger romantischen Titel verdient: Pornografie der übelsten Sorte. Benton und ich haben uns gestern den ganzen Tag damit um die Ohren geschlagen, uns den Dreck anzusehen. Man hält es nicht für möglich, auf was für Sauereien Menschen kommen. Ich hatte unentwegt das Gefühl, eine Desinfektionsdusche nehmen zu müssen.«

»Haben Sie auch selbst gedrehte Filme gefunden?«

»Nein – und auch keine Fotoausrüstung.«

Ich wandte mich wieder den Aufnahmen zu. Im Esszimmer stand ebenfalls ein Glastisch, der in diesem Fall von Acrylstühlen ergänzt wurde. Auch hier nackter Holzboden. Ich hatte noch nirgends einen Teppich entdeckt.

Die Küche war supermodern und makellos sauber. An den Fenstern hingen graue Jalousetten. In keinem der Räume, die ich bisher gesehen hatte, gab es Vorhänge oder Stores – nicht einmal oben, wo dieses Ungeheuer schlief. Das riesige Messingbett war weiß bezogen, hatte jedoch keine Überdecke. Offene Kommodenschubladen gaben den Blick auf die Aufwärmanzüge frei, von denen Marino mir erzählt hatte, und in Schachteln auf dem Boden lagen abgepackt OP-Handschuhe und Booties.

»Ich habe noch nie ein Haus gesehen, in dem es nicht mindestens einen Teppich gab.« Ich reichte Marino das Kuvert zurück.

»Es gibt auch nirgends Vorhänge«, sagte er. »Nicht mal in der Dusche – die hat Glastüren. Kein Stoff – außer Handtücher, Bettwäsche und Kleidung ...«

»Die er wahrscheinlich ständig wäscht.«

»Sein Lincoln hat Lederpolster«, berichtete Marino weiter. »Und auf dem Boden liegen Plastikmatten.«

»Hat er irgendwelche Haustiere?«

»Nein.«

»Die Art, wie das Haus eingerichtet ist, hat vielleicht nicht ausschließlich mit seiner Persönlichkeit zu tun.«

Marinos Blick traf den meinen. »Ja – das denke ich auch.«

»Er hat dafür gesorgt, nach Möglichkeit keine Fasern zurückzulassen.«

»Haben Sie sich je Gedanken darüber gemacht, dass die verlassen aufgefundenen Wagen so sauber waren?«

Hatte ich.

»Vielleicht hat er sie nach den Verbrechen ausgesaugt.«

»Bei einer Autowaschanlage?«

»Bei einer Tankstelle, in einer Wohnanlage – Münzstaubsauger gibt es an allen möglichen Orten. Die Morde wurden spätabends begangen – um diese Zeit dürfte er beim Staubsaugen allein auf weiter Flur gewesen sein.«

»Das Bild, das wir von ihm bekommen, zeigt einen Menschen von geradezu besessener Ordentlichkeit und Vorsicht – einen äußerst misstrauischen Menschen, der darüber Bescheid weiß, welche Dinge der Spurensicherung Aufschluss geben.«

Marino lehnte sich zurück. »Ich bin am Wochenende zu dem Seven-Eleven rausgefahren, in dem Deborah und Fred zum letzten Mal lebend gesehen wurden, und habe mit dem Mädel gesprochen.«

»Mit Ellen Jordan?«

Er nickte. »Ich zeigte ihr eine Reihe von Fotos und fragte sie, ob einer der abgebildeten Männer dem Typ ähnlich sähe, der sich an dem fraglichen Abend einen Kaffee kaufte. Sie deutete auf Spurrier.«

»War sie sich sicher?«

»Ja. Sie sagte, er habe eine dunkle Jacke getragen, sei überhaupt dunkel angezogen gewesen. Ich denke, er hatte da schon einen Aufwärmanzug an. Ich habe mir eine Menge Dinge durch den Kopf gehen lassen. Fangen wir mit denen an, die wir wissen. Das Innere der verlassenen Wagen war peinlich sauber, und in den vier Fällen vor Deborah und Fred wurden weiße Baumwollfasern vom Fahrersitz sichergestellt, richtig?«

»Richtig.«

»Okay. Ich nehme an, der Kerl fuhr auf Opfersuche durch die Gegend, und dann fielen ihm Fred und Deborah auf. Vielleicht saßen sie nahe beieinander im Wagen, vielleicht hatte sie den Kopf an seine Schulter gelegt. Das törnt ihn an. Er verfolgt die beiden also, kommt gleich nach ihnen in den Supermarkt, nachdem er seinen Aufwärmanzug angezogen hat. Kann aber auch sein, dass er ihn schon anhatte. Er lungert bei den Zeitschriften rum, kauft sich einen Kaffee und hört, was die jungen Leute mit Ellen reden, dass sie ihnen den nächsten Rastplatz empfiehlt, auf dem es eine Toilette gibt. Dann geht er, fährt vor und erwartet die beiden auf besagtem Rastplatz. Er hat seine Sporttasche mit den Waffen, Handschuhen, Fesseln und so weiter dabei, lauert im Gebüsch, bis Deborah auf die Toilette gegangen ist, macht sich an Fred ran und erzählt ihm, er habe eine Panne, käme gerade vom Sport – das würde seine Aufmachung erklären ...«

»Hätte Fred ihn denn nicht wiedererkannt? Ellen Jordan sagte doch, er habe das Paar auf den Cherokee angesprochen.«

»Ich bezweifle es«, meinte Marino. »Doch es ist nicht weiter wichtig. Vielleicht war Spurrier sogar so dreist, ihr Zusammentreffen dort zu erwähnen. Er behauptet, sein Auto habe kurz hinter dem Rastplatz den Geist aufgegeben und er sei hierher zurückgelaufen, um den Abschleppdienst anzurufen, und bittet Fred, ihn bis zu seinem Wagen mitzunehmen, da er dort auf den Abschlepper warten wolle. Fred erklärt sich einverstanden, Deborah kommt wieder – und sobald er in dem Jeep sitzt, sind die beiden ihm ausgeliefert.«

Ich erinnerte mich, dass Fred als hilfsbereit und großzügig beschrieben worden war. Sicher hätte er einem Fremden geholfen – vor allem einem so gepflegten, seriös erscheinenden Menschen wie Spurrier.

Marino fuhr fort: »Sobald der Cherokee wieder auf der Interstate ist, öffnet Spurrier seine Sporttasche, streift Handschuhe und Booties über, zieht die Schusswaffe und drückt sie gegen Deborahs Hinterkopf …«

Ich dachte an die Reaktion des Spürhundes, als er ihren Sitz abgeschnüffelt hatte: Ihr Entsetzen hatte ihn so entsetzt!

»Er befiehlt Fred, zu dem Platz zu fahren, den er vorher ausgesucht hat. Bei der Ankunft auf dem Holzweg sind Deborahs Hände bereits auf dem Rücken gefesselt, und sie ist barfuß. Spurrier veranlasst Fred, ebenfalls Schuhe und Strümpfe auszuziehen, und fesselt ihm dann gleichfalls die Hände. Dann lässt er die beiden aussteigen und treibt sie in den Wald. Wahrscheinlich trägt er eine Nachtsichtbrille. Das Spiel beginnt. Zuerst nimmt er sich Fred vor, dann Deborah. Sie wehrt sich, bekommt einen Schnitt am Finger ab, will fliehen, wird in den Rücken geschossen. Er zerrt die Leichen auf die Lichtung, legt sie nebeneinander, ihren Arm unter seinen, als hätte sie sich an ihm festgehalten. Dann setzt er sich hin, raucht ein paar Zigaretten und genießt die Befriedigung, die seine Tat ihm verschafft hat. Nach einer Weile geht er zu dem Cherokee zurück, zieht sich um und stopft seine getragenen Sachen und seine Utensilien in die Sporttasche. Vielleicht auch die Schuhe und Strümpfe der Kids. Dann fährt er zu einem verlassenen Platz mit einem Münzstaubsauger und säubert das Wageninnere – vor allem den Fahrersitz. Ich vermute, dass er sich vor der Weiterfahrt etwas untergelegt hat – ein zusammengefaltetes Laken oder ein weißes Handtuch, jedenfalls in den ersten vier Fällen ...«

»Die meisten Sportclubs stellen Handtücher«, unterbrach ich ihn. »Wenn Spurrier seine Tasche in seinem Spind versteckt hat ...«

»Schon gut«, fiel Marino mir ins Wort. »Ich verstehe, worauf Sie hinauswollen. Am besten kümmere ich mich sofort darum.«

»Ein weißes Handtuch würde die Baumwollfasern erklären«, fügte ich hinzu.

»Bei Deborah und Fred muss er aber was anderes benutzt haben – vielleicht saß er auf einer Plastiktüte. Jedenfalls war er darauf bedacht, keine Fasern von seinen Kleidern zu hinterlassen. Er trägt jetzt nicht mehr den Aufwärmanzug – der muss nämlich blutig sein. Er parkt den Cherokee, wo wir ihn fanden, und überquert die Interstate, wo er auf dem gegenüberliegenden Rastplatz seinen Lincoln stehen hat – und weg ist er. Operation gelungen.«

»An dem Abend war dort sicher reger Betrieb«, sagte ich. »Niemandem wäre der Lincoln aufgefallen – warum auch. Aber selbst wenn, hätte die Überprüfung der Nummernschilder nicht zu ihm geführt, denn die hatte er sich ja anderswo ›ausgeliehen‹.«

»Richtig. Das ist seine letzte Aufgabe: Er muss sie zurückbringen oder sie – wenn das nicht möglich ist – irgendwo wegschmeißen.« Marino hielt inne und rieb sich das Gesicht. »Ich glaube, Spurrier sucht sich seine Opfer unterwegs spontan, verfolgt sie und weiß, dass der Abend ein Erfolg wird, wenn sie irgendwo lange genug bleiben, um ihm Zeit zu lassen, sich vorzubereiten. Dann macht er sich an sie ran und bringt sie mit irgendeiner Story dazu, ihn in ihren Wagen steigen zu lassen. Vielleicht hat er nur jedes fünfzigste Mal Glück – aber das reicht ihm.«

»Klingt einleuchtend – für fünf der Fälle. Aber nicht für die Morde an Jill und Elizabeth.«

Er sah mich überrascht an. »Wieso?«

»Weil er die beiden kannte – sie kamen gelegentlich in seine Buchhandlung. Ich nehme an, er hat sie lange beobachtet. Bestimmt spürte er, dass die Mädchen mehr waren als Freundinnen – und das war der Auslöser für ihn: Er ist besessen von Pärchen. Vielleicht waren es seine ersten Morde, und vielleicht meinte er, zwei Frauen seien als ›Einstieg‹ leichter zu bewältigen als ein Mann und eine Frau. Er malt sich das Verbrechen im Vorhinein aus, und seine Phantasien bekommen immer neue Nahrung, wenn Jill und Elizabeth in seinem Laden erscheinen. Vielleicht hat er sie nach Feierabend verfolgt und auch dabei den Mord immer wieder in Gedanken durchgespielt. Das Waldstück in der Nähe von Mr. Joyces Haus ist als Tatort vorgesehen. Ich bin sicher, dass er Dammit erschossen hat. Und eines Abends folgt er den jungen Frauen zum Anchor und beschließt zu handeln. Er stellt seinen Lincoln irgendwo ab und macht sich mit der Sporttasche in der Hand zu Fuß auf den Weg zu der Bar.«

Marino sah mich gespannt an. »Geht er rein und beobachtet sie, während sie ihr Bier trinken?«

Ich schüttelte den Kopf. »Das wäre zu riskant. Er treibt sich draußen herum, bis die beiden zu ihrem Volkswagen gehen. Dann nähert er sich ihnen und erzählt seine Pannenstory. Er ist der Besitzer des Buchladens, in dem sie häufig sind – sie sehen keinen Grund, ihm zu misstrauen, und nehmen ihn mit. Kurz darauf läuft etwas schief, und sie landen nicht im Wald, sondern auf dem Friedhof. Die beiden Frauen wehren sich, insbesondere Jill.«

»Und er blutet hinten im Wagen«, ergänzte Marino das Szenario. »Vielleicht aus der Nase, und Blut kriegt man mit keinem Staubsauger weg.«

»In diesem Fall macht er sich wohl kaum die Mühe mit dem Staubsaugen. Er ist durcheinander, in Panik, und stellt den VW am nächst möglichen Platz ab – vor dem Motel. Wo er seinen Wagen geparkt hat, wissen wir nicht – aber es wird bestimmt eine Weile gedauert haben, bis er hinkam.«

»Vielleicht hat das Fiasko mit den beiden Frauen ihn so geschockt, dass er fünf Jahre brauchte, um neuen Mut zu fassen.«

»Das glaube ich nicht«, sagte ich. »Die große Pause muss einen anderen Grund haben.«

Ein paar Wochen später saß ich in meinem Arbeitszimmer, als das Telefon klingelte. Mein auf Band gesprochener Text hatte kaum begonnen, als der Anrufer auch schon auflegte. Eine halbe Stunde später klingelte es wieder – und diesmal war ich schneller als die Maschine. Mein »Hallo?« wurde mit einem Klicken beantwortet. Versuchte jemand, Abby zu erreichen, wollte aber nicht mit mir sprechen? Hatte Clifford Ring herausgefunden, wo sie sich aufhielt? Nachdenklich ging ich zum Kühlschrank, um mir einen Imbiss zu holen, und entschied mich für ein paar Scheiben Käse. Ich saß wieder am Schreibtisch und schrieb Überweisungen aus, als der Kies der Einfahrt unter Autoreifen knirschte. Abby!, dachte ich – doch es klingelte.

Durch den Spion sah ich Pat Harvey vor der Tür stehen. Sie trug eine rote Windjacke und Jeans. Jetzt wusste ich, wer zweimal aufgelegt hatte: Sie wollte sichergehen, dass ich zu Hause wäre, wenn sie vorbeikäme.

»Es tut mir Leid, Sie zu stören«, sagte sie, aber ich merkte ihr an, dass das nur eine Floskel war.

»Bitte kommen Sie herein«, forderte ich sie widerwillig auf.

Sie folgte mir in die Küche, wo ich ihr aus der Kanne, die auf der Warmhalteplatte stand, einen Kaffee eingoss. Mrs. Harvey saß steif am Tisch und hielt die Tasse mit beiden Händen umfasst. »Ich komme gleich zur Sache«, begann sie. »Ich habe gehört, dass dieser Mann, der in Williamsburg verhaftet wurde – Steven Spurrier –, für den Mörder von zwei jungen Frauen gehalten wird, die vor acht Jahren umgebracht wurden.«

»Von wem haben Sie diese Information?«

»Das ist unwichtig. Der Fall wurde nie aufgeklärt und ist jetzt mit den Morden an den fünf Pärchen in Verbindung gebracht worden. Die beiden jungen Frauen waren Spurriers erste Opfer.«

Das Unterlid ihres linken Auges zuckte. Ihr körperlicher Verfall war schockierend. Die kastanienbraunen Haare waren stumpf, die Augen glanzlos, die Züge verhärmt, die Wangen eingefallen. Sie wirkte noch magerer als damals bei der Pressekonferenz im Fernsehen.

»Ich bin nicht sicher, ob ich Ihnen folgen kann«, sagte ich vorsichtig.
»Er hat sich ihr Vertrauen erschlichen und sie dadurch hilflos gemacht. Genauso ist er bei den anderen vorgegangen – bei meiner Tochter und bei Fred.«
Sie sagte das alles, als wisse sie es mit Bestimmtheit. Pat Harvey hatte Steven Spurrier bereits verurteilt.
»Aber er wird nie für Debbies Ermordung bestraft werden«, fuhr sie fort. »Das weiß ich jetzt.«
»Es ist zu früh, um etwas zu wissen. Es kann auch noch Belastendes entdeckt werden«, erwiderte ich ruhig.
»Es gibt keinen Beweis. Was in seinem Haus gefunden wurde, genügt nicht. Es wird vor keinem Gericht standhalten – falls die Fälle überhaupt jemals vor Gericht verhandelt werden sollten. Man kann niemanden dadurch eines Kapitalverbrechens überführen, dass in seinem Haus Zeitungsausschnitte und OP-Handschuhe entdeckt wurden – und schon gar nicht dann, wenn die Verteidigung behauptet, die Indizien seien ihm untergeschoben worden, um ihn zu belasten.«
Sie hat mit Abby gesprochen, dachte ich unglücklich.
»Der einzige Hoffnungsschimmer könnte das Blut im Volkswagen der beiden Mädchen sein«, fuhr sie leise fort. »Es hängt alles von der DNS-Analyse ab – und da werden Fragen offen bleiben, da die Morde bereits acht Jahre zurückliegen. Selbst wenn die Ergebnisse übereinstimmen und das Gericht dies als Beweis akzeptiert, ist nicht gesagt, dass die Geschworenen das ebenfalls tun werden – vor allem, da die Polizei die Mordwaffen noch immer nicht gefunden hat.«
»Sie suchen nach wie vor.«
»Er hatte reichlich Zeit, sich ihrer zu entledigen«, antwortete sie, und damit hatte sie natürlich Recht.
Marino hatte herausgefunden, dass Spurrier in einem Fitnessclub in der Nähe seines Hauses trainierte. Sein Spind war nicht nur abgeschlossen, sondern zusätzlich mit einem Vorhängeschloss gesichert – und leer! Keine Spur von der blauen Sporttasche, mit der

Spurrier mehrfach gesehen worden war – und sie würde unauffindbar bleiben, dessen war ich sicher.
»Was kann ich für Sie tun, Mrs. Harvey?«
»Ich möchte, dass Sie mir meine Fragen beantworten.«
»Und welche sind das?«
»Gibt es Fakten, die über das hinausgehen, was ich Ihnen gerade erzählte?«
»Die Untersuchung ist noch nicht abgeschlossen. Polizei und FBI arbeiten intensiv an der Aufklärung des Mordes an Ihrer Tochter«, erwiderte ich vage.
Sie starrte ins Leere. »Und – werden Sie über eventuelle Fortschritte informiert?«
Offenbar wurde *sie* nicht informiert – jedenfalls nicht von den Leuten, die unmittelbar mit den Nachforschungen befasst waren. Sie war eine Ausgestoßene, ja sogar eine lächerliche Figur. Mir gegenüber würde sie das nicht zugeben, aber das war der Grund dafür, dass sie sich an mich wandte.
»Glauben Sie, dass Steven Spurrier meine Tochter umgebracht hat?«
»Warum sollte meine Meinung eine Rolle spielen?«, wich ich aus.
»Für mich tut sie das.«
»Weshalb?«
»Sie sind nicht leichtfertig – ich glaube nicht, dass Sie voreilige Schlüsse ziehen oder etwas glauben, nur weil Sie es glauben wollen. Sie kennen die Beweise …«, ihre Stimme zitterte, »… und Sie haben Debbie untersucht.«
Ich wusste nicht, was ich sagen sollte.
»Ich frage Sie noch einmal: Glauben Sie, dass Steven Spurrier der Mörder der Pärchen ist – Debbies Mörder?«
Ich zögerte – nur einen Augenblick, doch der genügte: Als ich ihr sagte, dass ich diese Frage wirklich nicht beantworten könne, weil ich es nicht wisse, hörte sie mir gar nicht zu.
Sie stellte ihre Tasse auf den Tisch und stand auf.
Ich brachte sie zur Tür und sah ihr nach, als sie davonfuhr.
Abby kam erst nach Hause, als ich es aufgegeben hatte, auf sie zu

warten, und ins Bett gegangen war. Ich schlief unruhig und wachte auf, als ich im Parterre Wasser laufen hörte. Ein Blick auf meinen Wecker zeigte mir, dass es fast zwölf war. Ich stand auf und zog mir meinen Morgenrock über.

Sie musste mich gehört haben, denn als ich ihr Zimmer erreichte, stand sie in der Tür. Sie hatte einen Schlafanzug an und war barfuß.

»Du bist aber noch spät auf«, stellte sie fest.

»Du auch.«

»Ich ...« Sie beendete den Satz nicht. Ich trat ins Zimmer und setzte mich auf die Bettkante.

»Was ist los?«, fragte sie unbehaglich.

»Pat Harvey war heute Abend hier – das ist los. Du hast mit ihr gesprochen.«

»Ich habe mit einer Menge Leute gesprochen.«

»Ich weiß, dass du ihr helfen willst«, sagte ich. »Ich weiß, dass du empört darüber bist, in welcher Weise der Tod ihrer Tochter dazu benutzt wurde, sie zu vernichten. Mrs. Harvey ist eine großartige Frau, und ich glaube, es liegt dir wirklich etwas an ihr – aber sie muss aus der Untersuchung herausgehalten werden.«

Sie sah mich schweigend an.

»Zu ihrem eigenen Besten«, fügte ich eindringlich hinzu.

Abby ließ sich im Schneidersitz auf dem Teppich nieder und lehnte sich an die Wand. »Was hat sie zu dir gesagt?«

»Sie ist überzeugt, dass Spurrier ihre Tochter umgebracht hat und ungestraft davonkommen wird.«

»Mir verdankt sie diese Schlussfolgerung nicht«, stellte Abby fest. »Die ist auf ihrem eigenen Mist gewachsen.«

»Spurriers Gerichtstermin ist am Freitag. Will sie da hinkommen?«

»Zu dieser albernen Verhandlung wegen leichten Diebstahls? Auf keinen Fall. Es würde ihr nicht das Geringste bringen. Sie ist nicht bescheuert, Kay.«

»Und du?«

»Was? Ob ich bescheuert bin?«

»Wirst du dort sein?«
»Sicher. Ich kann dir auch schon genau sagen, wie die Sache ablaufen wird: Er bekennt sich des leichten Diebstahls für schuldig und bekommt eine lächerliche Geldstrafe aufgebrummt – und einen Monat Haft. Höchstens. Die Cops hoffen, dass sie ihn im Knast mürbe machen und zum Reden bringen können.«
»Woher weißt du das?«
»Er wird nicht reden«, fuhr sie fort. »Sie werden ihn vor aller Augen in Handschellen aus dem Gerichtsgebäude führen und in einen Streifenwagen verfrachten, um ihn damit zu demoralisieren – aber es wird nicht wirken: Er weiß ganz genau, dass sie nicht genug gegen ihn in der Hand haben. Er wird in aller Ruhe seine Strafe absitzen – vier Wochen sind schließlich keine Ewigkeit.«
»Das klingt tatsächlich nicht sehr ermutigend.«
»Aber realistisch. Nach Aussage seines Anwalts schnupfte Spurrier gelegentlich Kokain und wollte sich an dem Abend, als die Cops ihn dabei erwischten, wie er Nummernschilder klaute, Nachschub besorgen. Er befürchtete, der Dealer könnte ein Spitzel sein und seine Zulassungsnummer notieren. Das war seine Erklärung für den Diebstahl.«
»Das ist ja nicht zu fassen!«, rief ich aufgebracht.
Abby streckte mit einer kleinen Schmerzgrimasse die Beine aus, stand auf und verließ das Zimmer. Ich folgte ihr in die Küche. Als sie zerstoßenes Eis in ein Glas füllte, legte ich ihr die Hände auf die Schultern und drehte sie zu mir um. »Hörst du mir überhaupt zu?«
Die Härte wich aus ihren Augen. »Sei mir nicht böse, Kay – es hat nichts mit dir zu tun oder mit unserer Freundschaft.«
»Welcher Freundschaft? Du benimmst dich wie eine Fremde, deponierst überall im Haus Geld für mich – ich komme mir vor wie ein Dienstmädchen. Wann haben wir das letzte Mal miteinander gegessen? Du sprichst kein privates Wort mit mir, bist wie besessen von deinem verdammten Buch. Du siehst doch, was mit Pat Harvey passiert ist – willst du, dass das Gleiche mit dir passiert?«
Sie schaute mich nur an.

»Ich habe den Eindruck, als hättest du einen Entschluss gefasst«, sprach ich weiter. »Warum sagst du mir nicht, welchen?«
»Es ist zu spät, einen Entschluss zu fassen«, antwortete sie und trat einen Schritt zurück. »Es ist bereits alles entschieden.«

Am Samstag rief Fieldings mich frühmorgens an, um mir zu sagen, dass keine Autopsien anlägen, und ich kehrte dankbar in mein Bett zurück. Am späten Vormittag stand ich endlich auf. Eine lange, heiße Dusche versetzte mich in die Lage, meinen Vorsatz in die Tat umzusetzen, gemeinsam mit Abby zu ergründen, ob unsere lädierte Beziehung sich irgendwie reparieren ließe – doch als ich hinunterkam und an ihre Tür klopfte, rührte sich nichts, und als ich die Zeitung von draußen hereinholte, sah ich, dass ihr Wagen nicht in der Einfahrt stand. Sie hatte es wieder einmal geschafft, mir zu entwischen! Verärgert und traurig ging ich in die Küche und setzte Kaffee auf.
Ich trank gerade den ersten Schluck der zweiten Tasse, als ich beim Zeitunglesen auf eine kurze Meldung stieß.
»Buchhändler aus Williamsburg auf Bewährung entlassen« stand darüber. Steven Spurrier war nicht in Handschellen zum Gefängnis abtransportiert worden, wie Abby prophezeit hatte: Er hatte sich des leichten Diebstahls für schuldig bekannt, und da er bisher als gesetzestreuer Bürger bekannt war, hatte man ihn lediglich zu einer Strafe von tausend Dollar verurteilt und laufen lassen.
Es ist bereits alles entschieden, hatte Abby gesagt. Hatte ihre Bemerkung sich darauf bezogen? Aber wenn sie wusste, dass man ihn nicht einsperren würde, gab es nur eine Schlussfolgerung: Sie hatte mich angelogen! Warum?
Ich verließ die Küche und öffnete die Tür zu ihrem Zimmer. Das Bett war gemacht, der Vorhang zugezogen. Das Waschbecken war noch nicht ganz trocken, in der Luft hing schwach der Duft ihres Parfüms: Sie konnte noch nicht lange weg sein. Ich sah mich nach ihrem Aktenkoffer und dem Kassettenrekorder um – beides war nicht da. Auch die Achtunddreißiger nicht! Ich durchsuchte die Kommode. Ganz hinten in einer Schublade fand ich ihre Notizen.

Ich setzte mich aufs Bett und begann zu lesen – und während ich ihr durch ihre Tage und Wochen folgte, sah ich allmählich klarer. Was als engagierte Bemühung begonnen hatte, die Wahrheit über die Morde an den Pärchen herauszufinden, hatte sich zu einer wahren Besessenheit entwickelt. Sie war fasziniert von Spurrier. Wäre er schuldig, wollte sie ihn zum Mittelpunkt ihres Buches machen, seine psychopathische Persönlichkeit ergründen. Sollte sich seine Unschuld erweisen, würde sie nicht ruhen, bis sie den tatsächlichen Mörder entlarvt hätte, der ihrer Meinung nach dann beim CIA zu finden sein musste – »wegen der Karte«.
Zu Anfang hatte Spurrier sich stur geweigert, mit ihr zu sprechen – doch als sie in der vergangenen Woche einen erneuten Anlauf genommen hatte, war er bereit gewesen, sich nach der Verhandlung mit ihr zu treffen, und hatte ihr mitgeteilt, dass sein Anwalt »einen Handel abgeschlossen« habe.
»Er sagt, er lese meine Artikel schon seit Jahren«, schrieb Abby, »und habe sich an meinen Namen noch aus meiner Richmonder Zeit erinnert. Er hat auch meine Berichte über Jill und Elizabeth gelesen – es seien ›nette Mädchen‹ gewesen, und er habe gehofft, die Cops würden ›diesen Irren‹ erwischen. Er wusste aus der Zeitung auch über den Mord an Henna Bescheid – ›diese Tragödie‹ sei der Grund dafür, dass er sich nun doch entschlossen habe, mit mir zu reden: Er ›fühle mit‹ mir, er wisse, wie es sei, ›ein Opfer‹ zu sein – und Hennas Ermordung habe auch mich zu einem Opfer gemacht. ›Ich bin ein Opfer‹, sagte er. ›Wir können darüber sprechen. Vielleicht können Sie mir erklären, warum man das mit mir macht.‹ Er schlug vor, ich solle Samstag um elf zu ihm nach Hause kommen, und ich sagte zu – vorausgesetzt, ich bekäme die Exklusivrechte an seiner Geschichte. Er erklärte, das gehe in Ordnung, er habe nicht vor, mit jemand anderem zu sprechen – solange ich seine Version verträte. ›Die Wahrheit‹, wie er es formulierte. Lieber Gott, ich danke dir! Zum Teufel mit dir und deinem Buch, Cliff! Diesmal verlierst du!«
Also schrieb Clifford Ring ebenfalls ein Buch über die Morde! Kein Wunder, dass Abby sich so seltsam benommen hatte. Sie

hatte mich tatsächlich angelogen, als sie mir beschrieb, wie die Verhandlung gegen Spurrier verlaufen würde – und jetzt verstand ich, weshalb: Sie wollte vermeiden, dass der Verdacht in mir erwachte, sie hätte vor, zu ihm zu gehen – und wenn ich annähme, dass er ins Gefängnis müsse, käme mir dieser Gedanke nicht.

»Ich traue niemandem mehr«, hatte sie gesagt. Es tat weh, dass diese Einstellung sich auch auf mich erstreckte.

Ich warf einen Blick auf die Uhr: Viertel nach elf!

Marino war nicht da, also hinterließ ich eine Nachricht für ihn. Dann rief ich bei der Polizei in Williamsburg an. Das Telefon klingelte eine halbe Ewigkeit, bevor eine Sekretärin den Hörer abnahm. Ich sagte ihr, ich müsse sofort mit einem der Detectives sprechen.

»Die sind alle unterwegs«, teilte sie mir gelangweilt mit.

»Dann geben Sie mir jemanden, der da ist.«

Sie verband mich mit einem Sergeant. Ich stellte mich vor und fragte: »Wissen Sie, wer Steven Spurrier ist?«

»Wenn man hier arbeitet, ist es unmöglich, das nicht zu wissen.«

»Eine Reporterin ist für ein Interview zu ihm nach Hause gefahren. Bitte ersuchen Sie das Überwachungsteam, sich zu vergewissern, dass alles in Ordnung ist.«

Eine lange Pause folgte. Papier knisterte. Es klang, als äße der Sergeant etwas. Dann sagte er: »Spurrier steht nicht mehr unter Beobachtung.«

»Wie bitte?«

»Unsere Jungs sind abgezogen worden.«

»Warum?« Ich hatte Mühe, ihn nicht anzuschreien.

»Weiß ich nicht, Doc – ich war in Ur...«

»Schicken Sie sofort einen Streifenwagen zu seinem Haus, und lassen Sie nachsehen, ob alles okay ist!« Jetzt hatte ich doch geschrien.

»Machen Sie sich keine Sorgen.« Seine Stimme war so ruhig wie ein Mühlteich. »Ich gebe es weiter.«

Ein Wagen fuhr in die Einfahrt, und ich legte auf.

Abby ist zurückgekommen!, dachte ich. Gott sei Dank!

Doch als ich aus dem Fenster schaute, sah ich Marino. Ich stürzte zur Tür und riss sie auf, bevor er klingeln konnte.
»Ich habe Ihre Nachricht unterwegs bekommen«, sagte er. »Was ist denn los?«
»Spurrier!« Ich packte seinen Arm. »Abby ist bei ihm! Sie hat ihre Waffe mitgenommen!« Ohne mir die Zeit zu nehmen, meinen Mantel anzuziehen, zerrte ich ihn zu seinem Auto.

Der Himmel war dunkel geworden, und es begann zu regnen, als Marino und ich auf der I-64 ostwärts fuhren. Jeder Muskel meines Körpers war angespannt, und mein Herz schlug wie ein Hammer.
»He – entspannen Sie sich«, sagte Marino, als er an der Ausfahrt nach Colonial Williamsburg abbog. »Ob er beobachtet wird oder nicht – er ist mit Sicherheit nicht so schwachsinnig, sie anzurühren. Das wissen Sie doch auch. Er wird ihr nichts tun.«
Vor dem Haus stand nur ein Wagen – ein schwarzer Jaguar.
»Pat Harvey!«, keuchte ich. »O Gott!«
»Scheiße!«, murmelte Marino und trat auf die Bremse. »Sie bleiben hier!« Mit erstaunlicher Schnelligkeit war er aus dem Auto und rannte durch den strömenden Regen. Mein Herzschlag dröhnte in meinen Ohren, als Marino, die Waffe schussbereit in beiden Händen, die Tür auftrat und im Haus verschwand. Und dann tauchte er plötzlich wieder auf und schrie etwas zu mir herüber, das ich nicht verstand. Ich sprang aus dem Wagen und lief los. Als ich bei ihm ankam, war ich nass bis auf die Haut.
In der Halle roch es nach verbranntem Schießpulver.
»Ich habe Hilfe angefordert«, sagte Marino. »Zwei sind da drin.« Er machte eine Kopfbewegung nach links, wo das Wohnzimmer lag, und hastete dann in den ersten Stock hinauf. Vor meinem inneren Auge blitzten die Fotos auf, die er mir mitgebracht hatte. Da stand der Couchtisch – und darauf lag ein Revolver. Unter Spurriers Körper hatte sich eine große Blutlache über den nackten Boden ausgebreitet, und in einiger Entfernung lag ein zweiter Revolver. Der Mann lag mit dem Gesicht nach unten vor dem grauen Ledersofa, auf dem Abby zur Seite gesunken war. Sie starrte leicht

schielend auf das Kissen unter ihrer Wange, die Vorderseite der blassblauen Bluse war blutdurchtränkt. Einen Augenblick stand ich wie gelähmt – unfähig, etwas zu tun. In meinem Kopf brauste ein Orkan. Dann hockte ich mich neben Spurrier, und Blut floss um meine Schuhe, als ich ihn umdrehte. Er war tot – in Bauch und Brust geschossen.
Ich stand auf und legte die Finger auf Abbys Halsschlagader: Kein Puls. Ich drehte sie auf den Rücken und versuchte, sie wiederzubeleben, doch Herz und Lunge hatten schon vor zu langer Zeit die Arbeit eingestellt, um sich noch daran zu erinnern, was von ihnen erwartet wurde. Ich nahm Abbys Gesicht in die Hände, spürte ihre Wärme, roch ihr Parfüm, und dann schüttelten mich unkontrollierbare Schluchzer.
Ich achtete nicht auf die Schritte – bis ich begriff, dass sie für Marino zu leicht waren. Ich schaute auf: Pat Harvey nahm den Revolver vom Couchtisch.
Ich starrte sie mit aufgerissenen Augen an. Meine Lippen öffneten sich.
»Es tut mir Leid.« Sie richtete den Revolver auf mich. Der Lauf zitterte.
»Mrs. Harvey!« Der Kloß in meinem Hals machte mir das Sprechen fast unmöglich. Ich streckte abwehrend die Hände vor. Sie waren voller Blut. Abbys Blut. »Bitte ...«
»Bleiben Sie, wo Sie sind!« Sie trat ein paar Schritte zurück und senkte die Waffe ein wenig. Aus irgendeinem idiotischen Grund fiel mir auf, dass sie dieselbe rote Windjacke trug wie bei ihrem Besuch bei mir.
»Abby ist tot«, brachte ich mühsam hervor.
Pat Harvey reagierte nicht. Die dunkelblauen Augen wirkten in dem aschfahlen Gesicht schwarz. »Ich habe ein Telefon gesucht, um Hilfe zu rufen. Er hat keins.«
»Bitte nehmen Sie die Waffe runter.«
»Er hat es getan. Er hat meine Debbie umgebracht. Er hat Abby umgebracht.«
Marino!, dachte ich. Wo sind Sie, um Himmels willen?

»Mrs. Harvey – es ist vorbei! Sie sind tot. Bitte legen Sie die Waffe weg. Machen Sie es nicht noch schlimmer!«
»Es kann nicht schlimmer werden.«
»Das ist nicht wahr! Bitte hören Sie mir zu!«
»Ich bin am Ende«, sagte sie tonlos.
»Bitte legen Sie die Waffe weg! Bitte!« Ich stand auf, als sie den Revolver erneut hob.
»Nein!«, schrie ich, als ich erkannte, was sie vorhatte.
Sie richtete den Lauf auf ihre Brust. Ich machte einen Satz auf sie zu. »Mrs. Harvey! Nein!«
Die Explosion riss sie fast von den Füßen. Sie taumelte und ließ den Revolver fallen. Ich versetzte ihm einen Tritt, und er trudelte über den glatten Holzboden. Pat Harveys Knie gaben nach. Sie wollte sich irgendwo festhalten, doch da war nichts. Plötzlich erschien Marino, die Waffe in beiden Händen, den Lauf zur Decke gerichtet, in der Tür. »Gottverdammte Scheiße!«, brüllte er. Ein schriller Pfeifton füllte meinen Kopf, als ich mich, am ganze Leibe zitternd, neben Mrs. Harvey hinkniete. Sie lag mit angezogenen Beinen auf der Seite und presste die Hände auf ihre Brust.
»Holen Sie Handtücher!«, rief ich Marino zu. Er entfernte sich fluchend. Ich zerrte ihre Hände weg, zog die Bluse aus den Jeans, schob den Büstenhalter hoch und drückte den zusammengeknüllten Stoff fest auf die Wunde unter ihrer linken Brust. »Halten Sie durch!«, flüsterte ich. Wenn das kleine Loch Luft ansaugte, würde die Lunge kollabieren! »Halten Sie durch!«, wiederholte ich flehend.
Das durchdringende Heulen von Sirenen kam näher – und dann zuckte rotes Licht durch die schräg gestellten Jalousien, als stehe die Welt da draußen in Flammen.

18

Marino fuhr mich nach Hause und blieb da. Ich saß in der Küche und starrte in den Regen hinaus, ohne recht wahrzunehmen, was um mich herum vorging. Es klingelte, und dann hörte ich Schritte und Männerstimmen.

Später kam Marino wieder herein und setzte sich mir gegenüber auf die Stuhlkante, als wolle er gleich wieder aufstehen. »Kann Abby noch irgendwo sonst hier im Haus außer in ihrem Schlafzimmer Sachen von sich deponiert haben?«, fragte er.

»Ich wüsste nicht, wo.«

»Wir müssen uns vergewissern, Doc – tut mir Leid.«

»Ich verstehe.«

»Ich werde Kaffee machen.« Er stand auf. »Mal sehen, ob ich mich noch daran erinnere, was Sie mir beigebracht haben. Meine erste Bewährungsprobe.«

Er hantierte herum, öffnete und schloss Schränke und ließ Wasser laufen. Als alles vorbereitet war, verschwand er und kam gleich darauf mit einem anderen Detective zurück.

»Es wird nicht lange dauern, Dr. Scarpetta«, versprach der Mann. »Vielen Dank für Ihr Entgegenkommen.« Dann sagte er leise etwas zu Marino und ging hinaus. Marino stellte eine Tasse Kaffee vor mich hin.

Ich hatte das Gefühl, in einem Alptraum gefangen zu sein – ich musste da raus!

»Was suchen die Männer?«, fragte ich.

»Wir nehmen die Notizen mit, von denen Sie mir erzählt haben, und wir suchen Tonbandkassetten – alles, das Aufschluss darüber geben kann, was Pat Harvey dazu trieb, Spurrier zu erschießen.«

»Sie sind sicher, dass sie es getan hat?«

»O ja – sie hat es getan. Ein verdammtes Wunder, dass sie noch am

Leben ist. Sie hat ihr Herz nur um Haaresbreite verfehlt. Sie hatte Glück – aber vielleicht wird sie das anders sehen, falls sie durchkommt.«

»Ich habe die Polizei in Williamsburg angerufen. Ich habe einem Sergeant gesagt …«

»Ich weiß, ich weiß«, unterbrach er mich sanft. »Sie haben getan, was Sie konnten.«

»Niemand hat sich darum gekümmert, was ich sagte!« Ich schloss die Augen, um die aufsteigenden Tränen zurückzudrängen.

»So war es nicht, Doc. Hören Sie mir zu.«

Ich atmete tief durch.

Marino räusperte sich und zündete sich eine Zigarette an. »Als ich vorhin in Ihrem Arbeitszimmer war, hab ich Benton angerufen. Das FBI hat die DNS-Analyse von Spurriers Blut abgeschlossen und mit dem verglichen, das in Elizabeth Motts Volkswagen gefunden wurde: Die DNS-Werte stimmen nicht überein.«

Ich starrte ihn fassungslos an. »Was?«

»Die DNS-Werte stimmen nicht überein«, wiederholte er. »Und die Detectives, die Spurrier überwachten, wurden gestern entsprechend informiert. Benton hatte versucht, mich zu erreichen, aber wir verpassten uns ständig gegenseitig, und deshalb wusste ich nichts davon. Verstehen Sie, was ich sage?«

Ich war wie betäubt.

»Damit war Spurrier nicht mehr verdächtig. Ein Perversling, ja – aber die laufen massenhaft rum. Er hat Jill und Elizabeth nicht umgebracht: Das Blut im Volkswagen stammt nicht von ihm. Wenn er die anderen Paare ermordet hat, werden wir es nie beweisen können. Ihn weiter zu beschatten, sein Haus zu beobachten oder sich Zutritt zu erzwingen, wenn er Besuch hatte, wäre eine Belästigung gewesen, gegen die er gerichtlich Einspruch hätte erheben können – und außerdem hat Williamsburg nicht genügend Polizeibeamte, um eine solche Überwachung längere Zeit aufrechtzuerhalten. Und das FBI hatte sich zurückgezogen. So lief das.«

»Er hat Abby getötet!«

Jetzt schaute Marino in den Regen hinaus. »Ja – sieht ganz so aus.

Sie hatte den Kassettenrekorder laufen – wir haben alles auf Band. Aber das beweist nicht, dass er auch die Pärchen gekillt hat, Doc. Es scheint, als hätte Mrs. Harvey einen Unschuldigen bestraft.«

»Ich will die Bandaufnahme hören.«

»Nein – das wollen Sie nicht! Verlassen Sie sich auf das, was ich Ihnen sage.«

»Wenn Spurrier unschuldig war – weshalb hat er dann Abby erschossen?«

»Aufgrund des Tonbandes und der Tatumstände habe ich eine Theorie entwickelt«, sagte er. »Abby und Spurrier unterhielten sich im Wohnzimmer. Abby saß auf der Couch, wo wir sie fanden. Es klingelte, und Spurrier ging zur Tür. Ich weiß nicht, warum er Pat Harvey reinließ – man sollte doch annehmen, dass er sie erkannte. Na ja – vielleicht auch nicht: Sie hatte eine Windjacke mit Kapuze und Jeans an – nicht gerade die Aufmachung, die man mit ihr in Verbindung bringt. Wie sie ihn dazu brachte, sie ins Haus zu lassen, werden wir erst erfahren, wenn sie vernehmungsfähig ist – oder auch nicht. Ich glaube, es war so: Als sie in der Halle steht, zieht sie ihren Revolver – den Charter Arms, mit dem sie später auf sich selbst schoss – und treibt Spurrier ins Wohnzimmer zurück. Dort sitzt Abby. Der Kassettenrekorder läuft. Da der Saab in der Einfahrt stand, konnte Mrs. Harvey ihn nicht sehen, als sie draußen auf der Straße parkte – und die Überraschung, sich plötzlich Abby gegenüberzusehen, lenkt ihre Aufmerksamkeit lange genug ab, um Spurrier Gelegenheit zu geben, sich auf Abby zu stürzen: Er will sie als Schild benutzen. Sie zieht ihre Waffe aus der Tasche, er versucht, sie ihr zu entwinden, und dabei löst sich der Schuss. Und bevor er Mrs. Harvey erschießen kann, schießt sie auf ihn. Zweimal. Wir haben ihren Revolver überprüft: Drei Patronen fehlten.«

»Sie sagte, sie habe ein Telefon gesucht, um Hilfe zu holen.« Mein Kopf war noch immer wie umnebelt.

»Spurrier hatte zwei Apparate – einen oben im Schlafzimmer und einen in der Küche: zwischen zwei Schränken, in der gleichen Farbe wie die Wand, kaum zu sehen. Ich habe ihn auch nicht gleich gefunden. Die Schießerei kann nur Minuten vor unserem Eintreffen stattgefunden haben, Doc. Ich nehme an, Mrs. Harvey legte ihren Revolver auf den Couchtisch, um nach Abby zu sehen, und als sie erkannte, wie schlimm es war, machte sie sich auf die Suche nach einem Telefon. Als ich reinstürmte, versteckte sie sich irgendwo – im Wohnzimmer war sie jedenfalls nicht, als ich reinkam. Ich tastete bei den beiden dort nach Lebenszeichen und fand bei Abby einen schwachen Puls. Kann aber auch sein, dass ich es mir nur einbildete. Ich musste blitzschnell eine Entscheidung treffen: Ich konnte entweder das Haus nach Mrs. Harvey durchsuchen oder Sie holen und dann nachschauen. Wie gesagt – als ich reinkam, sah ich sie nirgends. Ich dachte, sie sei vielleicht durch die Hintertür verschwunden – oder im ersten Stock.« Es machte ihm sichtlich Kummer, mich in Gefahr gebracht zu haben.

»Ich will das Band hören!«, wiederholte ich meine Forderung.

Marino sah mich eindringlich an. »Tun Sie sich das nicht an.«

»Ich muss!«

Widerwillig stand er auf und ging hinaus. Gleich darauf kam er mit dem Plastikbeutel zurück, der den Rekorder enthielt. Er nahm ihn heraus, stellte ihn aufrecht auf den Tisch, ließ das Band ein Stück zurücklaufen und drückte dann auf »Play«.

Abbys Stimme füllte die Küche.

»... ich versuche ja, Sie zu verstehen – aber was Sie sagen, erklärt nicht, warum Sie nachts durch die Gegend fahren und bei Leuten anhalten, um sie nach einem Weg zu fragen, den Sie kennen.«

»Hören Sie – ich habe Ihnen doch von dem Kokain erzählt. Haben Sie je geschnupft?«

»Nein.«

»Versuchen Sie's gelegentlich. Wenn man high ist, tut man alle möglichen verrückten Dinge. Man denkt, man weiß, wo man hinfährt – aber plötzlich hat man sich verirrt und muss nach dem Weg fragen.«

»Aber Sie sagten, Sie schnupften nicht mehr.«

»Jetzt nicht mehr. Nie mehr. War ein großer Fehler von mir.«

»Was ist mit den Sachen, die die Polizei hier gefunden hat ...«

Man hörte es leise klingeln.

»Warten Sie einen Augenblick – ich bin gleich wieder da.« Spurrier klang angespannt. Schritte entfernten sich. Gemurmel im Hintergrund. Ich hörte, wie Abby sich auf dem Sofa zurechtsetzte. Dann Spurrier – fassungslos: »Halt – Sie wissen ja nicht, was Sie …«

»Ich weiß genau, was ich tue, Sie Untier!« Das war Pat Harvey. Sehr laut. »Es war meine Tochter, die Sie in den Wald verschleppt haben …«

»Ich weiß nicht, wovon Sie …«

»Pat! Tun Sie's nicht!« Das war Abby.

Stille.

»Abby? O mein Gott!«

»Pat! Tun Sie's nicht, Pat!« Abbys Stimme zitterte vor Angst. Sie schnappte nach Luft, als etwas auf dem Sofa aufschlug.

»Lassen Sie mich los! Hauen Sie ab!« Keuchen, Gerangel. Ein Schuss.

Und noch einer. Und wieder.

Stille.

Schritte kamen näher und verstummten.

»Abby?«

Pause.

»Abby? Bitte sterben Sie nicht … Abby …« Pat Harveys Stimme erstarb in einem Stammeln.

Marino streckte die Hand aus, schaltete den Rekorder ab und steckte ihn wieder in den Plastikbeutel.

Ich starrte in namenlosem Entsetzen vor mich hin.

Am Samstagmorgen war Abbys Beerdigung. Nach der Zeremonie am Grab wartete ich, bis die Trauergemeinde sich zerstreut hatte, und ging dann im Schatten von Magnolien und Eichen einen Fußweg entlang. Hartriegelsträucher blühten strahlend weiß und leuchtend rot in der sanften Frühlingssonne.

Es waren nicht viele zu dem Begräbnis erschienen. Ich begrüßte einige ihrer früheren Richmonder Kollegen und versuchte Abbys Eltern zu trösten. Marino war da. Und Mark, der mich fest an sich drückte und mit dem Versprechen ging, später bei mir vorbeizukommen. Und Benton Wesley. Ich musste mit ihm sprechen – aber zuerst wollte ich noch eine Weile allein sein.

Der Hollywood Cemetery war Richmonds prächtigste Totenstadt – etwa vierzig Morgen leicht hügeliges, baumbestandenes und von Bächen durchzogenes Gelände nördlich des James River. Die gewundenen Straßen waren geteert, beschriftet und mit Geschwindigkeitsbeschränkungen versehen. Viele der Grabsteine, trauernden Engel und Granitobeliske auf den Rasenflächen waren über hundert Jahre alt. Hier ruhten die Präsidenten James Monroe und John Tyler, Jefferson Davis und der Tabakmagnat Lewis Ginter. Ein Teil war für die Gefallenen von Gettysburg reserviert und eine flache Mulde für Familiengräber – dort lag jetzt Abby neben ihrer Schwester Henna.

Ich hatte das Ende des Weges erreicht. Unter mir schimmerte der Fluss, schlammig von den Regenfällen der letzten Tage, wie mattes Kupfer. Es wollte mir nicht in den Kopf, dass Abby jetzt zu den Bewohnern dieses Ortes zählte, ein Gedenkstein aus Granit der Vergänglichkeit alles Irdischen zu trotzen suchen würde. Ob sie wohl irgendwann in ihrem ehemaligen Haus gewesen und in Hennas früheres Zimmer hinaufgegangen war, wie sie es hatte tun wollen, sobald sie den Mut dazu fände?

Ich hörte Schritte hinter mir und drehte mich um: Wesley kam langsam auf mich zu.

»Sie wollten mich sprechen, Kay?«

Ich nickte.

Er streifte sein dunkles Jackett ab, lockerte die Krawatte und öffnete seinen Hemdkragen.

»Es gibt neue Erkenntnisse«, begann ich. »Ich habe am Donnerstag Gordon Spurrier angerufen.«

Wesley sah mich neugierig an. »Den Bruder?«

»Steven Spurriers Bruder, ja. Ich wollte es Ihnen erst sagen, wenn ich einige Dinge überprüft hätte.«

»Ich habe noch nicht mit ihm gesprochen«, sagte Benton. »Aber er steht auf meiner Liste. Das mit den DNS-Resultaten ist ein Jammer.«

»Darauf will ich hinaus: Die können wir vergessen!«

»Was?«

»Bei Spurriers Autopsie entdeckte ich eine Menge alter chirurgischer Narben. Eine davon stammte von einem winzigen Schnitt über der Mitte des Schlüsselbeins. Es scheint, als habe man eine Hickman-Line legen müssen.«

»Und was heißt das?«

»Man legt nur eine subclaviculare Infusion, wenn die Flüssigkeiten dem Körper sehr schnell zugeführt werden müssen – bei Bluttransfusionen zum Beispiel. Mit anderen Worten: Spurrier musste irgendwann ein ernsthaftes gesundheitliches Problem gehabt haben, und ich kam auf den Gedanken, dass es vielleicht mit den fünf Monaten zusammenhängen könnte, für die er kurz nach Jills und Elizabeths Ermordung seine Buchhandlung zusperrte. Es gab auch noch andere Narben – über der Hüfte und seitlich am Gesäß. Winzige Schnitte, die mich zu der Vermutung veranlassten, dass man ihm Knochenmarkproben entnommen hatte. Also rief ich seinen Bruder an, um etwas über Stevens Krankheitsgeschichte zu erfahren.«

»Und was haben Sie erfahren?«

»Etwa um die Zeit, als er seine Buchhandlung schloss, wurde er in der UVA auf Aplastische Anämie behandelt«, sagte ich. »Ich habe mit seinem Hämatologen gesprochen. Steven erhielt Bestrahlungen und Chemotherapie. Gordons Rückenmark wurde ihm übertragen, und Steven verbrachte einige Zeit in einem Laminar Flow Room – einer ›Seifenblase‹, wie er im Volksmund heißt. Auch Steven Spurriers Haus erinnerte an eine Seifenblase. Sehr steril.«

»Wollen Sie sagen, dass die Rückenmarkstransplantation seine DNS-Werte veränderte?«, fragte Wesley verblüfft.

»Was das Blut betrifft, ja. Seine Blutzellen wurden durch die Aplastische Anämie vollständig vernichtet. Eine Typuntersuchung ergab, dass sein Bruder als Spender geeignet war.«

»Aber Stevens und Gordons DNS können doch nicht gleich gewesen sein.«

»Nein – das ist nur bei eineiigen Zwillingen der Fall. Grob betrachtet, gab es Übereinstimmungen zwischen dem Blut aus Elizabeth Motts Volkswagen und dem von Spurrier – aber die DNS-Analyse musste einen deutlichen Unterschied ergeben, denn das Blut aus dem VW stammt aus der Zeit vor der Rückenmarkstransplantation. Als ihm kürzlich für die Verdächtigenkartei Blut abgenommen wurde, bekamen wir damit gewissermaßen das von Gordon: Das Blut aus dem Volkswagen wurde also mit Gordons DNS verglichen. Aus diesem Grund möchte ich den Test noch einmal anhand von Gewebe aus Stevens Gehirn machen lassen, denn in anderen Zellen hat sich seine DNS durch die Transplantation nicht verändert. Rückenmark produziert Blutzellen – wenn man also eine Rückenmarksübertragung erhält, bekommt man damit die Blutzellen des Spenders. Aber bei Gehirn, Sperma und Milz bleibt die ursprüngliche DNS erhalten.«

»Erklären Sie mir bitte, was Aplastische Anämie ist«, sagte Wesley, während wir langsam weitergingen.

»Das Rückenmark produziert nicht mehr – es ist, als seien alle Blutzellen durch Bestrahlung zerstört.«

»Und was ruft diese Krankheit hervor?«

»Das weiß niemand – aber man glaubt, dass der Kontakt mit Pestiziden, Chemikalien, Strahlen und organischen Phosphaten eine Rolle dabei spielen kann. Auch Benzol wird damit in Verbindung gebracht. Steven hat in einer Druckerei gearbeitet – und Benzol ist eine Lösung, die zum Reinigen von Druckerpressen und anderen Maschinen benutzt wird. Wie sein Hämatologe mir sagte, war Steven den Dämpfen fast ein Jahr lang ausgesetzt – an jedem Arbeitstag.«

»Was sind die Symptome?«

»Mattigkeit, Kurzatmigkeit, Fieber, möglicherweise Infektionskrankheiten, Zahnfleisch- und Nasenbluten. Spurrier litt bereits an Aplastischer Anämie, als Jill und Elizabeth umgebracht wurden. Stress macht alle Krankheiten schlimmer – und die Entführung der beiden Mädchen muss ihn unter großen Stress gestellt haben. Es ist gut möglich, dass er ohne äußere Einwirkung Nasenbluten bekam und das Blut in Elizabeths Volkswagen daher stammt.«

»Wann ging er wegen seiner Krankheit das erste Mal zum Arzt?«, fragte Wesley.

»Einen Monat nach der Ermordung der jungen Frauen. Es wurde festgestellt, dass die Leukozyten extrem niedrig waren – ebenso die Blutplättchen und das Hämoglobin. Wenn jemand nur wenig Blutplättchen hat, blutet er häufig.«

Wesley sah mich ungläubig an. »Er beging diese Morde, als er so schwer krank war?«

»Man kann Aplastische Anämie eine ganze Weile haben, bevor sie dramatisch wird«, erklärte ich. »Manchmal wird sie überraschend bei einer Routineuntersuchung festgestellt.«

»Seine angeschlagene Gesundheit und der Kontrollverlust bei seinen ersten beiden Opfern veranlassten ihn, eine Pause einzulegen«, dachte Wesley laut. »In den folgenden Jahren erholte er sich, frönte seinen Phantasien, durchlebte die Morde immer wieder und vervollkommnete seinen Modus Operandi – und schließlich war er seiner sicher genug, um wieder zu töten.«

»Ja – das könnte eine Erklärung dafür sein, dass er erst nach so langer Zeit wieder zuschlug. Was wirklich in ihm vorging, werden wir nie erfahren.«

»Nein – das werden wir nicht«, stimmte Benton mir grimmig zu. Er blieb stehen, um einen alten Grabstein zu betrachten, bevor er weitersprach: »Ich habe auch ein paar Neuigkeiten. Wir haben Kataloge eines New Yorker Spezialversandhauses für Agentenzubehör bei Spurrier gefunden. Vor vier Jahren hat er sich dort eine Nachtsichtbrille bestellt. Außerdem haben wir in Portsmouth eine Waffenhandlung ausfindig gemacht, wo er weniger als einen Monat vor Deborahs und Freds Verschwinden zwei Schachteln Hydra-Shoks kaufte.«

»Warum hat er es getan, Benton?«, fragte ich. »Warum hat er gemordet?«

»Das kann ich Ihnen nicht zufrieden stellend beantworten, Kay – aber ein junger Mann, der an der UVA mit ihm das Zimmer teilte, erzählte, dass Spurriers Verhältnis zu seiner Mutter wohl ziemlich gestört gewesen sei: Sie muss sehr kritisch und dominant gewesen sein und ihn ständig heruntergemacht haben. Einerseits war er abhängig von ihr, andererseits hasste er sie wahrscheinlich.«

»Nach welchen Gesichtspunkten hat er seine Opfer ausgewählt?«

»Die Morde waren Racheakte: Die Pärchen mussten dafür büßen, dass er beziehungsunfähig war und keinen Erfolg bei Frauen hatte – also vernichtete er, was er nicht haben konnte.« Nach einer Pause fügte er hinzu: »Wenn Sie und Abby ihm damals nicht auf dem Parkplatz in Williamsburg begegnet und Sie der Sache nicht nachgegangen wären, wären wir vielleicht nie auf ihn gekommen. Es ist schon faszinierend, wie so etwas funktioniert: Mancher lang gesuchte Verbrecher wird zufällig gefasst, weil das Rücklicht an seinem Wagen kaputt ist, ein anderes Mal wird jemandem ein Strafzettel wegen Falschparkens zum Verhängnis. Reines Glück. Wir hatten Glück.«

Abby hatte kein Glück gehabt – und ich fühlte mich alles andere als glücklich.

»Man sollte es nicht für möglich halten«, fuhr er fort. »Seit die Sache in den Nachrichten kam, sind jede Menge Anrufe von Leuten eingegangen, die behaupten, Spurrier habe sich ihnen vor Bars, Supermärkten oder an Tankstellen genähert. Und einmal hat ihn angeblich sogar ein Pärchen mitgenommen: Er sagte, er habe eine Panne. Die jungen Leute setzten ihn ab. Nichts passierte.«

»Hat er während dieser Probeläufe immer nur heterosexuelle Pärchen angesprochen?«, fragte ich.

»Nicht ausschließlich. Das erklärt auch, dass er Sie und Abby an jenem Abend nach dem Weg fragte. Er liebte das Risiko, Kay, die Phantasien. In gewisser Weise war das Töten nicht die Hauptsache in seinem Spiel.«

»Ich verstehe immer noch nicht, weshalb der CIA so besorgt war, der Killer könne aus Camp Peary kommen«, sagte ich.

Wesley legte sein Jackett über den anderen Arm. »Es steckt mehr dahinter als der Modus Operandi und der Herzbube«, antwortete er. »Die Polizei fand auf dem Boden vor dem Rücksitz des Wagens von Jim Freeman und Bonnie Smyth eine Tankkarte. Man nahm an, sie sei dem Besitzer aus der Tasche gefallen, als er bei den beiden im Auto saß.«

»Und?«

»Der Name der Gesellschaft auf der Karte lautete Syn-Tron. Nach umfangreichen Nachforschungen stellte sich heraus, dass das Konto zu Viking Exports gehört. Viking Exports gibt es nicht – es ist eine Scheinfirma des CIA. Die Tankkarte wird an die Leute von Camp Peary ausgegeben, damit sie die Tanksäulen auf dem Gelände benutzen können.«

»Interessant. Abby erwähnte irgendwo in ihren Aufzeichnungen eine Karte – aber ich nahm natürlich an, sie meine den Herzbuben. Woher wusste sie davon, Benton?«

»Ich vermute, von Pat Harvey – die wusste schon eine ganze Weile darüber Bescheid. Daher auch die Anklagen auf der Pressekonferenz, es werde etwas verschleiert.«

»Daran glaubte sie aber offenbar nicht mehr, als sie sich entschloss, Spurrier zu töten.«

»Nach ihrem denkwürdigen Auftritt weihte der Director sie ein, Kay – er hatte keine andere Wahl. Er sagte ihr, es bestehe die Möglichkeit, dass die Karte absichtlich in dem Wagen deponiert worden sei, um die Ermittler in die Irre zu führen. Wir hatten von Anfang an unsere Zweifel, doch wir durften nicht von vornherein ausschließen, dass der Mörder aus Camp Peary kommen könnte. Und der CIA befasste sich äußerst ernsthaft mit diesem Verdacht.«

»Und mit seiner Eröffnung brachte der Director Mrs. Harvey zum Schweigen.«

»Na ja – zunächst einmal wenigstens zum Nachdenken. Und nach der Verhaftung Spurriers sah sie seine Vermutung als bestätigt an.«

»Wie kann Spurrier an die Tankkarte einer der Leute aus Camp Peary gekommen sein?«

»Er hatte viele Kunden von dort.«

»Sie meinen, er hat irgendwie die Karte eines Kunden an sich gebracht?«, fragte ich ungläubig.

»Ja. Ich nehme an, jemand aus Camp Peary ließ aus Versehen seine Brieftasche auf dem Tresen liegen und ging – und als er zurückkam, um sie zu holen, hatte Spurrier sie bereits verräumt und behauptete, er habe sie nicht gesehen. Und dann hinterließ er die Tankkarte im Wagen von Jim Freeman und Bonnie Smyth, um zu erreichen, dass die Morde mit dem CIA in Zusammenhang gebracht würden.«

»Die Karte hatte keine Identifikationsnummer?«, wunderte ich mich.

»Die befinden sich auf einem Aufkleber, und der war entfernt worden – deshalb konnten wir die Karte nicht zu ihrem Eigentümer zurückverfolgen.«

Ich war müde, und meine Füße schmerzten, als der Parkplatz in Sicht kam. Die Trauergäste von Abbys Beerdigung waren längst fort.

Als ich meinen Wagen aufsperrte, legte Wesley mir die Hand auf den Arm: »Es tut mir Leid, dass ich zeitweise so …«

»Mir auch«, unterbrach ich ihn. »Fangen wir noch einmal neu an. Sorgen Sie vor allem dafür, dass Pat Harvey nicht weiter gestraft wird.«

»Ich denke, die Geschworenen werden begreifen, was sie durchgemacht hat.«

»Wusste sie über die DNS-Resultate Bescheid?«, fragte ich.

»Trotz unserer Bemühungen, sie ihr vorzuenthalten, fand Mrs. Harvey immer einen Weg, an geheime Informationen zu kommen, Kay. Ich vermute, sie wusste es. Das würde erklären, weshalb sie Spurrier tötete: Sie glaubte, er würde straffrei ausgehen.«

Ich stieg in meinen Wagen und steckte den Schlüssel ins Zündschloss.

»Am meisten Leid tut es mir um Abby«, fügte er hinzu.

Ich nickte und machte die Tür zu. Meine Augen füllten sich mit Tränen. Ich fuhr die schmale, gewundene Straße entlang, die zum Friedhofsausgang führte, und passierte das kunstvoll geschmiedete Gittertor. Die Wolkenkratzer und Geschäftshäuser der Downtown lagen im Sonnenschein. Ich öffnete mein Fenster und machte mich auf den Heimweg.